Scarlet
스칼렛

www.bbulmedia.com

다시
시작하는
연인의
자세 3

김영희 장편 소설 | SCARLET ROMANCE STORY

다시 시작하는 연인의 자세

Contents

"야, 이 상놈의 자식아. 너는 상도덕도 몰라? 어? 어디서 남의 자리를 제집 안방처럼 차지하고 앉아 있어? 당장 여기서 안 꺼져!"

"미친. 네가 전세라도 냈어? 길바닥에 주인이 따로 있냐? 먼저 와서 맡으면 주인이지, 이게 어디서 주인 행세야?"

소리는 바로 옆에서 벌어지는 말다툼을 불안한 눈으로 보며 발을 굴렀다. 노점상을 하다 보면 종종 벌어지는 일이었다. 하지만 그렇다고 해서 쉽게 적응이 되거나 익숙해지는 일은 아니었다. 소리는 자신이 당사자가 아닌데도 불구하고 가슴이 뛰어서 숨을 몰아쉬었다. 아, 제발, 두 분 다 진정하시지…….

"이 개 상놈의 자식이!"

그러나 소리의 바람과는 다르게, 씩씩대던 중년 사내가 거칠게 달려들어 상대방의 멱살을 틀어쥐었다. 살집이 좀 있는 상대방의 몸이 그 힘에 비틀거리다가 소리의 가판대를 덮쳤다.

"앗! 안 돼!"

소리는 다급히 가판대에 진열해 놓은 인형들을 보호하기 위해 몸을 움직였다. 하지만 우지끈, 가판대가 부서지면서 그 위에 진열되어 있던 인형들이 한꺼번에 바닥에 나뒹굴었다.

"아, 안 돼. 안 되는데……."

소리는 눈물이 왈칵 쏟아지려는 걸 애써 참으며 바닥에 떨어진 인형들을 줍기 위해 쭈그리고 앉았다. 이 인형들은 소리에게 단순한 인형이 아니었다. 잠도 제대로 못 자고 새벽까지 도안을 그리고, 동대문 시장에 가서 직접 하나하나 원단을 고르고, 밥 먹을 시간까지 아껴 가면서 만든 것들이 바로 이 인형들이었다. 홀로 견뎌야 하는 시간들을 함께 버텨 준 존재들이기도 했다.

하지만 소리가 붉어진 눈을 깜빡이며 작은 기린 인형을 줍기 위해 손을 뻗으려던 순간, 중년 사내의 발이 먼저 기린 인형을 밟았다.

"씨발, 이건 또 뭐야? 꼴같잖은 게……."

중년 사내는 발에 밟힌 물컹한 느낌이 불쾌했는지 인상을 구기며 힐끔 아래를 내려다보고는 툭, 하고 인형을 발로 걷어찼다. 소리는 입술을 꽉 깨물고 일어서며 항의했다.

"아저씨! 이렇게 함부로 인형을 발로 밟으시면 어떻게 해요!"

"넌 또 뭐야?"

중년 사내는 자신보다 한참 작은 소리를 보고는 어이없다는 눈으로 그녀를 훑어보더니 소리를 질렀다.

"어디서 계집년이 함부로 나대? 어? 이게 겁대가리 없이. 뭐야, 이깟 인형들 파는 주제에 어디 어른 앞에서 눈 똑바로 뜨고 대들어? 어? 야, 넌 애비, 에미도 없어? 네 부모가 대체 어떻게 키웠기에, 어른한테 대들고……."

"함부로 우리 부모님에 대해서 말하지 말아요!"

소리는 발끈해서 외쳤다. 방금 전까지는 인형 때문이었지만, 이제는 더 이상 인형 때문이 아니었다. 돌아가신 분들에게 부끄럽지 않은 딸이 되려고 지금껏 얼마나 발버둥을 치며 살아왔는데. 이런 식으로 돌아가신 부모님을 욕되게 할 수는 없었다.

"부모님한테 부끄럽게 산 적 없어요! 사과하세요!"

억울했다. 그리고 부모님에게 너무나 죄스러웠다. 이런 말을 듣게 할 수는 없었다. 그들의 몫까지 견뎌야 했던 삶을 이런 식으로 조롱당할 수는 없었다. 무엇보다도 지금, 자신에게는 지켜야 할 사람이 있었다. 그래서 버티고, 또 버티며 살고 있었다. 그런데…….

"이 망할 년이!"

중년 사내의 얼굴이 붉어졌다. 어느새 중년 사내와 싸우던 남자는 뒤로 물러선 채 두 사람을 보고만 있었고 그 주위로 꽤 많은 사람들이 모여 있었다. 그들의 수군대는 소리에 화가 치밀었는지 자그마한 소리를 위협적으로 내려다보며 이를 갈았다.

"이년이…… 길거리에서 물건이나 파는 주제에 뭐가 잘나서 큰소리야? 어? 네 부모가 퍽이나 널 부끄러워하지 않았겠다, 응? 나이도 어린 게 길바닥에서 이러고 있는 거 보면 뻔하지, 뭐. 하긴, 자식을 보면 그 부모도 알 수 있다고, 네 부모도 어떤 수준일지……."

"우리 부모님, 당신한테 그런 말 들을 분들 아니야!"

소리는 중년 사내에게 달려들었다. 차라리 자신이 욕을 먹었다면 그냥 넘어갈 수도 있었다. 하지만 부모님의 욕을 하는 건 참을 수 없었다. 커다란 덩치의 사내에게 자그마한 소리는 비교도 되지 않았으나 그녀는 그런 것 따위는 아랑곳하지도 않고 사내에게 달려들었다. 눈물이 쏟아졌다. 그래서 바로 앞조차 분간이 되지 않을 정도로 흐려졌다.

"이 쌍년이, 진짜 죽으려고 환장을 했나!"

중년 사내는 자신보다 훨씬 작은 소리를 향해 큰소리를 치고는 커다란 손을 휘둘렀다. 그 순간 구경하던 사람들 사이에서 탄식의 소리가 튀어나왔다. 어떤 사람은 질끈 눈을 감았다. 큼직한 손에 얻어맞는다면 저 자그마한 여자는 어디 한 군데 제대로 다칠 것만 같았다.

"그만하시죠."

그때였다. 차분하게 가라앉은 젊은 남자의 목소리가 들렸다. 그리고 그 어떤 폭력도 소리에게 날아들지 않았다. 한껏 움츠러들었던 소리가 살며시 고개를 들었다. 그녀를 막아선 사람을 막 확인하려는 찰나, 중년 사내가 신음을 뱉으며 몸을 비틀었다.

"뭐, 뭐야! 이거 안 놔?"

"잘못한 것도 없는 사람한테 이게 무슨 행패입니까. 더구나 연약한 여자한테 할 짓입니까, 지금 이게?"

소리와 중년 사내 사이에 서 있는 젊은 남자는 어떻게 보면 수상해 보일 법한 차림새를 하고 있었다. 깊숙이 눌러쓴 시커먼 모자에 선글라스, 그리고 까만 재킷까지. 그냥 보는 것만으로도 위압감이 느껴진다고 해야 할까.

게다가 그는 너무나 쉽게 사내의 팔을 붙든 채 차분하게 말을 잇고 있었다. 마치 가벼운 뭐라도 쥐고 있는 사람처럼, 사내가 아무리 팔을 비틀어 빼려고 해도 놓아주지 않은 채 말이다.

그렇다고 해서 젊은 남자의 덩치가 크거나 근육질인 것은 아니었다. 오히려 모델처럼 키도 크고 늘씬한 스타일이었다.

그런 상반된 이미지 탓일까. 사람들은 저마다 젊은 남자의 등장에 당황하면서도 시선을 떼지 못하고 있었다. 중년 사내 역시 다르지 않았는지 잔뜩 당황한 채 젊은 남자를 보다가 말을 더듬었다.

"거, 거…… 이 팔 좀 노, 놓고 얘기합시다. 예?"

"……괜찮아?"

젊은 남자는 중년 사내의 말에 대답조차 하지 않고 고개를 휙 돌려 소리를 향해 말을 걸었다.

"예? ……저요?"

소리는 갑자기 변해 버린 상황에 얼떨떨한 얼굴로 젊은 남자와 중년 사내를 번갈아 보고 있다가 되물었다. 그러자 젊은 남자의 입가에 슬쩍 미소가 걸렸다.

"그래, 너. ……한소리."

"예?"

누구……. 저를 아시는지……. 소리가 자신없는 목소리로 중얼거리듯 묻자, 남자가 중년 사내의 팔을 잡고 있던 손을 놓은 뒤 소리에게 다가왔다. 그리고 조금 전 사내의 발에 밟혔던 기린 인형을 주워서 소리에게 내밀며, 소리에게만 보이게끔 슬쩍 선글라스를 내리고 말을 이었다.

"오랜만이다, 소리야."

"……!"

소리는 아무 대꾸도 하지 못한 채 눈만 크게 떴다. 이미 6년 전에 끝났던, 소리 자신의 손으로 끊어 냈던 인연이 바로 눈앞에서 그녀를 보고 있었다.

"너…… 정도연, 너……."

"자리 좀 옮길까? 너 놀란 건 알겠는데, 내가 좀 곤란해서."

젊은 남자, 정도연은 난처한 표정으로 뒤를 힐끔거리며 작게 말했다. 소리는 뒤늦게 주변을 둘러보았다. 아직 그를 알아본 사람은 없었지만, 누구라도 금방 정도연, 아니, '정이준'을 알아볼 수도 있을 법한 상황이었다.

정이준.

대한민국에서 요즘 가장 핫하다고 할 수 있는 배우였다. 3년 전, 홍창익 감독의 영화 '그림자'를 통해 데뷔하자마자 그 해의 청룡영화제 신인남우상을 받았고, 작년에는 남우주연상까지 거머쥐면서, 명실상부 최고의 배우들 중 하나로서 입지를 굳건히 하고 있는 배우 정이준.

그런 화려한 이력에도 불구하고 스캔들 하나 없이 차근차근 자신의 필모그래피를 쌓아 가고 있는 중이다. 오히려 늘 겸손하고 예의 바르고 성실한 모습으로 영화계 쪽의 사람들이나 기자들 사이에서도 호감도가 높은 편에 속한다고 했다.

갑자기 등장해서 실패 없이 화려하게 날아오른 만큼 쉽게 초심을 잃어버릴 수도 있는데, 그는 단순히 인기나 돈만을 좇는 것이 아니라 작품 자체를 위해서라면 사소한 역할조차도 받아들여서 멋지게 소화해 낸다고 했다.

그리고 그는…… 소리의 가장 아름답고 행복했던 시절을 함께 공유했던 사람이기도 했다. 물론, 가장 아픈 순간을 함께하기도 했고.

"……."

소리는 가슴속 어딘가가 쓰라린 것만 같아서 무심코 목 아래를 문질렀다. 한 군데에 구멍이 크게 뚫린 것도 같고, 여기저기 베인 상처들을 건드린 것처럼 불편하기도 했다.

"소리야. 응?"

소리는 가만히 도연을 쳐다보다가 시선을 내렸다. 그가 내밀고 있는 손에는 작은 기린 인형이 들려 있었다. 기린 인형에는 신발 자국이 선명했다. 마치, 지금도 생생하게 남아 있는 6년 전의 기억 처럼 말이다.

1.
다시 만나다

　어쩔 수 없는 일이라는 게 존재한다는 것을, 소리는 고등학교 2학년 때 처음 알게 되었다. 2학년 1학기가 끝나 가던 무렵이었다.

　여름방학은 시작되지도 않았는데 교복 하복조차도 살갗에 감기는 느낌이 들 정도로 유난히 무더운 날이었던 것으로 소리는 기억한다. 체육 시간이 끝난 뒤 교실로 돌아와 옷을 갈아입으려는데, 담임이 창백한 얼굴로 교실 앞문을 열고 들어와 소리를 향해 손짓을 했다.

　그리고, 귀가 먹먹해졌다. 순식간에 귀가 꽉 막힌 것처럼 더 이상 아무것도 들리지 않았다. 소리라는 이름과 어울리지 않게도, 주변은 침묵으로 가득 찼다. 그리고 소리는 그 뒤의 일을 아직도 정확히 기억하지 못한다.

　그냥 몸이 본능적으로 움직였던 것 같다. 무슨 일이 벌어진 것인지, 뭐가 어떻게 된 것인지 그녀는 아무것도 알지 못한 채 그저 누군가에게 이끌려 이리저리 휘둘리고, 또 휘둘려야 했다.

기억나는 것은, 코끝을 맴돌며 사라질 줄 모르던 향을 피우는 냄새. 그리고 누군가의 통곡. 액자 속에서 환하게 웃고 있는 부모님의 모습. 그리고 그녀의 쌍둥이 동생, 오리의 부재(不在)가 전해 준 서늘함.

그 와중에 장례식이 끝났다. 그리고 화장장에서 부모님의 유골함을 받아 들었고, 납골당에 유골함을 안치했다. 소리는 그 모든 과정을 흐릿한 머리로 간신히 이어 나가야 했다. 아무것도 제대로 인식하지 못했는데, 모든 일은 너무나 쉽고 빠르게 진행되어서 그 속도에 따라갈 수가 없었다. 소리는 집에 돌아온 뒤에야, 그 모든 것에 대해 생각할 수 있었다.

아무도 없는, 홀로 남은, 모두의 흔적이 고스란히 남겨진 집에 돌아온 뒤에야 말이다.

하지만 그녀는 무너질 수 없었다. 그녀에게 남은 하나뿐인 혈육이 생각났기 때문이었다. 오리, 내 동생. 소리는 다시 현관문을 열고 비틀거리며 밖으로 뛰쳐나갔다. 상복조차 벗지 못한 채 도착한 병원의 중환자실 출입문 앞에서, 그녀는 그제야 무너지고 말았다. 굳게 닫혀 있는 차가운 문은 그녀에게 큰 절망처럼 다가왔다.

⁎

"오리는…… 그 뒤로 계속 깨어나지 못한 거야?"

"응."

"……."

소리의 대답을 들은 도연은 잠시 침묵했다. 소리는 고집스럽게 정면만을 바라보았다.

사람들의 눈을 피해 그의 차를 타고 오리가 입원해 있는 병원 지하주차장으로 내려온 지 십 분은 지난 것 같다. 딱히 볼 것도 없는 지하주차장의 하얀 벽을 보고 있으려니까, 다시 도연의 목소리가 들렸다.

"미안해."

"······뭐가."

"한 번도 들러 보지 못해서."

"······."

"너랑 헤어졌어도······ 그래서 너와는 끝이었다고 해도 오리는 내 친구였으니까, 그건 변함없는 것이었으니까 오리를 보러 왔어야 했는데. 많이······ 서운했지?"

아니, 그렇지 않았다. 그런 마음 한 번도 가져 본 적 없었다.

소리는 아무런 말도 입 밖으로 꺼내지 않았다. 밖은 추워서 저절로 몸이 움츠러들게 만드는데, 차 안은 훈훈하다 못해 더운 것도 같았다.

소리는 작게 한숨을 내쉬며 손으로 목덜미를 쓸어 보았다. 땀이 난 것도 같았는데 그건 아니었나 보다. 차가운 손이 닿자마자 목덜미에 소름이 돋았다. 따뜻한 날에도 소리의 손은 늘 차가웠다. 도연은 잠시 그녀의 목덜미를 바라보다가 입을 열었다.

"여전한가 보네."

"응?"

"손 차가운 거. 그래서······ 어머니께서 많이 걱정하시고는 했었잖아. 여자애가 손 차면 안 좋다고."

도연은 문득 기억난다는 듯 덧붙여 말했다. 도연의 말이 끝나기가 무섭게 소리의 낯빛이 흐려졌다. 그런 그녀의 표정을 보고, 도연은 혀를 차며 자신의 실수를 탓했다.

"미안."

"……아니야. 그래도, 우리 엄마…… 기억해 주니까 좋네, 뭐."

소리는 억지로 웃으려고 입꼬리를 올렸다. 하지만 그와 반대로 그녀의 눈에서 눈물이 툭, 떨어졌다. 소리는 당황한 마음에 서둘러 손으로 뺨을 닦았다.

"여기, 손수건."

그때 도연이 손수건을 내밀었다. 소리는 정면만 바라보다가 천천히 고개를 돌려 그를 쳐다보았다. 도연이 손수건을 내밀며 소리를 응시했다.

"……고마워."

소리는 도연에게서 손수건을 건네받은 뒤, 다시 앞을 보았다. 손수건이 그녀의 손안에서 구겨졌다. 그것을 눈물을 닦는 데에 쓸 생각이 없어 보였다. 도연은 잠시 소리의 손을 내려다보다가 다시 입을 열었다.

"면회 시간이 몇 시부터라고?"

"아…… 이제 올라가 보면 될 거야."

소리는 잠시 멍하니 있다가 도연의 말에 정신을 차리고는 서둘러 안전벨트를 풀었다. 갑작스러운 재회였다. 생각도 하지 못했던 일이었기에 그녀는 좀처럼 진정하지 못하고 있었다. 간신히 겉으로는 아무렇지 않은 척 행동하고 있었지만 소리의 속내는 그렇지 못했다.

도연은 소리를 몰래 바라보다가 한숨이 나오려는 걸 삼켰다. 얼굴이 창백한 것이 많이 피곤해 보였다.

이런 식으로 느닷없이 그녀의 앞에 모습을 드러낼 생각은 아니었다. 아니, 딱히 어떻게 해야겠다는 생각조차 해 본 적이 없었다.

그냥 처음은, 우연이었다. 어떻게 달리 표현할 말도 없을 만큼, 정말 지독한 우연이라 할 수 있었다. 다시 만나게 될 거라고 기대조차 한 적 없었다. 6년이나 지난 시간은, 기억을 깊숙한 곳 어딘가에 묻히게 할 정도로 길었다.

그런데…… 정말 우연히 그녀를 보았다.

그것은 사흘 전의 일이었다. 한창 영화를 촬영하느라고 정신을 차릴 수도 없을 정도로 바쁜 와중이었다. 그런데 갑자기 상대 여배우가 촬영 펑크를 내는 바람에 하루가 고스란히 비어 버리게 되었다. 딱히 다른 스케줄이 있는 날도 아니었다. 하루를 온전히 영화 촬영에 할애했던 터라, 갑자기 펑크가 난 일정은 다른 것으로 대체하기도 어려웠다.

어떤 충동이었을까.

본래 그렇듯 충동에 이끌려 행동하는 성격은 아니었다. 그런데 그날은 유난히 충동적으로 행동했었다. 비어 버린 하루를 그냥 보내기는 싫었다. 그렇다고 뭔가를 하고 싶은 것도 아니었다. 그래서 무작정 차 키를 집어 들고 나와서 아무 곳이나 돌아다니며 드라이브를 했다. 딱히 뭔가를 기대했던 것도 아니었다.

……그때, 소리를 보았다.

작은 몸집의 여자가 바쁘게 가판대에 인형을 진열하며 종종거리고 돌아다니는 모습이 눈에 박힐 듯이 들어왔다. 바늘을 한 줌 집어서 찌르는 듯한 통증이 머릿속을 파고들었다. 눈시울이 뜨거워졌다. 하지만 도연은 좀처럼 그녀에게서 시선을 뗄 수 없었다.

헷갈린다거나 할 것도 없었다. 6년이라는 시간이 흘렀음에도 불구하고, 그녀는 여전히 '한소리'였다. 자그마한 몸집에 종종거리며 바쁘게 돌아다니는 움직임이 작은 다람쥐를 연상시키는 것도 다를 것이 없었다.

6년 전, 도연은 종종 그녀를 다람쥐라고 부르며 장난을 치고는 했었다. 추운 겨울에는 자신의 패딩 점퍼를 입혀 주고는 날다람쥐라고 놀리기도 했다. 그러면 소리는 파르르 떨며 발끈하면서도 곧바로 춥지 않냐고 걱정하면서 다시 패딩 점퍼를 도연에게 벗어 돌려주려고 낑낑대고는 했었고.

"가방은 두고 올라가. 무겁잖아."

"아니야. 오리 얼굴만 보고 바로 집에 가야지."

소리는 커다란 가방을 어깨에 멘 채 고개를 절레절레 저었다. 데려다줄게, 도연은 그 말이 나오려는 것을 억지로 삼켰다. 6년 전, 이미 끝나 버린 관계였다. 친구일 수도 없고, 다른 무엇일 수도 없었다. 데려다주겠다는 말조차 쉽게 나올 수 없는, 그런 애매한 사이였다.

"……그래. 가자."

도연은 아무렇지 않은 척 표정을 지우며 소리에게 말했다. 소리의 까만 눈이 잠시 도연에게 머물러 있다가 다른 방향으로 움직였다. 도연은 소리의 그 시선을 붙잡고 싶다는 생각을 하다 자신도 모르게 주먹을 꽉 쥐었다.

'……하, 미쳤구나.'

그리고 곧바로 그는 허탈하게 웃으며 쥐고 있던 주먹을 풀고는 얼굴을 쓸었다.

✷

— 야, 이준아! 너 지금 어디야, 인마!

면회를 하러 들어가기에 앞서, 도연은 휴대폰을 꺼 놓았던 것을 잊고는, 반대로 켜져 있는 것을 끌 생각에 전원 버튼을 눌렀다. 그 바람에 휴대폰이 켜졌고, 기다렸다는 듯 벨소리가 울려서 전화를 받아야 했다.

바보같이 전화 꺼 놓은 걸 잊어버리다니……. 도연은 미간을 찌푸리며 자신의 매니저, 박상호가 고래고래 소리를 지르는 것을 잠시 듣고 있다가 입을 열었다.

"병원이야."

— 뭐? 병원? 너, 어디 아프기라도 한 거냐? 어? 그래서 연락이 안 된 거야? 어디야? 어느 병원인데? 누구, 같이 있는 사람이라도 있어?

"아니야, 그런 거…… 병문안 온 거야."

도연은 휴대폰을 귀에 댄 채 멀찌감치 보이는 중환자실 글자를 하나하나 조심스럽게 더듬듯이 바라보았다. 오리가 저 안쪽에 잠들어 있다고 했다. 무려 6년이나 깨어나지 못하고 있는 상황이라고도 했다.

도연의 머릿속에 환하게 웃던 자신의 친구가 떠올랐다. ……왜 이렇게 됐을까. 너도, 나도, 그리고 소리도…… 우리는 왜 이렇게 변해 버린 것일까. 가슴을 묵직하게 두드리는 듯한 둔통이 일었다.

— 병문안? ……후우, 야, 인마. 그렇다고 나한테도 말 한마디 없이 잠적해 버리면 어쩌자는 거야? 여기 지금 완전히 난리난 거 알아? 촬영하던 놈이 갑자기 사라져서 아주 한바탕 뒤집어졌어, 인마. 알아? 사장님까지 생난리를 쳤다니까. 어디서 냄새 맡고 왔

는지 벌써 기자들 몰려왔어. 어슬렁거리는 게 딱 하이에나 같은 게, 완전히 세렝게티 초원이 따로 없더라. 아마 지금쯤 네 집 주변에도 기자들이 깔려 있을걸?

그때, 간호사실 쪽에서 나온 소리가 도연에게 다가오다가 통화 중이란 것을 알아차리고 멈칫거렸다. 도연은 소리에게 잠깐만, 하며 입 모양으로 말하고는 다시 박상호에게 말했다.

"어쨌든 형한테 부탁 좀 할게. 감독님께는 내가 직접 사과할 테니까 집 근처의 기자들이나 수거해 줘."

— 기자들이 무슨 쓰레기라도 되냐? 수거는 무슨 수거. 하여간, 너 이런 줄도 모르고 사람들은 너 겸손하고 예의 바르고 착실하다고 생각하고 있겠지. 너랑 말 몇 번만 주고받으면 자기네들이 얼마나 착각했는지 깨달을 텐데 말이야. 안 그러냐? 하긴, 나도 너랑 처음 만났을 때는 아주 제대로 속았지만.

박상호는 한참을 투덜거리다가 다시 걱정스러운 어조로 물었다.

— 이준이, 너…… 진짜 무슨 일이야? 단순히 병문안 가겠다고 전부 펑크 내고 무책임하게 잠수할 놈은 아니라는 거, 누구보다도 내가 잘 알아.

성격은 더러워도 일 하나는 완벽하게 하는 놈이 무슨 일이기에……. 도연은 걱정스럽게 말끝을 흐리는 매니저의 목소리에 희미하게 웃었다.

어쨌든 일을 떠나서라도, 상호는 자신에게 제법 소중한 사람이기는 하다. 오히려 자신을 방치하고 버렸던 부모보다도 더 진심으로 자신을 걱정하고 있는 사람이니…….

도연은 다시 소리를 바라보았다. 자신이 통화하는 것을 방해하고 싶지 않았는지, 그녀는 멀찌감치 떨어져서 중환자실 문만 바라보고 있었다. 도연이 소리를 물끄러미 바라보며 입을 열었다.

"그냥, 뭐…… 참을 수가 없었어."

— 뭘? 뭘 참을 수가 없어서? 정말 무슨 일이라도 있었냐?

상호의 물음에 도연은 피식 웃으며 고개를 저었다. 지친 듯한 웃음이 금방이라도 버석거리며 부서질 것 같았다.

"아니. ……아무 일도."

아무 일도 없었어. 도연은 그 말을 반복해서 중얼거렸다. 아무 일도 없었더라면…… 6년 전, 아무 일도 없었더라면.

"오리야……."

소리는 도연과 함께 중환자실 안에 들어가자마자 오리가 누워 있는 침대로 향했다. 도연은 소리의 뒤를 따라 들어가다가 걸음을 멈췄다.

소리의 뒷모습이 지쳐 보였다. 하루 종일 길거리에서 인형을 파느라고 지쳤을 게 분명했다. 더구나 오늘은 시비에 휘말려 더욱 힘들었을 것이다.

도연은 잠시 소리의 뒷모습을 애처로운 눈으로 바라보다가 다시 걸음을 옮겼다. 삑삑거리는 기계음이 일정한 간격으로 들렸다. 생소한 광경이었다.

도연은 이를 악물었다. 침대 위에 누워 있는 사람은 자신이 알던 이가 아니었다. 아니, 사실은 자신이 알던 한오리가 맞았다. 그러나 비쩍 말라서 생기 없이 누워 있는 이는 예전에 함께 웃고, 떠들고, 장난을 치던 친구가 아니었다.

"……"

도연은 아무 말도 하지 않았다. 소리는 그런 도연을 잠시 돌아보았다가 다시 오리가 누워 있는 침대 쪽으로 눈을 돌렸다.

오리는 산소호흡기에 의지한 채 깊이 잠들어 있었다. 누가 와 있는지 전혀 알지도 못한 채. 소리는 눈시울이 뜨거워져서 눈을 깜빡이다가 오리의 손을 잡고는 간신히 입을 열어 작게 속삭였다.

"오리야, 누가 온 줄 알아? ……정도연. 도연이 왔어. 기억하지? 전도연이랑 이름 비슷하다고 처음에 이름 듣자마자 네가 막 웃는 바람에…… 도연이랑 너, 처음 만나자마자 싸웠었잖아."

그리고 곧바로, 둘도 없는 친구가 되었잖아. 소리는 뒷말을 삼킨 채 오리의 손을 가만히 잡았다. 오리의 체온은 소리보다 높았다. 수족냉증을 앓아서 겨울이 되면 더욱 고생하는 소리와는 달리 오리의 손은 따뜻해서 맞잡고 있으면 금세 그 온기가 전달되어 소리의 손도 따뜻해지고는 했었다.

또래의 다른 아이들을 보면 남매지간에는 이성에 눈을 뜨면서 어색해지기도 하고, 일부러 더 고약하게 굴기도 하고, 싸우기도 자주 싸우는 것 같았지만 소리와 오리는 달랐다.

쌍둥이인 그들은 중학교 때까지 같은 학교에 다니면서 누구보다도 친한 단짝으로 지냈다.

고등학교는 다른 곳을 갔지만 하루에도 몇 번씩 휴대폰으로 문자를 주고받으며 대화를 나누는 바람에, 그것을 본 반 아이들이 오리를 두고 '소리의 남자친구'라며 오해를 한 적도 있을 정도였다. 거기에 가끔 먼저 수업을 마친 오리가 소리의 학교 정문 앞에 서서 기다리곤 해서 그 오해는 꽤 오래 이어졌었다.

"생각나? 그 뒤로도 너희, 진짜 많이 싸웠던 거. 툭하면 싸워서 둘 다 판다처럼 눈 시퍼렇게 멍들어서 엄마한테 혼나고. 그래 놓고 금세 까먹었는지 엄마가 간식 만들어 주면 서로 먼저 먹겠다고 또 싸우다가 팔 들고 벌섰던 거……. 너희 그러는 거 보면서 내가 다 부끄러웠어. 알아? 유치원생도 아니면서 하는 행동들은 어쩜 그렇게 둘 다 유치했는지."

소리는 코끝이 찡해지려는 것을 꾹 참으며 고개를 돌렸다. 어느새 도연이 그녀의 곁에 가까이 다가와 있었다.

"오리야, 바로 그 유치했던 정도연이 왔어. 너랑 툭하면 싸웠던 도연이. 창피하지? 민망하지? 왜 예전 일을 다시 꺼내나 싶지?"

그러니까 일어나. 일어나서 창피하니까 그만 좀 하라고, 얼굴도 붉히고 그래 봐. 응? 소리는 하고 싶은 말들을 전부 속으로 삼키며 도연을 돌아보았다. 도연이 짐짓 불만스럽다는 표정을 과장되게 지었다.

"누가 들으면 내가 진짜 유치했는지 알겠다."

"유치했거든?"

"너만큼 유치하지는 않았을걸? 나랑 오리랑 둘이서 목욕탕 간다고 얼마나 심통 부렸는지 기억 안 나? 뻔히 억지라는 걸 알면서, 로마 시대에는 남녀 혼욕이 가능했다는 둥……."

"야! 너야말로 그런 건 좀 잊어 주면 안 돼?"

"그 재미있는 걸 왜 잊어? 두고두고 떠올려야지."

도연은 픽, 웃으며 허리를 숙였다. 도연의 턱이 몇 번이나 경련을 일으킬 것처럼 움직였지만 입이 쉽게 열리지 않았다. 그리고 도연은 잠들어 있는 오리를 한참 동안 쳐다보다가 겨우 입을 열었다.

"……늦었다. 미안."

도연은 오리에게 사과했다. 소리와 헤어졌다고 해서 오리와도 끝났다고 생각했던 것은 절대 아니었다. 그러나 어쩔 수 없이 도연은 오리를 찾아오지 못했다. 그리고 6년이 지났다.

"변명이겠지만…… 너 사고당하고 조금 지나서 미국으로 쫓겨 났었거든."

소리는 오리의 손을 잡은 채 도연의 말을 듣고 있다가 눈을 크게 뜨고 그를 보았다. 그러나 도연은 소리를 쳐다보지 않은 채, 오리를 향해 계속 말을 이었다.

"부모님이 이혼하시면서…… 두 분 모두 나를 맡지 않겠다고 하시는 바람에, 이리저리 떠돌다가 미국에 사는 고모한테 보내졌어."

소리의 눈은 더욱 휘둥그레졌지만 말을 꺼내는 도연은 오히려 담담한 얼굴이었다.

"그리고 계속 돌아오지 못했어. 아니, 돌아올 마음이 없었어. 이곳에 남은 건 상처뿐이란 생각이 들어서. 그러다가 운 좋게 미국에서 홍창익 감독님을 알게 되었어. 거의 낙하산으로 영화를 찍고, 그러다 보니까 다시 한국에 돌아오기는 했는데…… 너를 만나러 오는 게 무섭더라고."

"……."

"알잖냐. 내가 겁쟁이인 거."

도연은 마치 깨어 있는 사람에게 말하듯 아무렇지 않게 이야기를 했다. 지금껏 살아온 이야기들, 미국에서 무엇을 하고 어떻게 살았는지, 한국에 돌아와 '정이준'이 되어서 어떻게 지냈는지, 하는 이야기들. 소리는 가만히 오리의 손을 잡은 채 도연의 이야기를 들었다.

누군가의 이야기를 듣는다는 것이 이토록 묘한 감정을 불러일으키는 것일 줄은 상상도 못 했다. 아니, 그것은 단순히 '누군가'의 이야기가 아니라…… '정도연'의 이야기이기 때문일 것이다. 소리는 작게 숨을 내쉬었다.

자신이 상처를 주었던 도연은, 그 뒤에 또 상처를 입었다. 부모의 이혼, 그리고 버림. 그것은 어쩌면 자신이 주었던 것보다 훨씬 더 큰 상처였을지도 모른다. 아니, 아마 그랬을 것이다. 사춘기 시절의 여자친구와 자신을 낳아 준 부모는 비교 자체가 되지 않으니까.

어떤 마음이었을까. 부모가 모두 외면해서 쫓겨나듯이 미국으로 떠나야 했던 그는, 어떤 마음으로 떠났던 것일까. 소리는 가슴속이 저릿해지는 것을 내색하지 않기 위해 숨을 멈추었다. 두근두근, 심장이 뛰었다.

어린 나이였다. 그리고 현실은 차가웠다.

소리는 그 현실이 유독 자신에게만 차갑다고 느꼈다. 그래서 다른 사람도 힘들게 살아 낸다는 걸 생각하지 못했다. 좋아한다며 그녀를 붙잡던 도연에게조차 원망하는 마음이 일었던 것도 같다.

나는 이렇게 불행한데 너는 왜 그런 말만 하는 거야, 하는 원망. 그랬기에 헤어지자고 했던 것인지도 모른다. 너도 아파 보라고. 너도 나만큼은 아니더라도 아파 보라고.

도연도 자신만큼 어렸고, 그의 현실 또한 차가울 수도 있다는 걸 생각하지 못한 채.

"너, 지금 안 듣는 척하면서 다 듣고 있지? 속으로 나 겁쟁이라며 웃고 있지? 다 알아, 인마. 내가 널 모르냐? 한오리, 내가 너를…… 모르겠냐?"

소리는 살짝 뒷걸음질을 쳤다. 그리고 도연의 뒤에 서서 그의 뒷모습을 멍하니 바라보았다. 오리에게 뭔가 끊임없이 이야기하고 있는 그의 뒷모습이 열여덟 도연의 모습과 겹쳐지는 것만 같았다.

그녀 스스로 놓아 버렸던 인연이었다. 모든 것이 힘들고 괴로워서, 그래서 괜한 원망을 품고 끊어 버렸던 인연이었다. 그의 마음이 어떠했을지 생각조차 하지 않고 버렸던 인연이었다.

……하지만, 그만큼 그리웠던 사람이었다. 열여덟의 서툰 첫사랑이었다. 남들에게는 그저 어린애들의 감정 따위로 치부될 수 있는, 그런 풋풋한 감정일 수도 있었다. 그러나 소리에게는 너무나 그립고, 절실한 사람이기도 했다.

얼마나 그리워했는지, 얼마나 후회했는지,

다시 돌아온 너를 얼마나 보고 싶었는지,

……나는 그 어떤 것도 너에게 얘기할 수 없어.

"……."

소리는 눈물이 가득 고였던 눈을 깜빡이며 고개를 숙였다. 눈물이 툭 볼을 타고 흘러내렸다. 하지만 오리를 향해 서 있는 도연에게 등 뒤의 소리가 보일 리 없었다. 소리는 그것을 다행이라고 여겼다. 그리고 조심스럽게 중환자실 밖으로 몸을 돌렸다.

❀

소리는 중환자실을 빠져나와 복도에 있는 의자에 쓰러지듯 기대어 앉았다. 그녀는 움츠러든 자세로 가쁜 숨을 몰아쉬었다. 그를 그리워했던 가슴이 감당하기 힘들 정도로 뛰고 있었다.

다시 이렇게 얼굴을 보고, 대화를 나누게 될 것이라고는 생각하지 못했기에 놀라서 그런 것일까. 소리는 애써 가슴이 뛰는 이유를 예상치 못했던 재회에 대한 놀라움이라고 생각하려고 했다. 하지만 그녀 스스로도 단순히 그런 놀라움이 이유가 되지 않는다는 것은 잘 알고 있었다.

소리는 허리를 숙여 무릎 사이로 고개를 묻었다. 병원 복도의 바닥을 가만히 응시했다.

"……미쳤어."

이제 와서 왜…… 왜 이러는 거야. 소리는 스스로를 다그치며 두 손으로 머리를 감쌌다. 그녀의 얼굴은 핏기를 찾을 수 없을 정도로 창백해졌다. 소리는 숨을 몰아쉬며 입술을 꽉 깨물었다.

이러지 마. 더 비참해지고 싶지 않아.

도연이 이렇듯 다가온 것은, 아마도 지난날에 대한 추억, 그리고 자신에 대한 동정심, 그런 것들 때문일 거다.

더구나 이렇게 다시 만난 것 자체도 우연에 불과한 일이었다. 착각하지 말자. 애당초 그가 나를 일부러 찾은 것도 아니고…… 그저 우연히 나를 보고 도와준 것일 뿐이다. 그리고 우연히 만난 김에 이곳까지 함께 온 것에 불과하고……. 그러니까 그의 연민 섞인 호의에 이렇게 흔들려서는 안 된다. 그토록 상처를 주었으면서. 이기적인 마음으로 그를 매몰차게 밀어냈으면서.

"소리야, 왜 그래? 어디 아파? 응?"

"……"

"소리야?"

"……"

도연은 중환자실 밖으로 나오자마자 웅크리고 있는 소리를 발견하고는 황급히 다가갔다. 자그마한 몸집이 더욱 움츠러들어 있었다.

흘러내린 머리칼 사이로 하얀 목덜미가 보였다. 그 모습이 어쩐지 처연해 보여서, 도연은 미간을 찌푸리고는 몸을 숙였다. 그리고

28

한쪽 무릎을 꿇은 채 걱정스러운 눈으로 소리를 살폈다. 소리는 웅크리고 있던 몸을 일으키더니 가만히 그를 쳐다보았다.

"소리야."

"수학 경시대회에 참가했던 날이었어."

소리는 뜬금없이 이야기를 꺼냈다. 도연은 잠시 의아한 표정을 지었다가 이내 그녀가 누구의 이야기를 하는 것인지 깨닫고는 이를 악물었다. 오리의 이야기였다. 더 정확히 말하자면, 그들 모두가 변할 수밖에 없었던 날의 이야기였다.

"오리가 수학을 정말 잘했었잖아. 너도 알지? 그래서 학교 대표로 수학 경시대회에 갔었어. 게다가 그 경시대회를 주최한 곳이 오리가 가고 싶어 하던 대학교라서…… 꽤 오랫동안 경시대회를 준비했었어. 잠도 줄이고 새벽까지 공부하던 걸 몇 번 본 적이 있어. 잠 깨서 화장실 가다가……."

소리의 창백한 뺨에 아픈 미소가 새겨졌다. 도연은 말없이 무릎을 꿇은 채 소리를 계속 바라보기만 했다. 소리는 기억을 더듬듯 잠시 허공을 바라보다가 다시 입을 열었다.

"엄마가…… 수업 끝나는 대로 집에 오라고 했었거든. 몇 번이나 신신당부를 했었어. 아마, 오랜만에 외식이라도 하려던 건지도 몰라. 경시대회 준비하느라고 고생했던 오리한테 맛있는 것도 먹일 겸……."

소리는 잠시 말을 끊고 입술을 꾹 물었다. 마치 뭔가가 울컥거리며 올라오는 것을 참으려는 듯 그녀의 턱에 힘이 들어갔다. 도연은 천천히 시선을 내렸다. 맞잡고 있는 소리의 양손이 보였다. 얼마나 힘을 주고 있는 것인지 피가 통하지 않아서 그녀의 손이 새하얗게 질려 있었다.

"시험을 보고 집에 돌아오던 길이었어. 아마 뒷좌석에 앉은 오리는 피곤해서 곯아떨어졌을 거야. ……그래서 어쩌면, 오리는 본인한테 무슨 일이 벌어졌던 건지 아예 모르고 저렇게 잠들어 있는 건지도 몰라."

"……."

"그게 다행일까, 아닐까."

소리의 볼은 추위에 얼었다가 녹은 탓인지, 창백하면서도 군데 군데 붉은 기가 엿보였다. 스물넷, 나이에 비해 여전히 앳된 얼굴이지만, 누가 보더라도 고된 삶의 흔적을 찾을 수 있을 것 같았다.

"미안…… 내가 너한테 무슨 얘기를 하는 건지."

소리는 쓴웃음을 짓고는 일어섰다. 도연 역시 무릎을 꿇고 있다가 몸을 일으켰다. 소리는 자신보다 훨씬 큰 도연을 올려다보다가 피식, 웃으며 입을 열었다.

"키가 더 컸나 봐."

"대학 가서도 키가 크더라고."

"……좋겠네."

소리는 가만히 중얼거리듯 대꾸하고는 다시 도연을 향해 말했다.

"간호사실에 맡겨 놓았던 가방 좀 가지고 올게."

"아……."

"내 생계가 달려 있는 가방이라, 그냥 대기실 같은 곳에 놔둘 수가 없거든. 간호사 선생님들이 사정을 봐주셔서 매번 간호사실에 맡겨 놓고는 해."

"……그렇구나."

도연은 뒤늦게 소리가 왜 아까 간호사실에 다녀왔던 것인지, 그 이유를 깨달았다. 그리고 자신의 무심함을 탓했다.

"그럼 그냥 가방을 내 차에 놔두고 올라오는 편이 나을 뻔했네."

"아니야. 곧바로 갈 거니까…… 이게 편해."

소리는 어색하게 웃고는 몸을 돌려 간호사실 쪽으로 향했다. 도연은 잠시 그녀를 바라보다가 멀리서 다가오는 간호사의 모습을 보고는 모자를 더욱 깊숙이 눌러썼다.

짐을 찾으러 가자 간호사실 앞에서 낯익은 간호사들이 커피를 마시며 대화를 나누고 있었다. 소리는 걸음을 멈추고는 꾸벅, 인사를 했다.

"소리 씨, 이제 가는 거예요?"

"예."

소리는 고개를 끄덕이며 희미하게 웃었다. 열여덟, 고등학생 때부터 그녀를 봐 왔던 간호사들은 저마다 안쓰러운 눈으로 소리를 쳐다보았다.

갑작스럽게 부모님을 잃은 것만으로도 견디기 힘들었는데, 동생마저 의식 없이 중환자실에 들어가게 된 것은 어린 소리에게는 견디기 어려운 현실이었다.

당장 병원비를 마련하는 것부터가 그랬다. 그래서 곧바로 학교를 그만두고, 돈을 벌기 위해 아르바이트를 구하러 다녀야 했다. 하지만 고등학교 중퇴의 미성년자를 고용하고자 하는 곳은 찾기 어려웠다.

게다가 근무 시간에 맞추어 일을 하면서 정해져 있는 면회 시간에 맞추어 병원에 오는 것도 불가능한 일이었다. 그렇기 때문에 소리가 택할 수 있는 것은 극히 제한적이었다.

"참! 소리 씨, 인형 진짜 고마워요. 우리 조카가 인형 받고 정말 좋아하더라."

"아, 맞다. 나도 인형 하나만 더 살 수 있어요? 사촌 동생한테 생일 선물로 주고 싶어서 그러는데."

"어…… 아니요. 그냥 드릴게요."

"으응, 그러지 말고. 돈 받고 팔아요."

"아니에요. 제가 어떻게 그래요. 항상 선생님들 신세를 지고 있는데……."

소리는 고개를 저으며 대답했다. 한 번이라도 더 오리를 챙겨 달라고 부탁하는 것도 미안한데, 인형을 돈 받고 팔라니. 말도 안 되는 일이었다. 하지만 인형을 사겠다던 간호사 역시 단호한 얼굴로 고개를 젓고는 다시 말했다.

"안 돼요. 무조건 안 돼요. 소리 씨가 만든 인형을 돈도 안 주고 공짜로 받으면, 나 다른 선생님들한테 엄청 혼날 거예요. 소리 씨는 내가 혼났으면 좋겠어요?"

"그게 아니라…… 저, 저기……."

소리는 우물쭈물 입을 달싹이다가 이내 고개를 끄덕이며 작게 '예.' 하고 대답했다. 생활전선에 뛰어든 지 6년째 접어들었다고 하지만, 그래도 여전히 자신보다 나이 많은 사람한테는 뭐든지 어렵기만 했다.

"어머나, 이게 웬일이야?"

그 순간, 간호사실 한쪽 구석에서 휴대폰으로 뉴스를 보고 있던 간호사 한 명이 호들갑스럽게 입을 열었다. 그러자 소리와 대화를 나누던 간호사들 역시 저절로 그쪽에 관심을 보였다. 소리 또한 무심코 고개를 돌렸다.

그러자 갑자기 모두의 관심을 받게 된 간호사는 그 집중된 시선에 당황했는지 잠시 눈을 깜빡이다가 곧바로 다시 생각난 듯, 휴대폰을 든 채 소리와 간호사들을 향해 달려왔다.

"여기 이 기사 좀 봐요."

"뭔데 그래?"

"정이준이 영화 촬영하다 말고 잠적했대요."

"뭐?"

"진짜?"

소리는 반사적으로 뒤를 돌아보았다. 모자를 눌러쓴 채 휴대폰을 만지작거리고 있는 장신의 남자가 보였다. 저기 저렇게 버젓이 있는 사람이 잠적을 했다고? 소리는 황당한 마음에 다시 간호사들을 보았다.

간호사들은 머리를 맞댄 채 휴대폰의 뉴스 기사를 들여다보고 있었다. ⋯⋯설마, 진짜 잠적했다고? 소리는 의아한 표정을 지우지 못한 채 슬그머니 간호사들이 보고 있던 휴대폰 앞에 빼꼼, 고개를 들이밀었다.

"⋯⋯어?"

정말이야? 소리는 휴대폰의 기사 속에 뜬 도연의 사진을 보고, 그 아래에 있는 기사 내용을 훑으며 경악했다. 잠적이라니⋯⋯. 그런데 이 상황에 저렇게 대놓고 돌아다닌다고?

"정이준이 이럴 사람이 아닌데, 대체 무슨 일이래? 소속사도 무슨 일인지 말도 안 해 주고. 이렇게 무책임하게 잠적하고 그럴 것 같지 않은데. 안 그래요, 소리 씨?"

"⋯⋯그러게요. 아, 저 이만 가 볼게요."

소리는 당혹스러운 표정을 애써 숨기다가 가방을 챙겨 어깨에 메고 돌아섰다. 그러자 도연이 소리를 발견하고는 성큼성큼 다가왔다. 소리는 화들짝 놀라 뒤에 있는 간호사들을 힐끔 보고는 빠른 걸음으로 도연에게 다가가서 작게 속삭였다.

"너 제정신이야?"

"그게 무슨 말이야?"

"잠적했다며? 기사가 막 뜨고 난리 났던데? 그런데 어쩌자고 이렇게 얼굴 내놓고 돌아다녀?"

"감췄잖아."

도연은 자신이 쓰고 있는 커다란 선글라스를 손가락으로 톡톡, 치고는 다시 손가락으로 모자를 가리키며 대꾸했다. 소리는 너무나 태연한 도연을 보고 어이없다는 표정으로 입을 벌리고 있다가 뒤늦게 고개를 흔들었다.

"어쨌든 이러다가 들키겠어. 너 빨리 가."

"……데려다줄까?"

"됐어. 우리가 그럴 사이도 아니고."

스스로 입에 담은 말이 날카로운 칼날처럼 가슴속을 베고 지나갔다. 소리는 쓰라린 통증을 감추며 아무렇지 않은 척 표정을 고쳤다. 그런 소리를 바라보던 도연의 표정이 흐려졌다. 하지만 그는 곧 내색하지 않고 다시 말을 이었다.

"왜 그럴 사이가 아니야?"

"뭐?"

"적어도, 내가 '정이준' 인 건 알 정도의 관심은 있었던 거 아니냐고. 그럼 제법 '그럴 사이' 는 되는 거 아닌가?"

"뭐라고?"

소리는 도연의 말에 대답할 말을 찾지 못했다. 그러자 도연이 씩, 웃더니 허리를 살짝 숙여 그녀와 시선을 맞추고 말했다.

"아니야? 응?"

소리의 시선이 흔들렸다. 하지만 곧 그녀는 시선을 피하며 고개를 모로 돌렸다. 그리고 동시에 도연의 눈빛 역시 가라앉았다.

☀

"소리야!"

도연은 응급실에 들어서자마자 크게 소리의 이름을 부르며 주위를 둘러보았다. 체육 선생님의 심부름으로 잠시 교실에 없었던 도연은, 소리에게 벌어진 일에 대해 뒤늦게 다른 아이를 통해 듣게 되었다.

소리의 부모님과 동생이 교통사고를 당했다는 것. 담임이 전한 소식을 듣자마자 소리가 미친 듯이 가버렸다는 것. 도연은 간신히 담임의 허락을 받아서 조퇴할 수 있었다. 그리고 학교를 나서자마자 급히 택시를 잡아타고는, 소리가 갔다는 병원의 응급실로 향했다.

소리는 처음으로 좋아하게 된, 도연의 첫사랑이었다. 1학년 때 같은 반이 되었고, 짝이 되어 나란히 옆에 앉게 되면서 자신도 모르게 조금씩 마음이 갔다.

그래서 1학년 겨울방학이 되기 직전에 수줍게 적어 내려간 편지와 함께 고백을 했고 그때부터 사귀기 시작한 여자친구이기도 했다.

2학년이 되어서도 같은 반으로 배정을 받아서 얼마나 기뻐했는지 모른다. 소리 역시 그런 도연을 타박하면서도 내심 좋은 듯 얼굴을 빨갛게 물들이며 민망해했었다.

도연은 그런 소리가 참 좋았다. 소리와 함께 있으면 따뜻했고 편안했다. 거의 매일 싸우기만 하는 부모님, 그 숨 막히는 집안 분위기 속에서도 소리만 떠올리면 가슴이 꽉 차오를 정도로 온기가 느껴져서 처음으로 행복하단 생각을 하기도 했었다.

더구나 소리의 부모님과 동생은 도연에게도 소중했다. 도연은 지난 겨울방학 내내 소리의 집을 거의 제집처럼 드나들었다. 다른 학교에 다니는 소리의 쌍둥이 남동생 한오리는 도연과 금세 친구가 되었고, 소리의 부모님은 도연이 지금껏 느껴 보지 못했던 가족의 애정을 듬뿍 안겨 주고는 했다.

그런데 그런 그들이 교통사고를 당하다니. 도연은 자꾸만 치밀고 올라오는 불안감을 억누르며 흔들리는 시선을 간신히 붙잡고 침대를 하나하나 살펴보기 시작했다.

응급실은 마치 시장 한복판 같았다. 여기저기에서 들려오는 고성, 신음, 그리고 바쁘게 돌아다니는 의사들과 간호사들의 모습은 한 편의 영화를 보는 것과 같은 착각을 불러일으켰다.

지극히 사무적이고 더없이 무표정한 그 얼굴들이 너무 낯설었다. 마치 스크린 속에서 돌아다니는 인물들을 극장에 앉아 보는 것만 같았다. 좀처럼 현실이라는 생각이 들지 않았다.

그 순간이었다.

"학생! 학생, 정신 차려요!"

정신을 잃었는지 힘없이 자그마한 몸이 바닥을 향해 기울어지는 것이 보였다. 소리였다. 그리고 그런 소리의 작은 몸을 다급히 붙잡는 중년 여자의 모습 또한 보였다. 옆 침대의 보호자인 것도 같았다.

하지만 그런 게 중요하지는 않았다. 흔들리던 도연의 시선이 그대로 소리에게 고정되었다. 도연은 성큼성큼 걸어가 중년 여자에게서 소리를 빼앗듯 당겨 안았다. 그러자 중년 여자가 깜짝 놀라 도연을 보았다가 입을 열었다.

"이 학생 친구인가 봐요?"

"……예."

"아유, 친구가 좀 옆에서 잘 챙겨야겠어요. 불쌍해서 어째……."

중년 여자가 쯧쯧 혀를 차고는 이내 옆 침대 쪽으로 몸을 틀었다. 도연은 자신의 팔에 쓰러지듯 기댄 채 숨을 가쁘게 몰아쉬는 소리를 내려다보았다.

완전히 정신을 잃었던 것은 아닌지, 소리의 눈에서 나온 눈물이 계속 뺨을 타고 흘러내렸다. 도연은 자신의 팔을 꽉 붙잡고 있는 소리의 손을 보았다. 새하얗고 작은 손이 부들부들 떨리면서도 악착같이 자신의 팔을 붙잡고 있었다.

"소리야."

"엄마…… 아빠…… 오리야……."

소리는 도연의 말이 전혀 들리지 않는 듯 하염없이 가족을 부르고, 또 부르기만 했다. 너무 작아서 거의 들리지도 않을 목소리로. 그러나 너무나 절박하게, 간절하게. 도연은 소리의 어깨를 꽉 붙잡아 끌어안았다. 급히 달려왔던 탓에 도연의 온몸은 땀으로 젖어 있었지만, 소리의 체온이 너무나 낮아서 오히려 가슴속이 서늘해졌다.

두려웠다.

이제야 느끼게 된 행복을, 잃어버리게 될 것만 같아서.

"그래도 졸업은 했으면 싶어서 설득해 봤는데, 아무래도 들으려고 하지 않더구나."

'아니야, 이건 아니잖아!'

도연은 소리가 자퇴신청서를 내고 조금 전에 나갔다는 말을 담임에게서 전해 듣고는, 그대로 교무실 밖으로 뛰쳐나갔다.

부모님의 장례식에서도 의외로 침착한 모습을 유지하며 홀로 조문객을 맞이하던 소리의 모습을 보았다. 그 모습에 그나마 다행이란 생각을 하면서도, 어쩐지 불안함을 느꼈다. 기묘할 정도로 침착한 모습이, 오히려 이상해 보였던 탓이었다.

그러나 장례식이 끝나고 다시 학교에 돌아오면 괜찮아지겠지, 하며 그녀가 다시 등교하기만을 기다렸다. 몇 번이나 전화를 걸어 볼까 망설였고, 집 앞에 찾아가서 초인종을 누를까 주저하기도 했다.

하지만 도연이 결국 아무것도 하지 못했던 것은 그런 불안함을 인정할 수 없어서였는지도 모른다. 괜찮아질 테니까. 돌아오면 다 괜찮을 테니까. 어린 마음에 도연은 무작정 희망을 품은 채, 소리가 다시 돌아오기를 기다렸다.

그런데 자퇴라니.

도연은 믿을 수 없었다. 물론, 오리가 여전히 중환자실에 있다는 건 알고 있었다.

하지만 그렇다고 해서 이제 겨우 열여덟인 소리가 뭔가를 어떻게 해야 한다고는 생각하지 못했다. 친가든 외가든 그녀에게도 친척들이 있을 테니까. 그러니까 어떻게든 그녀와 그녀의 쌍둥이 동생을 돌봐 줄 거라고 믿었다.

상처 입은 마음을 추스르기는 힘들겠지만, 그래도 학교에 다시 나오기는 할 거라고 여겼다.

"소리야!"

1층 현관에 나오자마자 운동장으로 이어지는 계단 앞에 서 있는 소리가 보였다. 도연은 크게 소리를 불렀다. 그러자 소리가 몸을 움찔하더니 그대로 멈춰 선 채 천천히 몸을 돌렸다. 새까만 눈이 도연을 응시하다가 빠르게 깜빡였다. 도연은 이를 악물고 소리를 향해 달려갔다.

"소리야, 내가 잘못 들은 거지? 자퇴라니? 자퇴를 한다고?"

"······도연아."

"그게 무슨 소리야? 왜 자퇴를 해! 아니지? 응? 아니라고 말해!"

도연은 소리의 양 어깨를 붙잡고 재촉하듯 말했다. 그런 도연을 바라보던 소리의 눈에 눈물이 가득 고이는 듯했다. 하지만 곧바로 그녀는 언제 그랬냐는 듯 매정하게 도연의 손을 떼어 내며 말했다.

"맞아. 나 방금 자퇴신청서 냈어."

"한소리!"

"그만 좀 징징대! 나 지금 네가 징징대는 것까지 받아 줄 만큼 여유롭지 않아!"

소리는 두 손을 꼭 쥔 채 날카롭게 외쳤다. 도연은 그런 소리의 반응에 더 이상 아무 말도 하지 못하고 그녀를 쳐다보았다. 소리는 입술을 꽉 깨문 채 도연을 바라보다가 씹어서 뱉어 내듯 말을 이었다.

"우리, 헤어져."

"소리야?"

"나 이제 너랑 안 만날 거야."

"소리야, 너 지금……."

"이런 말 굳이 하는 것도 웃기기는 한데, 그래도 정리할 건 하는 게 낫겠어."

"……."

"헤어지자."

"……소리야, 네가 지금 많이 힘든 건 아는데……."

도연은 울컥 치밀어 오르는 감정을 꾹 눌러 참으며 말했다. 소리의 마음을 이해하지 못할 바 없었다. 지금 소리의 상황에서는 충분히 그럴 수 있다고, 스스로 되뇌며 차분하게 마음을 가라앉히기 위해 노력했다. 도연이 소리를 달래기 위해 다시 입을 열려는 순간, 소리가 도연의 말을 가로막았다.

"네가 뭘 아는데?"

"소리야."

"도연이 네가 대체 뭘, 얼마나 아는데? 응?"

"……."

"나도 모르는 걸, 네가 어떻게 알아?"

도연은 소리의 눈을 마주했다. 새까만 눈이 언제나 강아지처럼 온순하고 반짝여서 예쁘다고 생각했었다. 그런 소리의 새까만 눈이 빛을 잃어버린 상태였다.

도연은 숨이 막혔다. 소리의 눈에 담긴 절망의 깊이를 가늠해 보는 것조차 겁이 덜컥 날 지경이었다. 도연은 이제 겨우 열여덟이었다. 그렇기 때문에 소리의 절망을 온전히 받아들이기에는 너무나 어렸고, 나약했다.

"그, 그렇지만…… 난 네가 좋아."

그래서 도연은 고작 그 말밖에 할 수 없었다. 좋아한다고. 네가 좋다고. 그러나 소리의 귀를 지나서 그녀의 가슴속으로 들어가기에는 너무나 막연하고 공허한 고백일 뿐이었다. 소리는 희미하게 웃었다. 그 웃음이 울음을 닮았기에 도연은 더욱 어쩔 줄 몰라 했다.

"이제 싫어. 그 마음, 안 받을래."

"소리야, 그러지 마! 나를, 나를 조금이라도 생각해 준다면……."

"나 그럴 여유 없어."

"나를 아주 조금이라도 우선으로 생각해 줄 수는 없어? 너, 지금 네 상황, 힘들겠지만 그래도 나를 한순간만이라도 제일 우선으로 생각해 주면 안 돼?"

"안 돼. 그럴 수 없어."

"……."

"……가지고 가."

소리는 자신의 손가락에서 반지를 빼서 도연에게 내밀었다. 가느다란 14k 커플링은 도연이 소리와 사귄 지 100일이 되던 날 선물한 것이었다. 도연은 자신을 향해 내밀어진 그녀의 작은 손을 물끄러미 내려다보았다. 그리고 그 손안의 반지를 보았다.

……초라했다.

분명, 선물로 골랐을 당시에는 반짝거리며 예뻤던 반지가 이제 보니 너무나도 초라해 보였다.

도연은 이를 악물고 그대로 소리의 손을 쳐 내고 말았다. 그러자 소리의 손에 있던 반지가 그대로 날아갔고, 어딘가에서 땡그랑 소리가 났다.

그것이 마치 자신의 마음이 부서지는 소리 같아서 도연의 가슴이 함께 무너졌다. 그는 눈시울이 뜨거워지는 것을 무시하며, 주먹을 꽉 쥔 채 힘들게 입을 열었다.

"알았어."

"……."

"……다시는 너, 안 봐."

도연은 그대로 돌아섰다. 그리고 성큼성큼 앞을 향해 걸음을 옮겼다. 한 발짝 걸음을 뗄 때마다 가슴속 어딘가가 자꾸만 무너지는 것만 같았다. 도연은 주먹을 쥔 채 눈가를 거칠게 비볐다. 눈물이 계속 흘렀다.

소리가 달려와 자신을 붙잡아 주기를 원했다. 그러나 소리는 오지 않았다. 도연은 조금 더 걷다가 참지 못하고 멈춰 서서 뒤를 돌아보았다.

"……."

소리의 뒷모습이 도연의 눈에 깊이 파고들었다. 가슴속에 아릿한 통증이 퍼졌다. 그런데도 느릿느릿 휘청대며 멀어져 가는 그녀의 뒷모습이 여전히 너무나 예쁘고 사랑스러웠다.

도연은 눈물이 나와서 흐려진 눈으로 계속 그녀의 뒷모습을 지켜보았다.

※

"……여기야?"

"응. 고마워, 어쨌든. 데려다줘서."

소리는 입술을 깨물다가 황급히 안전벨트를 풀었다. 그리고 차 문을 열고 나가려는 순간, 도연의 목소리가 들렸다.

"그렇게 급하게 서두를 건 없잖아. 내가 무슨 못된 놈도 아닌데."

"……뭐?"

"그렇잖아. 너 지금 내가 너한테 몹쓸 짓이라도 할 것처럼 파랗게 질려서 달아나려는 것 같아."

도연은 피식거리며 소리를 보았다. 소리는 고개를 돌려 도연을 마주했다. 그의 시선이 아프다고 소리는 생각했다. 왜 그런지 모르겠지만 그의 시선이 닿을 때마다 가슴 깊숙한 곳에서 통증이 일었다.

"나 싫다던 여자한테 내가 구차하게 매달릴 것 같아?"

"……."

"걱정하지 마. 내가 그 정도 자존심도 없을까 봐?"

"도연아. 난 그게 아니라……."

"미안해."

"……응?"

소리는 비아냥대듯 말하던 도연이 갑자기 태도를 바꾸어 사과하는 바람에 얼떨떨한 표정으로 그를 보았다. 도연의 눈이 심하게 흔들리는 듯하더니, 그가 신경질적으로 머리를 헝클어뜨리며 자동차 핸들 위에 팔을 얹고 고개를 그 사이에 묻어 버렸다.

"……도연아?"

"들어가."

"도연……."

"너한테 못된 말 더 이상 하고 싶지 않으니까 들어가라고."

도연은 핸들 위에 엎드린 채 고개를 들지 않고 말을 이었다.

"지금 와서 너를 원망하는 건 아니야. 아니, 처음에는 원망했을지도 몰라. 하지만 6년이나 지났잖아. 그러니까 됐어. 이제 됐다고. 난 그냥……. 아니, 솔직히 그때 네가 얼마나 힘들었는지 모르는 것도 아닌데, 이런 식으로 구는 게 얼마나 이기적이고 유치한 짓인지 잘 알아."

아는데, 알고 있는데……. 도연의 말끝이 흐려졌다. 소리는 숨조차 내쉬지 못한 채 가만히 도연을 쳐다보았다. 자신이 상처를 입혔던 열여덟 살의 정도연이 지금의 정도연과 겹쳐져 보였다.

소리의 손가락이 머뭇거리다가 허공을 움켜쥔 채 구부러졌다. 소리는 자신에게 도연을 위로할 자격이 없다고 느꼈다. 자신은 가해자였다. 적어도, 정도연에게는 그랬다.

소리는 다시 정면을 보았다. 허름한 동네의 풍경이 한눈에 들어왔다.

오리를 보고 난 뒤에, 도연은 집까지 데려다주겠다며 고집을 부렸다. 그 고집을 꺾을 수가 없었다. 오히려 그의 고집을 꺾으려다가 소란스러워져서 사람들이 힐끔거리며 쳐다보는 상황에 직면하기도 했다.

누군가가 '정이준'을 알아볼지도 모른다는 생각이 뒤늦게 들었다. 그래서 소리는 도연이 원하는 대로 그의 차에 올라탔다. 그렇지만 집이 어디인지 알려 주고 싶지 않았다. 화려한 '정이준'과 대비되는 허름한 동네를 보이고 싶지 않았다. 우습지만, 그것을 자존심이라 불러도 좋을 것 같았다.

"갈게."

소리는 문을 열었다. 그러자 핸들 위에 엎드리고 있던 도연이 몸을 일으켜 세우고는 역시 차 밖으로 나왔다. 차가운 겨울바람에 저절로 소리의 몸이 움츠러들었다. 도연은 그런 소리를 힐끔 보고는 뒷좌석 문을 열어 커다란 가방을 꺼냈다.

"이리 줘."

"됐어. 집까지 들어다 줄게."

소리는 냉큼 가방을 받아 들기 위해 팔을 뻗었지만, 도연은 가볍게 가방을 한쪽 어깨에 메고는 턱짓을 하며 말을 이었다.

"집이 어디야? 안내해. 그리고 웬만하면 목도리 같은 건 좀 챙겨서 해. 감기 걸리면 어쩌려고 그러냐? 하여간 한소리, 예전이나 지금이나 달라진 게 없어."

"그게 무슨……."

소리는 항의를 하려다가 괜히 코끝이 시큰해져서 손등으로 코를 문지르고는, 멈춰 선 채 그를 바라보며 물었다.

"가방 안 줄 거야?"

"어, 안 줄 거야. 그러니까 안내하기나 해."

"정도연, 너 정말……."

"어느 집이야? 응? 날씨 정말 춥다."

빈말은 아니었는지, 어느새 그의 귀가 빨갛게 얼어 있는 게 소리의 눈에 보였다. 여기서 이렇게 옥신각신하면서 시간을 보내는 것보다는 차라리 도연이 원하는 대로 하게 하고 빨리 보내는 게 나을 것 같았다. 그렇게 판단을 내린 소리는 입술을 깨물고는 체념한 얼굴로 입을 열었다.

"따라와."

도연은 가방을 멘 채 소리의 뒤를 따라갔다. 자신이 터무니없는 고집을 부린다는 걸 스스로도 잘 알고 있었다. 그래서 솔직히 민망한 마음이 앞서기도 했다.

지금 자신은 소리에게 그 어떤 존재도 아니었다. 그런데 마치 남자친구나 가족이라도 되는 것처럼 이러고 있으니…… 아무리 뻔

뻔한 정도연이라고 하더라도 창피한 건 사실이기도 했다. 그러나 이렇게 해서라도 그녀의 옆에 조금만 더 있고 싶었다. 억지를 부리고 있다는 걸 알면서도 도연이 이럴 수밖에 없는 이유가 바로 그것이었다.

헤어지지 못한 이유

소리는 벽에 기대어 앉은 채 맞은편 서랍장을 응시하고 있었다.

모두가 잠든 새벽이었다. 위층에 살고 있는 젊은 부부가 다투는 것인지 물건을 내던지고 고래고래 소리를 지르는 것 같더니 어느새 조용해졌다. 누군가가 그 부부를 향해 시끄럽다며 창문을 열고 소리를 지르기도 했었다. 해가 뜨기 전에 일찌감치 인력 소개소에 나가고는 하던, 같은 층에 사는 중년 사내의 목소리인 듯도 싶었다. 고된 삶들이 성냥갑처럼 쌓여 있는 곳이란 생각이 문득 소리의 머릿속을 스쳤다.

소리는 쓸쓸하게 웃고는 기어가듯이 맞은편에 있는 서랍장 앞으로 다가가 앉았다. 그리고 잠시 주저하다가 서랍 깊숙한 곳에 있던 작은 상자를 꺼냈다.

무릎을 꿇고 앉은 채 가만히 작은 상자를 내려다보는 소리의 얼굴에는 흐릿한 슬픔과 애매한 설렘이 공존하고 있었다.

그녀가 보고 있는 상자는 꽤 오래된 것인지 낡은 흔적이 엿보이는 작은 종이 상자였다. 하지만 소리는 그 상자가 마치 판도라의 상자라도 되는 듯, 그래서 열어서는 안 된다는 듯 계속 망설이다가 조심스럽게 손을 뻗었다.

"······."

열린 상자 안에는 반지 하나가 들어 있었다. 제 손으로 빼낸 뒤, 지금껏 단 한 번도 껴 보지 못했던 반지였다.

그녀가 내민 반지를 쳐 내고 돌아서서 가 버리는 도연을 바라보다가 급히 주변을 뒤져서 그것을 찾아냈었다. 도연을 잡지 못한 대신 반지만이라도 다시 잡고 싶었다. 그래서 바보처럼 스스로 빼 버렸던 반지를 다시 손에 꼭 쥔 채 돌아서고 말았다.

그 뒤로 다시는 그 반지를 껴 보지 못했지만 그렇다고 해서 버릴 수는 없었다. 소리는 그리움이 가득한 시선으로 반지를 쳐다보았다. 손가락에 끼우는 것은 고사하고 제대로 만져 보지도 못했던 반지였다. 자신에게는 그럴 자격이 없다는 것을 소리는 스스로 알고 있었다.

정도연.

소리는 그 이름을 가만히 입안에서 굴려 보았다. 정이준이라는 이름은 여전히 소리에게 낯설었다. 하지만 사람들은 모두 그를 정이준이라 부르고 있었다.

소리는 처음 '정이준'을 보았던 때를 떠올려 보았다. 그날도 길거리에서 인형을 팔고 있었다. 어둠이 깊어 가고 있었고 거리에는 사람들이 제법 있었다. 생각해 보면 아마도 금요일이었던 것 같다. 주말을 맞이하는 들뜬 설렘 같은 것들이 사람들에게서 느껴졌으니까.

사람들이 거리에 많다고 해서 인형을 많이 팔 수 있는 건 아니었다. 오히려 사람들이 많을수록 그냥 무심히 지나쳐 가는 이들이 많아졌다. 거리에 사람들이 늘어 갈 때마다 소리는 점점 더 빛바랜 배경이 되었다.

그날도 흐릿한 배경 속 사물처럼 우두커니 서 있었을 것이다. 하루 종일 서서 인형을 팔았지만, 평소보다도 더 매상을 올리지 못했다. 밀린 병원비가 그녀의 어깨를 무겁게 짓누르고 있었고 우울한 마음은 쉽게 사라지지 않았다. 그러던 그때, 건너편 건물의 옥상에 설치된 전광판에서 그를 보았다.

정도연.

아니, 정이준.

폭우가 쏟아지는 어두운 거리, 그곳에 홀로 우산을 든 채 서 있는 장신의 남자. 남자에게 서서히 카메라가 다가가고, 그의 얼굴이 전광판 가득 들어왔을 때 소리는 경악할 수밖에 없었다. 정도연이 그곳에 있었다.

그의 이름이 '정이준'이라는 것은 너무나도 손쉽게 알 수 있었다. 그만큼 도연이 자신과는 너무 멀리…… 정말 먼 곳에 존재한다는 사실도 깨닫게 되었다.

그런데 그를 이렇게 다시 만나고, 대화까지 나누다니.

정도연은 예전과 변한 게 없어 보였다. 오히려 변했다면, 그건 자신일지도 모르겠다는 생각이 들 정도였다. 6년 전, 그들은 좋게 헤어진 것도 아니었다. 상처를 주고 돌아선 쪽은 자신이었다. 하지만 그는 아무렇지 않게 예전처럼 다정하게 굴었다.

"너답다, 도연아."

소리는 반지를 쳐다보다가 가만히 희미하게 웃었다. 자신이 아는 정도연이라면 충분히 그럴 법했다. 예전에도 늘 성실하고 다정하고 따뜻한 성격이었다. 특히 자신에게는 더욱 그랬었다.

잘생긴 외모에 성적도 최상위권이고, 들리는 소문으로는 집도 엄청난 부자라고 들었는데, 그것으로도 부족해서 성격까지 좋으니 학교 내에서 여학생들에게 인기가 정말 많을 수밖에 없었다. 그런데도 거만하게 군다거나 혹은 잘난 척한다거나 하는 모습은 본 적이 없었다. 그래서 가끔은 의아해하기도 했었다.

저런 애가 왜, 왜 나한테 고백을 한 것인지.

소리는 스스로 생각하기에도 지극히 평범했다. 대한민국 평균이라고 해도 좋을 정도로 평범한 집, 평범한 부모님, 쌍둥이라는 게 특이하기는 하지만 따지고 보면 그것도 그다지 특별할 건 없는 뭐, 그런 쌍둥이 중의 하나.

외모도 평범, 성적도 중간 정도로 평범. 군이 특별한 걸 찾아본다면, 자신과는 다르게 유난히 공부를 잘하는 쌍둥이 남동생이 있다는 것 정도라고나 할까. 겨우 그게 전부였다. 그런데 왜 도연이 자신에게 좋아한다는 고백을 했는지, 그게 이해가 되지 않을 때가 종종 있었다.

'네가 뭐가 평범해? 내 눈에는 소리 네가 세상에서 제일 예쁜데.'

도연은 언젠가 자신이 했던 물음에 그렇게 대답했었다. 정말 말도 안 되는 질문을 들었다는 듯 살짝 미간까지 찌푸린 채, 진심이라는 듯. 소리는 그런 도연의 대답에 다시 멋쩍은 기분이 들어 괜히 투덜거리며 도연에게 신경질을 부렸다.

"바보야. 그때 너 진짜 바보였나 봐."

소리는 픽, 웃다가 코끝이 찡해지는 것을 느끼고는 서둘러 상자를 닫고 코끝을 손으로 꾹 눌렀다. 이제는 정말…… 너무 멀어졌구나. 너와 내 거리가. 좀처럼 닿을 수 없을 만큼 아니, 닿는 건 고사하고 그저 스치는 것조차도 불가능할 정도로 정말…… 정말 많이 멀어졌나 봐.

그녀가 아는 정도연은 그대로였지만 그도 많은 것이 변했다. 인터넷 포털 사이트만 들어가도 '정이준'에 대한 뉴스 기사가 나오지 않는 날이 없었고, 실시간 검색어 순위에 '정이준'이란 이름이 올라오지 않는 날이 없을 정도였다. 그의 사소한 행동, 말, 그런 모든 것들이 이슈가 되고는 했다.

그런 '정이준'이 대신 가방을 짊어지고 낡은 빌라의 반지하까지 따라 들어왔다고 하면 누가 믿을 수 있을까. 소리는 피식 웃으며 반지가 들어 있는 상자를 만지작거렸다.

"그래도 좋아. 도연이 네가 반짝반짝 빛나서."

소리는 상자를 내려놓은 채 그 옆에 모로 누우며 중얼거렸다. 아무에게도 말할 수는 없겠지만, 그래도 괜히 뿌듯했다. 저 멋진 '정이준'이 예전에 내 남자친구였어요, 하고 말하고 싶었다. 실제로는 더 멋지고, 더 다정하고, 더 따뜻한 사람이에요, 하고 아무에게나 털어놓고 싶었다.

소리는 모로 누웠다가 다시 돌아누워 천장을 올려다보았다. 천장의 구석진 곳에 까맣게 피어 있는 곰팡이가 눈에 들어왔다.

"……."

소리의 얼굴에 희미하게 남아 있던 웃음기가 천천히 사라졌다. 환하게 빛나는 곳에 있는 정도연과 달리, 자신은 이렇게 바닥에 떨어져 있는 것을 새삼 실감한 것이다.

고등학교조차 졸업하지 못한 채, 하루 벌어서 하루를 먹고사는 자신의 처지를 돌아보았다. 차곡차곡 쌓여 가는 병원비, 대출 이자를 간신히 낼 뿐 원금은 갚을 엄두조차 내지 못하는 형편. 미래라는 말은, 소리에게 있어서는 차라리 없었으면 하는 말들 중의 하나였다.

"미안…… 미안해, 오리야……."

소리는 두 눈을 꽉 감고 중얼거렸다. 6년째 중환자실에 있는 오리를 원망하고 싶은 마음이, 순간적으로 자신도 모르게 든 탓이었다. 이러면 안 되잖아. 오리가 없으면 더 이상 살 이유조차 없는 게 바로 나잖아. 소리는 다시 눈을 뜨고 일어나 앉았다.

"괜히 쓸데없는 생각을 하니까 그렇지."

소리는 입술을 깨물며 자기 자신을 탓했다. 그래, 쓸데없는 생각을 할 시간에 인형 하나라도 더 만들자. 소리는 혼잣말을 중얼거리며 체념하듯 어깨를 축 늘어뜨리고는 방 한쪽에 있던 원단과 인형 본 뭉치를 끌어당겼다. 인형을 만들다가 바늘에 찔려서 생긴 상처가 그녀의 가느다란 손가락 끝마다 오래된 흔적처럼 남아 있었다.

※

"콜록. 콜록콜록."

소리는 자꾸만 터져 나오는 기침 때문에 손으로 입을 막았다. 며칠 전부터 컨디션이 그다지 좋지 않은 것 같더니 결국 감기에 걸린 듯했다. 소리는 지끈거리는 머리를 다른 손으로 꾹 누르고 있다가 떼고는 코를 훌쩍거렸다. 콧물도 나오는 것 같고…….

"아휴, 안 되는데."

정말 감기에 걸린 것이라면 면회는 불가능하다. 혹시 오리에게 감기를 옮길지도 모르니 말이다. 소리는 축 처져서 다시 콜록거리며 기침을 하고는 더욱 걱정스러운 얼굴로 중얼거렸다.

"설마…… 오리한테 벌써 감기를 옮긴 건 아니겠지? 어제까지는 그래도 별다른 증세가 없었는데."

혹시 자신이 감기에 걸린 줄도 모르고 어제까지 매일, 꼬박꼬박 오리한테 찾아가는 바람에 감기라도 옮겼을까 싶어서 소리는 발을 동동 구르며 걱정했다. 계속 나오는 기침이나 두통, 몸살 기운 같은 건 금세 잊어버린 듯, 소리는 오로지 오리에 대한 걱정만 할 뿐이었다.

'오리한테 신경 좀 더 써 달라고 선생님들한테 부탁드려야 하나? 혹시 나 때문에 감기 걸렸을지도 모른다고.'

소리는 코를 훌쩍이며 생각하다가 무심코 맞은편의 약국 간판을 보았다. 그리고 망설였다.

'어떻게 하지? 쌍화탕을 사 먹을까? 에이, 그냥 집에 가서 푹 자고 나면 낫는 건데 괜히 돈을 쓰는 거 아닐까?'

하루라도 빨리 오리를 보러 가려면 감기가 빨리 나아야 하는데, 그러려면 쌍화탕이라도 한 병 마시는 게 도움이 되지 않을까 싶어서 소리는 계속 고민했다. 자기 자신을 위해서 쓰는 돈은 10원 하나도 아까워서 벌벌 떠는 사람이 바로 한소리였다. 소리는 계속 고민하며 좌우로 고개를 갸웃갸웃, 움직였다.

"사 먹을까. 말까."

"여기."

"아, 예? ……아! 인형 사시게요?"

소리는 계속 고민하다 말고 자신을 부른 낮은 목소리에 깜짝 놀라 고개를 들며 자동적으로 물었다. 그리고 그녀는 곧바로 얼어붙은 채 자신을 부른 목소리의 주인공을 쳐다볼 수밖에 없었다.

"종합 감기약이랑 쌍화탕이야. 먹어."

"……."

"감기, 걸린 거 아니야?"

"너…… 너, 정도연……."

소리는 커다란 눈으로 경악한 표정을 숨기지 못하고 도연을 쳐다보았다. 며칠 전에 만났다고는 하지만, 6년 전보다 훨씬 낮아진 목소리는 쉽게 알아차릴 수 없는 것이었다.

아니, 같은 목소리라고 해도 알아차리지 못했을 것이다. 소리는 도연과 다시 만날 일이 있을 것이라고는 아예 생각도 하지 못했다. 그저 우연히 한 번 만난 것에 불과하다고 여겼다. 그것만으로도 충분하다고 생각했다. 그와 자신은 이미 너무나도 다른 세계에 속해 있었으니까. 그런데, 그런 그가 소리의 앞에 서서 약국 마크가 찍힌 봉투를 내밀고 있었다.

"어, 어떻게……."

"너 자꾸 이러면 내가 곤란해지는데. 시선 모이는 건 쉬워서."

"아!"

도연은 털이 수북한 모자가 달린 패딩 점퍼를 입고 있었다. 모자를 뒤집어쓴 상태라 바로 앞에서 들여다보지 않는 이상, 그가 요즘 가장 잘나간다는 '정이준'이라는 걸 알아차리기는 어렵겠지만, 그래도 그의 말처럼 자칫 누군가가 알아차리기라도 하면 곤란해질 것은 분명한 일이었다. 길 한복판에 톱배우 '정이준'이 나타났다는 걸 누군가 알아채기라도 한다면……. 소리는 두 눈을 깜빡거리며 손으로 입을 막았다.

"그나저나 이것부터 먹으라니까."

"어? 어어……."

소리는 도연이 내민 봉투를 얼떨결에 받아 들었다. 그러자 도연이 점퍼의 양쪽 주머니에 손을 넣고는 턱짓을 하며 말을 이었다.

"쌍화탕이랑 같이 알약 먹어. 한 번에 두 알을 먹으라더라."

"……응?"

"빨리 먹으라니까."

도연은 재촉하듯 소리에게 말했다. 그 바람에 소리는 더 이상 아무 말도 하지 못하고, 그가 시키는 대로 쌍화탕 뚜껑을 돌려 연 뒤에 종합 감기약을 두 알 꺼내서 쌍화탕과 함께 삼켰다. 그리고 황급히 주변을 둘러보았다. 다행스럽게도 아직 정이준의 존재를 알아차린 사람은 없는 듯했다.

"너 그런데 여기는 왜 온 거야? 아, 혹시…… 무슨 촬영이라도 있어?"

"설마. 촬영이 있었으면, 여기가 이렇게 한적하지는 않았겠지."

도연은 피식 웃으며 주위를 둘러보았다. 소리는 도연이 하는 대로 역시 주위를 둘러보다가 고개를 끄덕였다. 하긴, 그건 그렇겠구나. 소리가 수긍하듯 작게 중얼거리는 것을 듣던 도연이 슬쩍 입꼬리를 올리더니 입을 열었다.

"……의외네."

"뭐?"

"아니…… 놀랄지도 모른다고 생각했는데 그냥 당연하다는 듯이 받아들여서. 지금 내가 하고 있는 일 이미 알고 있었던 것도 의외고."

"모를 수가 있어? 대한민국 사람이라면 누구나 정이준을 알고 있는데."

소리는 괜히 머쓱해져서 툴툴거리며 대꾸했다. 그러자 도연이 잠시 입을 다문 채 소리를 보고 있다가 입을 열었다.

"내가 무슨 일을 하고 있는지 모를 줄 알았거든."

도연은 정말 의외라는 듯한 얼굴을 하고 있었다. 소리는 어색한 기분에 시선을 피하며 작게 말했다.

"너 데뷔했을 때부터 알았던 건 아니야."

"어쨌든, 그래도 나를 줄곧 지켜봐 줬던 거잖아?"

기분 나쁘지는 않네……. 도연의 중얼거림을 들으며, 소리는 마음이 불편해져서 입술을 깨물었다. 이런 마음이 드는 것 자체가 유치하고 한심하다는 걸 알지만, 그래도 어쩔 수 없이 자존심이 상했다. 화려한 스포트라이트를 받는 '정이준'과 자신의 위치가 너무 극과 극이라서. 그래서 상대적으로 더욱 초라하게만 느껴져서.

"콜록, 콜록."

소리는 다시 기침이 나와서 입을 막았다. 그와 동시에 도연이 한숨을 내쉬는 듯하더니, 곧 그녀의 손목에 따뜻한 온기가 휘감겼다. 도연이 그녀의 손목을 붙잡은 것이다. 소리는 화들짝 놀라 고개를 돌려 다시 도연을 쳐다보았다.

"병원 가자."

"무슨 병원을……."

"빨리."

"이거 놔, 정도연."

소리는 당황했던 마음을 힘겹게 진정시키려 애쓰면서 그의 손을 뿌리치려고 팔을 흔들었다. 그러나 손목을 꽉 쥐고 있는 도연의 힘을 이길 수는 없었다. 소리는 고개를 흔들며 인상을 썼다.

"이거 놓으라고. 너 정말 이러다가 사람들 눈에 띄면 어쩌려고!"

"그러면 모처럼 기자들한테 떡밥 좀 던져 주는 셈이 되겠지. 처음으로 스캔들이 날지도 모르니 다들 눈에 불을 켜고 난리를 치지 않을까?"

도연은 피식 웃으며 대꾸했다. 소리는 그런 도연의 태연한 반응에 오히려 자기가 더 놀라서 팔을 흔들던 걸 멈추고 주변을 돌아보았다.

도연은 소리를 보며 자신도 모르게 웃음이 나오는 것을 느꼈다. 아마도 그녀는 자신을 걱정해서 그러는 것이리라. 저렇듯 갑자기 사람들의 시선을 받지는 않을까, 놀라서 움츠러든 것은 말이다.

그 순간, 휴대폰 진동음이 울렸다. 소리는 그 진동음에 더욱 화들짝 놀라 몸을 떨었다. 그리고 그 떨림이 소리의 손목을 잡고 있던 도연의 손바닥을 통해 고스란히 그에게 전해졌다. 도연은 가슴이 두근거리는 것을 느끼며 다른 손으로 전화를 받았다.

"어, 형."

전화를 건 사람은, 그의 매니저인 박상호였다. 아마도 집에 없는 걸 확인하고 깜짝 놀라서 전화를 건 것일 테다.

— 야! 정이준, 너 어디야!

"잠깐 밖에 나왔어."

— 야, 인마. 오늘 촬영 있는 거 뻔히 알면서!

"걱정 마. 잠수 타려는 거 아니니까. 지금 집으로 돌아가기는 좀 그렇고…… 내가 늦지 않게 촬영장으로 갈게."

— 이준아, 야, 인마! 너 지금 어딘데!

"끊을게."

— 야!

도연은 망설임 없이 전화를 툭 끊고는 다시 소리를 쳐다보았다. 소리는 커다란 눈을 깜빡이며 도연을 쳐다보다가 입술을 달싹였다. 하지만 그녀의 입에서는 그 어떤 말도 나오지 않았고 다시 꾹 다물어졌다.

　"지금 들었다시피 내가 촬영장에 가야 하거든."

　"……."

　"그래서 빨리 병원에 갔으면 하는데."

　"뭐?"

　"네가 여기서 계속 안 간다고 버티면 진짜 지각은 확정이라고."

　"내가 병원에 가든 안 가든 그게 너랑 무슨 상관이라고……."

　"상관있어."

　"……."

　"6년이잖아."

　"도연아……."

　"6년 동안 내 성격이 꽤 못되게 변해서 말이야. 은근히 쓸데없는 데에 고집을 부리거든. 그건 내 스스로 어떻게 고쳐지지 않아서 일단 내가 하려고 했던 건 해야지 직성이 풀려."

　"그런 억지가 어디 있어."

　"여기에 있잖아."

　도연은 싱글거리며 소리를 쳐다보고는 다시 휴대폰 화면 속 시간을 가리켰다. 소리는 자칫하면 늦는다는 무언의 재촉을 받으며 한숨을 내쉬고는 체념한 투로 입을 열었다.

　"알았어. 갈 테니까…… 넌 그만 가 봐."

　"같이 가."

　"장사하던 걸 여기에 이대로 놔두고 갈 수도 없어. 정리하려면 시간이 더 걸리고."

"같이 하면 되잖아."

"정도연!"

소리는 답답한 마음에 도연을 쳐다보았다. 도연이 이렇듯 고집
불통인 줄은 알지 못했다. 그의 말처럼, 지난 6년 동안 정말 성격
이 많이 변한 건가 싶기도 했다.

소리는 잠시 도연을 쳐다보다가 어쩔 수 없이 가판대를 정리하
기 위해 몸을 움직였다. 그러자 도연이 소리의 손목을 잡고 있던
것을 놓아주고는 그녀의 옆으로 다가왔다. 큼직한 손이 작은 인형
들을 하나씩 조심스레 정리하는 것이 소리의 눈에 들어왔다.

소리는 애써 그 손을 보지 않으려고 시선을 피했다.

자동차 안은 훈훈하다 못해 더울 정도로 따뜻했다. 소리는 얼어
붙었던 몸이 녹는 것을 느끼며 두 손을 꼼지락거렸다.

부드럽게 시동이 걸린 차는 그녀가 장사를 하던 거리를 지나서
한 건물의 주차장으로 향했다. 건물의 2층에 모모 내과 의원이라
고 쓰여 있는 간판이 보였다.

소리는 잠시 간판을 쳐다보고 있다가 시선을 돌려 차 안을 조심
스럽게 둘러보았다. 그러다가 문득, 자신이 앉아 있는 조수석 밑의
바닥에 대본처럼 보이는 두툼한 책자가 떨어져 있는 것을 보고 몸
을 숙여 팔을 뻗었다.

"……열심히 하는구나."

"뭐? 아아……. 일단 돈 받고 하는 일이니까."

도연은 소리의 중얼거림에 힐끔 옆을 돌아보고는 대수롭지 않게
대꾸했다. 소리는 여백에 빼곡하게 들어차 있는 메모들과 형광펜

이 그어져 있는 대사들, 그리고 여기저기 구겨져서 수십 번은 충분히 본 것처럼 보이는 대본을 훑어보다가 이내 아차, 하는 얼굴로 도연을 쳐다보고 물었다.

"이거, 내가 이렇게 함부로 봐도 돼?"

"상관없어."

"하지만……. 미안해. 난 그냥 아무 생각 없이…….."

"괜찮아."

도연은 지하 2층 주차장의 한쪽 구석에 차를 주차시키며 거듭 말했다. 하지만 소리는 들고 있던 대본을 조심스럽게 다시 옆에 내려놓았다. 도연은 굳이 그런 소리의 행동을 말리지는 않았다.

"어쨌든 고마워. 이제 가 봐."

소리는 품에 안고 있던 가방을 추슬러 들면서 도연을 쳐다보았다. 도연은 안전벨트를 풀다 말고 소리를 돌아보았다. 새까만 눈이 오롯이 그를 담고 있었다.

이 눈을 이렇게 마주하는 게 얼마 만일까. 도연은 가슴속 어딘가가 저릿해지는 느낌에 뭐라고 해야 할지 몰라 잠시 침묵했다. 그리고 뒤늦게 입을 열었다.

"우리, 오랜만이지."

"어? ……어어, 그렇지."

"난 그래도 반갑던데. 넌 안 그래?"

"그냥, 그냥, 뭐…….."

소리는 말을 얼버무리며 시선을 피했다. 도연은 그런 소리를 가만히 쳐다보다가 입을 열었다.

"전화번호 알려 줄래?"

"응?"

"이렇게 우연히 만난 것도 어쨌든 신기하잖아. 그러니까 나중에 밥이라도 한번…… 먹자고."

"아, 아니. 아니, 굳이 그럴 것까지는……."

소리는 미처 풀지 못한 안전벨트를 매만지며 말끝을 흐렸다. 갑작스러운 만남에 이어 도연의 갑작스러운 제안에 소리는 그저 혼란스러웠다. 그러자 도연이 주저하는 소리를 보다가 픽 하고 웃더니 다시 말을 꺼냈다.

"항상 거기서 장사하는 거야?"

"응? 어, 으응."

"그럼, 내가 다음에 찾아갈게. 오늘은 시간도 없고, 너도 컨디션이 별로인 것 같으니까."

"어?"

"밥 한번 먹자. 그 정도는 해도 되잖아. 우리가 무슨…… 원수지간이었던 것도 아니고."

"……그래."

그러자. 그렇게 하자. 소리는 왈칵 눈물이 쏟아질 것만 같아서 서둘러 안전벨트를 풀고 문을 열었다. 도연은 차 밖으로 굳이 나올 마음이 없는 듯 소리를 향해 인사를 건넸다.

"사실은 병원까지 같이 갈 생각이었는데 그러면 내가 진짜 늦을 것 같아서. 여기서 인사해야겠다. 잘 가, 소리야."

"……응, 너도."

소리는 어렵게 말을 하고는 커다란 가방을 한쪽 어깨에 메고 차 문을 닫았다. 늘씬하고 세련되어 보이는 차체의 외관이 흡사 도연과 비슷해 보였다. 소리는 왜 그런지 더욱 자기 자신이 초라해 보이는 것만 같아서 입술을 깨물고 돌아섰다.

그래서 소리는 보지 못했다.

조용히 차 문을 열고 나온 도연이 얼마나 간절한 눈으로, 소리를 바라보고 있었는지를.

※

스스로 생각해도 정말 미친 짓이었다.

도연은 막바지 촬영이 거의 끝나 갈 무렵, 잠시 휴식 시간이 되자마자 사람들의 시선이 닿지 않는 곳으로 가서 담배를 꺼내 입에 물며 생각했다.

그렇게 소리의 앞에 나타날 생각을 한 것은 아니었다. 그냥 사라지지 않는 미련 탓에 한 번만, 그저 한 번만 더 보려고 갔을 뿐이었다. 촬영하러 가기 전에 잠깐만 보고 매니저가 오기 전에 집으로 돌아오면 된다고, 그렇게 스스로를 납득시키며 그녀가 인형을 파는 거리로 차를 몰았다.

그리고 그녀를 몰래 지켜보았다. 삼십여 분 정도 지났을까. 다시 돌아가야 한다고 생각하며 돌아서려던 그 순간, 노점상들끼리의 자리다툼에 뜻하지 않게 그녀가 휘말린 것을 보고 자신도 모르게 그 사이에 끼어들고 말았다.

머리보다 몸이 먼저 움직였다고 해야 할까. 그리고 얼떨결에 그녀를 따라서 오리까지 보고 왔다. ……머리로는 그것이 끝이라고 여겼다. 하지만 몸은 오늘도 머리와는 다르게 움직였다.

소리는 오늘도 부지런히 움직이며 인형을 하나라도 더 팔기 위해 종종거렸다. 하지만 안색이 좋지 않아 보이는 데다가 기침을 하고 코를 훌쩍이는 모습을 보니, 아무래도 감기에 걸린 듯했다.

그렇지만 도연은 그녀의 앞에 모습을 드러내지 않고 일단 그런 소리를 걱정스레 계속 지켜보았다. 오늘은 그냥 장사를 접고 들어가서 약 먹고 푹 쉬었으면 하는 바람과는 달리 소리는 전혀 그럴 마음이 없는지 계속 인형을 파는 데에만 열중하고 있었다.

며칠 동안 지속된 한파에 거리에는 지나가는 사람조차 몇 명 없는데도 말이다. 도연은 바람이 불어 대는 거리에 홀로 서 있는 소리의 모습을 쳐다보다가 혀를 차며 자동차 밖으로 나갔다. 물론, 사람들의 시선을 피해 패딩 점퍼의 모자를 깊숙이 뒤집어쓴 채.

직접 말을 걸고, 시선을 마주하고, 병원에 데려다주느라고 바로 곁에 있던 소리의 숨소리를 직접 느끼자, 마치 6년 전으로 되돌아간 것만 같았다. 그래서 충동적으로 전화번호를 물어보았다.

그러나 난감해하는 소리를 보고 있으려니, 일단 자신이 한발 뒤로 물러서야 한다고 느꼈다. 그래서 전화번호 대신 자신이 다음에 찾아가겠다고, 그렇게 말을 했다. 병원 안까지 따라 들어가고 싶었으나 참았다. 소리와 자신이 지금, 아무 사이도 아니라는 것을 자각했기 때문이었다.

뭐, 그래도 밥 한 번은 먹을 수 있겠지.

도연은 쓸쓸하게 피식거리고는 담배를 비벼 껐다. 그리고 그와 동시에 매니저인 상호가 다가왔다.

"정이준, 너 진짜 내가 심장마비 걸리는 거 보고 싶냐?"

"웃기지 마."

"야, 농담 아니야. 오늘도 네가 집에 없어서 또 잠수 탄 줄 알고 얼마나 놀란 줄 알아? 내 간이 벌써 수십 번은 떨어졌을 거다."

"형은 간이 수십 개나 되니 좋겠네."

도연은 비아냥대듯 중얼거리고는 휴식 시간에 잠시 걸치고 있던 패딩 점퍼를 다시 벗어서 상호에게 건넸다. 그러자 날렵한 그의 몸이 드러났다. 얇은 셔츠 하나만을 입고 있는 도연의 몸은 우락부락한 근육질의 몸들과는 달리, 적절하게 균형이 잡혀 있으면서도 단단해 보여서 더욱 아름답게 보였다.

겨울의 차가운 바람이 불고 있었지만 도연은 얇은 셔츠 차림에도 아랑곳하지 않고 그대로 촬영장 쪽으로 다시 걸음을 옮겼다. 상호는 그런 도연을 쳐다보다가 고개를 갸웃거리며 중얼거렸다.

"그런데 정이준 저 녀석, 어딘가 나사 한두 개 정도 빠진 것 같은데 말이야……. 딱, 그거 같은데. 짝사랑 중인…… 헉. 내가 지금 무슨 망언을 하는 거야."

상호는 다른 누군가가 들었을까 싶어서 주변을 두리번거렸다. '정이준의 짝사랑'이라니. 그야말로 기자들이 들으면 하이에나처럼 달려들어 물고 늘어질 소재가 아니던가. 말도 안 된다. 상호는 아찔한 머릿속을 털어 내려고 고개를 마구 흔들었다. 그리고 다시 입맛을 다시며 고개를 갸웃거렸다.

그런데…… 진짜 그런 거 아니야?

"불안한데, 불안해."

곰처럼 둔하다고 툭하면 사장에게 야단을 맞는 박상호가, 웬일인지 제대로 촉을 세운 순간이었다.

❋

훌쩍.

소리는 쥐고 있던 펜을 내려놓은 뒤, 코를 풀기 위해 티슈 상자로 손을 뻗었다. 그러다가 문득 손을 내리고는 머리를 툭, 때리며 중얼거렸다.

"쓸데없는 생각은 하지 마."

소리는 자꾸만 머릿속에 맴도는 도연의 모습에, 벌써 이렇듯 수십 번이나 머리를 때렸다. 자신의 손목을 쥐고 병원에 가자고 잡아끌던 그의 온기가 여전히 손목에 남아 있는 것만 같아서 괜히 기분이 묘했다.

또 보게 될 것이라고는 생각하지 않았다. 아니, 기대하지 않았다. 그런데 그가 오늘 또 같은 자리에 나타났다. 왜? 설마…… 나를 보려고? 첫 번째는 우연이었다고 하더라도 두 번째는 우연일 수가 없다. 게다가 도연은 다음에 보자고 했다. 밥 한번 먹자던 그의 목소리가 귓가에 속삭이듯 들렸다.

소리는 가만히 숨을 내쉬며 손으로 볼을 쓸었다. 차가운 겨울바람에 거칠어진 뺨이 서걱거릴 것 같았다. 우연이든 아니든 어쨌든 이렇게 그를 만나게 된 것이 마치 꿈처럼 여겨진다. 그리고 의식하지 못하는 사이에 기대하는 마음이 자란다.

'내가 감기에 걸린 걸 어떻게 알았을까.'

어쩌면 도연은 그냥 그 거리를 지나가던 중이었는지도 모른다. 딱히 나를 보겠다고 찾은 것이 아닐 수도 있다. 그리고 내가 감기에 걸린 걸 알았던 건, 내가 콜록대며 기침을 하는 걸 들어서였을 것이다.

소리는 그렇게 자기 자신에게 몇 번이고 반복해서 말했다. 하지만 그가 건넸던 감기약은 그녀에게 자꾸만 기대를 품게 했고, 병원까지 데려다준 기억은 그 기대를 더욱 부풀렸다. 기대하지 말자. 알고 있잖아. 원래 다정했던 성격인 거……

"그래. 다정한 건…… 변함이 없구나."

소리는 중얼거리다가 힘없이 웃었다. 한때, 그의 그 다정함이 온전히 자신의 것이었던 시절이 있었다. 아무것도 모르던 시절, 그저 세상이 밝고 아름답고 따스해 보이기만 하던 그 어린 시절에는 말이다. 소리는 책상 겸 밥상으로 사용하는 작은 상 위에 그대로 얼굴을 대고 엎드렸다.

부모님이 돌아가시고 동생이 중환자실에 들어간 이후, 그 누구도 소리를 걱정한다거나 신경 쓴 이는 없었다. 피를 나누었던 친척들조차도 그녀를 외면했던 것이 그녀가 처했던 현실이었다.

받을 수 있는 보험금이 얼마인지, 얼마나 배상금이 나오는지, 그런 것들에 대해서 궁금해하던 친척들은 금세 소리를 외면하고 떠나가 버렸다. 그녀에게 들어온 돈보다 오리의 병원비로 더 많은 돈이 나가야 한다는 것을 알게 된 그들은, 오히려 소리가 그들에게 도움이라도 청할까 싶어 연락을 끊고 돌아섰다.

열여덟 살의 소리에게는 모든 것이 너무 낯설고, 어렵고, 두려웠는데 말이다.

소리는 부모님, 동생과 함께 살던 집을 처분했을 때에도 혼자였고, 병원비를 지불한 뒤에 남은 돈으로 간신히 월세방을 얻어 이사를 했을 때에도 혼자였다. 그리고 그 뒤에 돈을 벌기 위해 이리저리 뛰어다니다가 인형을 만들어 팔기 시작했을 때에도 혼자였다.

아무도 소리에게 관심을 두지 않았다. 그렇게 6년이 흘렀다.

그래서 정도연이 처음이었다. 6년 만에 처음으로 소리에게 관심을 두고 신경을 써 준 사람은 공교롭게도 그녀가 헤어지자고 매몰차게 밀어냈던, 어린 시절의 남자친구였다. 소리는 그 사실이 우스웠다.

"전화……."

소리는 문득 주머니에서 휴대폰을 꺼냈다. 휴대폰 요금이 부담스럽지만 혹시 병원에서 연락이 올지 몰라서 어쩔 수 없이 가지고 다니는 구형 휴대폰이었다. 소리는 휴대폰 화면을 켰다가 다시 껐다. 어차피 도연에게 번호를 알려 주지 않았으니 전화가 올 리 없는데, 괜히 신경이 쓰였다.

"나…… 왜 이러지?"

정신 차리자, 한소리. 이러고 있을 때가 아니잖아. 소리는 다시 고개를 흔들고 몸을 일으켰다.

자정을 넘긴 시간이었다. 그러나 소리는 아직 잠을 자지 않고 새로운 인형 도안을 그리고 있던 중이었다.

아침 일찍 일어나서 장사 준비를 하고, 점심때 장사를 하러 나가서 저녁 무렵까지 인형을 팔다가 병원 면회 시간에 맞추어 중환자실에 들렀다가 오면, 이미 늦은 밤이 되기 일쑤였다. 그래서 새로운 인형의 도안을 그린다거나 인형을 만드는 일은 늘 자정이 넘어서야 할 수 있었다.

그러니 당연히 잠은 항상 부족하기 마련이었다. 제대로 일곱 시간 이상 잠을 자 본 적이, 소리에게는 거의 없었다. 아니, 그런 시간적인 여유가 있다고 해도 소리는 잠을 잘 수 없었다. 중환자실에 있는 오리를 생각하면 그럴 수가 없었다.

"오늘은 감기 때문에 오리도 못 보고 왔으니까 그 대신 이거라도 더 많이 해 놓아야지."

도연이 때문에 장사도 일찍 접었는데……. 소리는 머리를 흔들고 다시 펜을 쥐었다. 소리는 손재주가 좋은 편이었다. 학교에 다닐 때에도 귀여운 캐릭터 같은 것을 그려서 친구들 사이에서 인기를 끌었던 적이 종종 있었다.

'그때는 이게 돈벌이 수단이 될 거라고는 생각도 못 했는데…….'

소리는 쓴웃음을 지었다. 소리에게도 꿈은 있었다. 어린 시절 누구에게나 꿈이 존재하듯이 그녀에게도 역시 꿈은 있었다. ……이제는 스스로도 잊어버린 꿈이지만.

작은 손이 바쁘게 움직이기 시작했다. 잊어버리고 살던 꿈이 쫓아오기라도 할까 두려워하는 몸짓처럼.

❋

눈이 펑펑 쏟아지더니 어느새 비로 바뀌기 시작했다. 소리는 가판대 위에 덮어 놓은 비닐에 빗물이 고이는 것을 보고 한숨을 내쉬며 바쁘게 정리하기 시작했다. 아직 저녁 무렵이 되지도 않았는데, 오늘은 날씨 때문에 장사를 마쳐야 할 듯했다.

소리는 오늘 하루 동안 번 액수를 떠올려 보고는 다시 한숨을 내쉬었다. 날씨가 궂어서 그런지 오늘은 더욱 손님이 없었다. 새로운 인형들도 만들었는데 그것을 제대로 손님들에게 보이지도 못했다는 점에 더욱 속상했다. 게다가 자꾸 이런 식이라면 이번 달 병원비와 대출 이자 갚는 것도 힘들 것 같아서 속이 쓰렸다.

"장사 끝났어요? 이거 하나 사고 싶은데."

"아니요! 아직 안 끝났어요! 토끼 인형 사시게요? ……어?"

침울한 얼굴로 정리를 하던 소리는 갑자기 들려온 목소리에 기뻐서 환하게 웃으며 고개를 들었다가 그 목소리의 주인을 확인하고는 얼떨떨한 표정을 짓고 말았다.

"정도연?"

"얼마야?"

"응?"

"이거, 토끼 인형."

도연은 지갑을 꺼내며 손으로 인형을 가리켰다. 소리는 얼떨떨한 표정으로 도연을 보다가 다시 도연이 가리킨 토끼 인형을 보고는 인상을 쓰며 물었다.

"……진짜 사려고?"

"왜, 나는 사면 안 되냐?"

치사하게 손님도 차별하는 거야? 나는 왜 안 되는데? 도연이 투덜거리는 모습을 잠시 바라보던 소리의 눈이 젖어 들었다. 우습게도 마치 6년 전으로 되돌아간 것만 같았다. 그럴 리 없다는 걸 알면서. 그럴 수 없다는 걸 알면서.

"아니, 그건 아니지만……."

소리는 애써 아무렇지 않은 척 대꾸하다가 그대로 말끝을 흐리고는 다시 도연을 쳐다보았다. 느닷없이 나타나는 건 도연의 취미인 것인지, 지난번과 마찬가지로 갑자기 나타난 도연 때문에 깜짝 놀란 것은 사실이었다.

그는 사람들한테 들키면 안 된다는 생각조차 없는 것인지 얼굴의 절반 이상을 덮은 선글라스 하나만 쓴 채, 토끼 인형을 집어 들고는 지갑을 여는 중이었다.

'뭔가 억울해.'

소리는 왜 자신이 더 신경을 써야 하는 건지 모르겠어서 속으로 투덜거렸다. '정이준'의 정체를 들키면 곤란한 건 도연 본인일 텐데, 왜 자신이 더 걱정을 하고 더 겁을 먹는 것인지 정말 모를 일이었다. 어쨌든 지금 자신은 인형 하나라도 더 팔면 감사한 일이다. 그래, 상관하지 말자. 소리는 도연을 향해 인형 가격을 말했다.

"이천 원."

"여기."

도연이 냉큼 지갑에서 천 원짜리 지폐를 두 장 꺼내서 내밀었다. 소리는 그 손을 가만히 보았다. 그의 손에 들려 있는 천 원짜리 지폐조차 고급스러워 보이니, 확실히 정이준이 대단하기는 한 것 같다는 생각이 들었다. 그리고 그와 반대로, 도연의 눈에 자신의 모습이 얼마나 초라해 보일 것인지도 덩달아 떠올랐다.

정이준을 영화나 드라마, CF나 잡지 화보 속에서 볼 때 느꼈던 거리감과는 또 다른 느낌이었다. 스크린 속의 '정이준'을 환상처럼 보았다면, 지금 이 가판대를 사이에 둔 '정도연'은 현실이었으니까.

"안 받아? 뭐, 공짜로 주는 거야?"

"아, 아니……."

소리는 머릿속을 파고드는 복잡한 생각들을 전부 묻어 버리고, 허둥대며 도연에게서 돈을 받아 구깃구깃 구겨서 점퍼의 주머니에 집어넣었다. 그녀의 마음 또한 그에게서 받은 지폐와 다르지 않을 것이란 생각이 들었다.

구겨져서 좀처럼 펴질 줄 모르는 그런 마음이었다. 치졸한 자격지심인지도 몰랐다. 멋진 배우가 된 걸 축하한다는 말조차 꺼내지 못하는 그런 속 좁은 감정이었다.

"오늘은 장사 이쯤에서 접는 거지?"

"뭐?"

"정리하던 중이었잖아. 아니야?"

"아, 그렇기는 한데……. 그건 왜?"

소리는 도연을 쳐다보았다. 도연이 어깨를 으쓱이다가 별것 아니라는 투로 대꾸했다.

"밥 먹자고. 넌 배 안 고파? 난 무진장 고픈데."

"……."

사람들이 흔히 하는 빈말들 중에서도 대표적인 것이 바로 그것이다. 밥 먹자. 언제 밥이나 먹자. 말을 하는 사람도, 듣는 사람도, 그 누구도 정말 밥을 먹을 것이라고 기대하지 않는 공허한 말. 그런데 정도연은 그게 아니었나 보다. 소리는 잠시 숨을 멈췄다가 다시 길게 내쉬고는 다시 정리를 시작하며 물었다.

"바쁜 거 아니야?"

"응."

"정이준도 한물간 거야?"

"그런가?"

도연은 천연덕스럽게 대꾸하며 소리에게 조금 더 가까이 다가왔다.

"내가 뭐 도와줄 건 없어?"

"없어."

소리는 그를 보지 않으려고 애쓰며 대꾸했다. 인형을 담는 손이 자꾸 떨릴 것만 같아서, 그래서 그에게 들킬 것만 같아서 소리는 애써 아무렇지 않은 척 행세해야 했다.

"감기는 좀 어때?"

도연은 한정식집에 차를 세운 뒤, 안내를 받아 들어온 방 한쪽에 있는 옷걸이에 코트를 벗어 걸면서 소리에게 물었다. 소리는 어정쩡한 자세로 앉지도 서지도 못한 채 머뭇거리다가 도연을 쳐다보았다. 도연은 픽 웃으며 소리를 위아래로 보고는 다시 입을 열었다.

"많이 나은 것 같기는 한데, 그래도 조심해. 아까처럼 오는 눈비 다 맞고 있지 말고."

"……어, 뭐."

"겉옷 벗어서 줘."

"응? 아, 아니. 괜찮아."

"벗어. 밥 먹기 불편할 텐데."

소리는 도연의 재촉에 어쩔 수 없이 입고 있던 야상 점퍼를 벗어서 건넸다. 도연은 소리의 점퍼를 자신의 코트가 걸린 옷걸이에 함께 걸고는 자리에 앉았다.

그냥 딱 봐도 고급스러워 보이는 캐시미어 코트였다. 그리고 그 옆에 걸려 있는 자신의 야상 점퍼는 몇 년 전에 마트에서 70퍼센트 세일가로 샀던 것이고……. 소리는 괜히 위축되는 스스로의 모습을 내색하지 않으려고 고개를 숙인 채 탁자 위에 놓인 물컵을 만지작거렸다.

"여기, 물수건."

"어?"

"뭘 그렇게 놀라고 그래? 손 닦으라고."

도연이 물수건을 소리의 앞에 놓아주며 말했다. 소리는 입을 달싹이다가 작게 중얼거리듯 말했다.

"고마워."

"아니. 뭐, 이런 걸 갖고."

"……."

"……."

그리고 잠시, 두 사람 모두 말을 잇지 못했다. 순식간에 어색한 분위기가 방 안을 감돌았다.

밥을 사겠다고 소리를 데리고 한정식집까지 온 것은 좋았지만, 막상 이렇게 단둘이 방 안에 있으려니까 어색해지는 것은 어쩔 수 없었다. 차 안에서 단둘이 있을 때에도 이렇게 어색하지는 않았는데 말이다. 그때는 운전이라도 하고 있어서 그랬나? 도연은 어색함을 지울 겸, 헛기침을 하고 다시 입을 열었다.

"잘, 지냈어?"

"……어."

"하긴, 잘 지냈냐고 묻는 게 바보 같기는 하다."

"……."

"오리는, 어때? 뭐…… 며칠 사이에 뭔가 달라지지는 않았겠지만."

"……."

"……."

"그냥…… 그냥, 그렇지. 네 말대로…… 그렇게 며칠 사이에 달라질 것이었다면, 6년이나 저렇게 잠들어 있지는 않을 테니까."

소리는 목이 잠기려는 것을 간신히 참으며 대꾸했다. 자신에 대한 안부를 묻는 것도, 오리에 대한 안부를 묻는 것도 너무 오랜만에 있는 일이라 그런지, 대답하는 것이 쉽지 않았다. 소리는 물컵을 들고 물을 급히 마셨다. 그 탓에 사레가 들려 버렸다.

"콜록. 콜록콜록!"

"좀 조심하지! 괜찮아?"

"콜록, 어, 으응."

"뭐가 급해서 그렇게 물을 한꺼번에 마시냐?"

도연이 혀를 차며 소리의 손에서 컵을 빼앗아 내려놓았다. 소리는 간신히 진정한 뒤, 고개를 숙였다. 아마도 얼굴이 빨갛게 달아올랐을 것이 분명했다. 바보처럼, 왜 물도 제대로 못 마시고. 소리는 스스로를 탓하며 입술을 깨물었다.

다행스럽게도 그 순간 노크 소리가 들렸다. 그리고 주문을 받기 위해 직원이 문을 열고 들어왔다.

소리는 도연이 주문을 하는 동안 조심스럽게 고개를 들어 그를 쳐다보았다. 여유로운 얼굴로 주문을 하는 도연의 모습이 익숙하면서도 낯설었다. 6년이나 지나갔으니 당연한 일이었다. 그러나 소리는 어쩐지 아쉬운 마음이 들어서 그냥 물끄러미 그를 쳐다보았다.

"다른 거 먹고 싶은 거 있어?"

"응?"

"지금 주문한 거 말고 더 먹고 싶은 거 있으면 말해."

"아, 아니. 별로……."

"내가 살 테니까 부담 갖지 말고."

"아니야. 아니야, 정말."

솔직히 지금 도연이 뭘 주문했는지 듣지도 못했다. 소리는 고개를 마구 저었다. 도연이 주문하는 걸 듣지도 못하고 그저 그의 얼굴을 바라보면서 정신을 놓고 있었다는 것에 소리는 새삼 민망했다.

"그냥 내 마음대로 주문했어. 너한테 주문하라고 하면 무조건 싼 것만 시킬 것 같아서."

직원이 나간 뒤에 도연은 다시 입을 열었다. 소리는 도연의 말을 부정할 수 없어서 그냥 입을 다물고 있었다. 도연의 말처럼 아마 그녀에게 주문하라고 했다면 무조건 제일 싼 것으로 주문했을 테니까.

소리에게 있어서 뭔가를 선택하는 기준은 오로지 하나였다. 값이 제일 저렴한 것. 특히, 자기 자신에게 쓰는 것은 더욱 그랬다. 돈을 단 한 푼이라도 더 모아서 나중에 오리가 깨어났을 때 뭐든지 먹이고, 입히고, 사 주고 싶었기에 소리는 최대한 돈을 쓰지 않았다. 그리고 그런 자기 자신의 모습을 부끄러워한 적은 없었다. 그런데 어째서일까. 소리는 도연에게 그런 자신의 모습을 들켰다는 사실에 창피했다.

"불편하게 여기지 말았으면 좋겠어."

그때 도연이 살짝 미소를 머금고 말했다.

"네가 나 반가워하지 않을 거라고는 생각하지만, 그래도……."

가만히 도연의 말을 듣고 있는데 그의 목소리에서 점점 힘이 빠지는 것 같았다. 고개를 들어 보니 그의 미소가 조금 쓸쓸해 보였다.

"밥 한 끼 정도는 괜찮잖아."

도연은 말을 내뱉고는 물컵을 집어 들었다. 갑자기 갈증이 치밀었다. 스스로 내뱉은 말에 스스로 상처를 입었다.

미련인지도 모른다고 생각했다. 우연히 소리를 보게 된 뒤 아니, 그전부터도 종종 그녀를 떠올릴 때마다, 이것은 그저 지나간 과거에 대한 미련이다, 그렇게 스스로 체념하듯 생각하고는 했었다. 먼저 이별을 고했던 이에게 품고 있는 감정 같은 건, 정말 아무것도 아닐 거라고 그렇게 생각하려고도 했었다.

어린 마음에 남았던 생채기는 쉽게 아물지 않았다. 물론 소리가 처했던 현실이 얼마나 고통스러웠는지 알고 있었다. 그렇지만 그와 별개로 그가 받은 상처 또한 아팠다. 그래서 미련이라고 치부했다. 그러려고 했다.

그런데…… 미련 같은 게 아닌가 보다. 도연은 허탈했다. 미련 따위에 이렇게 가슴이 아릿해지는 통증을 느낄 리는 없으니까.

그녀는 나와 헤어진 지 오래되었지만…… 나는 아직도 그녀와의 이별을 받아들이지 못한 것인지도 모르겠다.

그러니까…….

"아무리…… 우리가 헤어진 사이라고 해도 말이야."

소리야, 나는 아무래도 너랑 헤어지지 못했나 보다.

"후우."

소리는 옆을 돌아보았다가 다시 앞을 보았다. 그리고 잠시 주저하다가 또다시 힐끔거리며 옆을 보고는 한숨과 함께 고개를 저었다.

"자꾸 한숨 쉬면 복 달아나."

"……너 아니면 한숨 쉴 일도 없어."

소리는 천연덕스럽게 들려온 목소리에 발끈해서 다시 고개를 돌렸다. 그러나 그녀의 옆에 플라스틱 의자를 하나 가져다 놓고 앉아서 벌써 두 시간째 죽치고 있는―말 그대로 '동네 형'으로 보이는― 남자, 정도연은 그녀의 시선 따위는 알아차리지도 못했다는 듯 느긋하게 책장을 넘기고 있었다. 소리는 자신들의 앞을 스쳐 지나가는 사람들을 보고는 작게 목소리를 낮추며 입을 열었다.

"자꾸 왜 오는 거야? 너 잘나가잖아. 잘나가는 '정이준' 씨, 그렇게 한가하세요?"

"예, 한가합니다. 그래서 이직을 고려하고 있는 중이에요."

도연은 시선을 책에 고정한 채 소리의 말에 능청스럽게 대꾸했다. 소리는 그런 도연의 태도에 더욱 발끈해서 뭐라고 하려다가 다시 한숨을 내쉬었다.

도무지 이해할 수 없었다. 처음에는 우연히 만났다고 하더라도, 그리고 한 번 정도는 과거의 인연 때문에 밥을 먹었다고 하더라도, 그래도 그 이후에 이렇듯 종종 찾아오는 것은 이해할 수 없는 상황이었다.

게다가 얼마 전에는 갑자기 나타나서 정신을 차릴 새도 없이 자신의 휴대폰을 가져가더니 냉큼 자기 번호까지 저장해 놓고는 보고 싶으면 전화하라며 너스레를 떨기도 했다.

도대체 도연이 무슨 생각으로 이러는 것인지 알 수가 없었다. 다시 사귀고 싶어서 그런다거나 하는 것은 상상할 수도 없었다. 모두가 선망하는 정이준이 그럴 리도 없고, 더구나 6년 전에 좋은 모습으로 헤어진 사이도 아닌데…….

아무리 생각해 봐도 판단을 내릴 수 없었다. 소리는 혼자 머리를 감싸 쥔 채 고민하다가 도연이 책을 읽는 모습을 다시 쳐다보았다. 확실히 대한민국 여자들이라면 대부분 환호하고 선망하는 정이준다웠다. 저런 추레한 꼴로도 저런 분위기를 풍기다니…….

그러고 보면 나도 꽤 외모 지상주의자였나 보다. 아마, 정도연과 사귀게 되었던 건 저 외모 때문이었는지도 몰라. 그런데…… 정도연은 왜 나랑 사귀었던 걸까. 나는 딱히 예쁘지도 않고…….

소리가 멍하니 생각을 이어 가고 있는데, 문득 도연이 책장을 넘기다 말고 천천히 고개를 돌려 소리와 시선을 마주했다. 옆으로 길게 휘어진 눈이 그림 속 인물처럼 웃어 보였다.

"왜? 새삼 반했어?"

"……헛소리하는 거 보니까 한가한 건 맞나 보네."

소리는 퉁명스레 말하며 고개를 돌리고는 가판대의 인형들을 다시 정리했다. 그러자 도연이 책을 덮고는 일어나 소리의 곁으로 가까이 다가왔다. 소리는 화들짝 놀라 도연을 떠밀었다.

"저리 가 있어. 이러다가 누가 알아차리기라도 하면 어쩌려고!"

"걱정 마. 아무도 몰라. 이런 더벅머리를 누가 정이준이라고 생각하려고."

"하지만!"

소리는 항의하듯 말하다가 그대로 입술을 깨물었다. 요 며칠 전부터는 아예 작정을 한 것인지, 도연의 '변장' 수준이 일취월장하고 있었다.

도연은 커다란 뿔테 안경 너머로 소리를 쳐다보다가 가만히 웃었다. 소리가 자신을 미친놈 보듯이 쳐다보는 걸 알고 있지만, 그것을 굳이 부정할 생각은 없었다. 자신이 생각해도 지금 도연 자신의 모습은 그다지 정상은 아닌 듯했기 때문이다.

대체 뭘 원해서 이렇게 시간이 날 때마다 소리를 찾아오는 것인지, 스스로도 이해할 수가 없었다. 소리는 6년 전에 자신과 이미 헤어졌다고 여기겠지만, 자신은 그러지 못했기 때문일까.

그렇다고 이제 와서 소리와 다시 사귀기를 원하는 것인지도 도연은 확신하지 못했다. 도연에게 소리는 첫사랑이었고, 지금까지 유일하게 사랑했던 여인이었다. 풋내기 어린 시절의 사랑이라고 어느 누군가는 코웃음 치면서 가볍게 여길지도 모르지만, 적어도 도연에게는 그 어떤 기억보다도 소중한 추억이기도 했다.

그래서일까. 도연은 소리와 다시 시작하는 것을 쉽게 상상할 수 없었다. 이미 한 번 망가졌던 관계였다. 아무리 좋아하는 마음이 있다고 해도 주변의 상황으로 인해 언제든지 끊어질 수 있는 관계라는 것을 배웠다.

"저기요, 이거 얼마예요?"

"예! 어서 오세요. 이거는요……."

그 순간, 소리에게 다가온 여자 손님으로 인해 두 사람의 대화는 더 이상 이어지지 못했다. 소리는 냉큼 몸을 돌려 손님을 상대하기 시작했고, 도연은 다시 손님의 시선이 닿지 않는 자리로 돌아가 앉아서 책을 펼쳤다.

자꾸 왜 오는 거냐고?

……그건, 내가 하고 싶은 질문이라고.

✳

"저녁 뭐 먹을래?"

"난 이따가 집에 가서 대충 찬밥 먹을 거야. 너는 네가 알아서 먹어."

소리는 일부러 도연을 돌아보지 않고 대꾸했다. 오늘은 다른 때보다도 더 오랜 시간을 도연과 함께 있다 보니 괜히 기분이 가라앉았다. 자꾸만 예전 기억이 떠오른 것이 가장 큰 이유였다. 소리는 밀려드는 추억들을 다시 되돌려 보내려고 눈을 감았다가 뜨고는 가방을 챙겨 들었다. 그러자 도연이 손을 내밀었다.

"가방 이리 줘. 그리고 저녁 먹자."

"됐어. 이만 가 봐. 나는 오리한테 가 봐야 돼."

감기가 쉽게 낫지 않는 바람에 병원에 가지 못한 지 여러 날이 되었다. 감기 기운이 좀 사라지기는 했지만 그래도 여전히 미약하게나마 남아 있던 탓에 혹시 오리한테 옮기기라도 할까 하는 염려가 들어서 가지 못했던 것이다. 다행히 오늘은 정말 감기가 다 나은 것 같으니까 오리한테 가는 일이 급선무인 것이다.

"그럼 나도 갈래."

"정도연!"

"나도 오리한테 간다고."

도연은 소리를 쳐다보며 단호한 어조로 말했다. 거의 통보하는 듯한 말투에 소리는 화가 치밀었다. 도연이 자꾸 눈앞에 나타나면서 자신도 모르게 혼란스러움을 느끼기도 하고, 무의미한 기대를 품기도 했다. 그래서 새삼 도연에 대한 원망이 치솟았다.

나를 그냥 내버려 둬. 더 이상 너 때문에 흔들리고 싶지 않아. 나는 너와 달리 사는 게 힘들다고. 소리는 울컥하는 감정을 참지 못하고 신경질적으로 도연에게 말했다.

"상관하지 마."

"소리야."

"내 동생이야! 너랑 아무 상관도 없다고!"

소리가 날카롭게 말하자 도연의 얼굴이 무표정하게 굳었다. 그리고 곧 그는 못마땅한 기색을 드러내며 눈썹을 슬쩍 올리고 입을 열었다.

"야, 한소리."

"……"

"이건 좀 아니지. 말은 똑바로 하자?"

"뭘."

"내가 왜 아무 상관이 없냐? 그래, 오리는 네 동생이지. 누가 뭐래?"

"그러니까……!"

"그런데 그것과 별개로, 오리가 내 친구인 건 그새 까먹었냐? 아무리 6년이나 지났다고 하지만, 그건 너무하잖아? 안 그래?"

"……."

"네가 나랑 헤어졌다고 해서 내가 오리랑 친구가 아닌 게 되는 거야? 대체 그건 무슨 말도 안 되는 논리야?"

"그, 그건……."

소리는 더 이상 말을 잇지 못했다. 도연의 말에 틀린 점이 없었던 탓이다. 그랬다. 자신과 도연이 헤어졌다고 해서 오리와 도연이 친구 사이가 아니라고는 할 수 없었다. 그들이 싸우고 절교를 한 것도 아니었고 그저…… 오리가 중환자실에 들어가고, 도연과 자신이 헤어지고, 그렇게 그냥…… 멀어졌을 뿐.

소리는 잠시 말을 하지 못하다가 고개를 숙이며 중얼거렸다.

"그렇지만…… 넌 지금까지 오리를 찾은 적 없잖아."

"……뭐?"

"지난 6년 동안 한 번도 온 적 없었잖아. 그러면서 왜 새삼, 이 제 와서! 왜? 저번에 병원 와서 한 번 보고 나니까, 갑자기 잊었던 우정이라도 되찾은 기분이 들었니?"

소리는 고개를 숙인 채 중얼거리다가 다시 화가 나는 듯 목소리를 높이며 고개를 들어 도연을 쳐다보았다. 그러자 도연이 잠시 멍한 얼굴을 한 채 소리를 바라보다가 픽 하고 웃으면서 두 손으로 얼굴을 감쌌다가 떼고는 부드러운 미소와 함께 물었다.

"기다렸어?"

"누가! 누가 누구를 기다렸다고⋯⋯!"

"그럼 그렇게 화낼 이유는 없잖아."

"그런 거⋯⋯ 그런 거 아니야."

소리는 토라지듯 다시 돌아서며 대답했다. 기다린 것은 아니었다. 어떻게 그럴 수 있었겠는가. 자신이 헤어지자고, 그렇게 매몰차게 버려 놓고.

하지만⋯⋯ 그럼에도 불구하고 가끔, 아주 가끔 병원 복도의 의자에 앉은 채 멍하니 중환자실 입구를 쳐다보고 있다가 키가 큰 남자를 보기만 해도 흠칫, 놀랄 때가 있었다. 그리고 곧바로 낯선 남자의 얼굴을 확인하면 괜히 서러워지는 가슴을 쓸어내리고는 했었다.

"내가 왜⋯⋯ 왜 너를 기다려."

소리는 작게 움츠러든 채 중얼거렸다. 그와 동시에 뒤에서 온기가 느껴지는 듯싶더니, 소리의 손에 들려 있던 가방의 무게가 사라졌다. 소리는 깜짝 놀라 다시 뒤를 돌아보았다. 도연이 소리의 가방을 어깨에 가볍게 메고 턱짓을 했다.

"일단 오리한테 가자. 너 이러다가 면회 시간 늦으면 전부 내 탓으로 돌리려고 그러지?"

"⋯⋯야, 야! 정도연!"

도연이 먼저 가방을 멘 채 자신의 차를 주차해 놓은 건물 쪽으로 성큼성큼 걸음을 옮기자, 소리는 어쩔 수 없이 종종거리며 그의 뒤를 따라갈 수밖에 없었다.

"⋯⋯고마워."

도연은 멀거니 1층 로비에 있는 의자에 앉아 있다가 소리의 말을 듣고 고개를 돌려 그녀를 보았다. 소리는 정면을 바라보며 다시 입을 열었다.

"오리가 좋아했을 거야. 네가 또 와 줘서."

"지금 나 양심의 가책 느끼라고 그러는 거지?"

도연은 피식 웃으며 두 손을 깍지 낀 채 몸을 숙였다. 흐트러진 머리가 그의 이마 위에서 흔들렸다. 소리는 잠시 도연을 쳐다보다가 다시 시선을 돌려 들고 있던 중간 계산서를 보았다.

숨이 턱 하고 막히는 기분이었다. 병원비를 간신히 계산한 지 얼마 지나지도 않은 것 같은데 또 중간 계산서가 나온 것이다. 3일 내에 납부하기를 바란다는 문구가 바늘처럼 아프게 눈을 찔렀다.

"……."

그리고 도연은 그런 소리를 조용히 쳐다보다가 다시 고개를 돌려 앞을 보았다. 병원비 정산서를 받아 든 그녀의 어깨가 더욱 무겁게 처진 것 같았다. 할 수만 있다면 대신 병원비를 계산하고 싶은 마음이었다. 지금 당장이라도 원무과에 가서 전부 계산을 하고도 싶었다. 하지만…….

"소리야. 저기……."

"아까도 말했지만, 싫어."

"그렇게 무조건 싫다고만 하지 말고, 좀 생각이라도 해 보면 안 돼?"

"내 동생은…… 내가 책임져. 능력도 없으면서 이런 말을 하는 게, 네가 볼 때는 우습기도 하겠지만 그게 내가 사는 이유야. 오리를 책임질 수조차 없다면, 나한테는 산다는 것 자체가 아무 의미도 없어."

"……."

이미 한 번 거절당했던 제안을 다시 하려다가 제대로 꺼내지도 못한 채, 다시 거절당했다. 중환자실에 들렀다가 나오던 소리에게 당직 간호사가 병원비 정산서를 건네주었고, 그때 곧바로 도연은 병원비를 대신 계산하겠다고 나섰다. 그리고 소리는 곧바로 그 어떤 여지도 남기지 않고 거절했다.

그때는 소리가 거절한 이유가 단순히 도연 자신의 도움을 받고 싶지 않아서일 거라고 생각했다. 그런데…….

'네가 이렇게 말하면 내가 어떻게 할 도리가 없잖아.'

도연은 주먹을 꽉 쥐며 입을 다물었다. 소리가 안쓰러워 견딜 수 없었다. 고작 사는 이유를 이런 것에서 찾을 수밖에 없는 그녀의 삶이 안타까웠다. 그래서 오히려 함부로 도와주겠다는 말조차 건넬 수 없는 자신의 모습이 한심했다.

"그만 가야겠어."

그 순간 도연의 옆에 앉아 있던 소리가 일어섰다. 그리고 도연 역시 소리를 따라서 일어섰다. 자그마한 머리통이 자신의 어깨 근처에 닿을 것 같았다. 이렇게 작은데…….

도연은 손바닥으로 얼굴을 쓸었다. 씁쓸한 마음이 잔상처럼 남았다. 하지만 도연은 그 마음을 어떻게 해야 할지 판단이 서지 않았다.

⁂

"수상해……."

"뭐가?"

"뭔가 수상하단 말이지."

"그러니까 뭐가 수상하냐고."

박상호는 설거지를 끝내고 앞치마에 손을 닦으면서 눈을 가늘게 뜨고 도연을 쳐다보았다. 외모는 험상궂고 덩치는 곰처럼 커다란데 상호는 의외로 살림에 뛰어난 재능을 보였다. 그리고 그런 그가 처음으로 맡은 '정이준'은 생긴 것과는 다르게 꽤 지저분하고 어질러 놓기를 잘했다.

그래서 처음에는 구석에 처박아 둔 옷가지들을 정리했고, 그 다음에는 넘치기 일보 직전인 쓰레기통을 비웠고, 그 뒤에는 먼지가 뽀얗게 쌓인 가구들을 걸레로 닦았다. 또한 맥주만 잔뜩 채워져 있던 냉장고의 본래 기능을 되찾아 주고자 밑반찬을 만들어서 넣어 두었고, 밑반찬을 만들고 나니 쌀이 없어서 10kg짜리 쌀을 한 포대 사서 들여놓았다.

그렇게 계속 도연의 살림을 하나씩 하다 보니까 이제는 거의 도연이 살고 있는 집의 주인이 박상호라 해도 좋을 정도가 되었다. 물론, 그렇다고 해서 상호는 정말 주인 행세를 할 마음은 없었다. 엄연히 집주인은 '정이준'인 것이다.

그래서 일주일에 두 번 정도, 상호는 시간을 내서 도연의 집에 들러 밥을 하고, 반찬을 만들고, 밀린 빨래와 청소를 하고는 했다. 그리고 바로 오늘이 그날이었다.

상호는 이미 며칠 전부터 벼르고 있었다는 눈으로 아일랜드 탁자 위에 턱을 괸 채 앉아 있는 도연을 향해 다가가 망설임 없이 물었다.

"누구냐."

"뭐?"

"아직 겨울도 가지 않았는데 너한테 봄바람을 살랑이는 처자가."

"무슨 헛소리야, 형."

도연은 픽 웃으며 상호를 향해 손을 내저었다. 그러나 상호는 콧방귀를 뀌며 다시 입을 열었다.

"내 눈은 못 속여."

"그러니까 내가 뭘 속였냐고."

"토끼! 돌고래! 고양이!"

"아. 그런데, 이것들이 왜?"

뭐, 문제 있어? 인형이잖아? 도연은 잠시 멈칫했다가 이내 아무 렇지 않게 상호에게 물었다. 상호는 싱글거리면서 웃는 도연을 바 라보다가 아일랜드 탁자 한쪽에 나란히 진열되어 있는 토끼 인형, 돌고래 인형, 고양이 인형을 가리키며 말했다.

"이 인형들의 주인이 봄바람이냐?"

"……봄바람은 무슨."

순간 도연이 멈칫했다가 뒤늦게 대꾸했다. 상호는 그것을 놓치 지 않았다.

"맞구만, 뭘."

상호는 다시 진지한 눈으로 탁자를 손으로 짚은 채 도연에게 물 었다.

"미리 얘기해라. 스캔들 날 것 같은 떡밥은."

"……"

"만나지 말라고 하는 게 아니야. 솔직히 난 네가 이렇게 봄바람 살랑이며 웃는 거 보기 좋아서 말릴 생각 없어. 물론 우리 사장님 이야 알면 난리를 치겠지만."

씩 장난스런 웃음을 짓던 그는 다시 진지한 목소리로 입을 열었다.

"적어도 스캔들 같은 거 터졌을 때 내가 수습은 할 수 있도록 미리 알려 달라는 거야."

도연은 웃음기를 지우고 상호를 쳐다보았다. 연예계에 데뷔한 이후 지금껏 자신의 곁을 지켜 준 사람이라면 상호뿐이었다. 그렇기 때문에 단순히 일 때문에 얽힌 관계라고 하기에는 부족한 면이 없지 않았다. 도연은 문득 상호에게 뭔가를 털어놓고 싶은 충동을 느꼈다. 그래서 그는 잠시 주저하다가 입을 열었다.

"모르겠어. 내가 뭘 원하는 건지."

"……."

"아니, 이미 알고 있는 건데, 그냥…… 알지 못하는 척하고 싶은 건지도 모르겠다."

그의 횡설수설하는 말에도 상호는 가만히 귀를 기울이고 있었다. 언제나 네 이야기를 들어주겠다는 듯한 상호의 태도 덕분일까. 도연은 한결 마음이 차분해지는 것을 느끼며 머릿속을 조금 더 정리했다.

"그런데 한 가지 분명한 건……."

도연은 손을 뻗어 탁자 위의 인형들 중, 가장 가까이에 있던 고양이 인형을 집어 들었다. 자신에게는 팔지 않으려는 인형들을 소리에게서 하나씩 억지로 빼앗다시피 해서 가지고 온 것들이 제법 여러 개가 되었다.

그리고 인형들의 개수가 늘어 갈 때마다 자신의 마음속에도 표현하기 힘든 감정이 한 층, 한 층 점점 더 쌓여 가는 것만 같았다. 도연은 고양이 인형의 머리를 가만히 쓰다듬으며 말을 이었다.

"스캔들처럼 지저분한 소문 따위에 그 애를 얽히게 하고 싶지는 않아. 지금도 충분히 힘든데, 나까지 거기에 보탤 필요는 없으니까."

도연은 얼마 전에 보았던 그녀의 버거운 삶을 다시 떠올렸다. 그리고 그녀가 버티고 살아가는 이유를 새삼 기억해 냈다.

그 이유에 나도 넣어 주면 안 되는 걸까. 도연은 자신의 생각에 기가 막혀서 허탈하게 웃었다. 그리고 고개를 저으며 눈을 감았다가 떴다. 자신을 걱정스레 바라보는 상호의 시선과 마주쳤다. 도연의 입이 일그러졌다.

"만약 그렇게 되면…… 또 매몰차게 나를 버릴 테니까."

도연의 입가에 쓴웃음이 감돌았다. 상호는 미간을 찌푸린 채 도연을 쳐다보았다. 어쩐지 '정이준'과는 어울리지 않는 모습이었다. 자신감 없이 위축된 모습이라니. 하지만 '정도연'과는 왜 그런지 어울리는 것도 같았다. 상호는 잠시 생각하다가 아, 하고 짧은 감탄사를 내뱉고는 도연에게 물었다.

"설마…… 네 첫사랑을 다시 만난 거야?"

"뭐?"

"너 예전에 나랑 술 진탕 마셨을 때 기억 안 나냐? 그때 아주 취해서 계속 다람쥐, 내 다람쥐, 내 날다람쥐, 하면서 네 첫사랑을 불러 대다가 징징 짜기도 하더니 결국 통곡하고 난리를 쳤었잖아."

"……그걸 지금까지 기억하고 있냐, 형은."

"흐흐. 내 즐거움인데 잊을 리가 있나. 지금도 그때 휴대폰으로 동영상 찍어 놓지 못했던 걸 후회하는 중인데."

"좀 잊어라, 그런 건."

"맞지? 그 다람쥐 아가씨를 다시 만난 거, 맞지?"

"……."

도연은 대답 대신 침묵했다. 그러나 그 침묵이 대답보다도 더 강한 긍정의 뜻을 담고 있다는 것을 상호는 모르지 않았다.

상호는 장난스러운 표정을 지우고 도연을 쳐다보았다. 그의 험상궂은 얼굴과는 다르게 따스한 시선에는 도연을 향한 안쓰러움이 담겨 있었다.

도연에게 어떤 상처가 있었는지는 알지 못한다. 그리고 그것을 굳이 알아낼 마음 같은 건 없다. 하지만 이렇게 자신감 없이 위축되어서 잔뜩 겁에 질린 것 같은 모습은 안타깝다. 스물넷, 한창 자신감이 넘쳐야 할 나이가 아닌가. 더구나 '정이준'이라면, 없던 자신감도 솟아야 할 텐데.

"파파라치 조심해라. 네가 워낙 털어도 먼지 하나 안 나오니까 요즘은 좀 잠잠해졌지만, 그래도 언제든지 다시 모여들 수 있으니까."

"응."

"야, 그건 그렇고, 음식물 쓰레기만큼은 좀 제때 버리고 살면 안 되냐? 내가 아주 더러워서 못 살겠다, 인마. 냄새가 진동을 해요. 어? 너 이러고 살면 나중에 장가도 못 가, 인마. 다람쥐 아가씨가 이런 너를 보면 데려가려고 하겠냐?"

"그 애 얘기가 여기서 왜 나와."

"흥. 괜히 부끄러워하기는."

"아, 형!"

도연이 인상을 쓰며 상호를 불렀지만, 상호는 어느새 콧노래를 부르며 앞치마를 벗고 거실로 걸음을 옮기는 중이었다. 도연은 그런 상호의 뒤통수를 노려보다가 그냥 픽 웃으며 고개를 젓고 말았다.

이러니저러니 해도 어쨌든 상호에게 진심으로 화를 낼 수는 없으니. 게다가 지금은 일부러 자신의 마음을 위로하려고 말을 돌린 거라는 걸 모르는 것도 아니고…….

"참! 너 드라마 들어왔는데. 여기 시나리오 놔두고 갈 테니까 시간 내서 좀 살펴봐라. 다람쥐만 찾아 대지 말고."

"아, 진짜! 알았어. 거기 두고 가."

"오냐. 그리고 내일은 점심때 화보 촬영 있으니까, 그 전에 메이크업 받으러 미용실 가야 하는 거 잊지 말고. 아침에 올게."

상호는 자신의 가방에서 드라마 시나리오를 꺼내 소파 앞의 테이블에 내려놓고는 몸을 돌렸다. 도연은 그런 상호를 향해 대충 손 인사를 건네고 그대로 탁자 위에 엎드렸다. 상호는 제대로 된 인사는 기대도 하지 않았다는 듯 뒤도 돌아보지 않고 그대로 현관문을 열고 나갔다. 덜컹, 삐리릭. 문이 닫히고 잠기는 소리가 조용한 거실에 울렸다.

❄

소리는 모로 엎드린 채 도안을 그리다가 그대로 펜을 던져 버리듯 내려놓고는 방금 전까지 도안을 그리던 종이를 구겨 버렸다. 자꾸만 머릿속에 잡념이 떠올라서 그런지 원하는 대로 도안이 그려지지 않았다. 소리는 몸을 일으켜 주위를 둘러보았다.

"에휴. 뭐가 이렇게 많아."

소리의 주위에는 구겨진 종이 뭉치가 잔뜩 쌓여 있었다. 구겨 버린 게 몇 장 안 되는 줄 알았는데, 제법 많았던 것 같다.

소리는 종이가 아깝단 생각에 얼굴을 찌푸리고는 다시 구겨진 종이를 하나 집어 들어 조심스럽게 펼쳐 보았다. 심하게 구겨진 부분은 손바닥으로 꾹 누르고 손가락 끝으로 문질러 보기도 했다. 그러나 구겨진 자국까지 사라지게 할 수는 없었다.

소리가 다시 펼친 종이에는 다람쥐가 그려져 있었다. 도안을 보던 소리의 귀가 빨갛게 달아올랐다. 그녀는 고개를 마구 흔들며 다시 종이를 구기려고 손에 힘을 주었다.

미쳤어. 아무래도 머릿속에 있던 잡념 때문인 것 같았다. 다람쥐라니. 소리는 툭하면 자신을 다람쥐라고 놀리던 도연을 떠올렸다.

그리고 어느 순간, 그녀는 과거의 어느 날로 되돌아가고 있었다.

"아…… 추워."

얘는 진짜 왜 이렇게 늦어. 소리는 코트 주머니에 손을 넣은 채 발을 동동 구르며 목도리 안으로 목을 쑥 집어넣었다. 자신이 일찍 약속 장소에 나오기는 했지만, 그래도 어쨌든 약속 시간에서 5분이나 늦은 시각이었다.

"5분이 얼마나 긴 시간인데. 1분이 60초, 5분이면 300초."

소리는 목도리에 얼굴을 파묻은 채 투덜댔다. 집에 있어도 자꾸만 설레고 긴장되는 바람에 조금 일찍 집을 나선 것이 문제였다. 집 앞의 정류장에 도착하자마자 버스가 오고, 버스에 탄 사람도 없고, 탈 사람도 없어서 씽씽 내달렸으니, 소리가 약속 시간보다 20분이나 일찍 도착한 것은 당연한 일이었다.

그리고 거기에 더해서 5분이나 더 기다리고 있는 중이니, 소리의 온몸은 이미 꽁꽁 얼어 있었다. 하지만 이러니저러니 해도 목도리 속에 숨어 있는 소리의 두 뺨은 빨갛게 물들어 있었다. 이제 겨우 사귄 지 일주일이 된, 어린 커플이었으니 말이다.

겨울방학이 시작되기 전 소리는 도연에게 고백을 받았다. 그리고 두 사람은 사귀기로 했다. 하지만 겨울방학이 시작되자마자 소리는 오리와 함께 지방에 있는 외가에 놀러 가게 되었다. 그러다가 어제 집에 돌아온 직후에 곧바로 도연과 만날 약속을 잡았으니, 따지고 보면 오늘이 바로 두 사람의 첫 데이트라고 해도 좋았다.

'데이트……'

소리는 속으로 중얼거려 보다가 흠칫 누가 들었을까 민망한 마음에 두리번두리번 주변을 둘러보았다. 저마다 추운 날씨에 몸을 움츠린 채 바쁘게 거리를 지나다니고 있었다. 그래서 그 누구도 소리에게 관심을 두지 않았다. 소리는 괜히 멋쩍은 마음에 코를 훌쩍거리며 다시 발을 동동 굴렀다.

"소리야!"

그 순간, 도연의 목소리가 들렸다. 소리는 발을 동동 구르다가 도연의 목소리가 들린 방향으로 고개를 돌렸다. 도연이 허겁지겁 달려오는 것이 보였다.

"아, 뭐야! 이제 오면 어떻게 해!"

그 모습을 보자마자 소리는 칭얼대듯 도연에게 짜증을 부렸다. 그러면서도 도연을 본 소리의 가슴이 쿵쾅쿵쾅 뛰는 것은 막을 수 없었다.

도연은 객관적으로 봐도 스타일이 꽤 멋있었다. 오늘도 도연은 나름대로 멋을 낸 것인지 긴 코트를 입고 머리를 깔끔하게 쓸어 넘긴 모습을 하고 있었다.

새하얀 피부에 옆으로 긴 눈매는 날카로워 보이면서도 어딘지 모르게 애처로운 느낌이라, 흔히 말하는 모성애가 저절로 생기게 할 것만 같았다. 또한, 그 눈이 둥글게 휘어지면서 웃으면 언제 날카로움을 풍겼냐는 듯 상냥함이 물씬 느껴져서, 보는 사람의 가슴을 두근거리게 만들기도 했다.

소리는 자신보다 키가 훨씬 커서 한참 올려다봐야 하는 도연의 얼굴을 차마 대놓고 보지 못하고는 괜히 입을 삐죽대며 도연이 입고 있는 코트의 중간에 달린 단추만 뚫어져라 쳐다보았다.

"시간 어기는 사람 질색이란 말이야."

"미안해. 진짜 미안. 오는 길에 어떤 할아버지가 리어카에 종이박스를 담으시는데, 리어카에 있던 박스가 한꺼번에 균형을 잃었는지 바닥으로 떨어지는 바람에. 그런데 그걸 모른 척하고 그냥 올수가 없었어. 진짜 미안해. 응?"

"······정말이야?"

"응!"

소리는 도연의 말에 슬그머니 짜증이 났던 것이 풀려서 콧등을 찡그리고는 도연을 올려다보았다. 도연의 말이 거짓말은 아닐 거라는 건 확실했다. 정도연이라면 충분히 그러고도 남을 것이었다. 다정하고 친절해서 도움을 필요로 하는 이를 그냥 지나치지 못했을 것이다. 소리는 목도리 속으로 다시 얼굴을 묻으며 웅얼대듯 말했다.

"그럼 오늘만 봐줄게."

"고마워. 아, 참! 이거 먹어."

"응?"

소리는 느닷없이 자신의 손에 쥐여진 따뜻하고 묵직한 종이봉투에 어리둥절한 얼굴로 다시 도연을 보았다. 그러자 도연이 눈짓을 하며 말을 이었다.

"먹어. 오는 길에 팔더라고. 그래서 너 먹으라고 샀어."

"군밤이네?"

"응. 아직 따뜻할 거야. 코트 주머니에 넣어서 왔거든."

"······흠. 뇌물이야?"

"뭐, 그럴 수도 있고."

뇌물치고는 좀 싼 거 아니야? 소리는 괜히 쑥스러워서 투덜대듯 중얼거리고는 종이봉투를 열었다. 군밤은 아직 따끈따끈했다. 소리는 군밤을 하나 꺼내 입에 넣었다. 그리고 다른 하나를 꺼내서 도연에게 건넸다.

"너도 먹어."

"응. 먹여 줘. 아―"

"네가 먹어."

소리는 냉큼 허리를 숙이더니 자신을 향해 입을 벌리는 도연의 손을 가져가 억지로 펴서 손바닥 안에 군밤 하나를 올려 주고는 몸을 돌렸다.

그러자 도연이 등 뒤에서 징징대는 소리가 들렸다. 여자친구가 애교라고는 눈곱만큼도 없어요, 흑흑. 내가 꿈꾼 건 이런 게 아니었는데, 뭐가 이래. 칭얼대는 도연의 말을 들으며 소리는 흥 하고 콧방귀를 뀌었다. 그러나 그녀의 귀는 더 이상 빨갛게 될 수 없을 정도로 빨갛게 변해 있었다.

"그런데, 있잖아."

"뭐가?"

언제 징징댔냐는 듯 태연하게 소리의 옆으로 다가온 도연이 장난스럽게 눈을 빛내더니 씩 웃었다.

"너 군밤 우물거리는 게······."

"⋯⋯?"

"꼭 다람쥐 닮았다."

"뭐어어?"

소리는 민망한 마음에 도연에게 군밤 봉투를 안겨 주듯 던지고 걸음을 더욱 바쁘게 옮기기 시작했다.

"같이 가! 다람쥐야, 군밤은 가지고 가야지!"

뒤에서 도연이 하하, 웃으며 소리에게 장난스럽게 외쳤다.

그 이후로, 도연은 종종 소리를 다람쥐라고 부르고는 했다. 그리고 자신이 입고 있던 겉옷을 걸쳐 주면서 날다람쥐라는 새로운 별명을 지어서 부르기도 했다. 소리는 다시 구기려던 종이를 구기지 못하고, 물끄러미 종이에 그려진 도안을 내려다보았다.

이미 과거일 뿐이었다.

어쩌면 자신에게 주어졌던 가장 행복한 순간이었는지도 모른다. 소리는 문득 욕심을 조금 내고 싶었다. 과거일 뿐이니까⋯⋯ 그것을 조금이라도 기억하면 안 될까 하는 욕심. 눈에 보이고 손에 닿는 그런 기억의 매개물 하나 정도는 괜찮지 않을까 하는 욕심.

사실 과거를 떠올리게 하는 것은 따로 있었다. 바로 자신이 빼 버렸던 반지가 그것이었다. 그러나 반지는 그녀에게 과거의 아픔만을 되새겨 줄 뿐이었다. 그러니까⋯⋯ 하나 정도는, 행복했다고 여길 만한 물건 하나 정도는⋯⋯.

"⋯⋯괜찮겠지?"

그 정도는 나한테 허락해도 되겠지? 소리는 혼잣말처럼 중얼거리고는, 곧 바쁘게 손을 움직이기 시작했다. 얼마 전에 사다 놓았던 원단 중에서 다람쥐와 어울릴 법한 색깔을 찾는 그녀의 눈빛이 그 어느 때보다도 진지했다.

❅

"안녕!"

"아! 깜짝이야!"

소리는 가방을 어깨에 멘 채 현관문을 열자마자 들려온 경쾌한 목소리에 화들짝 놀라 그 자리에 주저앉고 말았다. 그리고 뒤늦게 그 목소리가 도연의 것임을 깨닫고는 고개를 들어 위쪽을 노려보았다. 도연이 야구 모자를 깊이 눌러쓴 채 어색하게 손을 흔들고 있었다.

"정말…… 가지가지 한다."

"뭐, 내가 생각해도 그건 좀 그래."

도연의 천연덕스러운 대꾸에 소리는 샐쭉한 표정으로 그를 잠시 노려보다가 몸을 일으키며 진짜 궁금하다는 얼굴로 물었다.

"너 그런데 정말 이렇게 돌아다녀도 돼? 요즘 인기 떨어졌어?"

"응, 인기 떨어졌어. 그래서 나도 돈 벌어야 돼. 이 기회에 고용할 생각은 없으신가요, 사장님?"

"……헛소리 좀 그만해."

예전에도 종종 짓궂게 장난을 치던 도연의 모습이 지금 도연과 겹쳐졌다. 소리는 가슴이 두근거리는 것을 숨기려고 시선을 피하며 열쇠를 꺼내 현관문을 잠갔다. 도연은 그 모습을 잠시 지켜보다가 다시 입을 열었다.

"디지털로 바꾸지."

"싫어. 그럴 돈 없어."

"그럼 내가 사다가 달아 줄까? 이건 너무 허술하잖아. 보조키도 안 달려 있고. 여자애가 혼자 살면서 겁도 없이."

"됐어. 가져갈 것도 없는데 누가 들어온다고."

"야, 어느 집에는 '우리 집에 돈 무진장 많아요. 어서 오세요.' 하고 쓰여 있는 줄 알아?"

"그만해. 시끄러워."

소리는 도연의 잔소리를 피해서 몸을 돌렸다. 그러자 도연이 냉큼 소리의 곁으로 다가왔다. 계단을 하나씩 밟고 올라가자 조금씩 환해졌다.

어둑어둑한 반지하의 방에서 나올 때마다 소리는 기분이 이상했다. 마치 죽은 듯 관에 들어가 있다가 다시 살아서 나오는 기분이라고 해야 할까. 아니, 살아서 나온 것이라기보다는…… 좀비처럼 그렇게 자동적으로 움직이는 것 같다고 해야 할까.

도연의 집은 아마 이곳과는 비교도 안 될 정도로 화려하고 멋진 곳이겠지. 소리는 계단을 올라와 우편함 쪽으로 무심코 시선을 던졌다. 잔뜩 녹슬어 있는 우편함 위에는 온갖 고지서들이 잔뜩 쌓여 있었다.

집값이 싼 동네 내에서도 자신이 살고 있는 다세대 주택은 제일 싼 곳에 속해 있었다. 그런 만큼 이곳에 사는 사람들의 형편은 누가 더 낫네 할 것 없이 거의 비슷했다. 하루 벌어서 하루 간신히 먹고산다는 점에서는 우열을 가리기 힘들었으니까.

물론, 그중에서도 세 들어 사는 것이 아니라 자기 명의로 된 집에 사는 사람은 목에 힘도 좀 주고 다른 이들의 부러움을 독차지하기도 하지만.

'이번 달 월세는 어쩌지…….'

그러다가 생각의 끝이 이번 달에 내야 할 월세에 다다른 소리는 막막한 마음에 한숨을 내쉬었다. 숨이 막힐 것만 같았다. 아무리 갚으려고 해 봐도 대출 원금은 고사하고 이자를 제때 내는 것도 버거웠고, 병원비 역시 계속 늘어 가고 있는 중이었다.

병원 쪽에서 소리의 형편을 봐주어서 어느 정도 기간을 주고 있기는 하지만, 그렇다고 해서 숨이 트일 정도는 아니었다. 바로 얼마 전에도 중간 계산서를 받았다. 아무리 병원 쪽에서 사정을 봐준다고 해도 어느 정도 정산해야 할 병원비는 나오는 것이다.

간신히 통장에 넣어 두었던 돈을 전부 긁어모아서 병원비는 해결했지만…… 이번에는 월세가 소리를 기다리고 있는 것이다. 아무래도 이번 달의 월세를 제때 내는 건 꿈도 꾸지 못할 것 같다.

소리는 입술을 꽉 깨물었다. 한숨 쉬지 말자. 좋은 말만 하자. 오리가 그랬잖아. 항상 좋은 말만 해야 한다고. 그래야 좋은 말들이 사방으로 퍼져서 멋진 행운들을 잔뜩 가져다준다고.

"……."

그리고 그런 그녀를 물끄러미 바라보고 있던 도연의 시선에 안타까움이 스쳤다. 소리가 정확히 무엇 때문에 고민을 하는 것인지는 모르지만, 그렇다고 해서 아예 짐작하지 못할 바는 아니었다.

소리가 귀찮아하고 있다는 걸 알면서도 끈질기게 그녀의 주변을 맴돌면서, 도연은 그녀가 얼마나 고된 삶을 살아가고 있는지 조금은 알 수 있게 되었다.

제대로 된 밥 한 끼조차 돈이 아까워서 먹지 못했다. 편의점에서 사 온 삼각 김밥 하나로 늦은 점심 겸 저녁을 먹는 그녀를 몰래 지켜본 적도 있었다. 그런 그녀를 보고 있으려니, 고급 일식집에서 포장해 가지고 온 초밥 도시락을 차마 내놓을 수가 없었다.

자신의 마음대로 할 수만 있다면, 소리를 가장 좋은 음식점에 데려가서 이것저것 맛있는 것들을 잔뜩 먹이고 싶었다. 그러나 그런 자신의 행동이 그녀의 자존심을 다치게 하지는 않을까 싶어서 함부로 행동할 수도 없었다.

그래서 그는 초밥 도시락 대신 떡볶이와 뜨끈한 어묵 국물을 다시 사 가지고 와서 그녀에게 내밀었다. 그녀는 돈도 많으면서 야박하다고 도연에게 투덜대면서도 편안한 표정으로 국물을 한 모금 마시고는 그에게 이쑤시개로 떡볶이를 하나 찍어서 건네기도 했다.

도연은 그런 소리를 보면서 그녀를 어떻게 대해야 할지 조금씩 터득해 가고 있는 중이었다. 그는 소리의 가방을 잡아당기며 입을 열었다.

"가방이나 이리 줘. 누가 보면 정이준이 알고 보니 매너도 없는 놈이라고, 그렇게 욕할 거야. 여자한테 무거운 거 들게 한다고."

"누가 알아본다고 여기서 이미지 관리해?"

말은 퉁명스럽게 하면서도 소리는 내심 정이준에게 흠이 될까 싶은지 도연에게 순순히 가방을 건넸다. 도연이 올 때마다 소리가 얼마나 잔뜩 긴장을 하고, 혹시라도 도연에게 피해가 갈까 하며 걱정하는지 도연 자신이 더 잘 알고 있었다.

'그러면서도 괜히 투덜거리기는.'

도연은 픽 웃으며 차 문을 열었다. 지난번에 병원에 다녀오는 길에 집까지 바래다주겠다고 억지를 부려서 소리가 살고 있는 집을 알아 둔 뒤로 이렇게 종종 그녀의 집에 찾아오고는 하는 중이다.

비록 주차할 공간이 부족한 탓에 올 때마다 주차 때문에 골머리를 앓기는 하지만, 그렇다고 해서 오고 싶지 않다는 생각이 들지는 않았다.

소리는 조수석 쪽으로 가서 비좁은 틈새로 조심스럽게 문을 열고 차에 탔다. 도연은 소리가 차에 타는 것을 확인하고는 슬쩍 주변을 살폈다. 늘 조심한다고 하지만 그래도 방심할 수는 없었다. 파파라치들은 방심하는 순간을 노리니 말이다. 도연은 주변에 수상한 이들이 없다는 것을 확인한 뒤 차에 올라탔다.

사람들의 눈에 띄지 않으려고 얼마 전에 일부러 경차를 한 대 구입했다. 물론 명의는 매니저의 이름을 빌렸다. 도연은 좁고 작은 차라서 마음에 들지 않아 했지만, 소리는 오히려 고급 외제차보다 이쪽이 편한 듯 한결 편안한 얼굴로 타고는 했다. 뭐, 그게 다행이기는 하지……. 도연은 속으로 중얼거리며 시동을 걸었다.

✻

"어라? 다람쥐네?"

가판대에 인형을 진열하며 장사 준비를 하던 소리는, 옆에서 들린 도연의 목소리에 고개를 돌렸다. 도연이 소리를 돕기 위해 가방에서 인형을 꺼내다가 다람쥐 인형을 발견하고는 눈을 반짝거리며 들여다보고 있었다. 앗, 저 인형은……! 소리는 당황해서 도연을 향해 손을 내밀었다.

"이리 줘! 그건 파는 거 아니야!"

맙소사. 저게 왜 가방에 들어간 거지? 소리는 정말 너무나도 당황해서 머릿속이 하얗게 되는 것만 같았다. 충동적으로 만든 것일 뿐이었다. 그저 과거의 추억에 젖어서, 그 그리움 때문에 조금 욕심을 부리는 마음으로 만든 것이었다.

혼자 몰래 가지고 있으려고, 그저 그러려고 만든 것이었는데 무의식적으로 가방을 챙기면서 집어넣었던 모양이다. 소리는 도연을 향해 팔을 뻗었다. 그러나 그는 인형을 잡은 손을 위로 뻗었다.

"이리 달라니까! 장난하지 말고!"

도연과의 키 차이 때문에 소리는 까치발을 한 채 팔을 쭉 뻗어야 했다. 그러나 도연은 소리가 그럴수록 더욱 장난스럽게 웃으며 인형을 높이 들었다.

소리는 얼굴이 붉어지는 것을 느꼈다. 도연이 자신의 마음을 알아 버린 것만 같아서 창피했다. 소리는 도연의 바로 앞에 서서 깡충깡충 뛰며 손을 내밀었다.

"야, 정도연! 너, 정말! 빨리 줘, 앗!"

"어엇!"

도연은 처음에는 그냥 잠깐 구경하고 돌려줄 생각이었다. 그런데 의외로 소리가 너무 당황해하며 자신에게 매달릴 것처럼 다가와 까치발을 하는 바람에 타이밍을 놓치고 말았다. 게다가 자신의 앞에서 깡충깡충 뛰며 애원하는 소리가 얼마나 귀엽던지, 짓궂은 마음이 들어서 조금 더 소리를 놀리려고 했을 뿐이었다.

그래서 그는 소리가 균형을 잃고 자신의 품으로 넘어질 줄은 상상도 하지 못했다. 그리고 그것은 소리 역시 마찬가지였다.

"……."

"……."

두근두근, 심장이 뛰었다. 소리는 도연의 가슴에 이마를 대고 잠시 멍하니 그에게 안겨 있었다. 자신의 어깨를 끌어안고 있는 도연의 팔이 안정감을 줄 정도로 편안하게 느껴졌다.

하지만 그와 반대로 가슴이 두근거리며 설레었다. 사귈 때에도 이렇게 서로 포옹을 한다거나 했던 일은 거의 없었다. 그저 손을 잡는 것이 전부였던 그런 어린 시절이었다.

두근두근, 심장이 뛰는 것에 잠시 귀를 기울이던 소리는 곧 그것이 자신의 것만이 아니라는 걸 깨달았다. 도연의 심장도 소리의 것만큼 아니, 그보다도 더 빨리 두근거리며 뛰고 있었다.

"아! 미, 미안!"

"어? 아, 아니……."

소리가 화들짝 놀라서 도연의 품에서 벗어나며 사과했다. 도연은 꿈이라도 꾸다가 깨어난 사람처럼 얼떨떨한 얼굴로 말을 더듬었다.

방금 전까지 자신의 품에 안겨 있던 따스한 온기가 사라진 것이 아쉬웠다. 도연은 두 손을 가만히 쥐었다가 폈다. 소리는 그런 도연을 보지 못하고 어색하게 시선을 피하다가 이내 몸을 돌렸다.

"……이거, 나한테 팔지 않을래?"

"어? 아! 아, 맞다! 그거 이리 줘."

소리는 도연의 말에 고개를 돌렸다가 그의 손에 들려 있는 다람쥐 인형을 보았다. 그것을 보고 나서야, 뒤늦게 자신이 왜 도연에게 안겼었는지를 깨닫고는 당황한 얼굴로 다시 손을 내밀었다. 그러자 도연이 고개를 저으며 인형을 등 뒤로 숨기고는 다시 말했다.

"나한테 팔아."

"그건 팔려고 만든 게 아니라……."

"그럼 그냥 나한테 주라. 응? 그러면 안 돼?"

"야, 정도연."

소리는 계속 고집을 부리는 도연을 쳐다보았다. 도연은 결코 고집을 꺾을 생각이 없다는 듯 단호한 표정으로 소리를 쳐다보고 있었다. 소리는 한숨을 내쉬고 다시 입을 열었다.

"다른 인형을 줄게. 그거 말고……."

"싫어. 이거 아니면 필요 없어."

"그게 뭐 대단한 거라고 자꾸 고집을 부려?"

"그럼 너는 이게 얼마나 대단한 거라고 나한테 못 주겠다고 버티는 건데?"

"……."

"내가 가질 테니까 그렇게 알아."

"너, 정말!"

소리는 도연을 향해 더 무슨 말을 하려다 그냥 입을 다물었다. 그러자 도연이 씩 웃고는 흡족한 얼굴로 다람쥐 인형을 쳐다보면서 말했다.

"너랑 똑같이 생겼어. 그렇지?"

"야!"

소리는 발끈 화를 냈다. 그러나 곧 그녀는 도연이 너무나 환하게 웃는 모습에 아무 말도 잇지 못했다. 야구 모자 아래에 가려진 그의 시선이 너무나 따뜻해서. 그리고 그의 미소가 너무나 행복해 보여서.

고작, 인형 하나에 저렇듯 행복하다고 웃어 줘서.

왜 너는 6년 전과 같은 표정으로 웃고 있는 걸까. 달라졌잖아. 너도, 그리고 나도 이제는 정말 많이 달라졌잖아. 그런데 왜…… 너는 변하지 않았다는 듯 그렇게 웃는 거야.

소리는 가슴이 뛰는 것을 애써 무시하며 고개를 돌렸다.

✳

"이건 또 무슨 짓이냐."

상호는 하품을 하면서 들어오다 말고, 테이블 위에 놓여 있는 도연의 휴대폰을 보며 중얼거렸다. 도연은 소파에 기대어 앉은 채모 방송국에서 이번에 들어갈 예정이라는 미니시리즈의 대본을 들여다보다가 상호를 힐끔 쳐다보았다. 상호는 의자를 끌어다가 소파 가까이 놓고는 턱짓을 하며 앉았다.

"웬 소녀 감성? 이게 뭐야? 다람쥐? 어라, 다람쥐라 하면……."

"거기까지, 형. 더 이상 앞서 나가지 마."

도연은 피식 웃으며 상호에게 손을 저어 보였다. 상호는 큼직한 체구에 어울리지 않는 귀여운 표정을 지으며 도연에게 살랑대듯 물었다.

"어우, 야아, 뭘 앞서 나가지 말라는 거야? 응? 내가 뭘 앞서 나갈 거라고 생각한 건데? 난 그저 다람쥐 인형을 보고 다람쥐라고 말한 것뿐인데, 대체 이준이 너는 뭘 생각했기에……."

"상호 형."

"푸핫. 알았다, 알았어."

상호는 싱글거리며 입을 다물었다. 그러자 도연이 인상을 찡그리더니 이내 체념한 듯 말했다.

"그 애가…… 좋아."

"그렇지. 그럴 거라고 생각했어."

"또 차이기는 싫은데…… 아니, 또 차일까 봐 무서워 죽겠는데."

"……."

"그런데, 걔가 자꾸 생각나. 아침에 눈 뜨자마자 보고 싶고, 운동하다가도 보고 싶고, 밥 먹을 때도 보고 싶고, 촬영할 때도 보고 싶고, 인터뷰할 때도 보고 싶고……. 이렇게 대본 들여다보고 있어도 그 애만 자꾸 떠오르고, 그러다 보니까 대본 내용은 눈에 들어오지도 않고. 그렇게 보고 싶어서 꿈에서라도 봤으면 하고 자는데, 워낙 비싼 애라서 꿈에도 잘 나오지 않고."

"……흠."

"미쳤지, 내가 생각해도. 왜 자꾸 오냐고 구박하는데도, 그런 구박조차도 좋아. 할 수만 있으면 드라마고 영화고 할 것 없이 다 때려치우고, 소리랑 같이 장사나 하고 싶어."

"야! 그건 안 되지! 네가 내 밥줄인데!"

"형도 같이 장사하든지."

"어, 그렇다면야 다시 생각을 해 봐도……."

상호는 실없이 도연의 말에 대꾸하다 말고 그를 쳐다보았다. 농담처럼 내뱉은 말이지만, 그가 진심이라는 것은 충분히 알 수 있었다. 그리고 터무니없을 정도로 자신감이 없는 것도 확연히 눈에 들어왔다.

상호는 쯧, 하고 혀를 찼다. '정이준'은 인기가 꽤 많았다. 톱배우 정이준이 아닌 이성으로 보고 접근하는 사람들 사이에서의 인기만으로도 충분히 많았다.

상호에게 직접 노골적으로 정이준과의 자리를 좀 마련해 달라던 여자들 중에는 요즘 한창 잘나가는 여배우도 몇 명 있었고, 지금 뉴욕에서 활동 중인 모델도 있었다. 그리고 얼마 전에는 모 재벌 그룹 총수의 외동딸이 소속사 대표를 통해서 은근히 그 뜻을 전해 오기도 했었다.

그런데, 그런 정이준이 저렇게 쩔쩔매고 있다니. 그 여자들이 알면 땅을 치고 약 올라 할 일이었다.

"그 다람쥐 아가씨 한번 봤으면 좋겠네."

대체 어떤 아가씨이기에 '정이준'을 저렇게 바보로 만들어 버린 건지. 상호가 턱을 쓸면서 중얼거리자 도연의 눈이 금세 위로 올라갔다.

"형이 왜? 왜 소리를 보려고!"

"오호, 이름이 소리야? 성은 뭔데? 목소리? 된소리? 잡소리? 개소리……. 으앗, 야, 인마! 그렇다고 쿠션까지 던질 건 뭐냐!"

상호는 장난을 치다 말고 도연이 소파에 있던 쿠션을 집어 던지자 냉큼 고개를 숙여 피하며 외쳤다. 그러거나 말거나 도연은 씩씩대며 옆에 있던 쿠션과 잡지를 전부 던진 뒤 일어났다.

"저, 저 성질머리 봐라. 야, 이준아, 어디 가? 조금 이따가 미팅 있는데!"

"화장실 가는 것까지 간섭할래?"

도연이 짜증난다는 투로 투덜대며 문을 열고 나갔다. 그리고 문이 쾅, 소리를 내며 닫혔다. 상호는 전혀 불쾌하지 않은 듯이 씩 웃으며 중얼거렸다.

"짜아식 부끄러워하기는."

도연이 앉아 있던 자리에는 다람쥐 인형이 온데간데없었다. 그렇게 짜증을 내면서 일어났으면서도 그 인형만큼은 챙겨서 나간 도연의 모습이 제법 귀엽게 느껴졌다.

"하긴, 저게 당연한 거지. 겨우 스물넷 먹은 놈이 너무 노인네처럼 굴었다고, 지금까지. 지금부터라도 제대로 자기 나이답게 살아 봐야지."

우리 사장님이야 이 사실을 알면 펄펄 뛰고 난리를 치겠지만 말이지. 그래도 뭐, 사람이 돈만 벌고 사나? 연애도 해야지. 응? 연애도 하고, 사랑도 하고.

노총각 박상호는 혼자 흥분해서 투덜거리다가 머리를 긁적이며 다시 중얼댔다.

"어디 보자…… 적금 만기가 몇 달 남았더라?"

잘릴 때 잘리더라도 적금은 만기까지 채워야……. 상호는 커다란 덩치로 구부정하게 몸을 숙이고 손가락을 하나하나 구부려 가면서 적금 만기일을 따져 보기 시작했다.

✻

"어때?"

"……이건 뭐야?"

도연은 면회 시간이 되기만을 기다리며 중환자실 입구 쪽을 바라보던 소리의 눈앞에 다람쥐 인형을 흔들어 보이면서 웃었다. 소리는 잠시 어리둥절한 얼굴을 하고 있다가 이내 얼굴을 찌푸렸다.

"날다람쥐다! 어때? 이거 보니까 누구…… 생각나지 않아?"

"아, 저리 치워. 정신없어."

소리는 애써 시선을 피하며 고개를 돌렸다.

그래. 생각난다. 자신을 날다람쥐라고 부르던 정도연의 모습이. 자기가 입고 있던 커다란 패딩 점퍼를 자신의 등 위에 걸쳐 주고는, 날다람쥐를 닮았다면서 개구쟁이처럼 놀려 대던 그의 모습이 말이다.

소리는 다시 고개를 돌려 여전히 눈앞에서 흔들리는 다람쥐 인형을 보았다. 갈색 다람쥐가 팔자 좋게 걸치고 있는 저게 그러니까……. 소리는 빈정거리듯 입을 열었다.

"돈이 많으니까 아주 별짓을 다 하는구나?"

"응. 내가 가진 게 돈뿐이라서."

기분 나쁘라고 한 말인데도 눈치가 없는 건지 아무렇지 않게 대꾸하는 도연의 반응에 소리는 기가 막혀서 더 이상 말을 하지 않고 그저 다람쥐 인형을 쳐다보았다. 더 자세히 말하자면, 에르메스 손수건을 망토처럼 두르고 있는 2,000원짜리 다람쥐 인형을 말이다.

"쟤가 아주 팔자가 폈네."

소리는 어이없는 얼굴로 다람쥐 인형을 보다가 허탈하게 웃으며 중얼거렸다. 구경조차 해 보지 못했던 명품 손수건을 이렇게, 이런 식으로 보게 되다니. 그것도 자신이 만든 인형이 두르고 있는 모습으로.

고작 2,000원에 팔았던 다람쥐 인형이 에르메스 손수건을 걸치면서 순식간에 그 값이 엄청나게 올라가 버렸다. 소리는 그 가격조차 가늠이 되지 않아서 그냥 한숨을 내쉬었다.

"왜? 진짜 날다람쥐도 팔자 좀 폈으면 좋겠어?"

"또 헛소리한다."

소리는 고개를 절레절레 흔들고는 다람쥐 인형을 밀어내며 대꾸했다. 그러자 도연이 이번에는 순순히 인형을 치우고는 연결되어 있던 휴대폰과 함께 제 코트 주머니에 집어넣었다. 그리고 낮게 가라앉은 목소리로 말을 이었다.

"헛소리가 아니면…… 화낼 거야?"

"……"

"너한테 지금 당장 제일 급한 게 뭐야? 병원비? 대출금? 아니면, 네가 지금 살고 있는 곳 월세? 말해 봐. 뭐가 제일 급해?"

"정도연, 너 무슨……."

소리는 차마 말을 끝맺지 못하고 도연을 쳐다보았다. 그가 소리를 물끄러미 응시하고 있었다. 소리는 그 시선을 피할 수 없었다. 마치 맹수의 앞에 놓인 초식동물처럼 그 시선에 얽매여 벗어날 수 없을 것만 같았다.

그러나 다행스럽게도 그 순간 면회 시간이 되었다.

소리는 다급히 몸을 일으켰다. 그리고 도연은 더 이상 아무 말도 하지 않았다.

✳

"으으, 머리 아파."

소리는 날카롭게 쑤시는 듯한 두통에 인상을 찌그리며 일어나 앉았다. 밤새 잠을 설친 탓인지 눈도 뻑뻑하고 아팠다. 소리는 옆머리를 꾹꾹 누르면서 이불을 걷고 일어났다.

차가운 방바닥에 발이 닿자 조금은 정신이 들었다. 한겨울 최강 한파가 며칠째 이어졌지만 소리는 자기 전에 보일러를 딱 20분만 돌리고 잠을 자고는 했다. 그 이상 난방을 할 엄두는 나지 않았다.

아예 난방을 안 하고 살면 좋겠지만, 보일러를 켜지 않고 잤다가 감기에 걸려 호되게 고생을 하고 병원비로 더 많은 돈을 쓴 이후로는 그런 건 생각도 하지 않는다.

소리는 옷걸이에 걸린 카디건을 걸쳐 입으며 거실 겸 주방이라

할 수 있는 부엌으로 걸음을 옮겼다. 그녀가 살고 있는 곳은 방 하나에 부엌, 그리고 세면대와 변기가 간신히 붙어 있을 정도로 좁은 화장실이 전부였다. 보일러는 부엌 뒤쪽에 있는 틈새 공간에 설치되어 있었다.

소리는 냉장고 문을 열고 200ml짜리 우유를 꺼냈다. 며칠 전에 재활용 쓰레기 정리하는 것을 도왔더니, 옆집 아주머니가 고맙다면서 준 것이었다. 그리고 오늘 아침밥을 대신하는 것이기도 했다.

"……후우."

두통과 함께 온몸이 나른한 것을 보니 어쩐지 감기 기운이 오는 것만 같았다. 매일 피로가 쌓이다 보니까 면역력도 덩달아 떨어진 것인지, 겨울철만 되면 감기를 아예 달고 사는 것이 일상이 되었다.

감기를 떨쳐 낸 게 얼마 전인데 또 감기 기운이라니……. 소리는 잔뜩 가라앉은 얼굴로 우유를 한 모금 마신 뒤 싱크대 앞에 무릎을 모으고 주저앉았다.

"나가기 싫다……."

말도 안 되는 투정이라는 걸 알지만 소리는 그냥 그 말을 입 밖으로 꺼내서 중얼거려 보았다. 그리고 무릎 사이로 고개를 파묻었다.

아주 가끔은, 정말 아주 가끔은 이럴 때가 있다. 정말, 정말이지 장사하러 나가기 싫은 날. 팔과 다리에 쇠뭉치를 각각 매달고 있는 것처럼 온몸이 너무 무거워서 꼼짝도 하기 싫은 날. 하지만 소리는 그런 날에도 늘 장사를 하러 나가야 했다. 단순히 그런 이유로 나가지 않기에는 그녀가 감당해야 할 것들이 너무 많다.

무엇보다도…… 지금까지 6년째 버텨 주고 있는 동생이 있고.

"그래…… 오리를 생각하자. 내 동생 오리."

소리는 중얼거리고는 다시 힘을 내서 우유를 마저 마시고 일어났다. 그리고 다 마신 우유팩을 버리기 위해 물에 씻다가 문득 떠오른 어젯밤의 기억에 멈칫하고 말았다.

"……돈 많다고 자랑은."

소리의 얼굴에는 우울함이 짙게 묻어났다. 지난밤 도연이 했던 말은 전혀 예상하지 못했던 것이었다. 그러나 도연은 그 이상 그에 대한 말을 이어 나가지는 않았다. 그저 함께 오리를 면회하고 나왔고, 그 뒤에 도연이 집까지 데려다주는 내내 둘 다 침묵했을 뿐이었다.

"왜 그런 말을 하고 그래……."

도연에게 동정을 받는 건 싫다. 그가 자신을 불쌍하게 여기는 것도 싫다. 적어도 그에게는 초라해 보이고 싶지 않다. 그런데 도연은 마치 무엇이든 자기가 다 해결해 줄 것처럼 말했다. 병원비도, 대출금도, 월세도 말만 하면 전부 다 해결해 줄 것처럼.

저번에도 병원비를 대신 내려고 하던 도연을 막은 적이 있었다. 사는 이유 운운하면서까지 그를 막았던 데에는 그의 앞에서만큼은 더 이상 초라하게 보이고 싶지 않다는 이기심도 포함되어 있었을지도 모른다.

왜 나를 자꾸 더 초라하게 만들어. 소리는 도연을 원망하며 중얼거렸다. 자꾸만 나타나서 함께 시간을 보낸 덕분인지 조금은 그가 익숙하게 느껴지던 중이었다. 물론 그를 향한 가슴이 자꾸만 두근두근 뛰고, 시시때때로 얼굴이 붉어지려고 하는 것은 어쩔 수 없지만 말이다.

그래도…… 마치 6년 전, 아무 일도 없었을 때로 되돌아간 듯 그렇게 장난도 치고 티격태격 다투기도 하고 그러던 중이었는데.

"어떻게 얼굴을 봐……."

소리는 두 손으로 얼굴을 감쌌다. 도연이 왜 자꾸만 자신에게 가까이 다가오는지 그 이유를 알 수 없다. 그래서 자꾸 마음이 오락가락 흔들리는 건지도 모른다. 바보처럼, 자신이 먼저 버렸으면서. 그 다정함에 자신도 모르게 기대고, 의지하고…….

게다가 지난번에 다람쥐 인형 때문에 벌어졌던 해프닝으로 인해 그를 더 의식하게 된 것은 부정할 수 없는 일이었다. 익숙해진 것과는 별개로 종종 그때 느꼈던 그의 심장박동이 떠올랐다.

"진짜, 이러면 안 되는데."

네가 양심이 있냐, 한소리. 소리는 스스로에게 다그치듯 중얼거리고는 고개를 마구 흔들었다. 마치 그렇게 고개를 흔들면 머릿속에 든 생각들을 전부 털어 버릴 수 있다는 것처럼.

❊

"어머, 이준 오빠!"

"아……."

도연은 라디오 방송을 마치고 나오던 길에 등 뒤에서 들려온 자신을 반기는 여자의 높은 목소리에 미간을 찌푸렸다. 여자들의 저 높은 톤의 목소리는 정말 듣기에 성가시다. 소리의 목소리는 그렇게 성가시지 않은데 말이지. 아니 오히려 듣기 좋은데…….

도연은 못마땅한 표정을 짓다가 금세 언제 그랬냐는 듯 상냥한 미소를 입에 머금은 채 뒤를 돌아보았다. 적당한 가면을 뒤집어쓸 차례였다.

"수이 씨, 안녕하세요."

"아이 참, 오빠. 말씀 편하게 놓으셔도 된다고 했는데……."

"저는 이게 편해서요."

도연은 음료수를 든 채 어깨를 으쓱였다. 그러고는 아차, 하는 표정으로 들고 있던 음료수를 내밀었다.

"이거 드실래요? 자몽 주스인데 좋아하시나요?"

"어머나, 그럼요. 잘 마실게요!"

수이라는 이름의 여자는 신이 난 듯 냉큼 도연에게서 음료수를 받아 들었다. 그러면서 슬쩍 자신의 손가락으로 도연의 손등을 스치듯 건드렸다.

'발랑 까져서는…….'

도연은 속으로 그렇게 생각하면서도 겉으로는 부드럽게 웃었다. 진수라는 이름의 이 여자는 데뷔한 지 1년도 채 되지 않은 신인이었지만 지상파 가요 프로그램의 MC를 맡기도 했고, 일일 연속극의 주인공 자리도 차지하면서 한창 주가를 올리고 있는 중이었다. 그리고 자신에게 이렇듯 기회가 생길 때마다 우연인 듯 다가와서 들이대는 중이기도 했다.

'요즘 애들은 다들 왜 이렇게 발랑 까진 거야? 스무 살도 안 된 것들이 벌써부터 남자한테 꼬리나 치고, 연애할 생각이나 하고.'

도연은 고등학교 1학년 때 소리와 사귀었던 자신에 대해서는 생각도 안 하고 속으로 투덜거렸다.

어쨌든 속으로는 무슨 생각을 하든, 도연은 겉으로 보이는 '정이준'으로서의 역할에는 충실했다. 누구에게나 다정하고 상냥하고 친절한 정이준으로는 말이다.

도연은 그 뒤에도 적당히 여자의 말에 대꾸도 하고 사르르 눈웃음을 쳐 주었다.

지금껏 살면서 도연이 본래의 진실한 모습을 보여 주었던 사람은 몇 명 없었다. 그중에서도 소리는 가장 특별했다.

도연은 처음으로 진심을 가지고 다정하게 대해 주고 싶은 사람을 만나게 되었고, 그 사람이 바로 한소리였다. 그리고 소리를 통해서 알게 된 오리와 그들의 부모님도 도연에게는 소중한 이들이었다.

부모에게조차 진심을 보여 주지 못하고 살았던 도연이었다. 서로를 지독하게 미워하며 독설을 퍼붓고 싸우기 일쑤였던 부모에게서 버텨 내는 방법은 그들이 만족할 만한 '모범적인 아들'의 모습을 보이는 것뿐이었다. 그래야 그나마 버림받지 않을 것만 같았다.

그래서 도연은 아주 어릴 때부터 줄곧 연기를 해 왔다. 남들에게 보이기 좋은 아들, 적당히 그들의 과시욕을 충족시켜 줄 만한 아들, 그런 아들로서의 역할에 어울리도록.

'그게 직업이 될 줄은 몰랐지만.'

도연은 쓴웃음을 지었다. 자신의 연기는 실패로 돌아갔다. 이혼한 부모는 두 사람 모두 도연을 데려가기를 거부했다. 그렇게 열심히 그들이 원하는 아들의 모습을 보여 주고자 했는데 실패한 것이었다. 또한 진심으로 대했던 첫사랑도 실패했다.

"……"

도연은 술잔을 기울였다. 겨울비치고는 제법 많이 내리는지, 창밖으로 빗소리가 요란하게 들렸다. 내일까지는 지방에서 촬영이 있는 탓에 소리에게 갈 수 없다. 아니, 차라리 가지 못하는 지금의 상황이 도연에게는 다행인지도 모른다.

도연은 시계를 힐끔 보았다. 지금쯤 소리는 장사를 마치고 병원에 가는 길일 것이다. 저녁은 또 적당히 빵이나 삼각 김밥 같은 걸 먹든지, 아니면 오리를 보고 난 뒤에 집에 가서 찬밥을 먹을 생각을 하고 있을지도 모른다.

그래서일까. 소리는 종종 허기진 표정을 짓고는 한다. 자신을 바라보는 시선에서도 그런 비슷한 허기짐이 느껴졌다.

어쩌면 6년 전에도 그랬을지 모르겠단 생각이 든다.

그때도 분명히 그랬을 텐데. 자신은 너무 어렸고, 그래서 자신의 상처를 끌어안기에 급급해했다. 만약 지금이라면 달랐을까. 도연은 생각하다가 피식, 웃고 말았다.

지금도 그다지 달라진 것은 없다. 여전히 자신은 소리의 앞에만 서면 잔뜩 긴장을 하고 겁을 먹는다. 그녀에게 버림받는 것을 두려워한다. 부모에게 버림받았을 때에도 이렇듯 두렵지는 않았는데. 그저 자신의 '연기'가 실패했다는 것에 허탈했을 뿐, 이렇게 무섭지는 않았었는데.

"이준아, 자냐? 다들 한잔하자고 그러는…… 뭐야, 혼자 무슨 청승이야?"

그때, 상호가 불쑥 문을 열고 들어왔다. 괜히 객실 카드 키를 하나 더 받아서 상호에게 줬나 보다. 후회가 뒤늦게 밀려들었다.

상호는 마치 친형이 있다면 바로 이 모습일 것처럼 자신에게 늘 한결같기는 하지만 때로는 그런 한결같은 간섭이 귀찮게 느껴질 때가 있다. 바로 지금처럼 말이다.

"안주도 없이 이게 뭐야? 야, 인마, 천하의 정이준이 혼자 틀어박혀서 소주나 까고 있다고 하면 다들 좋다고 하겠다. 응?"

다른 때에는 와인이라도 마시더니 오늘은 이게 뭐냐. 소주는 또 어디서 사 온 거고. 설마 소주병 달랑달랑 들고 돌아다닌 거 아니지? 그런 건 인터넷에 뜬 적이 없으니까 아닐 테고……. 도연은 주절주절 떠드는 상호의 입을 막을 겸 잔을 비우고는 다시 술을 따라서 그에게 건넸다.

"형도 한잔하셔."

"옳거니. 그 말을 기다렸소이다."

상호는 언제 잔소리를 했냐는 듯, 냉큼 잔을 받아 입에 털어 넣었다. 밖에서 기다리고 있을 사람들의 존재 자체를 잊은 것 같았다. 도연은 픽 웃었다. 아마 상호는 자신이 왜 들어왔는지도 금세 잊었을 것이다.

그런 사람이었다. 가끔은 너무 단순해서 바보가 아니냐는 소리마저도 들을 정도인 사람. 그래서 귀찮으면서도 내칠 수 없는 사람이기도 하고…….

"소리 양 보고 싶어서 그러냐?"

"형이 걔를 언제 봤다고 이름을 불러 대?"

"하이고, 이거 또 질투하네. 야, 소리 양은 네가 이러는 거 알기는 하냐?"

상호는 혀를 차고는 다시 잔을 채워서 도연에게 건넸다. 그 뒤로 두 사람은 잠시 아무 대화도 나누지 않은 채 잔 하나를 주거니 받거니 하면서 채우고 비우는 일에만 집중했다. 그러다가 다시 입을 연 사람은 도연이었다.

"헤어졌던 사이인데, 다시 잘 되는 경우가 있을까?"

"뭐…… 사람마다 다르지 않을까?"

"……그럴까?"

"내가 알겠냐. 그냥, 세상에는 다양한 커플이 많으니까 그중에는 이런 커플도 있을 테고, 저런 커플도 있을 테고……. 뭐 그렇지 않겠냐는 거지."

야, 그런 걸 왜 나한테 물어봐! 지금 노총각 놀리는 거냐! 상호는 살짝 술기운이 올랐는지 붉은 얼굴로 버럭 화를 냈다.

그는 덩치가 곰처럼 크고 얼굴은 험상궂어서 소개팅이나 선 자리에 나갈 때마다 퇴짜를 맞고는 했다. 그래서 서른을 훌쩍 넘기고도 지금껏 제대로 연애 한 번 하지 못한 것이 상호에게는 콤플렉스였다. 도연은 흠, 하고 숨을 내쉬고는 차분하게 상호를 바라보다가 입을 열었다.

"여자들이 다들 눈이 삐었어."

"응?"

"형 같은 남자를 알아보지 못하고, 나한테 들이대니 말이야."

"……너 그 말 은근히 재수 없다?"

상호는 구시렁대더니 이내 으하하, 하고 웃었다.

"뭐, 그래도 내가 너보다는 낫지 않겠냐? 잔뜩 겁먹고 고백조차 못 한 채 혼자 끙끙대며 짝사랑 중인 정이준보다는 말이지."

"……."

"어라? 너, 부정 안 하네?"

"어, 안 해. 안 할래."

도연은 한쪽 손으로 머리를 쓸어 넘기며 대답했다. 그리고 쓴웃음을 지었다.

"그 애가 좋아. 달라진 건 없는데. 그 애는 여전히 사는 게 힘들고…… 그래서 나 같은 건 돌아볼 생각조차 없을 테고."

"……."

"그저께…… 소리한테 내가 그랬다? 제일 급한 게 뭐냐고. 병원비, 대출금, 월세, 뭐가 제일 급하냐고 물어봤어. 팔자 좀 펴면 좋지 않은지 물어봤어."

"뭐?"

"소리가 허락만 해 주면, 뭐든지 다 해 주고 싶은데. 걔만 좋다고 하면 버는 족족 전부 다 걔한테 갖다 바치고 싶은데."

"……."

"그런데 그 애……, 나를 보는 표정이 이상하더라고. 상처받은 것 같았어."

"이준아."

"그래서 그 뒤에 보러 가지도 못했어. 시간이 없기도 했지만…… 그건 내 스스로 하는 변명일 뿐이고…… 무서워서."

마치 잔뜩 야단맞고 겁먹은 어린아이처럼 도연은 어깨를 움츠린 채 작게 중얼거렸다.

"6년 전의 일을 되풀이하게 될 것 같아서 무서워서."

상호는 딱한 아이를 보는 눈으로 도연을 보다가 한숨이 나오려는 걸 삼켰다. 세상천지에 제일 잘났다고 해도 누구나 수긍할 '정이준'이 이렇게 겁도 많고 자신감도 없는 녀석이라는 걸 누가 또 알까 싶었다.

"좀 받아 주면 안 되나? 내가 좋아서 그러는 건데, 그냥 받아 주면 안 되는 거야?"

도연은 머리를 마구 헝클어뜨리며 중얼거렸다. 뭐가 이렇게 어렵냐, 소리야. 다른 애들은 나한테서 뭐 하나라도 건질 게 있나, 하고 주변을 맴돌기도 잘 하고, 바라는 것도 많은 눈으로 매달리기도 잘하는데.

정작 내가 뭐든지 주고 싶은 너는⋯⋯.

"이거 한 잔만 딱 마시고 자라."

상호는 아무 말도 하지 않고 있다가 술병을 들며 말했다. 빗소리가 점점 더 커지고 있었다.

4.
기적

비가 그칠 생각을 하지 않는다.

소리는 남부 지방에만 비가 내릴 거라던 일기예보를 믿고 우산을 챙겨 나오지 않았다. 그런데 일기예보와는 다르게 중부 지방에도 오후 늦게부터 비가 조금씩 내리기 시작하더니 저녁 이후에는 제법 많이 쏟아지고 있었다. 그 바람에 장사를 일찍 끝내야 했다.

하지만 병원의 면회 시간이 되려면 아직 한참 더 기다려야 했기에 소리는 편의점에 들어가 컵라면 하나로 대충 저녁을 먹으면서 시간을 보내고 있는 중이었다.

"……."

뭔가 허전하다. 소리는 옆을 돌아보았다. 비어 있는 옆자리가 괜히 눈에 거슬린다. 허전하다니, 미쳤구나. 소리는 힘없이 웃었다. 언제부터 허전함을 느꼈다고. 소리는 휴대폰을 들어 메시지 창을 열었다. 아침에 도연이 보낸 문자를 다시 천천히 읽어 보았다.

[미안. 촬영 때문에 지방에 가야 해서 내일까지는 못 가겠다.]

다른 때 같으면 온갖 이모티콘을 쓰며 문자를 보냈을 도연인데, 딱딱하다고 느껴질 정도로 제 할 말만 보낸 것이 어쩐지 생경했다.

그날 그렇게 얼떨결에 제대로 대화를 마무리하지 못하고 헤어진 뒤, 소리는 도연을 만나지 못했다. 도연이 대체 왜 그런 말을 갑자기 꺼냈던 것인지 물어보지도 못했다.

그러나 굳이 묻지 않더라도 어느 정도 짐작할 수는 있었다. 동정과 연민이었을 것이다. 6년 전의 인연으로 다시 종종 보게 되면서, 그녀의 삶을 일부분이나마 들여다보게 된 도연이 동정심을 느끼고 연민을 갖게 되었으리라는 사실은 누구나 예상할 수 있는 것이었다. 그것에 대해 불쾌하다고 여길 이유는 없었다.

하지만 소리는 그에게 그런 시선을 받고 싶지 않았다. 쓸데없는 자존심이라고 해도 어쩔 수 없었다. 차라리 6년 전, 매몰차게 그를 뿌리쳤던 모습으로 기억되는 편이 나을 것만 같았다.

소리는 한숨을 내쉬었다. 그가 촬영 때문에 지방에 내려간 것이 다행이었다. 이런 마음으로 그를 보는 것이야말로 오히려 불편하고 힘들 테니 말이다.

그 순간 휴대폰이 울렸다.

소리는 갑자기 가슴이 두근거렸다. 그럴 리 없겠지만 혹시 도연이 건 전화는 아닐까 하는 생각이 불현듯 스쳤다.

"……!"

그러나 휴대폰 화면에 뜬 번호를 본 소리의 눈이 더욱 커졌다. 병원 전화번호였다. 소리는 저절로 경련을 일으키려는 손으로 간신히 전화를 받았다. 그리고 소리가 전화를 받자마자 상대 쪽에서 크게 외쳤다.

— 소리 씨! 환자가 깨어났어요!

"……예?"

— 오리 씨가 의식을 되찾았어요! 조금 전에 의사 선생님이 직접 확인하셨어요. 지금 올 수 있어요?

소리는 입을 틀어막았다. 울음이 터져 나올 것만 같았고, 반대로 웃음이 새어 나올 것도 같았다. 소리는 휴대폰을 손에 쥔 채 주저앉고 말았다.

6년, 자그마치 6년이었다. 소리는 흐려진 시야로 주위를 둘러보았다. 카운터에 있던 편의점 직원이 놀라서 달려오는 것이 보였다. 소리는 애써 웃으며 괜찮다고 손짓을 했다. 그리고 다시 다리에 힘을 주고 일어나며 휴대폰에 대고 입을 열었다.

"가, 가요. 지금 갈게요, 선생님. 우리 오리한테, 지금 간다고, 제가 지금 간다고…… 그러니까 자지 말고 꼭 기다려 달라고 전해 주세요."

소리는 휴대폰을 쥐고 있지 않은 다른 손으로 눈물이 흘러내려 젖은 뺨을 닦았다.

쏴아아—

편의점 문을 열고 나오자마자 빗줄기가 거세게 쏟아졌다. 하지만 소리는 그에 아랑곳하지 않고 쏟아지는 빗줄기 속으로 달려 나갔다.

"소리 씨! 어머, 젖은 거 봐."

"오리, 오리는요? 제 동생은요?"

소리에게 전화를 걸었던 간호사가 간호사실에서 막 나오다가 물에 젖은 생쥐 꼴이 되어 달려온 소리를 보고 화들짝 놀랐다.

비가 많이 내리는 줄은 알고 있었지만, 그 비를 다 맞은 사람이 있으리라고는 생각도 하지 못했다. 더구나 이 추운 겨울 날씨에 말이다. 간호사는 다급히 자신을 붙잡고 오리에 대해 묻는 소리를 달래기 위해 입을 열었다.

"우선 몸 좀 닦아요. 응? 이렇게 젖은 채 환자를 보러 들어갈 수는 없잖아, 소리 씨. 내 말 알아듣겠어요?"

"아, 아아, 예. 예, 그럴게요."

소리는 마구 흔들리는 눈으로 간호사를 쳐다보다가 이내 고개를 빠르게 끄덕였다. 그러자 간호사가 따스하게 웃고는 그녀의 손을 잡아끌어 간호사실로 안내했다.

비에 흠뻑 젖은 바지가 묵직했지만 그 무게조차 느끼지 못할 만큼 소리는 제정신이 아닌 상태였다. 그래서 그저 간호사가 잡아끄는 대로 터벅터벅 안에 들어갔다.

히터의 열기가 느껴졌다. 그러자 뒤늦게 오한을 느낀 소리가 몸을 덜덜 떨기 시작했다. 간호사는 커다란 수건을 들고는 소리의 젖은 머리와 얼굴, 손을 닦아 주었다.

얼마나 급하게 왔을지 간호사는 소리의 모습만으로도 충분히 짐작할 수 있었다. 불가능한 일이라고 생각했었다. 그녀의 처지가 안쓰러워서 의사나 간호사들 모두 기적을 바라기는 했지만, 벌써 6년이었다. 그들은 기적을 믿기에는 지극히 현실적이었다. 그래서 소리와 오리, 이 쌍둥이 남매가 더욱 안타깝고 애처로웠다.

그런데 기적이 일어난 것이다. 게다가 현재 검진한 것으로 볼 때에는 뇌나 다른 어디에도 별다른 이상이 없어 보였다. 모든 것이 정상이었다. 호흡도 스스로 할 수 있고, 의식도 또렷했다.

다만 오랜 시간 누워 있었던 몸을 회복하는 일만이 남았다. 거기에는 오직 시간이 필요할 뿐이었다. 시간이 흐르면 소리의 쌍둥이 동생은 아무렇지 않게 일어날 것이다.

간호사는 어느 정도 소리의 몸에 있던 물기를 닦아 준 뒤, 수건을 내려놓고는 그녀의 두 손을 꼭 잡았다.

"고생했어요, 소리 씨."

"고, 고맙……."

소리는 말을 잇지 못하고 고개를 푹 숙였다. 그녀의 어깨가 약하게 떨렸다. 간호사는 그런 소리의 어깨를 감싸 안고는 다시 유쾌한 어조로 말했다.

"어허, 울면 안 돼요. 6년 만에 만나는 동생한테 퉁퉁 부은 눈을 보여 줄 거예요?"

"……아니요. 안 되죠. 그러면 안 되죠."

소리는 꾹 울음을 참고 고개를 들며 환하게 웃었다. 눈물이 가득 고인 눈에 모처럼 환한 미소가 담겨 있었다. 스물넷, 제 나이대로 보이는 환한 미소였다.

소리는 두근대는 가슴을 손으로 꾹 누르며 조심스럽게 중환자실 안으로 들어갔다. 여기저기에서 들리는 기계음들만이 가득한 공간은 늘 들어올 때마다 숨을 막히게 했었다.

그런데 오늘, 지금 이 순간만큼은 그렇지 않았다. 소리는 천천히 걸음을 옮겼다. 중환자실에 들어오기 전에 만난 당직 의사의 말로는 오리의 머리나 다른 어디에도 손상된 부분이 없다고 했다. 그러니까 정상적으로 다시 건강해질 수 있다고 그랬다.

'아빠, 엄마 고마워요.'

소리는 부모님이 지켜 주었다고 생각했다. 그렇게 믿었다. 소리는 걸음을 옮기다가 오리의 침대 옆에 다가가 멈춰 섰다.

"……"

오리와 시선이 마주쳤다. 소리는 숨을 들이쉰 채 내뱉지 못했다. 쿵쿵, 심장이 뛰었다. 손끝이 저릿해서 따가울 정도였다. 뭐라고 말을 해야 할지 머릿속이 새하얗게 변해 버려서 아무것도 생각나지 않았다.

그 순간, 오리의 눈이 둥글게 휘어졌다.

"……오리야."

그리고 소리는 오리의 눈웃음과 동시에 비틀대며 침대 가까이 다가가 그의 손을 꽉 붙들었다. 깡마른 그의 손이 그녀의 손을 함께 맞잡았다.

비록 힘이 없어서 살짝 잡은 상태였지만 그래도 괜찮았다. 늘 혼자 잡고 있어야 했던 손인데, 이제는 서로 함께 맞잡을 수 있게 된 것이다. 소리는 자신의 손을 맞잡아 오는 오리의 손에 그제야 그가 깨어났음을 실감했다.

"오리야, 오리야!"

엉엉, 소리는 어린아이처럼 울음을 터뜨렸다. 지난 6년간 꾹꾹 눌러 참고 또 참아 왔던 울음이었다. 오리는 그저 소리의 손을 잡고 있던 자신의 손에 더 힘을 줄 뿐이었다. 울지 말라고, 예쁘게 웃으라고, 그렇게 말하고 싶지만 오리는 아직 산소호흡기를 쓰고 있는 중이라 말을 하기가 어려웠다.

호흡은 지금도 정상적으로 할 수 있기는 하지만, 그래도 혹시 모르니 내일까지만 일단 더 지켜보자고 의사는 말했다. 아무래도 오랫동안 잠들어 있었으니까요, 오리 씨. 의사의 말에 오리는 비로소 자신이 아주 오랜 시간을 자다가 깨어났다는 걸 깨달았다.

그러나 얼마나 시간이 지났는지 알지 못했다. 그냥 문득 의식이 돌아왔다. 그리고 바로 옆에서 삐삐거리는 기계음이 들렸다. 지금 자신이 어디에 있는 것인지 알지 못했다. 그래서 계속 눈을 감은 채 생각했다. 그러다가 불현듯 교통사고가 났던 것이 기억났다.

그와 동시에 눈을 떴다.

어느새 6년이 지나갔다고 했다. 놀랍다는 듯 자꾸만 쳐다보던 의사가 그렇게 말했다. 부모님은…… 이미 6년 전에 돌아가셨다고 했다. 그리고 누나가…… 자신의 쌍둥이 누나가, 그 작고 여렸던 소리가 줄곧 자신을 돌봤다고 간호사가 말했다.

6년이라니. 6년이나 지났다니. 오리는 믿을 수 없었다. 그렇지만 지금 이렇게 소리를 보고 나니까 시간이 많이 흘렀음을 깨달을 수 있었다. 그녀의 창백한 얼굴과 윤기 없는 머릿결, 그리고 어딘가 지쳐 보이는 시선과 그녀의 어깨 위에 눌어붙어 있는 듯한 세월의 무게.

소리야…….

오리가 그저 속으로 부른 것을 듣기라도 한 듯, 소리가 울다 말고 고개를 들어서 오리를 쳐다보았다. 왜 나는 몰랐을까. 우리는 쌍둥이인데. 너 혼자 이렇게 힘들었던 것을, 나는 왜 느끼지도 못하고 잠만 잤던 것일까.

오리는 마치 각인이라도 하려는 듯 소리의 얼굴 여기저기를 한참 동안 살펴보았다. 그리고 소리 역시 눈을 마구 비비고는 오리의 뺨을 쓰다듬으며 바라보고, 웃고, 다시 바라보고, 울었다.

"……고마워."

소리는 오리의 뺨을 어루만지며 작게 속삭였다. 그러자 오리의 눈이 휘어졌다. 소리는 오리를 따라 눈을 휘고 웃으며 거듭 속삭였다.

"깨어나 줘서 정말 고마워. 잘했어, 내 동생아."

❋

"흐아암."

상호는 어질러 놓은 자리를 정리하며 하품을 했다. 한 잔만 하자던 도연과의 술자리는 꽤 오래 이어졌고, 두 사람 모두 제법 취한 상태였다.

정이준과 함께 술자리를 갖고 싶어 했던 이들이 객실 밖에서 기다리다 지쳐 이준을 데리고 나오겠다며 들어가서 감감무소식인 상호를 향해 욕을 퍼붓고 돌아갔다는 것은 두 사람 모두 전혀 알지 못하는 일이었다.

상호는 밖의 상황이 어떻게 돌아가고 있는지도 모른 채, 그저 태평한 얼굴로 살짝 알딸딸한 기분을 느끼며 콧노래를 불렀다. 도연이 샤워를 하는지 욕실 쪽에서 물소리가 들렸다.

"아, 여기서 저 욕실에 있는 사람이 시커먼 사내놈이 아니라 아리따운 아가씨라면 완벽한데 말이지."

상호는 투덜거리듯 중얼거리다가 갑자기 들려온 휴대폰 벨소리에 고개를 돌렸다. 자신의 것이 아니었다.

"어라? 다람쥐 아가씨네?"

도연의 휴대폰 화면에는 '내 다람쥐'라는 문구가 반짝거리고 있었다. 상호는 휴대폰을 들고 욕실 쪽을 쳐다보았다.

"지금 바꿔 줘야 하나……. 아님 이따가 이준이 녀석 나오면 알려 줘야 하나."

상호는 머리를 긁적이다가 이내 호기심 어린 눈으로 휴대폰을 쳐다보았다. 그리고 다시 욕실 쪽을 보다가 조심스레 등을 돌려 구석 쪽으로 걸음을 옮기며 전화를 받았다.

"예, 정이준 씨 휴대폰입니다."

— ……어, 저기……. 도연이…… 아니, 정이준 씨 지금 없나요?

"지금 샤워 중인데요. 혹시 소리 양, 맞나요?"

— 예? ……아, 예. 맞는데요. 누구신지…….

"안녕하세요. 이준이 녀석 매니저인 박상호라고 합니다."

캬아, 목소리도 아주 굴러간다, 굴러가. 옥구슬이 쟁반에 굴러간다는 게 바로 이런 목소리를 두고 하는 말이로구나. 상호는 험상궂은 얼굴 가득 흐뭇한 미소를 머금었다.

도연이 푹 빠져 있는 아가씨의 상상했던 것보다 더 앳되고 여려 보이는 목소리가 귓가를 살랑였다. 아, 제수씨가 될지도 모르는데. 그러면 이 다람쥐 아가씨가 바로 이 목소리로 '아주버님—' 하고 부르는 건가. 상호는 히죽 웃으며 다시 말을 걸기 위해 입을 열었다.

"어, 소리야. 무슨 일이야?"

휙, 등 뒤에서 넘어온 손이 그대로 휴대폰을 낚아채듯 가지고 가 버렸다. 상호는 입을 벌린 채 뒤를 돌아보았다. 도연이 욕실에서 급히 나온 것인지 물기조차 제대로 닦지 않고 아래에 타월만 하나 두른 채, 빼앗은 휴대폰을 귀에 대며 입을 열고 있었다.

"허허, 내가 통화하는 건 또 어떻게 들었대."

이게 바로 파워 오브 러브, 사랑의 힘이냐. 쩝. 상호는 아쉬운 마음에 뒷목을 긁으며 도연을 쳐다보았다. 그러나 상호가 아쉬운 눈으로 쳐다보거나 말거나 도연은 휴대폰 너머의 상대방에게 집중해 있었다.

소리가 전화를 하다니.

전화번호를 주고받은 뒤 전화를 걸거나 문자를 보내는 건 일방적으로 도연의 몫이었다. 그래서 가끔은 소리에게 서운한 마음이 들기도 했지만, 그래도 기대한 적은 없었다. 오히려 자신이 거는 전화나 문자를 받아 주는 것만으로도 좋았다.

그런데 이렇게 전화를 먼저 걸어 주다니. 게다가 자신이 했던 말 때문에 어색해진 뒤로 얼굴을 본 적도 없는데. 도연은 샤워를 하다가 밖에서 들려온 '다람쥐' 소리에 그대로 뛰쳐나올 수밖에 없었다.

물소리에 섞여서 잘못 들은 것일지도 모른다고 생각하면서도 혹시 하는 마음을 버릴 수 없었던 것이다. 그리고 그건 잘못 들은 게 아니었다.

— 오리가 깨어났어, 도연아…….

"뭐?"

— 오리가…… 오리가 깨어나서 나를 보고 웃어. 이제 괜찮대. 의사 선생님이 다 좋아질 거래. 간호사 선생님들도 다들 그러고.

소리가 울먹이며 말했다. 도연은 예상치 못한 소식에 잠시 멍하니 있다가 더듬거리며 입을 열었다.

"그, 그럼, 지금, 벼, 병원이야?"

— 응. 방금 면회하고 나왔어. 그런데 너무 좋아서…… 누구에게든지 말하고 싶은데 네가 생각나잖아……. 어, 그래서 너한테 알려 주고 싶어서.

"기다려, 지금 갈게."

도연은 소리의 대답조차 듣지 않고 전화를 끊었다. 그리고 급히 벗어 두었던 옷을 입기 시작했다. 그리고 상호는 몸에 두르고 있던 타월을 벗어 던지고는 냉큼 속옷부터 챙겨 입는 도연을 멍하니 쳐다보다가 이윽고 그가 차 키를 집어 들고 나가려는 것을 보고는 황급히 소리쳤다.

"야! 정이준! 인마, 너 지금 어디 가려고? 설마 이 시간에 서울로 올라가려고?"

"응."

"미쳤어, 인마? 당장 내일 아침부터 촬영인데 어쩌려고!"

"늦지 않게 오면 되잖아."

"야! 그게 말이 돼? 아무리 밟아도 왕복 4시간은 걸릴 텐데!"

상호는 도연을 붙잡기 위해 허둥대며 그에게 다가갔다. 하지만 도연은 상호를 거들떠보지도 않고 그대로 객실 밖으로 나가기 위해 문 쪽으로 걸음을 옮겼다. 그러자 상호가 생각났다는 듯, 도연에게 달려가 그의 허리를 붙잡고 매달렸다.

"안 돼, 인마! 차 키 내놔!"

"이것 좀 놔, 형. 오리가 깨어났다고 했단 말이야. 내 친구야! 내 하나뿐인 친구라고. 그런 녀석이 6년 만에 깨어났다는데, 나 좀 보내 줘!"

"인마, 너 이대로 운전하고 가면 음주운전이야! 대리, 대리운전 불러서 가라고! 안 말릴 테니까, 대리운전 불러서 가!"

상호는 소리를 질렀다. 어차피 도연이 가는 걸 막을 수는 없을 것 같으니, 적어도 음주운전으로 포털 사이트의 메인 화면에 뜨는 것만큼은 막아야 했다. 도연은 뒤늦게 상호의 말을 이해하고는 그를 밀어내려던 움직임을 멈추었다. 그러자 상호가 숨을 몰아쉬며 도연을 향해 말했다.

"너 거기에 가만히, 얌전히 있어라. 응? 진짜 내가 다른 건 몰라도 음주운전만큼은 용납 못 해."

"알았어. 알았으니까, 빨리 대리나 불러."

도연은 급한 마음을 억지로 다스리려고 애쓰며 상호에게 재촉했다. 상호가 도연을 잠시 쳐다보다가 자신의 휴대폰을 들고는, 아까 저녁 먹다가 받았던 대리운전 기사의 명함을 꺼냈다.

"나 참, 이 명함을 이렇게 곧바로 써먹게 될 줄이야."

상호가 한탄하듯 중얼거렸다.

— 기다려. 지금 갈게.

"도연아?"

전화가 그대로 끊어졌다. 그리고 소리는 어리둥절한 얼굴로 잠시 휴대폰을 귀에 대고 있다가 천천히 휴대폰을 쥐고 있던 손을 내렸다. 전화는 이미 끊어진 상태였다.

지금 온다고? 지금 이 시간에? 소리는 휴대폰 화면을 켜서 시간을 확인했다. 어느새 자정이 넘은 시간이었다. 촬영 때문에 지방에 내려간다고 했었다. 그런데 지금 오겠다니.

소리는 가슴속에서 뭔가가 일렁이는 느낌에 심호흡을 했다. 휴대폰을 쥐고 있는 손에 땀이 났다. 소리는 휴대폰을 야상 점퍼 주머니에 넣고는 손바닥을 바지에 대고 문질렀다.

기다리라고 했다. 기다리라고……. 소리는 입술을 달싹였다. 하지만 아무 말도 하지 못했다. 그저 소리는 몸을 웅크린 채 두 손을 모아 잡았다. 얼떨떨한 기분이었다. 갑자기 너무 많은 일들이 몰아친 것만 같았다. 그래서 현실감마저 느껴지지 않을 정도였다.

소리는 고개를 들어 중환자실 쪽을 쳐다보았다. 저 안에 오리가 있다. 자신이 불러도 깨어나지 않던 오리가 아니라, 자신을 향해 웃어 주는 오리가 있다.

소리는 다시 코끝이 시큰해져서 이번에는 간호사실 쪽으로 고개를 돌렸다. 복도의 불이 모두 꺼져서 어두웠다. 간호사실 안쪽에서 불빛이 조금 새어 나오고 있었다. 면회를 마치고 중환자실에서 나오던 자신에게 들어와서 눈 좀 붙이라고 간호사가 제안을 했었다. 그러나 소리는 웃으며 거절했다.

모든 것이 믿어지지 않아서 혼자 정리할 시간이 필요했다. 그런 소리의 마음을 알아차린 듯 간호사는 소리에게 더 권하지는 않았다. 소리는 물끄러미 간호사실 안쪽에서 비치는 불빛을 쳐다보다가 다시 고개를 돌려 정면에 보이는 하얀 벽을 응시했다.

6년 동안 바라보고, 또 바라보았던 벽이다.

벽의 얼룩조차도 익숙해져서 눈을 감고 떠올려도 선명하게 떠올릴 수 있을 정도였다. 소리는 숨을 내쉬었다. 기분이 이상했다. 마치 꿈을 꾸는 것만 같았다. 그래서 충동적으로 도연에게 전화를 걸었다.

어떻게 얼굴을 봐야 하나, 하고 걱정했던 것이 무의미할 정도로 그녀의 행동에는 주저함을 찾아볼 수 없었다. 누군가에게 이 소식을 전하고 싶었다. 그리고 현실이라는 것을 확인하고 싶었다. 자신과 자신의 동생을 모두 알고 있는 이에게, 이 모든 게 현실이라는 것을 거듭 확인받고 싶었다. 그런데, 오히려 더 현실감이 멀어진 것 같은 기분이 든다.

'기다려. 지금 갈게.'

그 단호한 말이 자꾸만 귓가에 맴돈다. 그가 오고 있다. 정도연이 오고 있다. 멀리 지방에서, 나를 위해, 나를 향해…… 오고 있다. 소리는 자꾸만 두근대는 가슴을 진정시키기 위해 숨을 몰아쉬었다.

복도의 불이 꺼져서 다행이었다.

지금 이 모습을 아무에게도 들키지 않을 수 있어서.

도연은 엘리베이터 문이 열리자마자 곧바로 중환자실 쪽으로 걸음을 옮겼다. 길게 뻗은 복도에 그의 발소리만이 울려 퍼졌다. 간호사실에서 누군가가 고개를 내밀었다가 어머, 하며 소리를 치는 것이 어렴풋하게 들렸지만, 도연은 개의치 않았다.

소리를 따라서 몇 번이나 왔던 곳이었기에, 그의 발걸음에는 일말의 망설임도 없었다. 소리가 어디에 있을지 도연은 잘 알고 있었다. 사람들의 눈에 잘 띄지 않는 그러나 고개를 돌리면 중환자실 출입구가 보이는 복도 한쪽 구석에 있는 의자, 그곳에 있을 것이 분명했다.

그의 예상대로 그 자리에 그녀가 멀거니 벽을 바라보며 앉아 있었다. 도연은 소리를 향해 다가가며 그녀를 불렀다.

"소리야."

"……."

"소리야. 오리는? 오리는 어때?"

"……정말, 왔네."

소리는 멍하니 도연을 올려다보았다. 도연은 소리와 시선을 맞추기 위해 무릎을 구부려 쭈그리고 앉았다. 간호사실 쪽에서 약간의 소란이 일어난 것도 같았지만, 소리나 도연, 두 사람 모두 그것에 신경을 쓸 여유는 없었다. 도연은 소리의 멍한 시선을 붙잡기 위해 그녀의 양쪽 뺨을 손으로 감쌌다. 그녀의 뺨이 차가웠다.

"진짜…… 현실인 거 맞나 봐. 그렇지? 도연아, 지금 내가 꿈꾸는 거…… 아니지?"

"그래."

"오리가 깨어난 거 맞지?"

"응."

도연은 고개를 끄덕이며 대답했다. 아직 오리를 직접 만난 것은 아니지만 도연은 소리에게 확신을 심어 주기 위해서 단호하게 대답했다. 지금 소리가 원하는 것은 바로 그런 확신이었다. 아마 자신에게 전화를 걸었던 이유도 그래서였을 것이고.

"도연아."

"잘됐어. 정말 잘됐어, 소리야."

"응, 으응."

소리는 울먹이며 대꾸했다. 도연은 다시 몸을 일으키고는 허리를 구부린 채 소리를 끌어안았다. 그리고 천천히 그녀를 토닥였다. 셔츠 앞이 젖어 드는 것 같았다.

소리가 숨죽여 흐느끼는 것을 도연은 그저 달래듯이 토닥이며 마음껏 울게 내버려 뒀다. 슬퍼서 우는 게 아니니까, 기뻐서 우는 것이니까.

도연은 소리의 어깨를 토닥이는 손에 힘을 주었다. 자그마한 몸이 조금 더 그의 품에 안겼다. 이대로…… 시간이 멈췄으면 좋겠다. 도연은 눈을 감고 생각했다.

고요한 시간이었다. 어둠이 내리깔린 복도에서 그들은 각자의 감정에 취해 있었다. 이 모든 게 기적과도 같은 일이었기에 두 사람 모두 다른 것에 신경을 쓸 여유가 없었다.

"오리를 잠깐 보고 갔으면 좋겠는데, 촬영에 늦지 않으려면 지금 가야 할 것 같아."

"피곤해서 어떻게 해? 그냥 나중에 와도 되는데, 왜 새벽에 와서⋯⋯."

"그래서 싫었어?"

도연은 씩 웃으며 소리에게 물었다. 그러자 소리는 잠시 주저하다가 슬그머니 시선을 피하며 고개를 저었다. 그런 소리의 모습이 귀엽다는 듯 웃던 도연이 선글라스를 끼고는 일어섰다. 소리 역시 도연을 따라서 일어섰다.

"갈게. 이러다가 진짜 사람들 몰리면 큰일 나겠어."

"운전 조심해서 가. 급하다고 서두르지 말고."

"응. 오리한테는 내가 촬영 마치는 대로 온다고 전해 줘. 다시 깨어난 거 축하한다고 전해 주고."

"알았어."

"소리 너도 밥 제대로 챙겨 먹고."

"응."

"그냥 하는 말 아니야. 이제 오리가 깨어났으니까, 더 잘 챙겨 먹고 그래야지. 어떻게 보면 이제부터가 시작일 수도 있잖아? 어쨌든 오리 재활 치료도 해야 하지 않아?"

"응, 의사 선생님도 그러셨어. 오랜 기간 누워 있어서 근육이 다 빠졌으니까 재활 치료가 필요할 거라고. 다른 데에 이상이 있는 건 아니니까 곧 퇴원해서 정기적으로 통원 치료를 받는 것도 괜찮겠다고 하시면서."

"그러니까 네가 더 건강도 잘 관리하고, 밥도 잘 먹고 그래야지.

통원 치료를 받으려면 네가 오리 데리고 함께 다녀야 할 거잖아."

도연은 선글라스를 슬쩍 내려 소리를 보고 웃고는 손을 흔들었다. 뻐끔대며 입 모양으로 '갈게.' 하고 인사를 한 뒤 도연은 간호사실에서 슬그머니 그들을 훔쳐보던 간호사들을 향해 가볍게 목례를 하고 돌아섰다. 그리고 엘리베이터가 있는 쪽으로 걸음을 옮겼다.

"소리 씨, 지금 간 사람, 정이준 맞죠? 그렇죠?"

"웬일이야. 소리 씨, 정이준이랑 어떻게 아는 사이예요? 응? 멀리서 보니까 두 사람, 꽤 친해 보이던데."

도연의 모습이 사라지자마자 간호사들이 호들갑스럽게 소리에게 다가왔다. 소리는 난처한 얼굴로 간호사들을 보았다. 그 순간 문자 알람이 울렸다. 소리는 눈짓으로 양해를 구하고 휴대폰 문자를 확인했다. 도연의 문자였다.

[간호사들이 물으면 그냥 네 마음대로 말해도 돼. 애인이라고 해도 되고! 아니면 솔직히 털어놓아도 돼. 남편이라고^0^]

"……친구예요. 고등학교 동창."

얘가 왜 이래, 갑자기. 오리 때문에 놀라서 미쳤나. 소리는 살짝 얼굴을 찡그리다가 냉큼 휴대폰을 점퍼 주머니에 넣으며 대답했다. 그러자 간호사들 사이에서 감탄사가 흘러나왔다. 그리고 그들 중 신입 간호사가 다시 눈을 빛내며 물었다.

"졸업하고도 계속 연락하고 지냈어요? 친한가 봐요. 새벽에 여기까지 오다니."

"아니요. 얼마 전에 우연히 만났어요. ……저와도 친구이기는 하지만 오리랑 친구이기도 했고, 그래서 병원에 온 거고요."

그렇구나. 간호사들이 납득을 한 듯 고개를 끄덕였다. 소리는 어색한 마음에 슬쩍 시선을 피했다. 그러자 지난밤에 소리에게 연락을 해 주었던 간호사가 화제를 돌려 소리에게 말을 걸었다.

"몸은 어때요? 어제 비 많이 맞았는데."

"괜찮아요. 선생님 덕분이에요."

"내가 뭘 했다고요."

간호사는 멋쩍다는 듯 웃으며 손을 저었다. 소리는 그런 간호사를 보며 말갛게 웃었다. 간호사는 그녀의 미소를 보고 순간 깜짝 놀란 표정을 짓더니 이내 환하게 웃으며 입을 열었다.

"소리 씨, 그렇게 웃으니까 정말 예쁘네요. 같은 여자끼리인데도 순간적으로 반할 뻔한 거 알아요?"

"어, 아니에요."

소리는 당황해서 고개를 저었다. 그녀의 뺨이 붉게 물들었다.

❋

"도연이?"

"응."

"……내가 만날 전도연이라고 놀렸는데, 진짜 배우가 됐구나."

오리는 느릿느릿 말을 이으며 부드럽게 미소를 지었다. 오전에 중환자실에서 간단히 체크를 받은 뒤 일반 병실로 올라올 수 있었다. 그리고 산소호흡기도 떼고 작게나마 제 목소리로 말을 할 수도 있게 되었다.

소리는 그 모든 것이 너무나도 빨리 진행되어 정신이 없으면서도, 한편으로는 너무 기뻐서 뭐라고 표현할 수조차 없었다.

"어쨌든 그래서 도연이가 촬영 마치는 대로 온대. 그리고 축하

한다고 전해 달라고도 했고."

"······보고 싶네, 그 녀석."

오리는 가만히 중얼거리듯 말하며 웃었다. 아직 말을 하는 것이 조금 버거워 보이기도 했지만, 오리는 소리와 이렇게 대화를 나누는 것이 즐거운 듯 말하는 것을 멈추려고 하지 않았다. 소리는 그런 오리를 잠시 쳐다보다가 코끝을 문지르며 말했다.

"꿈꾸는 것 같아. 진짜 좋다, 오리야."

"나야······말로."

눈을 뜨고 일어났더니 6년이나 지났대. 무슨 판타지 소설 속으로 들어온 기분이야. 오리는 조금은 허탈하다는 듯 천장을 쳐다보며 말하다가 이내 굳은 표정으로 소리를 다시 보았다. 소리는 오리의 표정이 변하는 것을 물끄러미 보았다. 그가 무슨 생각을 하는지 알 것 같았다.

"아빠랑 엄마는······ 어디에······ 계셔?"

"납골당에 모셨어."

"······그렇구나."

"미안해. 내 마음대로 결정해서."

"아니야. 오히려, 누나, 네가 힘들었지. 혼자서."

오리는 소리에게 손을 내밀었다. 소리는 침대 옆에 있는 보조 의자에 앉아 있다가 오리가 내민 손을 가만히 내려다보았다. 언제나 든든했던 쌍둥이 동생의 손이었다.

어릴 때에는 개구쟁이였던 오리 때문에 울기도 많이 울고는 했었는데, 어느 순간부터인가 듬직한 모습을 보이면서 곁을 지켜 주고는 했었다. 소리는 살이 붙지 않아서 비쩍 마른 오리의 손을 살짝 잡아 보고는 입을 열었다.

"밥 많이 먹어야겠다, 너."

"퇴원하면 누나가 해 주는 밥부터 먹을래."

"그래. 먹고 싶은 거 전부 말해. 다 해 줄게. 아! 퇴원할 때를 기다릴 것 없이 그냥 내가 도시락 싸 오면 되겠다. 그렇지?"

소리는 오리의 손을 잡은 채 웃었다. 오리 역시 소리를 바라보면서 그게 좋겠다고 짐짓 호들갑을 떨며 웃었다. 가슴에 구멍이 크게 뚫린 것 같았지만, 오리는 소리에게 내색하지 않으려고 애썼다.

그저 잠시 자다가 일어난 것뿐인데, 어느새 6년이란 시간이 지나가 있었고, 부모님은 납골당에 모셔졌다고 한다. 졸지에 고아가 되어 버린 것이다.

'난 여전히 열여덟 살에 멈춰 있는데…….'

오리는 자신도 모르게 흐려지려는 표정을 숨기며 소리에게 계속 웃어 보이기만 했다.

똑똑.

그때 노크 소리가 들리더니 문이 열리고 간호사 두 사람이 들어왔다. 소리에게 오리가 깨어났다는 소식을 전해 주었던 간호사와 신입 간호사였다. 소리는 오리의 손을 잡은 채 웃고 있다가 고개를 돌려 그들을 쳐다보았다. 그러고는 아, 하는 표정으로 소리가 반색하며 물었다.

"6인실 나왔어요?"

중환자실에서 나와 일반 병실로 옮기는 과정에서, 6인실이 모두 차 있는 바람에 어쩔 수 없이 1인실로 와야 했다. 병실 이용료가 너무 부담스러워서 6인실에 자리가 나면 꼭 알려 달라고 거듭 부탁을 했었다.

그런데 벌써 자리가 난 건가? 소리가 고개를 갸웃거리자 간호사가 난처한 얼굴로 고개를 젓고는 옆에 있는 신입 간호사를 끌어당기며 입을 열었다.

"그게 아니라……. 소리 씨, 아직 인터넷 안 봤어요?"

"예?"

"어서 사과해! 이게 대체 뭐니, 정말."

"어우, 선생님! 제가 뭐 거짓을 올린 것도 아니고."

"그래서 잘했다는 거야?"

소리는 두 간호사가 다투는 모습에 어리둥절해서 오리를 돌아보았다. 침대에 비스듬히 기대어 앉은 채 그들을 바라보던 오리 역시 소리와 비슷한 표정을 지으며 고개를 기울였다.

"후우, 정말 미안해요, 소리 씨. 이걸 어쩌지?"

"대체 뭐 때문에 그러시는지……."

소리는 이유를 알 수 없는 불안감을 느끼며 간호사를 쳐다보았다. 신입 간호사가 그 뒤에 숨어서 시선을 피하다가 작게 '미안해요.' 하고 말하는 것을 들으니 불안감은 더욱 커지고 말았다.

"아직 정이준 씨한테는 연락 없었어요?"

"예?"

"그쪽도 모르지는 않을 텐데……. 아주 완전히 뒤집어졌어요. 여기, 이것 좀 봐요. 너무 놀라지는 말고."

간호사는 설명을 하려다가 차라리 직접 보는 것이 낫겠다는 듯 휴대폰 화면을 몇 번 건드리더니 인터넷 포털 사이트의 메인 화면을 소리에게 보여 주었다. 소리는 무심코 그 화면을 보다가 눈을 크게 뜨고 말았다. 그녀의 얼굴에 당혹스러움이 번져 나갔다.

포틸 사이트의 메인 화면은 '정이준'으로 가득했다.

그리고 분명 자신으로 보이는 사진도 함께 올라가 있었다. 바로 오늘 새벽의 사진이었다.

"아, 진짜 미치겠네. 사장이 아주 나를 잡아 죽이려고 한다, 인마."

박상호는 전화를 끊고는 머리를 마구 긁으며 한숨을 내쉬었다. 도연은 미간을 찌푸린 채 뭔가를 생각하는 듯 벽에 기대어 서서 아무 말도 하지 않았다.

얼굴조차 제대로 가리지 않고 소리를 만나러 갔으니, 이렇듯 인터넷에 뜬 것은 당연한 일인지도 몰랐다. 그런데 그때는 미처 그것까지 생각할 틈이 없었다. 오리가 깨어났다고 했다. 그녀가 전화를 걸어 알려 주었다. 그것만으로도 도연은 아무 생각도 할 수 없었다.

"촬영은 간신히 끝냈지만…… 이제 어쩔 거야."

상호의 한탄 섞인 중얼거림을 흘려들으며 도연은 손가락으로 톡톡, 머리를 두드렸다. 그러다가 곧바로 상호에게 말했다.

"일단 형이 병원에 대신 좀 가 줘. ##대학병원이야. 중환자실에 있었는데, 지금쯤 일반 병실로 옮겼을지도 몰라. 환자 이름은 한오리, 어느 병실로 옮겼는지 확인하고 퇴원 가능한지도 알아봐 줘. 퇴원해도 별다른 문제가 없다고 하면, 우선 퇴원부터 시켜 주고."

"야, 무슨 소리야?"

"기자들이 몰리면 환자한테 좋을 거 없어. 어쨌든 이건 내가 실수한 거니까 내가 해결해야 돼. 걔네들한테 피해가 가게 놔둘 수는 없어. 그러니까 형은 일단 소리랑 오리, 둘 다 기자들 눈 피해서 레지던스로 데려다 놓고. 그다음에 나한테 연락해. 기자들이 그쪽으로 관심 갖지 못하게 내가 시간을 좀 끌어 볼 테니까."

"에휴…… 알았다, 알았어."

내가 진짜 너 때문에 십 년은 늙었을 거야. 나중에 경로 수당 청구할 거니까, 그런 줄 알고 단단히 각오하고 있어, 인마. 상호는 투덜거리다가 한숨을 푹 내쉬더니 고개를 끄덕였다.

도연은 그런 상호를 보다가 픽 웃었다. 어쨌든 이러니저러니 해도 상호만큼 믿음이 가는 사람은 없었다.

"이번 일 해결하고 나면…… 형 나랑 개인적으로 종신계약 하자."

"으헉! 그런 악독한 말을!"

훠이, 훠이, 훠이, 물러가라, 하면서 상호가 짐짓 너스레를 떨고는 다시 걱정스러운 눈으로 도연을 보았다.

"하여간 이준이 네 말대로 일단 하기는 하겠지만……."

"걱정하지 마. 이런 게 나한테 무슨 피해를 줄 것 같아? 그리고 뭐, 내가 누구를 좋아하든 그게 남들이 상관할 바는 아니잖아?"

도연은 어깨를 으쓱였다. 지금 단지 화가 나고 걱정이 되는 건, 자신으로 인해 소리와 오리가 기자들에게 시달리고 다른 이들의 입에 오르내리게 되는 것뿐이었다. 그리고 그것을 막기 위해서라면, 도연은 자신이 할 수 있는 모든 것을 할 각오가 되어 있었다.

✻

〈정이준의 그녀는 대체 누구?〉

〈새벽 시간의 고속도로를 달려와 몰래 데이트!〉

"……하아."

소리는 정신을 차릴 수가 없었다. 간호사가 보여 준 사진에는 자신과 도연이 찍혀 있었다. 새벽에 울먹이던 자신을 달래며 토닥여 주던 도연의 모습이 고스란히 보였다.

다행이라고 할 만한 것은, 자신은 그의 품에 안긴 덕분에 얼굴이 드러나지 않았다는 것뿐일까. ……이걸 다행이라고 해야 하나.

어떻게 하지.

소리는 죄를 지은 사람처럼 고개를 푹 숙였다. 오리가 깨어났다고 전화만 하지 않았더라면, 하는 후회가 뒤늦게 밀려왔다. 도연이 전화를 받자마자 병원으로 올 거라고는 예상하지 못했지만, 어쨌든 결과적으로 그에게 이런 일을 겪게 만들었으니 자신의 책임이 컸다.

"음…… 그런데 도연이랑 지금도 사귀고 있었던 거야?"

대단하네. 오리는 소리와 함께 뉴스 기사를 훑어보다가 신기하다는 듯 중얼거렸다. 소리는 그 말에 고개를 들고는 마구 저었다.

"아니야. 그런 거…… ."

"그럼?"

"그때…… 6년 전에 헤어졌어. 얼마 전에 우연히 길에서 만났고."

"……그렇게 안 봤는데 치사한 놈이네, 정도연. 그렇게 네가 좋다고 나한테까지 난리를 치고 그러더니. 누나 네가 힘들 때 나 몰라라 하고 돌아섰다는 거야?"

오리가 배신감을 느끼는 듯 굳은 어조로 입을 열었다. 소리는 화들짝 놀라서 고개를 흔들었다.

"아니, 그게 아니야! 오해하지 마!"

"오해?"

"내가 헤어지자고 했어. 내가…… 도연이한테 상처를 많이 줬어. 그냥, 다 밉고, 다 싫고 그래서……."

소리는 말끝을 흐렸다. 오리는 그런 소리를 쳐다보다가 말을 건넸다.

"많이 좋아하는구나, 소리야."

"……."

"그때도, 많이 좋아했고."

"……."

"도연이 놈, 이거 알면 무진장 억울해하겠네? 자기가 더 많이 좋아하는 줄 알고 늘 초조해하고 그랬었는데."

"……이제는 아니야."

소리는 고개를 저었다. 그러자 오리가 다시 입을 열려던 순간, 문이 열렸다.

"한소리 씨, 그리고 한오리 씨?"

갑자기 문을 열고 들어온 사람은 그냥 봐도 험상궂게 생긴 사내였다. 소리는 깜짝 놀라서 벌떡 일어나 오리의 앞을 가로막았다. 본능적으로 오리를 보호해야 한다는 자세였다.

오리는 그런 소리를 옆으로 밀어내려고 했지만 근력이 바닥까지 떨어진 그의 몸으로는 제대로 밀어내는 것조차 할 수 없었다.

그런 두 사람의 반응을 본 사내, 박상호는 씁쓸하게 웃으며 코트 안쪽 주머니에서 명함을 꺼내 소리에게 건넸다.

"정이준을 담당하는 매니저, 박상호라고 합니다. 한소리 씨와는 지난밤에 통화를 했었는데…… 기억 못 하시나요?"

"예? 아…… 아!"

소리는 잠시 생각하다가 곧바로 기억을 하는 상호를 쳐다보았다. 지난밤에 도연에게 전화를 걸었을 때, 낯선 사내가 전화를 받앉다. 그 목소리가 굵으면서도 다정하다고 느꼈다. 그리고 분명히 그때 자기를 소개하면서 '이준이 녀석 매니저인 박상호'라고 했던 것이 떠올랐다. 소리는 기억이 나자마자 민망한 마음에 고개를 숙여 사과했다.

"죄송해요. 찾아올 사람이 없는데 갑자기 낯선 분이 들어오셔서."

"아닙니다. 놀라시는 게 당연하죠. 게다가 제가 워낙 생긴 게 이래서요. 친하게 지내던 사람들도 가끔은 깜짝 놀라고 그러는데요, 뭘. 저희 어머니마저도 제가 밤늦은 시간에 찾아뵈었더니 강도인 줄 알고 112부터 누른 적도 있거든요."

상호가 껄껄 웃으며 전혀 불쾌하지 않다는 듯 농담까지 했다. 소리는 한결 안도한 얼굴로 미소를 살짝 머금고 그를 보았다. 험상궂은 인상이지만 활짝 웃으니까 오히려 순박해 보이는 것도 같았다. 상호는 소리를 향해 웃고는 성큼성큼 다가와서 그때까지도 가만히 그를 경계하듯 쳐다보던 오리를 향해 손을 내밀었다.

"박상호입니다, 한오리 씨."

"……예, 안녕하세요."

오리는 상호의 투박한 손을 맞잡았다. 상호는 씩 웃었다. 다람쥐 아가씨뿐만 아니라 그 남동생도 작은 동물 같았다. 아니, 작은 동물이라고 하기에는 도연과 키가 비슷할 것 같기는 하지만, 어쨌든 맹수 같은 분위기를 풍기는 도연과는 달리, 어딘가 모르게 순한 초식동물 같은 분위기를 풍긴다고 해야 하나.

상호는 자신이 문을 열고 들어왔을 때 보았던 남매의 모습을 떠올리며 흐뭇하게 웃었다. 졸지에 여러 명의 동생들이 한꺼번에 생긴 기분이 들었다. 그리고 잠시 상호가 흐뭇한 얼굴로 만족스럽게 웃다가, 뒤늦게 자신이 병실에 온 목적을 떠올리고는 손바닥을 부딪치며 입을 열었다.

"아 참, 내 정신 좀 봐. 지금 이러고 있을 게 아니라, 일단 짐부터 챙겨야겠네요. 소리 씨, 당장 생활하는 데 필요한 것들은 어디 있습니까?"

"예?"

"방금 의사 선생님한테 퇴원해도 된다는 허락을 받았어요. 사실 의사 선생님은 좀 더 입원해야 한다고는 했는데, 사람들한테 시달릴지도 모른다고 설명했더니 조용한 데에서 지내는 게 더 좋겠다고 하시더라구요. 이틀에 한 번씩은 와서 재활 치료를 받아야 한다고 했고요."

"그게 무슨…… 퇴원이라니요?"

오리의 보호자인 자신조차 알지도 못하는 퇴원이라니. 소리는 어리둥절한 얼굴로 상호에게 물었다. 그러자 상호가 난감한 표정으로 목을 긁더니 소리와 오리를 번갈아 보고는 어깨를 으쓱였다.

"이준이 부탁을 받고 왔어요. 일단, 여기를 나가서 머무를 곳으로 데려다 드릴게요."

"예?"

"이미 아시겠지만, 기자들이 쫙 깔렸어요. 자칫 게으름을 부렸다가는 이 병실까지 쳐들어올지도 몰라요. 그러니까 우선 서두릅시다. 예? 궁금한 것도 많고, 묻고 싶은 것도 많겠지만 지금은 일단 움직이자고요."

말을 마친 상호는 바삐 움직이기 시작했다. 그가 옆에 있던 수납장을 열어 훑어보더니 소리를 돌아보았다.

"짐은 이게 전부예요? 그럼, 짐은 이 가방에 다 넣어서 들고 가

면 되고……. 아, 오리 씨, 내려갈 때 제 등에 업혀요. 타고 갈 차
는 지하 2층에 주차되어 있는데, 엘리베이터에서 내려서 나가자마
자 왼쪽으로 돌면 바로 있을 거예요. 하얀색 경차. 도연이가 그러
는데, 소리 씨는 아마 딱 보면 알 거라던데요?"

하얀색 경차라면…… 도연이 원래 운전하던 외제차 대신 구입
했던 경차일 것이다. 사람들의 눈에 띄지 않으려고 일부러 제일 평
범한 것으로 골랐다고 했었다.

소리는 상호의 말을 멍하니 듣고 있다가 고개를 끄덕였다. 그러
자 상호가 잘됐다는 듯 흡족하게 웃으며 오리를 향해 등을 내밀고
다리를 약간 구부려 엉거주춤한 자세로 섰다.

오리는 난감한 얼굴로 상호의 넓은 등을 쳐다보다가 소리를 보
았다. 어떻게 해야 하느냐는 얼굴이었다. 소리 역시 난감한 얼굴로
오리를 쳐다보다가 고개를 끄덕였다.

오리한테도 미안했다. 6년 만에 깨어나자마자 이게 무슨 일인
지. 소리는 자신의 행동으로 인해 도연에게도, 오리에게도 전부 피
해를 준 것만 같아서 얼굴을 들 수 없었다.

"그럼, 실례할게요."

오리가 작게 말하고는 상호의 등에 업혔다. 상호는 오리의 몸이
너무 가벼운 것에 깜짝 놀랐지만 내색하지 않았다.

'이준이 녀석이랑 친구라면 스물넷 동갑일 텐데, 이건 뭐……
열 살 어린아이를 업은 것만 같잖아.'

하기야, 계속 누워 있었다고 했으니. 상호는 오리를 가뿐하게
업은 채 소리를 돌아보았다.

"그럼, 나가죠."

소리가 문을 열고 옆으로 비켜서자, 상호가 고맙다면서 오리를 업은 채 객실 안으로 먼저 들어갔다. 그리고 소리가 뒤따라 들어갔다. 문을 닫는 것과 동시에 자동으로 잠겼다.

햇빛이 살짝 열린 커튼의 틈새로 새어 들어오고 있었다. 그 덕분에 객실 안은 마치 선으로 이루어진 그림처럼 희미한 빛 속에서 소파나 다른 가구들의 윤곽을 어렴풋하게 드러내고 있었다.

소리가 객실 안으로 들어서면서 처음 느낀 것은 적막하다는 것이었다. 모든 것이 침묵하고 있는 공간. 커튼의 벌어진 틈새로 들어오는 햇빛조차 없었다면 모든 것이 사라지고 난 뒤의 풍경이라고 해도 믿을 수 있을 듯한 공간이었다.

소리는 조심스럽게 주변을 둘러보았다. 어쩐지 6년 전과 다를 바 없이 쾌활하던 도연과는 어울리지 않는 것 같았다. 하지만 반대로 그의 감춰진 내면을 들여다본 기분도 들었다. 소리가 가만히 그 자리에 서서 표현하기 힘든 감정을 곱씹고 있던 중에, 상호는 오리를 등에 업은 채 들어서다가 슬쩍 고개를 뒤로 돌리며 소리에게 물었다.

"침대로 갈까요? 아니면 소파?"

"그냥, 내려 주셔도 되는……."

"에이, 여기까지 들어왔는데 끝까지 서비스하지요, 뭐."

상호는 넉살 좋게 웃으며 소파로 걸어가더니 조심스럽게 무릎을 굽히고는, 업고 있던 오리를 소파에 앉혔다. 오리는 소파에 앉자마자 꾸벅 고개를 숙였다.

"정말 고맙습니다. 무거우셨을 텐데."

"무겁기는요. 오리 씨는 좀 체중을 늘려야겠어요. 나만큼은 아니더라도 내 절반 정도는 되어야지."

상호가 허허, 웃으며 맞은편에 가방을 내려놓았다. 그리고 소리를 돌아보고 손짓했다.

"소리 씨도 얼른 이리 와서 앉아요."

"……예."

소리는 주춤하다가 소파 가까이 다가왔다. 잔뜩 폐를 끼친 것 같아서 마음이 불편했다. 오늘 처음 본 사람인데, 이 사람에게 오리를 업게 한 것으로도 부족해서 가방까지 손에 들고 오게 했다. 소리가 몇 번이나 가방을 들겠다고 했지만, 상호는 조그만 아가씨한테 그럴 수는 없다며 거절을 했다.

소리는 미안한 마음과 고마운 마음을 담아 상호를 잠시 쳐다보다가 다시 고개를 돌려 주변을 둘러보았다. 오리 역시 소파에 앉아서 숨을 고르다가 주위를 살폈다. 상호는 두 남매가 똑같이 행동하는 모습에 속으로 '귀여워!' 하며 감탄하면서도, 겉으로는 아무렇지 않게 창문 쪽으로 걸음을 옮기며 입을 열었다.

"편하게 지내요. 뭐…… 마음대로 나갈 수 없으니, 완전히 편하다고는 말할 수 없겠지만."

상호는 살짝 열려 있던 커튼을 닫았다. 그러자 조금이나마 들어오던 햇빛이 차단되면서 객실 내부가 어두워졌다. 소리는 상호에게 시선을 던졌다. 상호가 어색하게 웃으면서 설명을 덧붙였다.

"두 사람 모두 마음 편하게 지내도 돼요. 이준이가 사 놓은 곳이거든요. 뭐, 사 놓기만 했지 거의 방치했던 곳이기는 하지만…… 그러고 보니 차라리 잘됐네요! 이제야 여기도 사람 사는 공간이 됐으니 말이죠. 솔직히 유령 나올 것 같지 않아요? 관리를 한다고 했는데도 사람이 살지 않는 건 감춰지지 않더라고요. 어쨌든 지금 이 상황에서 여기보다 더 안전하고 사생활 보장되는 곳은 없을 거예요. 하지만 너무 방심하지는 말고요. 이준이 명의로 된 건 아니라 기자들이 아직 눈치를 챈 것은 아니니까 안심해도 되지만, 그렇다고 아예 마음을 놓고 있을 수는 없어서요. 혹시 모르니까 조심해야할 건 조심해 줘요. 소리 씨."

"저…… 도연이가 많이 곤란한 건가요?"

소리는 상호에게 걱정스러운 어조로 물었다. 상호는 뒷머리를 긁으며 잠시 천장을 쳐다보다가 다시 소리를 보고는 고개를 저었다.

"그렇게 많이 곤란한 건 아니에요. 그냥…… 소리 씨도 알겠지만 이준이가 워낙 스캔들 한 번 난 적 없던 녀석인데 이번에 아주 제대로 터뜨려 줘서 기자들이 미친 듯이 달려드는 것뿐이지, 솔직히 딱히 곤란할 건 없죠. 이준이가 무슨 범죄를 저지른 것도 아니고……."

"어쨌든 저 때문이에요. 정말 죄송합니다."

"어휴, 아니에요. 소리 씨가 그럴 게 아니죠. 오히려 이준이 녀석한테 사과를 받으셔야 할 입장이신데. 여기 오리 씨도 그렇고, 두 분 다 이준이 때문에 봉변 아닌 봉변을 당하신 거나 마찬가지 잖아요."

"아니에요. 뭐, 재미있는데요."

이번에는 소리 대신 오리가 대꾸했다. 상호는 소파에 앉은 채 두 사람의 대화를 듣다가 끼어든 오리를 쳐다보았다. 오리가 지친 듯한 기색을 감추며 입꼬리를 올려 웃으면서 말을 이었다.

"눈 뜨자마자 무슨 영화라도 찍는 것 같던데요."

"오호, 그렇군요! 그러고 보니, 우리 완전 첩보 영화 찍는 것 같았네요!"

병원에서부터 몰래 빠져나와서 혹시 있을지 모르는 파파라치들의 추적을 피해 이곳 레지던스까지 그대로 질주! 캬아, 우리가 이준이 녀석 때문에 별짓을 다 하는군요. 그렇죠? 오리의 너스레에 상호는 껄껄 웃으며 맞장구를 쳤다.

　소리는 그런 상호와 오리의 모습에 조금은 마음이 가벼워지는 것을 느끼며 다시 주변을 둘러보다가 벽에 걸린 그림에 시선을 고정했다.

　"그 그림 어때요?"

　"예? 어…… 제가 그림 볼 줄 몰라서요."

　"이준이가 그린 거예요. ……언젠가 술 잔뜩 퍼마시고 와서."

　상호는 안타까운 눈으로 그림을 보았다. 소리는 상호를 잠시 쳐다보다가 다시 그림을 보았다.

　그림 속에는 한 아이가 흔들리고 있었다. 땅바닥에 제대로 발을 딛고 있으면 좋겠는데, 아이는 불안한 자세로 공중에 매달리듯 흔들리고 있었다. 아니, 그저 그림일 뿐이니 흔들리고 있다는 건 착각일지도 모른다. 하지만 소리의 눈에 보인 아이는, 마구 흔들리고 있었다. 위태롭게, 휘청휘청.

　소리는 가만히 그림을 보다가 조금 더 가까이 다가갔다. 그리고 손을 뻗었다. 그림에 닿지 못한 그녀의 손가락이 허공에서 아이를 더듬듯 위에서 아래로 천천히 미끄러져 내려갔다.

　왜일까. 왜 이렇게 가슴이 아픈 걸까.

　소리는 그림 속 아이, 거칠게 물감이 뭉개져서 눈, 코, 입조차 구분이 되지 않는 아이를 보면서 도연을 떠올렸다. 그가 느꼈을 외로움, 불안감, 공포, 그런 감정들이 한꺼번에 쏟아지는 것만 같았다.

나만 아픈 게 아니었는데.

소리는 후회했다. 집에 놔둔 반지가 생각났다. 반지를 빼서 그에게 내밀었을 때, 그가 어떤 표정을 지었던가. 이제는 자격이 없어서 다시 손가락에 끼울 수조차 없는 반지는, 서랍 깊숙한 곳에 숨겨져 있었다. 그리고 소리의 가슴속 가장 깊숙한 곳에도 죄책감처럼 무겁게 남아 있었다. 소리는 아이의 뒤에 흐릿하게 그려진 반지 모양의 그림자를 젖은 눈으로 보았다.

"그럼, 저는 이만 가 봐야겠어요. 이준이 녀석, 혼자 알아서 잘하기는 하겠지만, 그래도 명색이 매니저인데……."

그 순간 상호의 목소리가 들렸다. 소리는 깊은 잠에서 깨어난 사람처럼 멍한 머리를 흔들고 상호를 돌아보았다. 오리가 뭔가 말한 것인지 상호가 너털웃음을 터뜨리는 게 보였다. 그리고 상호가 곧바로 오리의 머리를 쓱쓱 쓰다듬으며 말했다.

"나야 좋지, 물론. 이렇게 착하고 순한 동생이 생긴다는데. 앞으로 이 형님만 믿으라고, 아우님."

아무래도 오리가 말을 놓으라고, 편하게 대해 달라고 그런 말을 했나 보다. 소리는 마치 친형제처럼 서로를 보며 웃고 있는 두 사람을 보면서 희미하게 미소를 지었다. 그리고 다시 시선을 돌려 벽에 걸린 그림을 보았다. 소리의 얼굴에 도연을 향한 걱정이 짙게 묻어났다.

✳

"우와, 진짜 꿈에 나올까 무섭네. 나 이러다가 탈모 생기는 거 아니야? 그러고 보니, 머리숱이 적어진 것 같아! 이거 어떻게 할 거야, 인마! 어?"

박상호는 사무실에 들어오기 전, 건물 밖에서 기자들에게 붙잡혀 시달린 탓에 헝클어진 머리와 구겨진 옷을 가다듬으며 고개를 흔들었다. 도연은 그런 상호를 힐끔 보고는 픽 웃었다. 그러자 상호가 인상을 쓰고 도연에게 다가갔다.

"지금 웃음이 나와? 응?"

"그럼, 울까?"

"하여간 한 마디도 안 지지. 아주 얄밉다니까. 네 친구는 순하고 귀엽던데, 너는 왜 이 모양이냐?"

"누구, 오리?"

"그래."

"둘 다 잘 데려다 놨지?"

"오냐."

"고마워, 형."

도연이 싱긋 웃고는 다리를 꼬고 앉은 채 의자를 빙그르르 돌렸다. 상호는 그 맞은편에 앉자마자 다시 입을 열었다.

"사장님은 뭐라고 하시든?"

"죽겠다고 엄살이지, 뭐. 그 양반 엄살 하나는 알아주잖아."

도연은 별일 아니라는 투로 대수롭지 않게 대꾸했다. 그러나 상호는 제 머리를 감싸며 앓는 소리를 했다.

"또 나만 쥐 잡듯이 잡겠네. 에휴…… 내 팔자야. 이래서 월급쟁이는 서럽다니까."

"그러니까 나랑 따로 계약하자고, 종신계약으로."

"미쳤냐?"

상호는 눈을 흘기더니 이내 히죽 웃으며 말했다.

"그건 그렇고…… 그렇게 좋냐?"

"뭐가?"

"지금 네 표정 말이야. 딱 그거야."

상호의 능글맞은 웃음에 도연의 미간이 찌푸려졌다.

"자기 영역 안에 먹잇감 놔두고 만족스러워하는 맹수의 표정."

"……여기가 뭐 세렝게티라도 되냐?"

도연은 퉁명스럽게 대꾸를 하면서도 내심 자신의 표정이 신경 쓰였는지 손바닥으로 얼굴을 쓸었다. 그런 도연을 보고 상호는 킬킬 웃다가 다시 언제 웃었냐는 듯 웃음기를 지우고 진지하게 물었다.

"그래서 이제 어떻게 할 생각이야? 계속 소리 씨더러 레지던스 안에 숨어 있으라고 할 수도 없고, 게다가 오리는 또 무슨 죄가 있어서 의식을 되찾자마자 죄인처럼 몰래 퇴원해서 숨어야 하는 거냐고. 원래 병원에 더 있어야 하는 거 아니야? 의사는 퇴원해도 괜찮다고 하기는 했지만……. 그래도 6년이나 병원에 있던 사람을 이렇게 갑자기 데리고 나오려니까 찝찝해서 말이지. 어떤 식으로든 해결을 해야 하지 않겠어?"

"안 그래도 ○○일보 문은정 기자한테 연락했어."

"문 기자한테? 아, 뭐, 문 기자라면…… 적어도 다른 기자들처럼 온갖 예측을 사실처럼 쏟아 내며 설레발을 치지는 않겠지."

상호는 도연의 말에 고개를 끄덕였다. 문은정 기자라면, 도연이 데뷔했을 당시부터 줄곧 적당히 좋은 관계를 유지하고 있는 사람이었다. 그리고 연예부 기자답지 않게 '황색 언론'이나 '기레기'에 대해 노골적으로 혐오를 내비치고 있는 이였다.

언젠가 상호와의 술자리에서도 그런 언론의 행태에 분노를 드러내면서 '황색이 아니라 아예 똥색이야, 똥색!' 하고 외치며 술을 진탕 퍼마시고 나가떨어지는 바람에, 상호가 술값을 카드로 지불했다가 다음 달 카드 명세서를 받고 기절할 뻔한 적이 있기도 했다. 상호는 씁쓸한 명세서의 악몽을 지우기 위해 고개를 흔들고는 다시 도연에게 물었다.

"어디서 보기로 했는데?"

"슬슬 일어나야지."

"응?"

"형 집에서 보기로 했어."

"야, 정이준, 너 내 허락도 안 받고!"

상호는 도연의 말에 기겁했다. 문은정이 내 집에 온다고? 맙소사. 그는 엉망진창인 집을 떠올리며 눈을 질끈 감았다. 이틀 동안 입었던 팬티도 거실 바닥에 그냥 벗어 두었는데! 노총각 가슴에 스크래치가 마구 생기는구나. 아예 사포로 벅벅 문질러라, 문질러! 상호는 도연이 일어나자 덩달아 벌떡 일어나며 급히 물었다.

"언제, 언제 보기로 했는데!"

"지금 가면 시간이 딱 맞을 것 같은데?"

"야! 이 몹쓸 놈아!"

상호가 소리를 버럭 질렀다.

"……하하, 하. 아니, 이게 웬 속옷들이……."

상호는 울고 싶었다. 어떻게든 먼저 도착해서 집 정리를 아니, 거실 바닥에 있는 팬티라도 정리를 하려고 했다. 그러나 주차를 막하고는 도연이 내리거나 말거나 아랑곳하지 않고 먼저 내려서 집으로 뛰어 들어가려는 순간, 반갑지 않은 목소리가 상호의 귀에 들렸다.

'어머, 박 매니저님! 딱 맞춰서 오셨네요.'

……라고 말이다. 그와 도연의 차 바로 뒤에 주차를 하고 나온 이는 바로 문은정이었다. 먼저 들어가서 조금이라도 수습을 하려고 했지만 그녀는 상호가 문을 열자마자 벌컥 열어젖히고 안으로 들어가 버렸다.

"그러니까 이 속옷들이 발이라도 달렸나…… 왜 다들 나와 있는 거야."

상호는 식은땀이 송글송글 맺힌 이마를 손등으로 닦으며 어색하게 입을 일그러뜨린 채 웃으려고 노력했다. 하지만 지금 이 상황을 바꾸기에는 역부족이었다. 은정은 마치 봐서는 안 될 흉측한 뭔가를 본 사람처럼 파르르 떨더니 상호를 흉악범 보듯이 쳐다보았다.

내가 뭘! 내가 뭘 그렇게 잘못했다고, 그런 눈으로 보는 겁니까! 박상호는 속으로만 열심히 항의하다가 바닥에 널려 있는 팬티를 주섬주섬 챙겨서 세탁실로 달아나고 말았다. 그러거나 말거나 도연은 한쪽에 자리를 잡고 앉으면서 은정에게 상냥하게 웃으며 말했다.

"앉으세요, 문 기자님. 상호 형이 요새 좀 바빠서 청소할 시간이 없었어요."

"……아, 예. 그래요."

은정은 방금 전에 보았던 박상호의 팬티가 눈앞에 아른거리는 환상을 털어 내려고 고개를 마구 흔들고는 다시 생긋 웃으며 도연의 맞은편에 앉았다. 그리고 녹음기를 꺼내고 취재 노트를 펼쳤다. 그 순간 세탁실에 갔던 상호가 다시 슬금슬금 돌아와 머리를 긁적이며 조심스럽게 은정에게 말을 걸었다.

"저, 마실 거라도……."

"필요 없어요. 자, 정이준 씨, 우리 오늘 하루 종일 인터넷을 뜨겁게 달군 바로 그 일에 대해서 차근차근 얘기해 보도록 할까요?"

문은정은 상호에게 쌀쌀맞다고 여겨질 만큼 대꾸를 하고는, 곧바로 도연을 향해 싱긋 웃으며 펜을 들었다. 도연은 부드럽게 눈웃음을 짓다가 이내 어깨를 으쓱이고는 입을 열었다.

"사실 딱히 뭐라고 드릴 말씀은 없어요. 너무…… 그냥 너무 별것 아닌 일이라서 말이에요."

"별것 아니라고 하기에는 일이 굉장히 커졌던데요? 추측도 난무하고. 그리고 조금 전에 확인한 바로는, 그 사진이 찍혔던 병원에서 누군가가 몰래 퇴원을 했다고도 하고요. 그 누군가가 혹시 사진 속 주인공인가요?"

"그건 아니고요."

도연은 웃으면서 고개를 저었다. 그리고 아무것도 숨기는 게 없다는 자세로 주저하지 않고 말을 이었다.

"사진 속 주인공이라고 하기에는 좀 그렇지만……. 어쨌든 제가 만나러 갔던 사람은 저랑 같이 사진에 찍혔던 친구의 동생이에요. 쌍둥이 동생. 그리고 제 친구이기도 하고요."

"친구라……. 그러니까 사진 속 주인공과 친구고, 몰래 퇴원했다는 사람은 그 친구의 쌍둥이 동생이고, 정이준 씨의 또 다른 친구이기도 하다?"

"예."

"그런데 왜 그런 사진이 찍혔어요?"

"그게 참…… 그러게요. 사실은 오늘 퇴원한 친구가…… 아, 이렇게 설명하니까 헷갈리네요. 그냥 퇴원한 친구를 A라고 하고, 사진에 찍힌 친구를 B라고 할게요."

"정이준 씨 편한 대로 해요."

문은정은 고개를 끄덕이며 흔쾌히 대답했다. 솔직히 아침 일찍 정이준에 대한 사진과 기사들이 뜨기 시작하면서 문은정은 의외라는 생각부터 했었다. 지금껏 스캔들 한 번 없었던 정이준인데, 이렇게 허술하게 스캔들이 날 리가 없다는 생각이 들었기 때문이었다.

게다가 SNS를 타고 퍼져 나간 사진으로 봐도, 그저 '스캔들'이란 이름을 붙이기에는 사진 속 두 사람이 너무나 애틋하고 따뜻해 보여서, 문은정은 온갖 추측성 기사들을 쏟아 내는 다른 기자들에게 질려 있는 중이기도 했다.

그러니까 우리가 '기레기'라는 말을 듣는 거라고, 이것들아! 은정이 분노하며 동료 기자들에게 막 퍼붓던 중에 정이준에게서 연락을 받았다. 솔직히 예상치 못한 연락이었다. 아무리 상황이 꽤 시끄럽게 돌아가고 있다고 하지만, 그래도 이렇게 정이준이 먼저 연락을 해 올 거라고는 생각하지 못했다.

어차피 문제가 될 만한 사진인 것도 아니었고, 장소가 병원인 만큼 지인을 위로해 주기 위한 것이었다고 하면 충분히 다들 납득할 만한 것이었기 때문이다. 그런데 정이준이 굳이 해명을 하겠다고 연락을 하다니.

문은정은 뭔가가 있다고 직감했다. 그러나 시시콜콜 정이준의 뒷조사를 한다거나 사진 속 인물에 대해 캐묻는다거나 할 마음은 없었다. 그런 짓은 그녀가 가장 싫어하는 것이었으니 말이다.

"A랑 B는 제 고등학교 동창이에요. 아, 더 정확히 말하면, B가 제 고등학교 동창이고요. A는 B와 친구가 되면서 알게 되었고, 여러모로 성격이나 그런 게 잘 맞아서 학교는 다르지만 친구가 된 셈이었고요. 두 사람은 쌍둥이 남매거든요."

"음…… 그래요."

"그런데 고등학교 2학년 때, 그러니까 6년 전에 A가 사고를 당했어요. 그 바람에 6년 동안 중환자실에서 의식을 되찾지 못한 채 있었고요."

"저런……."

문은정은 취재 수첩에 도연의 말을 적다가 살짝 인상을 썼다.

"그렇게 6년이란 시간이 지났는데요. 바로 어제, 아니, 오늘 새벽이라고 해야 하나? 하여간 자정이 넘은 시간이었는데, B한테서 연락이 온 거예요. A가 깨어났다고."

"어머나, 정말 잘됐네요!"

"예, 정말 잘된 일이죠."

도연은 고개를 끄덕이며 웃었다.

"그 전화를 받고 가만히 있을 수가 없었어요. 친구가 깨어났다는데, 도저히 그냥 있을 수가 없더라고요. 그래서 무작정 서울로 올라왔어요. 솔직히 말씀 드리자면, 촬영에 대한 생각은 하지도 못했어요. 그 점에 대해서는 죄송하게 생각합니다. 프로답지 못했어요."

도연은 순순히 사과했다. 문은정은 그런 도연을 보며 피식 웃었다. 어느 스타가 이렇듯 자기 잘못을 먼저 인정하고 사과할까. 게다가 촬영에 그다지 지장을 주지도 않았는데. 오히려 인터넷에 퍼진 사진과 기사들 때문에 난리가 난 것이 홍보에 도움이 됐을지도 모른다.

"어쨌든, 그래서 서울로 급히 올라가서 병원에 갔어요. 물론, 면회가 가능한 시간이 아니라 A를 직접 보지는 못했지만요. 그 대신 B에게 더 자세히 얘기를 들을 수 있었어요. 그리고 너무 감격해서 자꾸 울먹이는 B를 달래려던 게, 그 사진으로 퍼진 것이고요."

"아하."

문은정은 도연의 설명에 모든 것을 납득했다는 듯 고개를 끄덕였다. 언제 그쪽에 간 것인지 부엌에서 숨소리조차 내지 못하고 눈만 끔뻑이던 상호가 도연을 향해 잘했다는 듯 엄지손가락을 위로 치켜 올렸다. 도연은 상호의 행동을 보지 못한 것처럼 다시 은정을 향해 웃으며 말했다.

"그게 전부예요, 문 기자님. 아무래도 그 친구, 그러니까 B가 여자라서 그런 오해를 받게 된 것 같은데요. 기자님께서 기사 좀 잘 써 주세요. A와 B, 두 사람 모두 그냥 일반인인데 이런 부류의 관심을 받는 건 많이 부담스러워할 것 같고요. 게다가 저 때문에 이런 일이 벌어져서 진짜…… 제가 그 친구들 볼 면목이 없어요. A가 깨어났는데 아직 얼굴도 못 본 상태에서 이런 일이 생기니까, 정말……"

도연은 한숨을 내쉬며 속상하다는 듯 눈을 찡그렸다. 문은정은 안타깝다는 듯 혀를 차고는 수첩을 덮고 녹음기를 껐다. 그러고는 곧 짓궂은 표정을 하더니 다시 도연을 쳐다보며 사르르 눈웃음을 쳤다.

"……여기까지가 공식 취재였고. 자, 이제 오프 더 레코드(off the record)로 갑시다."

"아니, 문 기자님! 무슨 오프 더 레코드 타령입니까!"

상호가 은정의 말에 화들짝 놀라 손을 내저으며 다가왔다. 그러나 도연은 이미 예상했다는 듯 다리를 꼬고 그 위에 두 손을 올리더니 흔쾌히 대답했다.

"그러세요."

"B랑 진짜 아무 사이도 아니에요?"

"아무 사이도 아닌 건 아니죠. 이미 친구 사이라고 말씀 드렸잖 아요."

"으응, 그거 말고."

은정은 호기심을 듬뿍 담아서 장난스럽게 도연을 보았다. 공식적으로 기사화할 수 없더라도 궁금증은 해결하고 싶었다. 그리고 그 정도는 도연이 알려 줄 거라는 믿음도 있었다. 적어도 자신을 부른 이상은 말이다.

"……좋아하는 친구예요."

도연은 잠시 주저하다가 픽 웃으며 말했다. 그 웃음이 어쩐지 쓸쓸해 보였다. 은정은 상호를 돌아보았다. 상호가 얼굴을 찡그리고는 더 묻지 말라는 듯 고개를 저었다. 은정은 다시 도연을 보고 입을 열었다.

"음…… 그만 가 봐야겠네. 곧바로 회사 들어가야겠어요. 도연 씨 만나러 가는 거 눈치채고 위에서 얼마나 목 빼고 기다리고 있을지 눈에 훤해서 말이죠."

은정은 더 캐묻는 것을 포기하고는 자리에서 일어났다. 어차피 개인적인 호기심일 뿐이었고, 그 호기심이 상대에게 실례가 된다면 버리는 것이 나았다. 기사화될 내용이야 조금 전 충분히 채웠고. 도연은 은정을 보며 웃고는 일어섰다. 그녀가 도연을 물끄러미 바라보다가 손을 내밀었다.

"그 친구들한테 너무 걱정하지 말라고 전해 줘요. 알아서 싹 묻어 버릴 테니까. 안 그래도 타이밍을 재고 있던 건이 하나 있었는데 이번에 확 터뜨려 보지요, 뭐."

"그렇게 해 주시면 저야 감사하고요."

도연은 생긋 웃으며 은정이 내민 손을 맞잡았다. 그리고 은정은
새침한 얼굴로 돌아서서 상호에게 고개를 까딱여 인사를 하다 말
고 다시 그를 보았다. 그러자 상호가 은정에게 꾸벅 인사를 하다
말고 어리둥절한 얼굴로 그녀를 보았다. 은정의 입가에 미묘한 웃
음이 새어 나왔다.

"속옷을 꽤 담백한 걸 입으시던데요."

"네, ……네?"

"귀여운 걸 입으실 줄 알았는데 하얀색이라……."

은정이 말끝을 일부러 흐리며 피식, 웃고는 돌아섰다. 그리고
그 말을 뒤늦게 이해한 상호의 얼굴이 토마토처럼 시뻘겋게 변한
것은 그녀가 문을 열고 나간 직후의 일이었다.

※

그리고 문은정이 장담한 대로 정이준의 스캔들성 기사는 단 며
칠 만에 사람들의 관심 밖으로 밀려 나갔다.

단순한 친구 사이였다는 사실과 6년을 이어 온 우정 같은 것들
이 그의 팬들 사이에서 '역시 우리 오빠는 마음도 따뜻해!' 라는
반응을 잠시 끌어냈지만, 어쨌든 그것으로 모든 일은 잘 마무리되
었다.

며칠 후, 'OO일보의 문은정 기자, 단독 보도' 라는 타이틀로 모
여배우와 모 정치인 사이의 혼외자식 문제가 보도되면서, 사람들
의 관심이 그쪽으로 한꺼번에 쏠려 버린 것이었다. 그 정치인이 다

음 대권 주자들 중에서도 가장 유력한 후보로 꼽히고 있던 사람이라는 점으로 인해, 연예계는 물론이고 정치계에서 더욱 큰 후폭풍을 몰고 오기도 했다.

"……무서운 여자야."

여당이고 야당이고 할 것 없이 다 뒤집어 놨어. 무슨 연예부 기자가 그러냐. 박상호는 엘리베이터의 층수가 올라가는 것을 보며 중얼거렸다. 도연은 선글라스 너머로 상호를 힐끔 보고는 가볍게 웃었다. 은근히 상호와 은정이 잘 어울릴 것도 같다는 생각이 든 탓이었다. 어쨌든 그건 그렇고…….

'겨우, 이제야 볼 수 있겠구나.'

도연은 가슴이 쿵쿵 뛰는 것을 느꼈다. 6년 만에 깨어난 오리를 만나게 된다는 것에 대한 긴장감과 설렘도 있었지만, 소리를 보게 된다는 것에 대한 두근거림도 있었다.

고작 며칠이 지났을 뿐인데 수십 년은 헤어져 있었던 사람을 보는 것처럼 가슴이 떨렸다. 어쩌면 그것은 1분 1초가 지날 때마다 커져만 가는 자신의 마음 탓인지도 모른다.

이제는 더 이상 참을 수가 없어, 소리야. 더 이상 겁을 먹고 숨어 있을 수만은 없어. 또 6년 전의 일을 거듭하게 될지도 모르지만…… 그래도 나는 여전히 네가 좋다.

그 순간, 엘리베이터 문이 열렸다. 그리고 도연은 상호와 함께 엘리베이터에서 내렸다. 복도는 한산했다. 타인에게 사생활을 침범당하고 싶어 하지 않는 이들이 이용을 하는 곳이기에, 엘리베이터에서 내리면서부터 복도는 여러 갈래로 갈라져 다른 객실에서 나온 사람과 마주칠 일이 없었다. 도연은 천천히 걸음을 옮겼다.

"……."

눈앞에 문이 보였다. 도연은 쓰고 있던 선글라스를 벗어 코트 주머니에 넣고는 문 너머에 있을 자신의 소중한 사람들을 떠올렸다. 너무나 사랑스럽고 소중한, 그 두 사람을 말이다.

❋

화장실 변기의 물이 내려가는 소리가 들렸다. 그리고 손을 씻는 듯 물소리가 이어졌다. 소리는 가만히 화장실 바깥에 서 있다가 문이 열리자마자 냉큼 다가가 오리를 부축하기 위해 손을 내밀었다.

오리가 멋쩍은 듯한 얼굴로 소리의 부축을 받으며 화장실 밖으로 나왔다. 아직 근력이 없는 탓에 걸음을 제대로 걷지 못해서 오리는 소리의 부축을 받아야 했다.

상호가 있을 때에는 그의 도움을 받지만 아무래도 그는 바쁜 탓에 자리를 비우기 일쑤였고, 그래서 거의 모든 일은 소리가 해야 했다. 하지만 소리는 그것에 대해 불평하지 않았다. 아니, 아예 할 필요가 없는 일이었다.

오리는 자신의 쌍둥이 동생이고, 자신은 그의 누나이니까.

다른 사람의 손에 맡겨서는 안 되는 것이다. 당연히 자신의 책임이었다. 소리는 그렇게 생각했다. 하지만 오리의 입장은 달랐다. 그는 자신보다 훨씬 키도 작고 여린 소리가 자신을 돌보는 것에 대해 부담을 느끼고 있었다.

게다가 오리는 남자고, 소리는 여자라는 점도 부담을 가중시켰다. 이렇게 화장실에 가서 볼일을 보는 것도, 오리는 소리에게 쉽게 입을 열지 못했다. 그래서 계속 참고 또 참다가 요의를 견딜 수 없을 때가 되어서야 어렵게 부탁을 하고는 했다.

"고마워, 누나."

"고맙기는."

소리는 별말을 다 한다는 얼굴로 고개를 저으며 오리를 소파에 조심스럽게 앉혀 주었다. 그리고 부엌으로 향했다.

"과일 먹을래? 아까 아침 일찍 상호 오빠가 귤이랑 딸기 사다 넣어 주고 가셨는데."

"형이 왔었어?"

"응. 일어나서 거실 나왔더니, 오빠가 과일 사다가 냉장고에 넣어 두고 다시 나가시려던 중이더라고."

소리는 고개를 끄덕이며 대꾸했다. 며칠 만에 그녀는 상호를 '오빠'라는 호칭으로 부르기 시작했다. 오리가 그를 '형'이라고 부르며 친형처럼 대하고 잘 따르는데, 소리 혼자 그를 어색하게 대하는 것이 더 이상해 보여서 그녀는 그저께부터 그를 오빠라고 불렀다. 처음, 그녀가 그에게 오빠라고 불렀을 때, 상호의 표정을 그녀는 잊을 수 없었다.

눈물이 그렁그렁 고여서 쏟아질 것 같은 그 순박한 얼굴이라니.

처음에 보았을 때 험상궂다고 느껴졌던 얼굴은 온데간데없었다. 지금 그녀가 보는 상호는 듬직하고 다정한 '오빠'의 얼굴을 하고 있었다.

소리는 부엌 베란다로 나가 귤 네다섯 개를 가져오고 냉장고 문을 열어 딸기를 한 팩 꺼냈다. 그리고 딸기를 씻기 위해서 개수대 쪽으로 몸을 돌리려는 순간 현관문이 열리는 소리가 들렸다.

"어? 또 오셨나?"

소리는 상호가 온 줄 알고 부엌에서 나가서 현관 쪽으로 고개를 내밀었다. 오리 역시 소파에 앉아 있다가 현관 쪽으로 몸을 기울렸다.

"······!"

그러나 소리와 오리의 예상과는 다른 인물이 현관에 들어섰다. 물론, 그들이 예상했던 박상호 역시 뒤따라 들어왔지만 말이다. 도연이 현관에 들어서서 잠시 소리를 보다가 다시 고개를 돌려 앉아 있던 소파에서 막 일어서려던 오리를 보고는 웃을 듯 울 듯 어색하게 일그러진 얼굴로 성큼성큼 걸음을 옮겼다.

"오리야!"

"도연아······."

도연은 오리의 어깨를 꽉 끌어안았다. 도연과 오리는 마치 형제처럼 키와 몸집이 거의 비슷한 편이었다. 그러나 지금은 오리가 많이 마른 탓에, 키가 비슷함에도 불구하고 도연에 비하면 훨씬 어린 아이처럼 느껴졌다. 도연은 그 사실에 가슴이 아팠다. 오리는 도연을 끌어안은 채 웃었다.

6년이 지났다고 했다.

텔레비전을 통해서 보는 '정이준'은 낯설었다. 이곳에 머무르는 동안, 연예 프로그램 속에서 정이준을 종종 볼 수 있었다. 그러나 그가 자신이 알던 '정도연'이라고 여길 수 없었다.

그런데 역시 정도연이었다. 자신의 친구, 정도연이 분명했다. 모든 것이 변했지만, 그래도 변하지 않은 것이 있어서 다행이었다. 자신의 쌍둥이 누나와 친구, 그 두 사람만으로도 오리는 안정감을 조금이나마 찾을 수 있을 것만 같았다.

"······."

소리는 눈물을 글썽이며 도연과 오리를 쳐다보다가 상호가 곁으로 다가오는 것을 느끼고 그를 돌아보았다. 상호 역시 감격했는지 눈시울이 붉어진 채 소리에게 눈짓으로 조용히 인사를 하고는 두 사람의 재회를 지켜보았다.

햇살이 눈부시게 들어오고 있는 오후였다. 바깥의 추위 따위는 전혀 느껴지지 않을 정도로, 햇살이 따뜻했다.

"크리스마스는 무조건 빼. 무조건, 무조건 빼야 돼. 그 전날도 빼고, 다 빼."

"야, 이준아, 인마. 아무리 그래도······."

"안 그러면 또 잠수 탈 거야."

상호가 울상을 지으며 소리와 오리를 쳐다보았다. 소리와 오리는 둘 다 어색하게 웃다가 고개를 돌렸다. 상호는 다시 도연을 쳐다보았다. 도연은 혼자 고고하게 커피를 마시며 눈썹을 치켜 올렸다. '왜? 내 말에 감히 불만 있냐?' 하는 듯한 표정이었다.

"저런 게 무슨 매너남이라고······. 아주 똥고집도 보통 똥고집이 아니구만."

상호는 투덜대다가 '으아아!' 하고 절규를 하더니, 머리를 마구 긁고는 어깨를 축 늘어뜨리며 중얼거렸다.

"연말 보너스 오백 퍼센트. 회사에서 주는 거 말고, 네 계좌에서 직접."

"콜."

도연이 흔쾌히 대답했다. 그러자 상호가 휴대폰을 들고 일어서서 방 쪽으로 걸어갔다. 아무래도 크리스마스 때 잡혀 있는 스케줄을 조정하려는 듯했다. 오리는 상호를 돌아보았다가 다시 도연을 보고 물었다.

"괜찮아? 이렇게 스케줄 빼고 그래도?"

"응."

"상호 형이 많이 곤란해 보이는데?"

"괜찮아. 저 형이 받는 돈이 얼마인데, 이 정도는 해 줘야지."

도연은 어깨를 으쓱이며 말했다. 소리는 그런 도연을 가만히 보다가 그냥 조용히 앞에 놓인 귤 하나를 까서 오리에게 내밀었다. 그 모습을 보던 도연이 툭, 말을 던졌다.

"나도 귤 먹을 줄 아는데."

"네가 까서 먹어."

"……매정하네. 예전이나 지금이나."

"너……!"

소리는 도연을 흘겨보며 말을 하려다가 오리의 눈치를 살피고는 다시 입을 다물었다. 오리의 앞에서 이러는 것 자체가 어쩐지 어색하고 민망했다. 이미 헤어졌다고 털어놓기까지 했는데, 자칫 자신의 마음을 오리에게 들킬 것만 같아서 불편했다. 이미 오리는 자신의 마음을 알고 있는 것 같기는 하지만 말이다.

"야, 우리 누나한테 떼쓰지 말고 이거나 먹어."

그때 오리가 귤을 하나 까서 도연에게 건넸다. 도연은 잠시 못마땅한 얼굴로 귤을 쳐다보다가 받아 들고는 통째로 한입에 넣었다.

"아우, 시잖아."

그리고 금세 눈을 찌푸리며 투덜댔다. 오리는 그런 도연을 쳐다
보다가 다시 소리를 돌아보았다. 소리는 도연을 쳐다보고 있느라
고 오리의 시선을 알아차리지 못한 듯했다. 오리의 시선에 안타까
움이 묻어났다. 저렇게 좋아하면서, 왜.

"상호 형, 통화 다 하셨을까?"

"응? 왜?"

소리가 다시 정신을 차리고 오리의 말에 반응했다. 오리는 묘하
게 웃으며 도연과 소리를 번갈아 보더니 아무렇지 않게 대답했다.

"아니, 잠깐 형한테 부탁할 게 있어서."

"뭔데. 나한테 해."

"도연이 너한테 할 건 아니라서 말이야."

"뭐야, 형이랑 알고 지낸 지 얼마나 됐다고 친구한테는 못 할
부탁을 형한테는 하냐?"

도연이 얼굴을 찡그리며 퉁명스럽게 말했다. 그러나 오리는 고
개를 끄덕이며 태연하게 받아쳤다.

"기간이 중요한 건 아니니까."

"하여간 한오리, 말발 하나는 안 죽었네."

도연은 투덜대며 귤을 하나 더 집었다. 그리고 직접 귤을 까는
것을 잠시 지켜보던 오리가 소파의 팔걸이를 짚고 느릿느릿 일어
섰다.

다른 사람의 부축을 받아야 했던 퇴원 직후보다는 몸 상태가 한
결 나아져서, 어제부터는 혼자 움직여 보고 있는 중이었다. 오리는
소리의 걱정스러운 눈에 괜찮다고 웃어 주고는 상호가 들어간 방

으로 천천히 걸음을 옮겼다.

그러니까, 저 두 사람을 좀…… 해결해야 할 필요가 있을 것 같았다.

남겨진 두 사람은 말없이 귤만 계속 먹어 댔다. 그러다가 먼저 지쳐 나가떨어진 사람은 도연이었다.

"아, 배 속까지 노랗게 변해 버릴 것 같아."

"뭘 그렇게 많이 먹어?"

"그러는 넌 어떻고. 무슨 여자애가 걸신 들린 것처럼 먹냐?"

도연은 소리의 타박을 받아치고는 다시 어색하게 시선을 돌렸다. 어쩐지 기분이 이상했다. 뭘 하고 있는지는 모르겠지만 엄연히 저쪽 방에 상호와 오리가 있으니 이곳에 소리와 단둘이 있는 것도 아닌데, 괜히 목이 마르고 손바닥에 땀이 났다. 도연은 무심코 귤을 또 집어 가기 위해 손을 뻗었다.

"어……."

"너, 먹어."

"아니. 네가 먹어."

"아니, 그렇게 먹고 싶은 건 아니라……."

도연이 손을 뻗는 것과 동시에 소리도 귤을 집기 위해 손을 뻗었다. 그리고 두 사람의 손가락이 귤이 담겨 있던 쟁반 위에서 서로 닿았다. 도연과 소리는 흠칫 놀라서 손을 뒤로 물리고는 서로 양보하려 했다.

소리의 귀가 빨갛게 물들었다. 하지만 긴 머리에 가려져 보이지 않았다. 아, 이게 뭐야. 우리가 열여덟 어린애도 아닌데, 고작 이런 것에……. 도연은 속으로 투덜거리면서도 붉어진 얼굴을 숨기지 못한 채 헛기침을 하고는 괜히 말을 돌렸다.

"그나저나 오리랑 상호 형은 뭘 하고 있는 거야?"

"그……그러게."

소리의 말이 끝나기가 무섭게 방문이 열리더니 오리와 상호가 함께 나왔다. 그러더니 상호가 오리의 팔을 잡아 살짝 부축을 해 주며 다가와 자리를 잡아 앉고는 냉큼 입을 열었다.

"크리스마스에 놀러 갈까? 크리스마스이브까지 해서 1박 2일로."

"뭐?"

도연은 상호의 말에 어이없다는 얼굴로 그를 보았다. 조금 전까지는 스케줄을 빼는 일 때문에 난리를 치고 투덜대더니, 언제 그랬냐는 듯 잔뜩 상기된 얼굴로 놀러 가자고 하다니.

형이 내 앞에서 지금 뭐? 놀러 가자고? 댁이 내 매니저라는 걸 잊으신 모양입니다? 도연은 상호를 타박하려고 입을 열려다가 뭔가 이상한 기분에 고개를 갸웃거렸다. 그리고 상호를 쳐다보던 도연의 눈이 가늘어졌다. 그 순간 오리가 고개를 끄덕이며 도연과 소리를 향해 말했다.

"놀러 가고 싶어."

"……오리야?"

"야, 한오리."

오리의 말에 소리가 당황해서 그의 이름을 부르는 것과 동시에, 도연도 오리를 쳐다보며 그를 불렀다. 그러자 오리가 부드럽게 웃으며 말을 이었다.

"6년 만이잖아. 우리 이렇게 같이 모여 있는 거. 솔직히 나는 6년이나 지나갔다는 거, 별로 실감이 나지는 않지만. 어쨌든 어디 가까운 데라도 다 같이 놀러 갔으면 좋겠어. 여기에서 계속 있었더니 답답하기도 하고."

소리와 도연은 둘 다 꿀 먹은 벙어리처럼 입을 다물었다. 오리의 상황이라면 충분히 답답할 수도 있겠다는 생각이 들어서였다.

6년 만에 의식을 되찾고 깨어나자마자 제대로 나가 보지도 못하고 이곳에 틀어박혀 있었으니 얼마나 답답했을까. 그것도 자의가 아닌 타의로 인해서 말이다. 소리가 금세 미안한 얼굴로 도연을 돌아보았다. 그러자 도연 역시 살짝 미간을 찌푸린 채 턱을 매만지다가 상호를 쳐다보며 물었다.

"어디 생각해 놓은 곳이라도 있어?"

"물론! ······없지."

"······형."

"하하. 없지만, 지금부터 알아보면 되지. 야, 뭘 그렇게 노려보냐? 마음먹고 찾아보면 금방이야. 걱정 말라고."

상호가 껄껄 웃으며 자기만 믿으라고 가슴을 탕탕 쳤다. 도연은 그런 상호를 믿지 못하겠다는 눈으로 잠시 쳐다보다가 어쩔 수 없다는 듯 말했다.

"그럼 그렇게 하자. 소리 너도······ 괜찮지?"

"응? 어어······ 괜찮아."

도연과 놀러 간다니. 소리는 생각만으로도 숨이 막힐 것 같았다. 하지만 오리가 원하는데 거부할 수는 없었다. 오리가 깨어나기만 하면 뭐든지 해 주고 싶었으니까. 소리는 망설이다가 고개를 끄덕였다. 도연은 그런 소리를 물끄러미 쳐다보았다.

그러나 도연과 소리는 미처 보지 못했다. 오리와 상호가 묘하게 눈짓을 주고받으며 서로를 향해 엄지손가락을 치켜 올렸다는 사실을 말이다.

✳

"여기, 코코아."

"……응, 고마워."

소리는 멍하니 앉아서 새하얗게 눈이 쌓인 풍경을 쳐다보고 있다가 도연이 건넨 코코아를 받아 들고는 호오, 하며 입김을 불었다. 도연은 소리를 가만히 쳐다보다가 맞은편에 앉은 채 커피를 한 모금 마셨다.

"그건 그렇고, 형이랑 오리는 왜 이렇게 안 와? 아예 돼지를 키워서 잡아 오려고 그러나."

"동네가 낯설어서 헤매고 있는 거 아니야?"

소리가 조금 걱정이 된다는 얼굴로 도연에게 물었다. 그러자 도연은 말도 안 된다는 듯 피식 웃으며 고개를 저었다.

"설마…… 그 형이? 아프리카 초원에 데려다 놓아도 본능적으로 집 찾아올 인간이야, 상호 형은. 그러니까 걱정하지 마. 내 생각엔, 분명히 마트 시식 코너를 아예 거덜을 내느라고 안 오고 있는 걸 거야."

식탐이 오죽 심해야 말이지. 도연은 투덜대며 대꾸를 하고는 다시 소리를 쳐다보며 물었다.

"그래도 걱정되면 다시 전화해 볼까?"

"아니야. 마트가 시끄러우니까 전화벨을 못 듣나 봐."

소리는 고개를 살랑살랑 흔들었다. 그리고 다시 앞을 바라보았다. 나무마다 하얗게 눈꽃이 피어 있는 모습이 정말 예뻤다. 지금껏 여유가 없어서 제대로 본 적 없던 설경(雪景)을 보고 있으려니 추위도 느껴지지 않을 정도였다. 소리는 자신도 모르게 미소를 지었다.

사실 얼떨결에 즉흥적으로 이루어진 크리스마스 여행이었다. 여행을 가기로 결정한 뒤, 불과 며칠 만에 상호가 가평에 있는 펜션을 예약했고, 크리스마스이브인 오늘 오전에 일찌감치 길을 나서서 점심이 가까워질 무렵에 도착을 했다.

그런데 저녁때 먹을 고기를 굳이 지금 당장 사 가지고 오겠다며 도연과 소리를 먼저 펜션에 내려놓은 뒤, 근처에 있는 마트에 간 상호와 오리가 어느새 한 시간이 훌쩍 넘어가도록 감감무소식이었다.

도연과 소리가 펜션 안에 짐을 풀고는 테라스에 나와서 그들을 기다리고 있은 지도 삼십 분은 족히 지났을 것이다.

"안 추워? 들어가서 기다리지."

"아니. 경치가 너무 멋져서……."

소리가 미소를 지으며 꿈꾸는 듯한 눈으로 눈앞의 풍경을 바라보았다. 도연은 소리의 옆모습을 말없이 쳐다보았다. 새하얀 뺨 위에 피어오른 홍조가 그녀를 마치 6년 전, 열여덟 살의 소녀로 되돌아가게 만든 것만 같았다.

도연은 그리운 시선으로 그녀를 더듬어 보듯 바라보다가 다시 고개를 돌렸다. 그리고 힐끔 시선을 내렸다. 그녀의 하얀 손이 시야에 들어왔다. ……잡고 싶다. 도연은 갑자기 밀려드는 갈망을 감추기 위해 시선을 다시 돌렸다.

"하나만 물어봐도 돼?"

"뭐?"

도연이 잠시 입을 다물고 있다가 문득 말을 꺼냈다. 소리는 눈앞에 펼쳐진 풍경을 바라보다가 도연을 돌아보았다. 도연이 자신을 말없이 바라보고 있었다. 그의 눈과 마주치자, 그녀는 시선을 뗄 수 없었다. 그의 눈동자에 비친 제 모습을 그저 바라볼 수밖에 없었다. 마치 새까만 어둠이 드리워진 고요한 밤하늘을 보는 기분이 들었다.

그리고 꿈을 꾸는 것만 같았다.

"만약, 지금…… 6년 전과 같은 상황으로 돌아간다면."

"……."

"그때도, 너는 똑같은 선택을 할 거야?"

도연이 소리에게 물었다. 소리는 아무 말도 할 수 없었다. 그녀의 얼굴에서 천천히 핏기가 사라지는 듯했다. 소리는 창백한 뺨을 가리며 다시 힘들게 시선을 돌려 그의 눈을 피했다. 그리고 가만히 눈만 깜빡이며 바닥을 내려다보다가 느리게 입을 열었다.

"아마, 그러지 않을까?"

"……그래?"

"……응."

소리는 코트 자락을 꽉 움켜쥐며 작게 대답했다. 아니라고, 그때로 돌아간다면 그렇게 너에게 상처를 주고 밀어내지 않았을 거라고, 그렇게 대답하고 싶었다. 하지만 차마 그렇게 말할 수 없었다.

소리는 집에 있는 반지를 떠올렸다. 더 이상 그녀는 그 반지의 주인이 될 수 없었다. 제 손으로 뺀 반지였다. 그러니…… 자신에게는 그 어떤 자격도 없었다.

텔레비전에 나오는 너를 보면서도, 나는 감히 너를 똑바로 볼 수조차 없었어. 인형 하나라도 더 만들어야 할 시간에 종종 컴퓨터를 켜고 그 앞에 앉아서 너에 대한 뉴스 기사를 검색한 적도 있었어. 하지만 나는 너를…… 그리워할 자격조차 없다는 걸 매 순간 깨달았어. 그리고 지금 이 순간에도 마찬가지겠지.

소리는 속에서 나오는 말들을 하나하나 전부 다시 힘겹게 삼켰다.

"그렇구나."

도연의 말이 허공에 흩어지듯 사라졌다. 소리는 바닥만 계속 쳐다보았다. 얼마나 시간이 지났을까. 도연이 자리에서 일어섰다. 그리고 소리의 눈앞에 손이 보였다. 도연의 손이었다. 자신의 손보다 훨씬 크고 강인해 보이는 손이었다. 할 수만 있다면 그 손을 잡고 싶었다. 그것이 자신의 추악한 욕심일지라도.

"이제 진짜 일어나자. 몸이 꽁꽁 얼겠어."

"……어, 그래."

소리는 주저하다가 손을 내밀었다. 그러자 도연의 손이 더 가까이 다가와 그녀의 손을 온전히 감싸 쥐고 그녀를 일으켰다. 도연의 손은 너무나도 따뜻했다. 손이 차가운 편인 소리와는 다르게 그의 손은 겨울에도 따뜻했다. 6년 전에도 그랬다. 도연은 소리의 손을 더욱 힘주어 잡았다.

"들어갈래."

"응."

"이 손 좀……."

"예전에 말이야."

도연은 소리가 손을 빼려는 것에 아랑곳하지 않고 그녀의 손을 잡은 채 안으로 들어가기 위해 몸을 돌리면서 말을 이었다.

"고백하고 사귀게 된 지 얼마 되지 않았을 때 네 손을 잡았는데…… 그 손이 너무 차가워서 그런 생각을 했었어."

"……"

"다행이다."

도연은 펜션 안으로 들어가려다가 소리와 마주 보고 서서 그녀와 눈높이를 맞추기 위해 살짝 허리를 숙였다. 소리는 도연의 시선을 피하지 못한 채 가만히 서서 그를 바라보았다. 그녀의 새까만 눈이 흔들리기 시작한 순간, 도연의 입이 다시 열렸다.

"내 손이 따뜻해서."

"……"

"차가운 네 손을 잡아 줄 수 있어서."

"……"

"계속, 계속, 잡아 줘야지."

"……그만."

"평생 잡아 줘야지."

"그만, 그만해……"

소리가 울먹이는데도 불구하고 도연은 말을 멈추지 않았다.

"나랑 같은 체온이 될 때까지 계속 잡아 줘야지."

"……"

"소리야."

도연이 허리를 숙인 채 가만히 소리를 쳐다보았다. 그리고 천천히 그녀의 손을 잡고 있던 자신의 손을 그녀의 눈앞에 들어 보였다. 소리가 눈물을 뚝뚝 떨어뜨리고 있었다.

"이렇게 계속 잡고 있으면 안 될까?"

"……"

"많이, 정말 많이 좋아해."

"……넌…… 너는, 왜……."

소리는 말을 잇지 못하고 울음을 터뜨렸다. 도연이 울 것 같은 표정으로 그녀를 바라보다가 가만히 그녀를 끌어안았다.

눈이 조금씩 내리기 시작했다.

올해는 화이트 크리스마스가 되지 않을 거라고 했던 기상청의 일기예보가 무색해지는 순간이었다.

※

"……전화를 안 받아."

소리가 걱정스러운 어조로 휴대폰을 내려놓으며 도연을 쳐다보았다. 도연은 가만히 제 휴대폰을 노려보다가 '잠깐만.' 하고 말하고는, 누군가에게 문자 메시지를 보내는지 바쁘게 손을 움직였다.

소리는 다시 고개를 돌려 창밖을 바라보았다. 조금씩 내리던 눈이 어느새 펑펑 쏟아지고 있었다. 눈도 많이 오는데 대체 왜 안 오는 거야. 소리의 마음이 점점 더 조급해졌다. 아직 오리의 몸 상태가 원래대로 돌아온 게 아닌데, 어디서 뭘 하고 있는 것인지 걱정스러웠다.

"하아. 나 참, 정말이지……."

그 순간 도연이 혀를 차면서 혼자 중얼거렸다. 소리는 급히 도연을 돌아보았다. 문자 메시지를 보낸 뒤에 답 문자를 받은 것인지 그가 휴대폰을 노려보고 있었다. 소리는 도연에게 다가가며 물었다.

"무슨 문자야? 상호 오빠나 오리한테 연락 온 거야?"

"……응."

"왜? 뭐라고 왔는데?"

"아무래도 두 사람이 처음부터 계획했던 건가 봐."

"뭐?"

도연은 소리의 물음에 더 이상 대답하지 않고, 자신의 휴대폰을 소리에게 건넸다. 소리는 도연의 휴대폰을 받아서 화면에 떠 있는 문자 메시지를 확인했다.

[우리는 서울로 올라가는 중^-^ 둘이 좋은 시간 보내용~ 크하하.]

박상호의 답 문자였다. 소리는 잠시 어리둥절한 얼굴로 휴대폰 화면을 바라보다가 점점 눈이 커져서 도연을 쳐다보았다. 그리고 도연과 눈이 마주치자마자 곧바로 얼굴이 빨갛게 달아올라 다시 고개를 돌렸다. ……어떻게 하지. 어색한 기분에 뭐라도 말을 해야 할 것 같아서 소리는 그냥 아무렇게나 입을 열었다.

"괜한 짓을 했어."

"괜한 짓?"

"둘이서 뭘 하고 놀아. 다 같이 놀아야 재미있지. 게다가 오리가 정말 바라는 것 같아서 왔던 건데…… 정작 본인이 가 버렸으니까."

"오리가 가 버렸으니까 너도 간다고?"

도연이 픽 웃으며 소리에게 다가왔다. 소리는 자신보다 키가 훨씬 큰 도연이 앞에 다가오자 괜히 움츠러들어 고개를 숙였다. 가슴이 두근거렸다. 단둘이 남았다는 것만이 머릿속에 남아서 어떻게 해야 좋을지 판단이 서지 않았다. 그래서 지금 자신이 무슨 말을 했는지조차 소리는 인식하지 못했다.

"나 지금 심술부리고 싶어, 한소리."

"응?"

"네가 가고 싶어 하니까…… 가기 싫어졌어."

"도연아?"

"그래. 놀자, 우리끼리. 상호 형이랑 오리가 모처럼 마련해 준 자리인데, 놀아야지. 응."

"도연아……."

"좋아한다고, 말했어."

"……."

"좋아한다고 고백한 지 하루도 안 지났어. 못 들은 척 행동하지 마."

"도연아, 하지만……."

"지금 당장 받아 달라고 안 할게. 그렇지만 모르는 척, 그러지는 마. 그것도 안 돼?"

소리는 눈을 내리깐 채 도연의 시선을 피했다. 그의 시선이 깊이 가라앉는 것이 느껴졌다. 소리는 시큰해지려는 눈에 힘을 주어 눈물이 나오려는 것을 꾹 참고 입을 열었다.

"그건 말이 안 되잖아."

"뭐가 말이 안 돼?"

"주변에 엄청 예쁘고 멋진 여자들도 많을 텐데……. 너는 모두가 동경하고 선망하는 '정이준'이잖아. 그런데 왜, 왜 나 같은 애를."

"네가 뭐 어때서."

"나는…… 그렇잖아. 대학은 고사하고, 고등학교도 졸업 못 했고. 별로 예쁘게 생긴 것도 아니고. 무엇보다도…… 너한테 상처만 줬고."

"응. 맞아. 너 고등학교 중퇴인 거 알아. 그리고 같이 촬영하는 배우들이나 모델들이랑 비교하면 별로 안 예뻐. 몸매도 그냥 삐쩍 말라서 가슴도 절벽이고."

"야!"

"그리고 너한테 차인 뒤, 진짜 상처 많이 받았었고."

"……"

"그런데, 그런데도 소리야."

도연이 부드럽게 웃었다.

"나는 지금도 여전히 세상에서 네가 제일 예뻐 보여."

"……"

"진짜 나도 이런 거 싫은데. 한 번 차인 걸로도 부족해서, 또 매달리면 뻔히 지질해 보일 거라는 거 잘 아는데. 그래도 한 번만 나를 봐 주면 안 돼?"

"……도연아."

"한 번만 더 나한테 기회를 주면 안 될까?"

소리는 도연의 말에 대답하지 못하고 왈칵 쏟아지는 눈물을 막으려고 두 손으로 얼굴을 감쌌다. 그녀의 입에서 울음이 새어 나왔다. 소리는 자꾸 울음이 나오는 것을 꾹 참으려 하다가 딸꾹질을 하면서 다시 입을 열었다.

"흐윽, 윽. 너, 너 진짜 바보야."

"……그런 것 같아."

"바보라고. 멍청이 바보야."

도연은 소리를 가만히 끌어안았다. 소리는 잠시 몸을 움찔하는 것 같더니 그대로 도연에게 몸을 맡긴 채 그의 품에 안겼다. 서로

엇갈려 뛰던 심장박동이 조금씩 서로에게 맞춰지다가 어느새 거의 같은 리듬으로 뛰기 시작했다.

도연은 고개를 숙여 소리의 머리에 입술을 묻었다. 그녀의 머리에서 보송보송한 향기가 났다.

✽

"우와……."

소리는 아침에 일어나자마자 세수를 하고 밖으로 나갔다. 세상이 하얗게 변해 버린 듯한 풍경에 저절로 감탄사가 흘러나왔다. 더이상 말을 하지 못하고 그저 새하얀 설경에 취해서 앞을 바라보고 있는데, 문득 소리의 어깨 위로 따뜻한 뭔가가 걸쳐졌다.

"구경도 좋지만, 감기 걸리면 어쩌려고."

도연이 그녀의 어깨 위에 자신의 코트를 걸쳐 주면서 살짝 감싸 안았다. 소리는 옆을 돌아보고는 얼굴이 붉어져서 작게 '고마워.' 하고 중얼거렸다. 그 모습에 도연이 싱글벙글 웃고는 곧바로 장난스러운 표정을 짓다가 소리의 뺨에 입술을 댔다.

"야! 누가 보면 어쩌려고!"

"걱정 마, 이 소심아. 크리스마스 날 누가 아침 일찍 일어날 거라고 생각해? 더구나 이런 곳까지 놀러 와서?"

일찍 자고 일찍 일어난 사람은 부지런한 한소리 씨 말고는 없네요. 도연이 조금은 툴툴대는 투로 말했다. 그러자 소리가 눈을 살짝 흘기고는 대꾸했다.

"일찍 잔 건 아니잖아. 새벽 두 시 넘어서 잤는데."

"어쨌든!"

도연이 우기듯 말하자, 소리가 못 말리겠다며 고개를 흔들었다. 새벽까지 도연과 지난 이야기들을 하느라고 시간 가는 줄 모르고 있었다. 과거의 좋았던 일들, 사소한 장난과 말다툼, 그런 것들을 추억하면서 그때 누가 잘했다느니, 못했다느니 괜한 입씨름도 했다.

덕분에 단둘이 있다는 것조차 의식하지 못하고 마치 6년 전으로 되돌아간 듯 편하게 대할 수 있었다. 물론, 도연은 소리가 침대에 눕는 것을 불만스럽게 보다가 그 아래에 이불을 깔고 눕더니 '이게 뭐야? 펜션 놀러 와서 실컷 수다만 떨다가 이렇게 자는 커플은 우리밖에 없을 거다! 이렇게 건전하다니! 우리가 미성년자도 아니고!' 하고 외쳤지만 말이다.

그리고 소리는 그런 도연의 말을 들은 척도 하지 않고 잠이나 자라며 베개를 그의 얼굴에 명중시켰다. 도연은 새삼 그 일을 되새기는 것인지 콧등을 만지며 투덜댔다.

"코뼈가 휜 것 같아."

"멀쩡해."

"아니야. 조금 휜 것 같아."

"괜찮아."

"아니야. 얼굴로 벌어먹고 사는데, 그러면 곤란하지. 내가 돈 못 벌면 돈 못 벌어 온다고 구박할 거 아니야?"

"구박 안 해, 그러니까……."

그러니까 이제 그만 좀 투덜대, 라고 말하려던 소리의 입이 열리기 전, 도연이 반색을 하며 소리를 쳐다보고 입을 열었다.

"어? 정말이지? 요즘에는 남편이 돈 못 벌어오면, 마누라가 구박하고 난리라던데. 남편은 돈이라도 벌어야 쓸모가 있지, 안 그러면 키우는 애완견만도 못하다고 하더라고. 나중에 그런 마누라랑 살게 될까 봐 은근히 걱정했는데……. 고마워, 소리야! 역시 너밖에 없어!"

"야, 정도연! 무슨 남편에 부인이야."

소리는 금세 얘기가 이상하게 흘러가는 것에 당황해서 도연의 입을 막으려고 손을 뻗었다. 그러자 도연이 소리를 피해서 뒤로 몸을 물리다가 다시 장난스럽게 그녀의 손을 잡았다. 그리고 그녀의 손에 자신의 손을 깍지 꼈다.

소리는 손과 손이 얽힌 느낌에 왜 그런지 민망해져서 손을 빼려고 꼼지락거렸다. 하지만 도연의 힘을 당해 낼 수는 없었다.

"좋아해."

"제발 좀, 그런 말은……."

시도 때도 없이 하지 말라고. 소리는 하려던 말을 다 할 수 없었다. 도연의 얼굴이 소리의 얼굴 위로 가까이 내려앉듯이 다가왔다. 그리고 그의 입술이 소리의 입술 위를 부드럽게 덮었다.

도연과 깍지를 끼고 있던 소리의 손이 파르르 떨렸다. 도연은 그런 소리의 손을 더욱 힘주어 잡으며 다른 손으로 그녀의 뒷머리를 부드럽게 감싸 당겼다. 가만히 맞닿아 있는 입술의 온기가 너무나 따스해서 도연은 가슴이 뭉클해졌다. 잔뜩 긴장한 듯 얼어 있는 소리가 너무나 사랑스러워서 도연은 입술을 맞댄 채 낮게 웃었다.

그러자 그 바람에 소리가 더 긴장했는지 몸을 떨었다. 도연은 가만히 입술을 맞댄 채 그녀의 뒷머리를 감싸 안고 있다가 천천히 쓰다듬었다. 그리고 다른 손으로 그녀의 손을 깍지 끼고 있던 것을 그대로 들어 올렸다.

"······."

도연이 입술을 떼고 소리를 내려다보자, 소리가 눈을 감고 있다가 떨리는 눈꺼풀을 들어 올렸다. 도연은 그녀와 시선이 마주치자마자 부드럽게 웃으며 들어 올렸던 그녀의 손가락 끝부분에 전부 하나하나 입을 맞췄다.

"사랑해, 소리야."

"······."

소리는 무슨 말을 하려는 것인지 몇 번이나 입술을 달싹이다가 결국 아무 말도 하지 못한 채 고개를 숙였다. 하지만 도연은 그것만으로도 충분했다. 소리가 자신을 내치지 않은 것, 거절하지 않은 것만으로도 말이다.

6.
초라하지 않은 사랑

"형, 이거 가져가."

"뭔데?"

도연이 새벽까지 이어졌던 라디오 녹음을 마치고 돌아오는 길에도 피곤하지 않은지 영화 대본을 살피다가 집 앞에 거의 도착했을 무렵, 시선은 대본에 고정한 채 상호에게 말했다.

상호는 오후에 있을 토크쇼 녹화 스케줄을 확인하며 로드 매니저에게 이런저런 지시를 하다가 무심코 물었다. 그러자 도연이 고개를 들어 상호를 쳐다보았다. 상호가 뒤통수에서 느껴지는 도연의 시선에 자동적으로 뒤를 돌아보았다.

"어머니 생신이잖아, 내일. 아니, 이미 자정이 지났으니 오늘이네."

"아…… 아하! 맞다! 깜빡 잊고 있었는데!"

"버버리 토트백 하나 샀으니까, 형이 준비한 선물이라고 하고

드려."

"으헉, 그 비싼 걸! 아니, 그리고 그건 아니지. 네가 준 건데 내가 샀다고 하는 건 좀……."

"됐어. 그리고 뭐…… 형한테 빚진 거 갚는 것이기도 하니까."

"빚?"

상호가 도연에게 되묻다가 이내 능글맞은 표정으로 웃고는 옆에 앉은 로드 매니저를 힐끔 보다가 도연에게 슬쩍 물었다.

"나한테 그 정도로 고맙냐?"

"뭐……."

"흐흐. 오냐, 알았다. 그렇다면 잘 받도록 하지."

상호가 흐뭇하게 웃으며 고개를 끄덕였다. 며칠 전, 크리스마스 때 두 사람만 단둘이 있게 해 주었더니, 꽤 결과가 좋았던 듯싶었다. 오리 역시 누나가 요즘 한창 들떠 있는 것 같다고 하기도 했고. 상호는 씩 웃다가 뒤늦게 생각난 사실에 다시 도연에게 물었다.

"그런데 31일에는 어떻게 하냐? 너 그날 시상식 가야 되잖아."

"아……."

도연이 미간을 찌푸리며 못마땅한 기색을 드러냈다. 드라마를 괜히 찍었구나, 싶었다. 상반기에 찍었던 미니시리즈가 당시 30퍼센트를 훌쩍 넘긴 시청률과 함께 호평을 받았고, 그래서 당연히 시상식에 초대를 받아서 가야 하는 입장이 된 것이다.

반드시 오셔야 한다고 방송국 쪽에서 거듭 연락이 온 것을 보면, 아무래도 무슨 상이든지 하나 정도는 받을 것 같은데……. 그게 그다지 달갑지는 않은 것이 도연의 솔직한 마음이었다.

6년이었다. 헤어지고 난 뒤에 6년 만에 다시 만났고, 이제 겨우 그녀와 다시 사귀게 되었다. 다시 사귀게 된 지 일주일도 채 지나지 않은 것이다. 그러니 당연히 새해를 맞이할 때에는 소리와 함께 있고 싶은 것이 사실이다. 그런데 그럴 수가 없다니.

"……야, 야, 이준아, 인마. 너…… 그 표정은 뭐냐. 사람 불길하게 만드는 표정 말이야……. 설마, 시상식에 참석을 안 한다거나, 수상을 거부한다거나 뭐, 그런 만행을 저지르려는 건 아니지?"

"왜? 그러면 안 돼?"

"안 되지, 인마! 그런 몰상식한 짓을 저지르고도 네가 괜찮을 줄 알아? 당장 난리가 날 텐데. 그것뿐이냐? 내 밥줄 끊기는 건 어쩌라고!"

버버리 가방 하나 주고 나를 백수로 만들 속셈이었냐! 라고 분노를 터뜨리는 상호를 쳐다보다가 도연은 몸을 움직였다.

"간다. 잔소리 좀 그만하고."

"야, 이준이 네놈 때문에 그런 거잖아!"

"진섭이 너도 잘 들어가라."

도연은 차 밖으로 내리면서 로드 매니저에게도 인사를 건넸다. 그리고 코트 주머니에 양손을 각각 집어넣고는 무심한 얼굴로 돌아섰다. 상호는 쯧 하고 혀를 차며 도연의 뒷모습을 바라보다가 다시 로드 매니저를 향해 출발하자고 턱짓을 했다.

저거, 진짜 잠수 타는 건 아니겠지?

"아, 진짜……. 괜히 엮어 줬나?"

상호는 불안한 마음에 머리를 긁으며 뒤를 돌아보았다. 도연의 말대로 버버리 로고가 보이는 선물이 뒷좌석에 놓여 있었다. 상호는 다시 머리를 마구 헝클어뜨리고는 정면을 보면서 중얼거렸다.

"아니야. 내가 지한테 이렇게까지 해 줬는데, 설마 내 뒤통수를 치겠어? 가방 하나 안겨 주고, 내 밥줄 끊어 놓으면 진짜 인간도 아니지. 아무렴."

말은 그렇게 하면서도 상호는 불안한 마음에 오리에게 문자라도 보내기 위해 휴대폰을 뒤적이기 시작했다.

※

새벽 2시가 넘어갈 무렵부터 창밖에서 들리던 자동차 소리가 거의 끊겼다. 세상의 모든 소음이 사라진 듯한 고요한 새벽이었다. 오리는 풀고 있던 수학 문제집을 덮고 영어 교재를 펼치려다가 조금 떨어진 곳에 앉아 있는 소리를 쳐다보았다.

작은 손으로 꼼지락거리며 인형을 만드는 게 보였다. 그런 소리의 모습을 보던 오리의 눈빛이 안쓰러움을 가득 담은 채 흔들렸다. 지난 6년 동안 저렇게 홀로 새벽을 보냈을 소리를 생각하니 가슴이 저릿했다.

그녀를 돕고 싶었다. 소리가 짊어져야 했던 짐을 함께 나누어 짊어지고 싶었다. 하지만 오리는 예상치 못한 반대에 직면하고 말았다. 바로 소리의 반대였다.

재활 치료를 하고 있어서 이제는 제법 남들과 비슷하게 움직일 수 있게 되었지만, 소리는 자신이 간단한 아르바이트를 하는 것조차 무조건 반대했다. 늦지 않았다고, 지금부터라도 다시 공부해서 꼭 대학에 들어가라고 소리는 자신을 붙들고 애원했다. 그 문제로 퇴원 직후부터 몇 번이나 싸웠는지 모른다. 결국 이긴 쪽은 소리였다.

'내가 너한테 해 주고 싶었던 게 얼마나 많았는지 알아? 나 도

와서 돈 벌라고 너 일어나기를 바랐던 게 아니야!'

모든 걸 포기하고 그 긴 시간 동안 자신을 붙들어 주었던 소리의 간절한 마음을 외면할 수 없었다. 그래서 공부를 시작해야만 했다. 소리가 원하니까. 자신의 누나가 그렇듯 간절히 바라니까.

오리는 최대한 수험 기간을 단축시키기로 마음먹었다. 일단 목표는 내년 입시로 잡았다. 최대한 빨리 대학에 들어가야 한다. 그리고 소리의 바람을 들어준 뒤에는 자신이 원한 대로 그녀를 도울 것이다.

하긴, 그게 오히려 장기적으로 볼 때는 더 나은 선택일 수도 있다. 대학까지 졸업을 해야 제대로 취직을 할 수도 있을 테니. 오리는 다시 마음을 다잡고 영어 교재를 펼쳤다. 그리고 얼마나 시간이 지났을까. 옆에 놓아두었던 휴대폰이 울렸다.

"응?"

오리가 공부를 하다 말고 휴대폰을 들여다보더니 이내 풋 하고 웃음을 터뜨렸다. 소리는 토끼 인형의 귀에 리본을 달다 말고 하품을 하다가 오리를 쳐다보았다.

"왜 그래?"

"어? 아, 아니. 상호 형이 문자 보냈는데⋯⋯."

오리는 고개를 저으며 대꾸하다가 소리가 또 하품을 하는 것을 보고는 말을 이었다.

"피곤하면 가서 자. 벌써 새벽 3시가 다 되어 가는데."

"아니야. 아직 안 졸려."

라디오 녹음까지 전부 끝나고 나면 집에 가서 전화를 하겠다던 도연의 말 때문에 소리는 졸음을 꾹 참으며 기다리고 있는 중이었다. 차라리 생방송이었다면 라디오를 통해서 도연의 목소리를 들을 수라도 있었을 텐데, 녹음이다 보니까 언제 끝나는지조차 모르고 무작정 계속 기다릴 수밖에 없는 것이다. 하지만……

소리는 얼굴이 빨갛게 달아오른 줄도 모르고 고개를 숙인 채 가만히 웃었다.

이렇게 기다리는 것도 나쁘지는 않아.

소리는 가슴이 따스해지는 느낌에 어딘가가 간지러운 것도 같았다. 오랫동안 잊고 지냈던 달콤함을 입안 가득 느끼는 것 같다고도 해야 할까. 그런 소리를 조용히 바라보던 오리의 입가에 미소가 번졌다. 그러다가 문득 조금 전에 상호가 보냈던 문자 생각이 나서 오리가 다시 입을 열었다.

"참! 31일에는 뭐 할 거야?"

"응? 뭘 하다니?"

"올해를 마무리하고 새해를 맞이하는 날인데……. 설마, 아무 생각도 없었던 거야?"

"어?"

"아무리 내 누나라고 하지만 너 진짜 너무 무심한 거 알아? 이거 아무래도 도연이 녀석이 불쌍해지는데?"

오리는 픽 웃으며 말했다. 소리는 그저 눈만 깜빡거리며 이해할 수 없다는 표정을 짓다가 이내 당황한 얼굴로 말을 더듬었다.

"어, 어어, 그게, 그러니까…… 나는, 아니, 저기…….'"

소리는 정말 당황했다. 딱히 뭔가를 생각하지 않았다. 지금껏 연말이라는 것도 잊고 있었고, 새해가 시작되는 것에도 아무 느낌도 받지 못했다. 그렇게 보낸 시간이 6년이었다.

예전에는 부모님이랑 오리와 함께 케이크도 먹고 서로 한 해를 돌아보며 이런저런 얘기도 하고, 보신각에서 울리는 제야의 종소리와 함께 새해 인사를 주고받기도 했었지만, 그것은 어느새 옛날 이야기처럼 까마득히 먼 과거였다.

그저 병원에 가서 오리를 면회하고, 집에 돌아와 피곤한 몸을 그대로 누인 채 쓰러져 잠들고는 했었다. 그러니 소리에게는 다른 날보다 딱히 특별할 게 없었다.

"그러고 보니 떡국도 먹고 싶다."

"어? 떡국?"

"응. 엄마가 1월 1일 아침에 떡국 끓여 주셨었잖아. 만두도 빚어서 넣고."

"……그랬지."

오리가 그리운 표정으로 하는 말을 들으며 소리 역시 애잔한 얼굴로 과거를 떠올렸다. 새해 아침이 되면 떡국을 한 그릇 가득 담아서 주던 엄마의 미소 가득했던 얼굴, 역시 최고로 맛있다면서 '한 그릇 더!'를 자꾸 외치는 바람에 엄마의 타박을 받던 아빠의 얼굴, 그런 부모님의 모습을 보면서 재미있어서 웃던 오리, 그 모든 것들이 너무나 그리웠다.

소리는 잠시 쓸쓸한 미소를 짓다가 다시 환하게 웃으며 입을 열었다.

"그럼 우리 떡국 끓여 먹을까? 내일 장 봐 가지고 올 테니까. 만두도 빚고."

"그럴까? 그럼, 그날 아침에 도연이랑 상호 형도 오라고 하는 건 어때? 아, 두 사람은 다들 각자 집으로 가려나?"

"어? ……어, 뭐."

오리가 냉큼 도연과 상호까지 챙기는 모습에 소리는 어쩐지 어색해져서 말끝을 흐렸다. 그리고 문득 오리가 도연의 상황에 대해 모르는 부분이 있다는 걸 깨달았다. 그의 부모가 이혼을 한 뒤에 버려지다시피 미국으로 가야 했던 상황에 대해서 말이다.

어쨌든 그렇다면…… 도연도 지금까지 줄곧 새해를 홀로 보냈는지도 모른다는 생각이 들었다. 외로웠을 텐데. 소리는 가슴속이 저릿해졌다.

그 외로움은 누구보다도 소리 자신이 잘 알고 있는 것이었다. 세상 모든 이들이 저마다 가족이나 사랑하는 사람과 함께 새해를 맞이할 때 새해가 되었다는 것조차 일부러 잊고, 덮어 버리고, 그렇게 보내야 했던 시간들이 얼마나 힘겨웠을지…….

"두 사람한테 물어보고, 집에 안 가면 오라고 하자. 응? 이왕이면 여럿이 떡국 같이 먹으면 좋잖아. 왁자지껄 모여서 말이야."

오리가 잔뜩 들뜬 표정으로 말을 잇는 것을 듣다 보니, 뭔가 가족이 갑자기 늘어난 기분이 들었다. 그래서 소리는 오리와 함께 덩달아 마음이 붕 뜨는 것을 느꼈다.

그때 휴대폰이 울렸다.

도연이었다. 소리는 괜히 놀라서 움찔거렸다가 전화를 받기 위해 휴대폰을 들었다. 오리가 어서 받으라면서 '도연이한테 한번 물어봐. 상호 형한테는 내가 물어볼게.' 라고 말을 덧붙였다. 소리는 얼떨결에 고개를 끄덕이며 전화를 받았다.

부드럽게 웃는 도연의 목소리에 가슴 깊숙한 곳이 간지러웠다.

✳

"떡국?"

도연이 코트를 벗어 소파에 대충 던져 놓고는 그 옆에 자리를 잡고 앉으며 휴대폰 너머에 있을 소리에게 되물었다. 어느새 새벽 3시가 넘어가고 있었다. 그러나 도연도, 소리도 둘 다 전화를 끊을 마음은 없는지 벌써 삼십 분 넘게 통화를 하는 중이었다.

— 응. 그날 떡국 같이 먹을 수 있나 해서.

소리가 조심스럽게 물었다. 그 조심스러움이 휴대폰으로도 전해 져서, 도연의 눈이 저절로 부드럽게 휘어졌다. 누군가가 이토록 사 랑스럽게 느껴진다는 것이 스스로 믿기지 않을 정도였다. 도연은 장난스럽게 웃고는 다시 입을 열었다.

"나 많이 먹는데, 그래도 괜찮겠어?"

— 얼마나 많이 먹는데? 너무 많이 먹으면 곤란해.

소리가 풋 하고 웃더니 농담으로 받아쳤다. 도연은 소파에 등을 기댄 채 벽을 쳐다보며 입꼬리를 올리고 말했다.

"뭐, 네가 요리를 얼마나 잘하느냐에 따라서?"

— 칫……. 그럼, 걱정 없겠네. 나 요리는 진짜 못하거든.

"그게 자랑이다."

— 응. 자랑이야.

도연은 소리와 통화를 하다 말고 하하, 하고 소리 내서 웃었다. 그러자 소리가 깜짝 놀랐는지 잠시 입을 다물고 있다가 다시 말했 다.

— 너…… 그렇게 웃으니까 듣기 좋아.

"네 덕분이야."

— 흠. 아, 그리고…… 잠깐만! 오리야, 뭐라고?

소리가 어색한지 헛기침을 하는데 옆에서 오리가 뭐라고 말을 하는지 잠시 소리에게서 아무 말도 들리지 않았다. 그러더니 다시 소리가 전화상으로 당부하듯 말했다.

— 도연이 너, 그 전날 시상식 빠지면 안 돼! 알았지?

소리의 당부에, 도연은 눈을 찡그리고는 대꾸했다.

"누가 그래? 벌써 상호 형이 너한테 전화해서 그런 말을 한 거야? 아, 진짜……. 그럴 마음 없다가도 생기겠네."

— 야아, 그런 거 아니야. 상호 오빠가 오리랑 문자 주고받으면서 그냥, 걱정이 되어서 그랬대. 정말이야.

"그 둘이 사귀는 거 아니야? 우리보다 그 두 사람이 더 문자도 많이 보내고, 통화도 많이 하는 것 같은데."

— 야, 너, 무슨 말을……. 어, 오리야!

도연이 웃으면서 말하자 소리가 못 말린다는 투로 말을 이었다. 그러나 금세 뭔가 부스럭거리는 잡음이 들리는 것 같더니 소리가 아닌 오리의 목소리가 대신 들렸다.

— 연애를 하려면 둘 얘기나 해. 괜히 말도 안 되는 모함은 하지도 말고. 누구 앞길을 막으려고. 가뜩이나 너 뒤치다꺼리하느라고 상호 형이 노총각 된 거 아니야?

"어이구, 그러세요? 그런데 이거 좀 섭섭한데요. 친구라는 녀석이 친구 대신 알게 된 지 얼마 안 된 형한테 푹 빠져서 이러니……. 안 되겠다, 치사해서. 네 누나 다시 바꿔!"

도연이 말을 하다가 씩 웃었다. 그러자 휴대폰 너머에서도 오리가 웃는 것이 들렸다. 그리고 오리가 웃다 말고 다시 말을 이었다.

— 웃기네. 안 바꿔. 지금 다시 통화 시작하면 아예 밤새도록 통화할 거잖아. 잘 자라. 우리 누나 꿈은 꾸지도 말고.

"야! 한오리!"

오리가 자기 마음대로 전화를 툭 끊어 버렸다. 도연은 멍하니 휴대폰을 들고 있다가 피식거리며 웃고는 고개를 뒤로 젖혔다.

"감히 매형 되실 분한테……."

도연이 실없이 중얼거리다가 스스로 한 말에 만족스러운지 거듭 중얼거렸다. 매형이라…… 매형, 그거 좋네, 하고 말이다.

※

"이따가 병원 갈 시간 맞춰서 올게."

"그냥 나 혼자 가도 되는데."

"아직은 안 돼."

"정말이야. 조심해서 천천히 가면……."

"내가 같이 가고 싶어서 그래, 오리야. 응? 누나 소원인데 안 들어줄 거야?"

소리가 현관에서 신발을 신다 말고 애교를 부리듯 웃으면서 말했다. 오리는 현관 앞에 서서 그런 소리를 바라보다가 한숨을 쉬었다.

장사를 하러 나가는 소리를 보는 것도 안쓰러운데, 게다가 장사를 하다 말고 자신의 재활 치료 때문에 병원에 데려다주려고 오게 하는 것이 더욱 마음에 걸렸다.

힘드니까 택시를 타고 오라고 해도 절대 타지 않을 것이라는 걸 알고 있다. 자신과 함께 병원에 오갈 때가 아니면 무조건 버스와 지하철을 이용하거나, 그보다 짧은 거리는 무조건 걷는다는 것도 잘 알고 있다. 오리는 소리를 물끄러미 보다가 말했다.

"미안해."

"미안하기는. 내가 지금 얼마나 고맙고 기쁜지 알아?"

소리는 오리를 쳐다보며 말하다가 씩 웃고는 그의 볼을 잡아당졌다. 그리고 살짝 흔들면서 말을 이었다.

"이렇게, 잡아당기면……."

"아, 앗! 누나, 아파!"

"이렇게, 바로 반응도 돌아오고."

소리가 웃으면서 오리의 볼을 잡고 있다가 놓아주었다. 오리는 순식간에 얼얼해진 볼을 문지르며 소리를 쳐다보았다.

소리의 마음을 모르지 않았다. 그녀가 하는 말이 진심이라는 것도 알았다. 다만, 오리는 그저 고생하는 소리가 안타까울 뿐이었다. 소리 역시 오리의 마음이 어떤지 잘 알고 있었다. 단둘뿐인 혈육이었다. 오리가 피식 웃고는 뒤통수를 긁었다.

"늦으면 나 혼자 갈 거야."

"좋아."

소리가 눈을 휘며 웃었다.

소리는 마음이 급했다. 오리를 데리러 가기 위해 장사하던 걸 정리하고 있었는데 손님들이 한꺼번에 몰려드는 바람에 시간이 꽤 지체되고 말았다. 소리는 바쁘게 걸음을 옮기다가 휴대폰 화면을 켜서 시계를 보았다. 곧바로 버스만 탈 수 있다면 늦지 않을 것 같다.

소리가 다시 휴대폰을 주머니에 넣으려는데 빠앙— 바로 옆에서 자동차 경적이 울렸다. 소리는 가방을 메고 버스 정류장으로 향하다가 반사적으로 옆을 돌아보았다. 익숙한 하얀색 경차가 눈에 들어왔다.

소리의 눈이 금세 커졌다. 그녀는 곧바로 주변을 돌아보고는 방향 지시등을 켜고 서 있는 자동차로 다가갔다. 그러자 기다렸다는

듯 조수석 쪽의 창문이 열리고 모자를 깊이 눌러쓴 도연의 얼굴이
보였다.

"타."

"여기는 어떻게……."

소리는 도연에게 물으려다 말고, 사람들의 시선을 의식하고는
황급히 입을 다물고 차 문을 열었다. 그리고 소리가 조수석에 앉자
마자 도연이 다시 부드럽게 차를 몰았다. 소리는 가방을 품에 안은
채 잠시 입술을 달싹이다가 그를 돌아보며 물었다.

"이렇게 막 돌아다녀도 돼?"

"막 돌아다닌 거 아닌데?"

이것 봐. 나름대로 안 들키려고 변장하고 왔잖아. 일부러 차도
이걸로 몰고 왔는데? 라고 덧붙여 말하면서 도연이 개구쟁이처럼
웃었다. 소리는 도연을 쳐다보다가 한숨을 푹 내쉬고는 중얼거렸
다.

"상호 오빠도 알아?"

"아니."

"지금 스케줄은 없어?"

"이따가 있어."

태연하게 대꾸하는 도연의 모습을 보다가 소리는 휴대폰이 울리
는 것을 깨닫고 전화를 받았다. 정이준을 애타게 찾고 있을 매니
저, 박상호였다.

— 소리야! 혹시 이준이, 너랑 같이…….

"예, 지금 옆에 있어요."

전화를 받자마자 다급히 정이준의 행방에 대해 묻는 상호의 말
에 상황을 대충 파악한 소리는 그를 안심시키기 위해 곧바로 대답

했다. 그러자 상호가 그제야 안심했는지 휴우, 하며 숨을 돌리는 게 휴대폰을 타고 선명하게 들렸다.

아마 그 험상궂은 얼굴 가득 식은땀을 흘리며 있었을 것이다. 외모와는 다르게 상호는 소심하고 겁도 많은 면이 있으니 말이다.

— 아, 내가 진짜 이준이 이놈 때문에…….

"바꿔 드릴까요?"

— 아니야, 됐어. 그 녀석, 내가 줄기차게 전화한 것도 다 씹어 버리고 너한테 간 것 같은데, 지금이라고 뭐, 전화 받겠냐? 네가 받으라고 하면 받기야 하겠지만 내가 치사해서 이준이 녀석이랑 통화 안 한다!

소리는 난감한 기분이 들어서 콧등을 찡그렸다. 자신 때문에 도연과 상호 사이에 마찰이 생기는 것은 아닌지 걱정도 되었다. 그런 소리의 마음을 알아차렸는지 도연이 혀를 차더니 손을 내밀어 소리의 휴대폰을 낚아채듯이 가져갔다.

"병원에 오리 데려다주기만 하고 다시 들어갈게."

그리고 상호의 말을 듣지도 않고 끊어 버리고는 다시 소리에게 휴대폰을 돌려주었다. 소리는 휴대폰을 받을 생각도 하지 못하고 멍한 얼굴로 도연을 쳐다보았다. 그러자 도연이 피식 웃고는 소리의 뺨을 살짝 꼬집었다.

"아야!"

"왜 그렇게 멍한 얼굴이야?"

"……내가 뭐가 멍하다고. 그건 그렇고, 너 지금 막 이래도 돼?"

"뭐가?"

"바쁜데 나온 거잖아. 그래서 상호 오빠가 급해서 전화한 거 아니야?"

"매니저는 원래 그런 거야. 안 바빠도 바쁜 척."

"그건 아닌 것 같던데."

"어쨌든 오리 데리러 가자. 내 차로 이동하는 편이 오리한테도 훨씬 편할 거야."

도연이 더 이상 말하지 말라는 듯 손을 내저으며 대꾸했다. 자기 마음대로라니까. 아주 제멋대로야. 소리는 혼자 속으로 구시렁댔다. 그러자 도연이 힐끔 소리를 보고는 피식 웃었다.

"하여간 한소리, 괜히 튕기지? 응?"

"뭐?"

"뭐, 그것도 매력이기는 하네……."

도연의 말에 소리가 입을 벌렸다가 다물고는 퉁명스럽게 다시 말했다.

"혼자 착각하는 건 자유라고 하지만, 그래도 적당히 하시지?"

"내가 착각하는 거라고?"

"그럼 아니야? 내가 뭘 튕겼다고."

"한소리가 튕기는 바람에 내가 6년 전에 나가떨어졌잖아."

"……."

도연의 장난기 어린 말을 듣던 소리가 입술을 깨물었다. 도연은 장난처럼 말을 꺼냈지만 소리의 입장에서는 불편한 얘기가 아닐 수 없었다.

갑자기 소리가 조용해진 것을 의아하게 여긴 도연이 빨간 신호가 켜진 것을 기회로 힐끔 옆을 돌아보았다. 그리고 주눅 든 아이처럼 움츠리고 있는 소리를 보고 나서야 도연은 자신이 실수를 했다는 걸 알았다. 그는 혀를 차며 인상을 쓰고는 입을 열었다.

"미안. 나는 그냥 장난으로……."

"알아."

"아는데 왜 그래."

"……원래 나쁜 짓을 한 사람은 발 뻗고 못 잔다잖아."

딱 그런 거지, 뭐……. 소리는 웅얼거리며 대꾸하고는 씁쓸하게 웃었다. 도연은 소리를 돌아보고 있다가 다시 앞을 보았다. 빨간불이었던 신호등이 파란색으로 바뀌는 것을 보며, 그는 정면을 향한 채 입을 열었다.

"다리도 짧으면서 왜 제대로 뻗고 자지도 못하냐?"

"뭐?"

"소리, 너 말이야. 쪼그만 게 괜히 그러지 마. 다리도 짧으면서 구부리고 자면 그거 진짜 웃길 것 같지 않아?"

"야, 정도연."

뜬금없는 '숏다리' 얘기에 발끈한 소리가 항의조로 입을 열자, 도연이 다시 장난스럽게 입꼬리를 올렸다. 그제야 그녀는 자신이 도연의 장난에 걸려들었다는 것을 깨닫고 얼굴을 구겼다.

"그렇게 따지면 나도 발 뻗고 못 자."

"네가 왜."

소리가 불퉁한 어조로 물으며 입을 삐죽였다. 도연은 부드럽게 차를 몰면서 다시 말을 이었다.

"내 생각만 하고, 이기적으로 굴었으니까."

"……."

"솔직히 6년 전에…… 나도 잘한 건 없지, 뭐. 너를 좀 더 이해해야 했는데……. 그땐 나 아픈 것만 느껴져서 넌 더 아프다는 걸 몰랐어. 훨씬, 비교도 안 되게 아팠을 텐데."

"……뭐래."

소리는 괜히 머쓱해져서 중얼거리며 바깥 풍경에 시선을 던졌다. 작은 강아지 한 마리가 목줄이 풀린 채 신나게 뛰어가는 게 보였다. 그리고 그 뒤에 주인으로 보이는 꼬마가 허겁지겁 울음을 꾹 참고 강아지를 뒤쫓아 가는 것도.

"그러니까 우리 둘 다 발 뻗고 제대로 자자고. 어?"

"그건 무슨 논리야?"

소리는 꼬마가 강아지를 붙잡아 품에 안는 것을 바깥의 사이드 미러를 통해 보며 투덜거렸다. 그러면서도 그녀의 표정은 한결 풀어져 있었다.

"고마워, 데려다줘서. 그만 가 봐."

"진료받으려면 아직 멀었냐?"

"물리 치료까지 받고 그러려면 시간 꽤 걸려. 상호 형 난리 났다며. 빨리 가 봐."

오리가 도연에게 어서 가라면서 손을 흔들었다. 소리 역시 고개를 끄덕이며 도연을 쳐다보았다. 도연의 눈이 슬그머니 가늘어지더니 입에서 불퉁한 말이 튀어나왔다.

"남매가 똑같이 나를 내쫓지 못해서 안달이 났구나? 누가 쌍둥이 아니랄까 봐."

"그래. 그러니까 얼른 가라, 좀!"

소리가 꾸물거리며 가지 않는 도연에게 외쳤다. 그러자 도연이 눈썹까지 축 늘어뜨리고는 불쌍한 표정을 지으며 말했다.

"하여간, 한소리 성격 하나는 알아줘야 한다니까. 이러는 내가 불쌍하지도 않냐? 인정머리 없는 것 같으니라고."

"어, 하나도 안 불쌍해. 자꾸 그러면 엉덩이라도 걷어차서 쫓아낸다?"

소리의 엄포에 도연이 깨갱 하면서 장난스럽게 말을 내뱉고는 어깨를 으쓱이고 오리를 돌아보았다. 오리가 그런 두 사람을 재미있다는 눈으로 보다가 도연과 눈이 마주치자 웃었다.

"갈게. 치료 잘 받고 조심해서 들어가."

"오늘 고마워. 너도 운전 조심해서 가고."

오리의 인사에 도연이 싱긋 웃으며 그의 등을 가볍게 쳤다. 그리고 오리의 귓가에 작게 속삭였다.

"나중에 소리 빼고, 따로 보자."

"……?"

"너, 잔뜩 고민 있는 얼굴이야. 뭔지 모르지만, 소리 앞에서는 티 내지 말고. 안 그래도 힘든 애잖아. 차라리 나한테 털어놔 봐."

"……뭐, 그래."

오리가 잠시 표정이 일그러지려다가 이내 피식 웃으며 대꾸하고는 손바닥으로 얼굴을 쓸었다. 그렇게 티가 났나, 싶었다. 자신이 느끼는 혼란과 생경함, 그리고 고민들이 얼굴에 묻어날 정도로 말이다.

오리는 주먹을 살짝 쥔 채 도연의 어깨를 치고는 눈인사를 건넸다. 그러자 도연 역시 눈인사를 건네고는 다시 돌아서서 소리에게 인사했다. 소리는 오리와 도연이 무슨 대화를 했는지 눈치 못 챈채 그저 도연에게 빨리 가라며 재촉하기에 바빴다.

"친구가 좋기는 좋네."

오리가 멀어져 가는 도연의 뒷모습을 물끄러미 바라보다가 중얼거렸다. 소리는 그런 오리의 말에 고개를 돌려 그를 보았다. 그러자 오리가 씩 웃고는 거듭 말했다.

"변하지 않은 게 있어서 그것도 좋고."

"뭐가 안 변했는데?"

"그냥 뭐…… 이것저것. 아, 나 부른다. 예!"

오리가 소리의 물음에 대충 대꾸하다가 간호사가 부르자 냉큼 일어섰다. 소리 역시 오리의 뒤를 따라가 진료실로 향했다.

✲

"예, 정이준입니다. 개인적으로는 2번, 5번 트랙이 마음에 들던 데요? 아니요, 괜찮아요. 덕분에 미리 좋은 음반을 모니터할 수 있어서 영광이었습니다. ……사진이요? 별일도 아닌데 자꾸 그 친구들한테 피해를 줘서 그게 참 난감하네요. 아, 저는 지금 소속사 사무실에 와 있어요. 저 때문에 소속사 직원분들이 고생이시죠. 하하, 아니요. 이런 게 그분들이 하시는 일이라고 해도 어쨌든 저 때문에 다들 고생하시는 건 사실이니까. 하여간 걱정해 주셔서 감사합니다. 예, 들어가세요."

도연은 그럭저럭 친분이 있다고 알려져 있는 모 가수와의 통화를 끝내고 다시 휴대폰을 만지작거렸다.

상호는 가증스럽다는 눈으로 도연을 쳐다보다가 끌끌거리며 혀를 찼다. 개인적으로는 2번, 5번 트랙이 마음에 든다고? 저, 입에 침도 안 바르고 거짓말하는 것 좀 봐. 들어 보고 그나마 괜찮은 거두 곡 정도 뽑아 놓으라고 나한테 명령했던 건 어디 사는 누구냐! 그 바람에 취향도 아닌 앨범 듣느라고 죽는 줄 알았구만.

하긴, 굳이 바쁜 정이준을 붙들고 앨범 모니터를 해 달라고 징징댄 그놈도 웃긴 놈이지. 아니, 왜 배우한테 앨범 모니터를 해 달래? 앨범 나오면 정이준 이름 팔아서 홍보 좀 해 보겠다, 그거 아니야? 이놈이나 그놈이나 둘 다 가증스러운 것들. 서로 친분 있다고 하는 쪽이 이미지 관리에 좋으니 저러지.

상호가 못마땅한 눈으로 보는 것을 일부러 무시하는 건지, 도연은 태연하게 휴대폰으로 뉴스 기사를 찾아보고 있었다. 상호가 얼굴을 구기며 입을 열었다.

"아예 동네방네 소문을 다 퍼뜨리고 다닐 셈이냐?"

"설마."

도연이 픽 웃고는 지금까지 보고 있던 휴대폰을 던져 버리고 소파에 한껏 기댔다. SNS에서는 또다시 도연과 소리의 사진이 올라오는 바람에 한바탕 난리였다.

오후에 오리를 병원에 데려다준 것이 어느새 누군가에게 찍힌 모양이었다. 모자를 쓰고 있기는 했지만 눈썰미가 제법 좋은 사람이 있었던 듯했다. 도연은 눈이 뻑뻑해서 테이블 위에 있던 안약을 집어 들었다. 그리고 안약을 한 방울씩 넣으면서 말을 이었다.

"나야 소문이 전국에 다 퍼지면 오히려 감사하지."

"야, 정이준!"

"지금도 그냥 대놓고 데이트도 하고 싶고 그런데."

소리가 워낙 겁이 많아서 말이야. 도연은 아쉽다는 듯 말하면서 안약을 다시 테이블 위에 내려놓았다. 그리고 곧바로 차 키와 휴대폰, 코트를 챙겨 들더니 자리에서 일어섰다. 상호가 물을 마시다가 도연을 향해 물었다.

"가려고?"

"응."

"소리 만나러 가냐?"

"아니. 오늘은 아까 병원에서 본 걸로 땡."

"그런데 나는 그렇다 치고, 진섭이까지 놔두고 어딜 혼자 가려는 건데?"

"아…… 그냥, 백화점에 가서 살 게 있어서."

도연이 어깨를 으쓱이며 대꾸하고는 상호에게 손을 흔들었다. 그리고 문을 열고 나와서 계단 쪽으로 향하려는 순간, 여자의 높은 목소리가 들렸다.

"어머, 이준 오빠!"

도연의 얼굴에 귀찮은 기색이 순식간에 퍼졌다가 언제 그랬냐는 듯 사라졌다. 도연은 천천히 돌아섰다. 한동안 안 봐서 편했는데 여기에서 마주칠 줄이야. 도연이 속으로 생각하며 겉으로는 사르르 웃었다.

"수이 씨, 안녕하셨어요."

"오빠, 지금 나가시는 길이에요?"

"예."

"어머! 잘됐다아아. 저도 지금 막 나가려던 참인데, 데려다주시면 안 돼요?"

이런 망할 계집애. 도연은 입 밖으로 튀어나오려는 말을 목구멍 안으로 꾹 눌러 삼키며 부드럽게 미소를 지었다.

"미안해서 어쩌죠? 제가 지금 시간이 없어서. 게다가 수이 씨, 아직 데뷔한 지 얼마 지나지도 않았는데 괜히 말도 안 되는 스캔들이라도 나면 어쩌려고 그래요. 항상 뭐든지 조심해야죠. 저야 남자라서 상관없지만, 수이 씨는 아무래도 곤란해지지 않겠어요?"

"어, 뭐…… 그건 그렇죠. 하지만 여기는 방송국이나 공개된 장소가 아니라 소속사 건물 안이니까요. 이 정도는 괜찮지 않아요, 오빠?"

수이는 금세 표정이 굳었다가 다시 애교를 섞어서 웃었다. 하지만 도연은 그녀의 표정이 굳었던 것을 놓칠 만큼 둔하지 않았다. 그는 수이를 쳐다보면서 속으로 콧방귀를 뀌었다.

눈앞의 이 여자가 기회가 생길 때마다 자신과 어떤 식으로든 엮이려고 발악을 하고 있다는 걸 모르지 않았다. 게다가 소속사까지 이쪽으로 옮길 것 같다던 상호의 말이 사실이었는지, 소속사 건물 내에서 마주쳤으니 앞으로도 종종 귀찮아질 것 같은 예감이 들었다. 그러니 미리 어떤 식으로든 경고를 주어야 할 필요가 있다. 일단 부드럽게 말하기는 하겠지만······.

'그래도 못 알아들으면, 제대로 말해 줘야지.'

도연이 겉으로는 다정하게 웃는 척하면서 속으로는 냉소를 지으며 다시 수이를 향해 타이르듯 말했다.

"소속사 내에서도 조심해야죠. 아니, 오히려 다른 곳보다도 소속사 사무실 안에서 더 조심해야 해요. 다들 수이 씨 같은 마음으로 이 안에서는 방심하니까, 다른 어디보다도 파파라치라든가 극성팬들이 어떻게든 들어오려고 난리를 치는 것이고요."

"그렇지만······."

"죄송한데, 이만 가 봐야겠어요. 정말 늦을 것 같아서."

그럼 실례합니다, 라고 덧붙여 말하면서 도연은 수이의 말을 끊고는 가볍게 목례를 하고 돌아섰다. 등 뒤에서 그녀의 시선이 끈질기게 따라오는 것이 느껴져서 진저리가 쳐졌다. 도연은 걸음을 더욱 빨리 옮겼다.

＊

"지금?"

소리는 자신도 모르게 목소리를 높였다가 황급히 손으로 입을 가렸다. 오리가 문제집을 푸는 데에 집중했는지, 다행히 소리가 통화하는 것을 듣지 못한 듯했다.

소리는 조심스럽게 발을 옮겨 부엌 쪽으로 향했다. 집이 좁은 탓에 통화를 편하게 할 만한 장소가 없었다.

도연은 자신의 레지던스에 계속 머무르라고 졸랐지만, 소리는 생각할 것도 없이 곧바로 거절했다. 도연의 도움을 무작정 받고 살 수만은 없었다. 게다가 이렇게…… 사귀는 사이라면 더욱 그랬다.

정이준으로서의 도연에게 조금이라도 피해를 줄 수는 없었다. 그리고 그런 소리의 마음을 이해한 듯 오리 역시 그 결정에 순순히 따라 주었다.

하지만 가끔은 오리에게 미안해진다. 소리는 부엌에 들어가면서 슬쩍 오리를 돌아보았다. 소리가 책상 겸 밥상으로 쓰던 작은 상을 이제는 오리가 책상으로 이용하고 있었다. 많이 불편할 것이었다. 체구가 작은 소리에게는 괜찮았지만, 오리는 키가 커서 몸을 웅크려야 하니까.

'안 되겠어. 책상을 하나 사야지.'

오리가 괜찮다며 거절하기는 했지만 그래도 역시 책상을 사야 할 것 같다. 소리는 잠시 그 생각에 빠져 있다가 도연과 통화 중이었다는 사실을 깜빡 잊고 있었다. 그리고 그것을 도연이 눈치챘는지 살짝 가라앉은 목소리가 휴대폰을 통해 전해졌다.

— ……너, 지금 딴생각 중이지. 딱 걸렸어.

"아, 아니야! 그런 거……."

— 저기요, 한소리 씨. 거짓말은 하면 안 되는데요.

도연이 으름장을 놓듯 말하다가 피식 웃었다. 소리는 도연이 웃는 것을 듣고 조금은 안심한 얼굴로 작게 휴대폰에 대고 속삭여 물었다.

"미안. 화난 건 아니지?"

— 뭐, 네가 어떻게 하느냐에 따라서.

"내가 뭘 어떻게 해."

— 지금 잠깐 보자고.

"야, 지금 몇 시인 줄 알아?"

— 새벽 2시 20분이 막 넘어갔네요.

"그런데 무조건 나오라고 하면……!"

— 당분간 보기 힘들어서 그래. 내가 고집부리고 있다는 건 나도 잘 아는데, 그래도 좀 봐주면 안 될까? 정말 보고 싶어서 그래. 응?

소리는 도연의 간절한 말에 더 이상 아무 대꾸도 하지 못했다. 그 순간 오리의 목소리가 들렸다.

"누나, 나갔다 와."

"어?"

"도연이 녀석이 나오라고 조르고 있는 중 아니야?"

그만 좀 애태우고 얼굴 보여 줘. 오리가 공부를 하다 말고 싱글거리고 웃으며 소리를 쳐다보았다. 소리는 오리가 지금까지 통화하는 내용을 전부 듣고 있었다는 것을 깨닫고 얼굴이 빨갛게 달아오르는 것을 느꼈다. 오리를 보는 게 민망했다. 소리는 얼굴을 손으로 감싸며 휴대폰에 대고 화풀이 겸, 민망한 마음을 달래려고 목소리를 높였다.

"알았어! 지금 나가면 되잖아!"

그리고 쿵쿵대며 방으로 들어가 점퍼를 입고 나오는 소리의 등 뒤로 오리가 끅끅대며 웃음을 참는 것이 고스란히 들렸다.

"정도연! 너 진짜……!"

소리는 계단을 올라가 1층 현관에 다다르자마자, 우편함 옆에 기대어 서 있던 도연을 보고 목소리를 높이다가 지금이 새벽임을 깨닫고는 황급히 다시 목소리를 죽였다.

도연은 그런 소리를 보고는 싱긋 웃으며 다가오더니 언제 졸라 댔나 싶은 얼굴로 자신이 두르고 있던 목도리를 풀어 소리의 목에 감아 주었다.

"날씨가 요새 좀 풀렸다고 해도 겨울이야. 옷 따뜻하게 입어."

"너무 꽉 맨 거 아니야? 답답해."

"좋으면서 괜히 툴툴거리기는."

"내가 뭘……."

소리는 도연이 웃으면서 하는 말에 반박하려다가 그냥 입을 다물었다. 아니라고 해도 어차피 도연이 믿을 것 같지도 않았고, 스스로도 오히려 더 머쓱할 것 같았다. 소리는 고개를 숙인 채 발로 바닥을 툭툭 찼다.

"원래 근사한 레스토랑에 가서 제대로 해야 하는데 말이야."

내가 마음이 급해서 말이지. 도연이 쑥스러운 투로 말을 꺼냈다. 소리는 도연의 말을 이해하지 못해서 어리둥절한 얼굴로 다시 고개를 들어 그를 쳐다보았다. 도연이 코트 주머니에서 작은 상자를 꺼내더니 열어서 소리에게 내밀었다.

"이번에는 빼지 말아 주라."

"……."

소리의 눈앞에 반지가 있었다. 백금으로 된 링이었다. 그리고 그 위에는 밤하늘의 수많은 별들처럼 작은 다이아몬드가 빼곡하게 박혀 있었다. 깔끔하면서도 화려해 보이고, 그러면서도 과하게 느껴지지 않는 단정한 디자인이었다. 그러나 소리는 가슴 한쪽에서 아릿한 통증을 느꼈다.

집에 숨겨 놓은 그 반지가 떠올랐다.

지금 눈앞의 반지와 비교하면 너무나 평범하고 초라해 보이는 반지였다. 그러나 그 반지를 받았을 때 자신이 얼마나 기뻐했는지를 생각한다면, 지금 이 반지와는 의미부터가 달랐다. 소리는 입술을 깨물고는 힘겹게 말을 뱉었다.

"이건…… 나한테 너무 과해."

"아니야. 안 그래. 너한테 꼭 해 주고 싶었어."

"하지만……."

"예전의 그 반지처럼 초라한 거 말고, 진짜 비싸고 화려한 걸로 제대로 네 손가락에 끼워 주고 싶었어."

두 번 다시 그때와 같은 초라함을 느끼고 싶지 않았으니까. 도연은 뒷말을 삼키며 소리에게 거듭 반지를 건넸다. 소리는 아무런 움직임도, 아무런 말도 없이 그저 도연이 내민 반지를 바라보기만 했다. 그리고 도연은 그저 소리가 반지를 받아 주기를 가만히 기다렸다.

"……아니야."

"소리야?"

얼마나 시간이 지났을까. 문득 도연은 소리가 울먹이는 것을 들고는 그녀를 불렀다. 소리가 눈물이 그렁그렁 고인 채 도연을 쳐다 보다가 고개를 흔들었다.

"그런 거 아니야. 초라하지 않았어. 초라하다고 생각한 적 단한 번도 없었어. 나는 이런 걸, 이런 것을 원한 게 아니라……."

소리는 말을 다 끝내지도 못하고 두 손으로 얼굴을 감싼 채 흐느꼈다. 6년 전에 자신이 빼 버렸던 그 반지는 결코 초라하지 않았다. 초라했던 것은 당시 자신의 마음, 자신의 처지, 그것이었지, 결코 반지와 그 반지에 담겼던 추억과 의미가 초라했던 것이 아니었다.

그런데 도연에게는 아니었나 보다. 초라하다고 느꼈었나 보다. 자신이 빼 버렸던 순간, 도연에게 그 반지는 초라해졌던 건가 보다. 소리가 흐느껴 울자, 도연이 어찌할 바를 몰라 주저하다가 그녀의 어깨를 토닥였다.

"소리야, 울지 마. 왜 울어."

"……바보야. 바보야, 이 바보야. 차라리 화를 내지. 왜 초라하다고 여겨."

소리는 도연의 가슴을 때리며 울먹였다. 그리고 다시 그를 쳐다보았다. 키가 큰 도연이 당황한 얼굴로 그녀를 내려다보고 있었다. 자신보다 훨씬 키도 크고, 몸집도 큰데 이럴 때에는 마치 어린아이 같았다. 버림받을까 봐 두려워하는 어린아이. 소리는 도연의 손을 잡았다.

"소리야?"

"……따라와."

소리는 그 말만을 내뱉고는 도연을 잡아끌었다. 도연은 당황한 얼굴로 소리를 따라 걸음을 옮겼다.

"어? 벌써 헤어졌…… 정도연?"

오리가 냉장고에서 생수병을 하나 꺼내며 하품을 하다가 현관문이 열리는 소리에 고개를 돌렸다. 그러자 도연이 오리에게 눈인사를 건네며 안으로 들어섰다.

소리는 입을 꾹 다문 채 도연의 손을 잡고 안으로 들어서다가 뒤늦게 오리의 시선이 자신과 도연의 맞잡은 손에 닿아 있는 것을 깨닫고는 도연의 손을 놓았다. 그리고 도연을 향해 돌아서서 입을 열었다.

"여기 잠깐만 앉아 있어."

"소리야."

소리는 도연이 부르는 것에 아랑곳하지 않고, 오리의 의아한 시선도 보지 못한 척, 방으로 들어갔다. 그리고 방의 한쪽 벽면에 놓여 있는 서랍장으로 향했다. 소리는 조심스럽게 그 서랍장의 제일 아래 칸을 열었다. 오래된 종이 상자가 서랍의 안쪽 깊숙한 곳에 들어 있었다.

소리는 그것을 꺼냈다. 손에 닿는 낡은 상자의 감촉에 가슴이 뭉클해졌다. 자격이 없는 것을 알면서도 지금껏 가지고 있을 수밖에 없었다. 자신에게 남았던 유일한 것이기에.

소리는 상자를 두 손으로 잡고는 돌아섰다. 방에서 나왔을 때, 도연과 곧바로 시선이 마주쳤다. 도연이 소리를 가만히 쳐다보고 있었다. 그리고 오리는 아무래도 자신이 있을 자리가 아니라고 생각했는지, 주춤거리며 일어서더니 소리가 나온 방으로 향했다.

소리와 스치면서 오리가 그녀를 격려하듯이 살짝 어깨를 잡았다가 놓았다. 그녀는 방문이 닫히는 소리를 들으며 도연에게 천천히 걸어갔다. 그리고 무릎을 꿇고 그를 마주 보고 앉았다.

"이거."

"……."

아까와 비슷한 상황이 되었다. 다만 다른 것이 있다면, 아까는 도연이 소리에게 반지가 들어 있는 상자를 열어서 건넸고, 지금은 소리가 도연에게 열지 않은 낡은 상자를 그대로 건넸다는 점이다.

도연의 눈이 심하게 흔들리기 시작했다. 굳이 말로 하지 않아도 낡은 종이 상자 안에 무엇이 들어 있는지 눈치를 챈 듯했다.

"나한테 이걸 가지고 있을 자격이 없다는 건 잘 알아. 하지만 그대로 버릴 수는 없었어."

"……."

"미안했어, 도연아. 그리고 지금도 너한테 정말 많이 미안해."

"……이걸, 네가 가지고 있었어?"

도연의 목이 잠겼다. 소리는 눈물을 뚝 떨어뜨리며 고개를 끄덕였다.

"웃기지. 내가 **빼** 버리고, 다시 내가 주워서 가지고 있고."

"……."

"나도 내가…… 웃기더라."

소리는 울음이 나오려는 걸 삼키며 말했다. 도연은 침묵했다. 그는 그저 소리가 건넨 종이 상자를 내려다보고 있었다. 그러다가 조심스럽게 손을 뻗었다.

도연은 아무 말도 하지 않고 묵묵히 상자를 열어 반지를 보았다. 이렇게 생겼었구나. 도연은 신기하다는 생각을 했다. 초라해 보였던 마지막 기억과는 다르게, 반지는 그다지 초라해 보이지 않았다. 어째서일까. 도연은 상자에 들어 있는 반지를 보다가 다시 자신이 이번에 산 반지를 보았다.

"뭐, 아무러면 어때."

도연이 중얼거리면서 픽 웃더니 곧바로 소리의 손을 잡아끌었다. 그리고 망설임 없이 소리의 왼쪽 약지에 화려한 모양의 반지를 끼우고, 그 위에 6년 전에 버려졌다고 여겼던 그 반지를 끼웠다.

"하기야, 요새는 예물 반지 같은 거 가드 링(guard ring)까지 같이 끼운다더라. 그런 거라고 봐도 되겠네."

"도연아, 나는 받을 자격이 없……."

"좋아하는 마음에, 자격이 필요해?"

"……."

"그냥 사랑하면 되는 것이지, 거기에 자격을 필요로 해?"

"……도연아."

"버리지 않았잖아. 나는 버렸는데, 너는 아니었잖아."

"애당초 내가 빼 버렸던 거야."

"하지만 쳐 낸 건 나였어. 그대로 돌아섰던 건 네가 아니라 나였다고."

"……."

"초라하다고 생각했어. 지금까지 줄곧 그때 그 기억 속의 반지는 너무 초라하다고 여겼어. 그게 마치 악몽처럼 지금껏 나를 따라다녔어. 정이준으로 살아도 변함없이 나는 초라했어. 그 반지만 생각하면, 나는 6년 전의 초라한 내가 되는 것만 같아서 견딜 수 없었어."

도연은 반지를 끼운 소리의 손가락을 만지작거리다가 부드럽게 웃었다. 그의 눈이 촉촉하게 젖어 있었다.

"기뻐, 소리야. 더 이상 초라하지 않아서. 내 기억 속의 반지가 초라했던 게 아니라."

"……."

"고마워."

도연은 소리를 끌어안았다. 소리가 아무런 저항도 없이 도연의
품으로 안겼다. 도연의 입술이 소리의 입술을 가만히 덮었다.

떠들썩한 웃음, 그리고 환호. 해마다 텔레비전에서는 제야의 종소리와 함께 새해를 축하했다. 시상식 중간에 새해가 시작되었다면서 새해 복 많이 받으라는, 흔하기 짝이 없는 인사를 건네기도 했다. 그 모든 것은 마치 도돌이표처럼 매년 12월 31일에 반복되던 것이었다. 올해에도 마찬가지였다.

"새해 복 많이 받아, 누나. 올해에는 더 많이 행복하고."

그러나 소리는 그 모든 게 너무나 생경해서 어리둥절할 지경이었다. 지난 몇 년을 혼자 보냈던 탓에 텔레비전에 나오는 이들의 인사를 화면 밖에서 지켜보기만 했지, 이렇게 누군가에게서 직접 인사를 받는다는 게 낯설기 그지없었다. 하지만 반사적인 행동 덕분일까. 소리는 어리둥절한 와중에도 오리에게 인사를 건넸다.

"오리 너도 새해 복 많이 받고. 더 건강하고."

"응. 우리 둘 다."

"……그래, 우리 둘 다."

소리의 대답이 마음에 들었던지 오리의 눈이 둥글게 휘어졌다. 소리는 미소를 머금은 오리의 눈을 마주하고 있으려니까 가슴이 뿌듯하게 차오르는 기분이 들었다.

상상이나 해 봤던가. 이렇게 오리와 함께 새해를 맞이하게 될 날을 말이다. 늘 바라고 소원했지만 그만큼 꿈처럼 여겨지던 일이기도 했다. 소리는 어리둥절했던 기색을 지우고 환하게 웃었다.

"진짜 좋다아아, 오리야."

"나도."

오리가 마주 보고 웃는 것을 보다가, 소리는 다시 텔레비전으로 눈을 돌렸다. 시상식이 다시 이어지고 있었다. 그리고 남자 최우수상 후보들 중의 하나로 도연이 화면에 비쳐지고 있었다.

"잘생기기는 진짜 잘생겼다."

오리가 혼잣말처럼 중얼거리다가 이내 짓궂은 얼굴로 소리를 돌아보았다. 소리는 멍하니 텔레비전 속 도연의 얼굴을 쳐다보다가 놀란 표정으로 오리를 쳐다보며 물었다.

"왜, 왜 갑자기 쳐다봐?"

"아니, 누구는 좋겠다─ 싶어서. 누나, 지금 딱 그런 심정이지? '저 남자가 내 남자라니! 아싸라비야!'"

"야!"

하하, 하고 웃는 오리가 무척 유쾌해 보였다. 소리는 그런 오리를 마구 꼬집다가 다시 그를 빤히 보고는 오리의 볼을 잡아당겼다. 오리는 아프다고 하면서도 그런 소리를 말리지 않고 그냥 웃기만 했다.

"이 순둥아."

"……내가 뭐어."

오리가 볼이 잡아당겨져서 살짝 둔해진 발음으로 말했다. 소리는 종종 오리의 얼굴에 묻어나는 그늘을 알아차렸으면서도 모르는 척해 왔었다. 오리 역시 알고 있었을 것이라고 소리는 생각했다. 그녀가 일부러 모르는 척했다는 것을.

"……고마워."

"뭐어가아아."

"전부 다."

"그러엄, 이 소온 좀 놓고 마알해."

오리가 농담처럼 대꾸하자, 소리는 웃으며 오리의 볼을 잡고 있던 손을 놓았다.

고마워, 오리야. 다시 깨어나 줘서. 많이 힘들 텐데 아무렇지 않게 웃어 줘서. 모든 게 혼란스럽고 어려울 텐데 그래도 용기 내고 일어나 줘서.

소리는 오리를 물끄러미 보다가 텔레비전에서 들려온 정이준의 이름에 고개를 다시 돌렸다. 오리 역시 볼을 문지르다가 텔레비전으로 시선을 던졌다. 정이준으로서의 도연이 남자 최우수상 후보로 소개되고 있었다.

소리는 가슴이 뛰는 것을 느꼈다. 턱시도를 입고 있는 도연의 여유로운 모습이 너무나 멋져 보였다. 옆에 앉은 동료 배우가 뭔가 귓속말을 하자 희미하게 미소를 짓는 것이 카메라에 잡히자, 방청석 쪽에서 환호성이 터져 나왔다. 도연이 그런 반응에 멋쩍은 표정을 짓고는 다시 무대 위로 시선을 던지는 것이 보였다.

소리는 무심코 시선을 내려 자신의 손을 보았다. 왼손 약지의 반지 두 개가 눈에 들어왔다. 과거와 현재를 각각 담고 있는 반지들이었다. 소리는 오른손으로 반지를 가만히 쓰다듬어 보았다.

"그런데, 도연이는 좀 섭섭하겠다."

"응?"

갑자기 들려온 오리의 말에 소리가 다시 그를 쳐다보았다. 오리가 눈짓으로 반지를 가리키고는 다시 텔레비전 화면에 잡힌 도연을 가리키며 말을 이었다.

"도연이는 반지가 없으니까."

"……."

"엄청 후회하는 것 같던데? 누나는 예전 커플링을 지금까지 가지고 있었는데, 자기는 그러지 못해서."

"도연이가 잘못한 거 없어."

"알아. 방에서 대충 듣다 보니까……. 아, 일부러 들은 건 아니야. 워낙 이 집이 방음이 안 되잖아. 알지? 하여간 누나가 커플링을 먼저 빼 버렸다며. 그래서 그 뒤에 도연이가 열 받아서 자기가 끼고 있던 것을 빼 버렸고."

소리는 아무 말도 하지 않았다. 자신이 6년 전의 반지를 가지고 있었다는 것을 알게 된 도연은 소리에게 정말 많이 미안해했다. 그러나 소리는 도연을 원망한다거나 서운해한다거나 하지 않았다. 그럴 이유도 없었다.

도연으로서는 당연한 반응이었다고 소리는 생각했다. 오히려 그때 그 자리에서 빼서 자신에게 던지지 않은 것만으로도 도연은 충분히 인내심을 가지고 자제했던 것이리라. 하지만 도연은 아니었던 것 같다.

'정말 괜찮은데…….'

소리는 다시 반지를 만지작거렸다. 커플링이라……. 소리는 잠시 고민을 하며 눈을 깜빡였다. 그렇지만 곧 이어진 수상자 발표에 고개를 들었다.

"와아, 도연이가 최우수상이야!"

오리가 신난다는 듯 박수를 치기 시작했다. 소리는 멍한 얼굴로 텔레비전 화면만 쳐다보았다. 늘씬한 몸에 턱시도가 너무나 잘 어울렸다. 단순히 마른 몸이 아니라 근육이 잘 잡혀 있으면서 늘씬한 몸이었다. 그래서인지 비슷한 턱시도를 입고 있는 배우들 중에서도 유난히 눈에 띄었다. 그리고 그런 그가 동료 배우들과 선배들에게 인사를 하더니 성큼성큼 무대 위로 올라갔다.

「고맙습니다.」

도연이 트로피와 꽃다발을 품에 안은 채 마이크 앞에 서서 잠시 정면을 바라보다가 자신을 향해 '이준 오빠!' 하고 외치는 방청석 쪽의 환호에 슬쩍 그쪽을 올려다보고는 싱긋 웃었다. 그리고 다시 앞을 바라보며 살짝 허리를 숙여 마이크 가까이 입을 대고 말을 하기 시작했다.

함께 작품을 했던 동료들과 선후배, 제작진, 그리고 매니저를 포함한 여러 사람들을 언급하면서 감사 인사를 하던 그가 끝으로 시청자와 팬들에게 고맙다는 말을 전하고는 그대로 수상 소감을 마칠 것처럼 허리를 펴더니, 이내 장난꾸러기처럼 씩 웃으며 다시 마이크에 대고 말했다.

「떡국 두 그릇 주문할게요! 기대하고 있습니다! 새해 떡국 먹을 생각에 오늘 점심부터 굶고 있는 중이에요!」

그러고는 고개를 숙여 거듭 인사한 뒤 도연이 무대에서 퇴장했다. 시상식을 진행하던 MC들이 '떡국 두 그릇이라…… 하하. 어디 맛집 사장님께 특별히 부탁하셨나 봐요.' 하면서 당황한 기색을 지우느라 바빴다. 잠시 어리둥절해하던 방청석의 반응 역시 그와 비슷했다. 소리는 손으로 이마를 짚었다.

그게 뭐야, 바보야.

와하하, 오리가 옆에서 눈을 끔뻑이다가 뒤늦게 웃음을 터뜨렸다. 소리는 괜히 쑥스러워서 입술을 삐죽 내밀다가 금세 걱정스러운 얼굴로 '떡국을 끓일 떡을 얼마나 사다 놓았더라?' 하고 생각했다.

'설마 부족하지는 않겠지?'

점심부터 굶었다는 그 말이 예사롭지 않았다.

그리고 역시, 도연의 그 말은 예사롭게 여길 것이 결코 아니었다. 소리는 불만 가득한 도연의 뚱한 얼굴을 보며 얄밉다는 게 어떤 건지 제대로 알겠다고 생각했다. 소리는 떡국 한 그릇을 도연의 앞에 놓아주며 퉁명스럽게 말했다.

"이 돼지야. 세 그릇이나 먹어 놓고 뭐가 부족해서 그런 얼굴이야?"

"양이 너무 적잖아."

"이게 네 그릇째거든?"

"코딱지만 한 그릇으로?"

소리는 도연의 입에서 나온 '코딱지' 발언에, 기가 막혀서 말을 잇지 못했다. 외모와 심하게 괴리된 발언이었다.

"정이준 입에서 '코딱지' 운운하는 말이 나올 거라고, 누가 예상이나 할까."

"지금은 정도연이거든?"

"네가 무슨 이중인격자야? 여기서는 정이준, 저기서는 정도연하고 나눠서 살게?"

"응. 난 그래."

도연이 천연덕스럽게 고개를 끄덕였다. 소리는 어이없다는 눈으로 도연을 보다가 고개를 돌려 상호를 쳐다보았다. 상호가 만두 하나를 통째로 입에 넣다가 '앗, 뜨거!' 하고 바보처럼 웅얼대던 중에 소리의 시선을 느끼고는 그녀를 쳐다보며 고개를 끄덕였다. 그러고는 급히 입안에 있던 만두를 씹어 삼키고 말을 이었다.

"그건 이준이 말대로야. '정이준'과 '정도연'을 아주 제대로 선 긋고 구분해서 행동하거든."

의외의 대답에 소리의 표정은 어리둥절해졌다. 하지만 상호는 이미 익숙하다는 듯 아무렇지 않게 말을 이었다.

"그래서 내가 일부러 평소에도 이준이라고 부르는 것도 있어. 제발, 내 앞에서도 '정이준'으로서 상냥하고 예의 바르게 행동해 달라는 간절한 바람을 담아서."

상호가 항상 도연을 '이준'이라고 부르는 이유가 드러난 순간이었다. 소리는 한숨을 내쉬었다. 그리고 허탈하게 중얼거렸다.

"내가 알던 정도연이 어디로 사라진 기분이야."

"어디로 사라지기는. 여기, 네 앞에 있는데. 혹시 네 기억 속에서 변질된 거 아니야? 뭐야, 한소리……. 그래서 지금 네 눈앞에 있는 내가 마음에 안 든다는 거야?"

과거의 자기 자신에게 질투하며 으르렁대는 모습에 소리는 기가막혔다.

"진짜 지질해 보여."

"뭐라고?"

"떡국이나 마저 먹어, 이 돼지야. 이제 진짜 없어. 떡국 솥 전부

비운 거 너도 봤지?"

소리가 도연이 뭐라고 항의하려는 걸 막으며 말했다. 그러자 도연이 슬쩍 소리를 흘겨보다가 순순히 떡국을 다시 먹기 시작했다. 그리고 소리는 언제 타박했냐는 듯 도연이 떡국을 먹고 있는 걸 흐뭇하게 지켜보았다.

"저런 걸 바퀴벌레 커플이라고 하는 건가. 크흑. 저런 바퀴벌레 커플을 부러워하면 지는 건데!"

도연과 소리를 한참 바라보던 상호가 우는 시늉을 하며 커다란 주먹으로 눈을 비볐다. 그러자 오리가 짐짓 진지한 표정으로 상호를 토닥였다.

새해 1월 1일, 평화롭게 시작한 늦은 아침이었다.

✻

"어디 가려고?"

"집에 잠깐이라도 가 봐야겠어."

아침을 먹은 뒤, 상호는 좁은 방 안에서 오리와 도연과 함께 빈둥거리며 뒹굴거리던 중이었다. 그런데 마침 텔레비전에서 자식들을 기다리는 부모님 어쩌고 하는 프로그램이 방송되고 있었고, 심심하던 터라 무심코 그 프로그램을 보던 상호는 금세 눈물을 글썽이더니 일어났다.

저녁 무렵 도연의 스케줄이 잡힌 탓에 부모님에게는 나중에 찾아뵙는다고 했었는데, 아무래도 텔레비전을 보고 나니 마음이 편하지 않았나 보다. 도연은 비스듬히 기대어 앉아 있다가 상호를 불렀다.

"형, 백화점 들러서 한우 세트라도 사 가지고 가. 내 카드 쓸래?"

"됐다, 인마. 지난번에 네가 사 줬던 가방만으로도 충분해. 어머니가 진짜 좋아하시더라. 어쨌든 내가 그래도 명색이 장남인데, 새해 선물 정도는 직접 사야지. 이따가 여기로 올게. 너 계속 여기 있을 거지?"

"응. 뭐, 갈 곳도 없고."

상호의 물음에 도연이 아무렇지 않게 대꾸했다. 그런 도연의 모습에 상호의 얼굴빛이 슬쩍 흐려졌다.

천하의 정이준이지만 이럴 때에는 갈 곳이 없다. 찾아갈 가족도 없고……. 아니, 가족은 있다. 법적으로는 여전히 부모님이 전부 살아 계신다. 그러나 그들과 인연을 끊은 것은 이미 오래전의 일이라고 들었다.

이혼하면서 도연을 서로 맡지 않으려고 했었다니, 도연이 그들을 찾지 않는 것도 이해하지 못할 바는 아니다. 하지만 그렇다고 해서 도연이 정말 아무렇지 않을 것인지는 의문이다. 물론 본인은 아무렇지 않다는 듯 행동했지만 말이다.

'다행이네.'

상호는 오리가 도연의 휴대폰으로 게임을 하다가 뭔가를 물어보느라고 도연에게 기대는 것을 보면서 웃었다. 햇빛조차 제대로 들지 않는 반지하 방이지만, 이렇게 포근하고 따스한 분위기라니. 명절 같은 때에는 언제나 혼자였던 도연이 이제는 다른 사람들과 이렇게 함께 있을 수 있다는 것이 다행이란 생각이 들었다.

상호가 코트를 입고는 돌아섰다. 도연이나 오리나 둘 다 한창 게임에 빠진 것 같으니 따로 인사를 하지 않는 편이 나을 것 같았

다. 어차피 이따가 스케줄 때문에 다시 도연을 데리러 와야 하기도
하니까.

"어? 오빠, 가세요? 점심에 김밥 싸려고 지금 준비하는 중인
데."

소리가 부엌에서 뭔가 재료 준비를 하다가 상호의 인기척에 돌
아서서 물었다. 상호는 아쉽다는 얼굴로 대꾸했다.

"오홍, 김밥! 맛있는 김밥! 아쉽지만 안 되겠네. 부모님 잠깐이
라도 가서 뵈려고."

"아⋯⋯. 어머, 그러면 아침에 괜히 저희 때문에 여기로 오신
거 아니에요? 부모님 댁에 가셔야 하는데."

"아니, 그런 건 아니야. 원래 나중에 시간 빌 때 찾아뵈려고 했
었어. 초대 안 해 줬으면 노총각 오라버니는 혼자 아침 겸 점심으
로 라면이나 끓여 먹으면서 궁상떨고 있었을 텐데, 뭘. 그냥 지금
갑자기 부모님을 뵙고자 하는 의지가 솟구치는 바람에!"

헤에, 뭐, 그렇게 된 거야. 상호가 히죽 웃으며 말했다. 그러고
는 소리의 젖은 손을 보고 눈을 부라리며 방 쪽을 향해 외쳤다.

"야, 이 식충이들아! 먹었으면 일을 해라! 소리 혼자 다 하게 만
드냐!"

"아하하, 상호 오빠."

상호의 우렁찬 외침에 소리가 난감한 얼굴로 웃었다. 그러자 방
안에서 도연이 구시렁대더니 오리와 함께 나왔다.

"형은 뭐 혼자만 안 먹고 굶었냐? 누구더러 식충이래? 그리고
너 지금 뭐 하는 건데? 왜 방에 안 들어오고?"

"아니, 그냥⋯⋯. 이따가 김밥 할 것 미리 재료 준비 좀 하느라
고."

"그걸 왜 혼자 몰래 하냐?"

쯧, 하고 혀를 차면서 도연이 다가오더니 소리의 손을 끌어다가 잡았다. 그러고는 미간을 찌푸리며 말을 이었다.

"이거 봐. 손이 얼음장이잖아. 부르지 그랬어."

"아니, 그럴 것까지는……."

"미안. 내가 좀 모르는 게 많아. 그래서 상호 형이 나를 보면 만날 잔소리야."

소리는 도연을 올려다보았다. 도연이 머쓱한 얼굴로 소리를 내려다보다가 얼굴을 찡그렸다.

"누가 해 주는 밥을 얻어먹은 적이 거의 없어서. 상호 형이 밑반찬 같은 건 갖다 주기는 하지만 솔직히 집에서 밥도 거의 안 먹거든. 그래서 무슨 요리를 하든지 준비 과정이 있다는 거, 그런 개념이 없어."

"……."

"그러니까 앞으로는 좀 가르쳐 주라. 혼자 하지 말고."

도연이 말을 끝내며 소리의 차가운 손을 양손으로 잡고 호호 불며 비볐다. 소리는 그 감촉에 귀까지 화끈거리는 것 같아서 손을 빼려고 했다. 그러나 도연의 힘을 이길 수는 없었다.

"하긴 이준이 녀석 집 상태가 좀…… 많이 심각하지."

"하하, 진짜요?"

상호가 도연과 소리를 보다가 턱을 긁으며 혼잣말처럼 중얼거리자 오리가 웃으며 말했다. 그리고 다시 생각났다는 듯 오리가 말을 이었다.

"참! 형, 부모님한테 다녀오신다면서요."

"아, 맞다! 내가 이러고 있을 때가 아닌데!"

상호는 황급히 돌아서서 현관으로 향하다가 오리의 어깨를 툭툭 치며 말했다.

"커플 속에서 힘내라. 부러우면 지는 거다."

"하하, 형……."

오리가 상호의 농담에 웃었다. 그리고 슬쩍 뒤를 돌아보았다. 도연과 소리가 여전히 서로를 마주 본 채 손을 맞잡고 있었다.

"저도 잠깐 산책이라도 하고 와야겠어요."

"왜?"

"여기 있다가는 닭털 속에서 파닥파닥거릴 것 같아서요."

오리가 뒤쪽을 가리키며 어깨를 으쓱였다. 그러자 상호가 으하하, 하고 웃다가 조금은 음울한 어조로 중얼거렸다.

"그러니까 부러워하면 지는 거라고. 저런 바퀴벌레 커플에게 지지 않아!"

✳

동지가 지났지만 여전히 밤은 길었다. 소리는 오리가 깨지 않도록 조심스럽게 움직였다. 오리가 새벽까지 공부를 하다가 잠든 것을 알기에, 소리는 더욱 조심스러울 수밖에 없었다. 게다가 요즘 들어서 오리는 소리가 새벽에 혼자 시장에 가는 것을 못마땅하게 여기고 있었다.

어젯밤에도 오리와 다투었다. 시장에 가서 이것저것 인형을 만드는 데에 필요한 원단과 재료들을 살 때만큼은 같이 가자는 오리의 제안 때문이었다. 소리는 그런 것에 신경 쓰지 말고 공부나 하라고 했고, 오리는 그런 소리의 말에 화를 버럭 냈다.

물론 오리의 마음을 모르는 건 아니다. 오리가 얼마나 미안해하고 있는지도 잘 알고 있다. 하지만 소리는 오리까지 동원하면서 장사를 할 마음은 없었다. 오리에게 뭐든지 해 주고 싶어서 돈을 버는 것이지, 오리를 고생시키려고 돈을 버는 게 아니니까.

소리는 화장실에서 물소리가 새어 나가지 않게 조심해서 세수를 하고는 옷을 갈아입고 나왔다. 방이 하나뿐이라 아무래도 조심해야 할 것이 많다. 자매 사이였더라면 상관없겠지만, 남매이기에 서로 조심해야 할 부분들이 있었다.

예를 들면, 이렇게 옷을 갈아입는 것도 그랬다. 소리는 오리가 퇴원해서 함께 살게 된 후로 옷을 화장실에서 갈아입게 되었다. 오리 역시 그랬다. 하지만 그런 게 불편하다고 불만을 느낀 적은 없었다. 오히려 감사하고 있었다.

오리가 깨어났기에 가능한 일이니까.

소리는 커다란 크로스 가방을 메고 현관으로 향했다. 그리고 운동화에 발을 막 넣으려는 순간, 등 뒤에서 오리의 목소리가 들렸다.

"이럴 줄 알았어."

"……!"

갑자기 들린 목소리에 소리가 화들짝 놀라 몸을 떨고는 뒤를 돌아보았다. 오리가 팔짱을 낀 채 소리를 내려다보다가 얼굴을 찡그렸다.

"누나가 도둑이야? 왜 몰래 나가려는 건데?"

"아…… 오리야."

"같이 가. 누나가 화장실에서 옷 갈아입는 동안 나도 방에서 옷 갈아입었으니까. 누나 네가 언제 들어올지 몰라서 진짜 두근거리더라."

오리가 피식 웃으며 커다란 점퍼 차림으로 신발을 신었다. 소리
는 어깨를 축 늘어뜨리며 오리를 올려다보았다.

"진짜 나 혼자 가도 되는데……."

"나도 새벽 공기 좀 마시고 싶어서 그래. 동대문 가려는 거지?
새벽 시장을 가면 막 자극도 받고 좋다던데?"

"자극은 무슨."

"우리 거기 가서 뜨끈한 우동도 사 먹고 그러자. 응? 누나?"

"……휴우, 알았어. 네 마음대로 해."

소리는 오리가 어울리지 않게 졸라 대는 모습을 잠시 쳐다보다
가 체념하고는 대꾸했다. 그러자 오리가 즐겁게 웃으며 현관문을
열었다.

"그렇게 좋아? 안 그래도 늦게 자서 잠도 부족할 거면서."

"누나, 너는 잠을 늘어지게 잔 것처럼 그런다?"

"너보다는 더 잤으니까."

"30분이나 더 잤을까. 그건 무슨 허세야?"

오리가 못 말린다는 투로 대꾸하고는 점퍼 주머니에 손을 넣었
다. 소리는 오리를 잠시 보다가 다시 한숨을 내쉬고는 열쇠를 꺼냈
다.

"가자."

소리는 계단을 올라가는 오리의 뒷모습을 가만히 올려다보았다.
재활 치료를 열심히 받은 덕분에 오리의 걸음걸이가 다른 이들의
것과 흡사해 보였다. 하지만 그래도 걱정스럽고 불안한 것은 어쩔
수 없는가 보다. 소리는 오리의 뒷모습을 올려다보다가 다시 급하
게 계단을 뛰어 올라갔다.

"미끄러울 수 있으니까 조심해."

"응."

"눈이 많이 녹았다고 하지만 저기 골목길은 아직 얼어 있는 데가 많아."

"알았어."

오리가 눈을 휘며 웃으면서 대꾸했다. 소리가 걱정스러운 얼굴로 종종대는 것이 오리의 눈에는 귀엽게 보일 뿐이었다. 솔직히 누나라고는 하지만, 어차피 쌍둥이였다. 다만 자신보다 몇 분 먼저 태어났다는 이유로 누나가 되었을 뿐. 오리는 소리의 손을 잡으며 말했다.

"이렇게 손잡고 가면 되지?"

"칫. 그래."

소리는 여전히 오리가 자신을 따라나선 것을 못마땅하게 여기면서도 어쩔 수 없이 대답하고는 오리가 잡은 손에 힘을 주어 맞잡았다.

"가로등을 새벽에 너무 일찍 꺼, 이 동네는. 날이 밝으려면 아직 멀었는데."

"그러게. 밤보다 더 컴컴한 것 같아."

쌍둥이 남매가 도란도란 얘기를 나누며 골목길을 걸었다. 신문 배달을 하는 사람의 오토바이가 그들 남매의 옆으로 지나갔다.

"아, 좋다. 속이 따뜻해지니까 몸도 덜 춥고."

오리는 우동 국물을 싹 비우고는 씩 웃으며 말했다. 소리는 오리의 바로 옆에 앉아서 우동을 마저 먹다가 타박하듯 말했다.

"그것 봐. 추웠지? 감기 걸리면 어쩌려고 겁도 없이 따라와?"

"감기 안 걸려."

"그걸 누가 알아?"

"그러는 누나는 더 추울 때에도 여기에 오잖아?"

"나는 습관이 되어서 괜찮아."

"그럼 나도 습관이 될 때까지 따라오면 되겠네."

"오리, 너!"

소리가 오리의 태연한 대꾸에 발끈했다. 그 모습을 맞은편에서 보던 주인아줌마가 깔깔대고 웃었다.

"아유, 남매가 아주 보기 좋네. 서로 우애 있는 모습이 아주 좋아."

"그렇죠?"

"그럼. 요즘 같은 세상에는 서로 아끼고 위해 주는 피붙이가 최고야. 자, 여기 떡볶이 조금 더 담았으니까 먹어요."

"고맙습니다."

오리가 넉살 좋게 주인아줌마와 대화를 나누면서 떡볶이 접시를 건네받았다. 소리는 정말 말 그대로 푸짐한 접시를 보고 눈을 동그랗게 떴다.

"아주머니…… 너무 많이 주신 거 아니에요?"

"에이, 괜찮아. 내가 보기 좋아서 그래."

"……고맙습니다."

소리가 꾸벅 고개를 숙여 인사했다. 그 모습을 보던 주인아줌마가 다시 오리를 쳐다보고 말을 이었다.

"이 아가씨가 거의 매일 시장에 오면서도 단 한 번도 뭘 사 먹는 걸 못 봤는데. 오늘은 동생이랑 같이 왔다고 그 기념인가 봐."

"아…… 그래요?"

"응. 매번 올 때마다 무거운 원단이고 뭐고 다 짊어지고 이 길로 다니는 걸, 주변 상인들은 다 봤지. 새벽에 나와서 배가 고플 법도 한데, 아가씨가 주전부리를 하는 걸 통 볼 수가 없더라고. 아주 억척스럽구나 했지, 젊은 아가씨가. 내가 아들이 있으면 며느리 삼고 싶을 정도라니까."

"……."

오리는 어색하게 웃고는 입을 다물었다. 열여덟, 자신과 똑같이 어린 나이였다. 홀로 감당하기에는 너무 무섭고 버거웠을 삶이다. 그런데 이렇게 씩씩하게 살아왔다. 자신의 누나는 작은 몸집과는 다르게 훌쩍 자랐나 보다.

'나는 어떻지?'

오리는 자기 자신을 돌아보았다. 여전히 열여덟, 과거의 자신으로부터 한 걸음도 나아가지 못한 것은 아닐까. 갑자기 바뀌어 버린 세상이 낯설다고, 무작정 겁을 내고 있는 것은 아닐까. 소리 역시 그랬을 텐데. 자신의 누나 또한 모든 게 낯설고 무서웠을 텐데. 아니, 오히려 더 무섭고 두려웠을 텐데.

'잠들어 있는 나를 보면서 더욱 절망하고, 무서웠을 텐데.'

오리는 지금 이 순간 소리와 함께 있는 것이 얼마나 다행인지 새삼 느꼈다. 입장이 바뀌었더라면 과연 자신은 이렇게 소리처럼 묵묵히 두려움을 이겨 내며 살아갈 수 있었을까. 오리는 확신할 수 없었다.

"많이 먹어라, 누나."

"아앗, 야아! 턱에 묻었잖아!"

하하, 오리가 웃었다. 오리가 이쑤시개로 콕, 찍어서 내민 떡볶이가 하필이면 소리의 턱에 닿아서였다. 소리는 옆에 있던 두루마리 화장지로 턱을 문질러 닦으며 오리를 살짝 흘겨보더니 이내 웃으면서 입을 아, 하고 벌렸다. 오리는 다시 이쑤시개에 떡볶이를 하나 더 찍어서 두 개를 한꺼번에 소리의 입에 넣어 주었다.

"너도 먹어."

소리가 이쑤시개로 떡볶이 하나를 찍어서 오리의 입에 넣어 주었다. 오리 역시 입을 벌려 받아먹었다.

고마워, 누나. 나를 포기하지 않아 줘서.

혼자 무서웠을 텐데, 그래도 꾹 참고 견뎌 줘서.

'……앞으로는 뭐든지 혼자 하게 놔두지 않을게. 더 이상 혼자 고생하게 안 할 거야.'

오리의 시선이 애틋하게 소리에게 닿았다.

어느새 어슴푸레하던 새벽의 하늘이 밝아 오고 있었다.

❊

"너, 정말 이럴래?"

소리가 씩씩대며 오리에게 외쳤다. 그러나 오리는 들은 척도 하지 않고 장사를 하기에 바빴다. 동대문 시장에 따라왔을 때 알아봤어야 했는데! 소리는 화를 참지 못하고 발을 동동 굴렀다. 오리가 자신의 백팩에 문제집을 잔뜩 넣고는 장사하러 나가는 소리를 따라나섰던 것이다.

"야! 한오리! 너 누나 말 무시할 거야?"

"예, 어서 오세요! 아, 이거요? 이천 원입니다."

"너, 진짜……."

"누나, 손님이 이 돌고래 인형 하나 더 없냐고 하시잖아?"

"이따가 봐, 너. ……예! 손님, 돌고래 인형이요. 잠깐만요!"

소리는 오리를 노려보다가 금세 손님에게 상냥하게 웃고는 돌아서서 쭈그려 앉더니, 큰 가방을 열고 인형들을 뒤적거렸다. 그리고 같은 모양의 돌고래 인형을 하나 꺼내 들고는 일어서서 손님에게 건넸다.

"감사합니다!"

"안녕히 가세요!"

소리와 오리가 동시에 손님을 향해 인사를 저마다 한 뒤 싸늘한 침묵이 감돌았다. 그리고 오리가 다시 딴청을 부리며 플라스틱 의자에 앉더니 문제집을 펼쳤다. 소리는 허리에 양손을 얹은 채 그의 앞에 섰다.

"한오리, 진짜 누나 말 안 들을 거야?"

"동생 말도 좀 들어주지?"

"야! 너는 공부를 해야 하는……!"

"그러니까 공부하잖아."

"그 공부를 왜 굳이 여기서 하냐! 집에 가서 해! 집에 가서 하란 말이야! 너, EBS도 봐야 되고……."

"이따가 가서 보면 돼."

"오리야아아."

소리는 화를 내며 큰소리를 치다가 이번에는 앓는 소리를 내며 오리의 앞에 쭈그리고 앉아서 그를 올려다보았다.

"그러지 말고오오, 누나 부탁이야. 응? 하나뿐인 누나가 이렇게 원하는데, 안 들어줄 거야? 진짜? 응?"

"이것 보세요, 한소리 씨. 애교는 남자친구 앞에서 부려. 어디서 통하지도 않을 애교를."

오리가 기가 막힌다는 듯 혀를 차며 소리의 이마를 검지로 콕, 밀어냈다. 소리는 입을 삐죽 내밀었다가 오리의 검지를 두 손으로 잡고는 앙 하고 물어 버렸다. 그러고는 곧바로 퉤퉤 하면서 입을 벌려 오리의 손가락을 놓고는 투덜댔다.

"아우, 맛없어. 무슨 오리가 이렇게 맛이 없냐. 불량 오리다, 불량 오리."

"어, 맛없어. 그러니까 물지 마. 누나 네가 멍멍이라도 되냐?"

"멍멍!"

"아, 썰렁해!"

오리가 소리의 개 흉내에 짜증을 냈다. 그러면서도 눈은 웃고 있었다. 소리 역시 오리가 장난으로 짜증을 내는 것임을 알기에 삐친다거나 하지 않고 자꾸 장난을 쳤다.

어릴 때부터 둘은 이렇게 종종 서로에게 장난을 치고는 했었다. 보통 남매 사이가 사춘기에 접어들면서 멀어지고는 하는 것과 달리, 그들은 사춘기에 접어든 뒤에도 마찬가지였다. 소리는 장난을 치다가 무릎을 펴고 일어나더니 진지한 얼굴로 다시 물었다.

"진짜, 나랑 계속 여기서 장사를 하겠다고?"

"응."

"……."

"그런 표정 짓지 마, 누나."

오리가 소리의 손을 붙잡고 양쪽 옆으로 마구 흔들며 말했다. 소리는 오리가 흔드는 대로 내버려 두다가 손을 빼고 대꾸했다.

"몰라. 너, 미워. 하나뿐인 누나 말도 안 듣고."

"나는 누나가 제일 좋은데?"

"쳇. 나중에 여친 생기면 '내가 언제 그랬어?' 하고 딴말할 거다 알거든?"

소리는 툴툴대며 다시 돌아서서 가판대의 인형들을 가지런히 줄을 맞춰 정리했다. 소리가 어쩔 수 없이 허락 아닌 허락을 한 것임을 알기에 오리가 다시 문제집을 보면서 말을 이었다.

"공부도 더 열심히 할 거야. 그러니까 걱정하지 마, 누나."

"말이나 못하면……."

소리가 웅얼거리는 것이 들렸다. 오리는 그냥, 가만히 웃었다. 그리고 다시 짓궂은 표정으로 말을 이었다.

"그리고 아직 생기지도 않은 미래의 내 여자친구를 두고 벌써부터 질투하는 거야? 우와, 진짜 치사하다, 누나. 자기는 한창 연애 중이면서……."

"뭐어어?"

"왜? 내가 틀린 말 했어? 응?"

오리의 장난기 어린 대꾸에 소리는 억울한 표정을 짓다가 그냥 입만 삐죽거렸다. 뭐…… 그렇게 말하는데, 대꾸할 말이 없는 게 사실이었다.

❋

"가게를 하나 내면 어때?"

도연이 늦은 스케줄을 마치고 모처럼 다음 날은 아예 스케줄이 없다면서 밤늦게 소리의 집에 찾아왔다. 아예 다음 날까지 있을 작정인지 도연은 샤워를 하고 나온 뒤에 오리의 이불 위에서 뒹굴거리다가 소리의 하소연을 듣고는 이렇게 제안했다. 소리는 무릎을 끌어안은 채 투덜거리다가 도연의 말에 고개를 들었다.

"가게라니?"

"그렇지 않아도 너 계속 이렇게 길거리에서 장사하는 거 마음에 안 들었는데. 잘됐다, 이 기회에 아예 가게를 하나 열자."

도연은 기다렸다는 듯 벌떡 일어나 앉으며 진지하게 말했다. 오리가 책상으로 쓰던 상을 접어 한쪽 벽에 기대어 놓고는 도연을 돌아보았다. 도연은 소리와 오리의 시선이 모두 자신에게 모이자 다시 입을 열었다.

"돈은 내가 댈게. 강남 쪽에 사람 많은 곳 알아보고 가게 하나 열자. 그리고 직원도 한 명이나 두 명 정도 두고. 그래서 본격적으로 소리 너는 네가 좋아하는 캐릭터 인형들을 만드는 데에 집중하고, 재료 같은 거 구입하는 문제나 판매하는 건 직원한테 맡겨서⋯⋯."

"잠깐."

소리는 도연의 말을 끊었다. 그리고 입을 달싹이다가 그냥 다물었다. 도연이 한 말이 분명히 귓속으로 들어오기는 했는데, 그 내용이 머릿속에 제대로 들어오지 않은 탓이었다. 소리는 주저하다가 다시 도연을 쳐다보고 입을 열었다.

"그러니까⋯⋯ 가게를 열자고?"

"응."

"임대료 내고 들어가는, 그런 가게? 건물 내부에 있는 그런 가게 말이야?"

"아니. 임대료는 안 내고. 뭐하러 가게를 임대해? 그냥 하나 사지. 네 명의로 하나 사 줄게. 그러니까⋯⋯."

"네가⋯⋯ 네가 왜 가게를 열어? 네가 왜 내 명의로 가게를 산다고 그래?"

"야, 당연히⋯⋯."

"싫어. 안 받아. 가게 없이 길거리에서도 장사 잘 했어. 지금까지 줄곧 그렇게 잘 해 왔어."

소리가 도연의 말을 그대로 거부하며 벌떡 일어났다. 그러자 도연이 인상을 쓰며 소리의 손을 잡아당겼다.

"야, 한소리, 왜 화를 내고 그래? 내 말 제대로 듣지도 않고 화부터 내냐?"

"이거 놔."

"야!"

소리가 도연의 손을 뿌리치려 했다. 그러자 도연이 큰 소리를 내며 버럭 화를 냈다. 소리는 도연이 너무 지나치게 화를 내는 바람에 그의 손을 뿌리치려던 걸 까맣게 잊고는 멍하니 그를 쳐다보았다. 도연은 화를 가라앉히려고 다른 손으로 얼굴을 문지르고는 다시 말했다.

"미안. 내가⋯⋯ 좀 예민했다."

도연은 자신을 뿌리치려는 소리의 모습이 과거의 모습과 겹쳐지는 것 같아서 순간적으로 흥분을 했던 것을 구태여 말하지 않았다. 말하는 순간 오히려 지질해 보일 것 같아서였다. 과거에서 벗어나지 못한 그런 자신의 모습이 초라해 보일 것 같아서였다.

벗어났다고 생각했다. 소리와 다시 사귀면서 이제는 괜찮아졌다고 여겼다. 그런데 소리가 손을 뿌리치려 한 순간, 두려움이 밀려들었다.

"후우⋯⋯. 아니야. 나도 화부터 낸 건 잘못했어, 미안."

소리가 도연의 그런 마음을 아는지 모르는지, 한숨을 내쉬더니 사과를 하고 다시 자리에 털썩 주저앉았다. 오리는 그런 도연과 소리를 걱정스러운 눈으로 번갈아 보다가 다시 시선을 내리깔았다. 뭔가 두 사람 사이가 아슬아슬하다는 생각이 들었다.

'그렇다고 내가 간섭할 문제는 아니지만.'

두 사람 사이의 문제는 당사자인 두 사람만이 풀 수 있다. 오리는 어깨를 으쓱이고는 다시 화제를 전환하려고 말을 꺼냈다. 아니, 화제를 전환하려는 것만은 아니었다. 얼마 전부터 오리가 소리 몰래 알아보고 있던 것이기도 했다.

"그럼, 쇼핑몰에 대해서 생각해 보는 건 어때?"

"뭐?"

"쇼핑몰?"

소리와 도연이 한꺼번에 고개를 돌려 오리를 쳐다보았다. 오리가 갑자기 두 사람이 자신을 쳐다보자 머쓱해서 뒷머리를 긁고는 고개를 끄덕이며 말을 이었다.

"응, 쇼핑몰. 어차피 우리한테 돈이 많은 것도 아니고, 그러니까 가게를 여는 건 불가능해."

"야, 그러니까 그건 내가⋯⋯!"

"도연이 네 마음은 알겠는데, 이건 나도 누나랑 같은 생각이야. 네가 가게를 낼 이유는 없어."

"너희 남매끼리 알아서 하겠다고? 나는 남이니까, 그냥 빠지라고?"

"그런 뜻이 아니란 거 알면서 삐딱하게 군다."

오리가 혀를 차며 도연을 타박했다. 도연은 퉁명스러운 얼굴로 오리를 보다가 툭 말을 던졌다.

"하여간 그래서 뭐, 쇼핑몰을 열겠다고?"

"응. 아무래도 쇼핑몰 쪽이 초기 자본금도 덜 들어가고, 사무실 같은 걸 구할 필요도 없이 그냥 집에서 하면 되고. 누나는 누나대로 길에 나가지 않아도 되니까 집에서 인형 만드는 데에 집중할 수 있고. 주문받은 거 포장해서 택배로 보내는 건, 내가 공부하면서 거들어도 되고."

"……."

"어때? 누나는 어떻게 생각해?"

오리는 도연과 소리를 쳐다보며 물었다. 소리는 멍하게 오리를 쳐다보고 있다가 놀랍다는 얼굴로 입을 열었다.

"그런 건 또 언제 생각했어?"

"누나 따라서 나가려니까 귀찮아서."

오리가 농담처럼 말하고는 씩 웃었다. 도연이 팔짱을 낀 채 곰곰이 생각하는 것 같더니 이내 고개를 끄덕였다.

"뭐, 그것도 괜찮네. 아니, 오히려 마음에 들어. 아무래도 가게를 열면 어중이떠중이들이 드나들 수도 있는데 그럴 일도 없고."

"야, 손님이 들어오는 거지 무슨 어중이떠중이야."

저게 과연 그 매너남 정이준이 맞나. 소리는 도연의 말에 어이가 없어서 고개를 절레절레 흔들며 말끝을 흐렸다. 그리고 입을 다문 채 잠시 생각했다.

오리의 말을 들으니, 은근히 끌리는 게 사실이었다. 오리가 병원에 있을 때에는 시간 때문에 어쩔 수 없이 길에서 인형을 파는 노점상을 했다고 하지만, 이제는 다른 아르바이트를 구할 수도 있었다.

아예 제대로 된 직장을 구하면 좋겠지만, 고등학교 중퇴인 학력으로는 불가능하다는 것을 잘 알았다. 그러니 아르바이트 자리를 알아봐야 하는데…… 자신도 모르게 욕심이 생긴 것이다.

새로운 인형을 구상해서 도안을 그리고, 그 도안을 통해서 하나의 인형을 만들 수 있는 지금 이 일이 정말 좋았다. 어릴 때 품었던 꿈처럼 아이들이나 어른들 가릴 것 없이 누구에게나 따스함을 안겨 줄 수 있는 인형을 만들고 싶었다.

그래서 소리는 오리나 도연이 자신을 걱정한다는 걸 알면서도 쉽게 이 일을 포기할 수가 없었다. 그런데 쇼핑몰이란다. 계속 인형을 만들 수 있단다.

"돈이 얼마나 들까?"

소리가 조심스럽게 오리를 쳐다보며 물었다. 그러자 오리가 어깨를 으쓱이며 대꾸했다.

"나도 정확히는 몰라. 어쨌든 그건 직접 부딪치면 알게 되는 거 아니야?"

"그렇게 대충 쉽게 생각하고 판단 내릴 수는 없어. 지금 은행에 저축해 놓은 게……."

소리는 예금액을 머릿속으로 가늠하듯 눈을 가늘게 떴다가 이내 한숨을 푹 내쉬었다. 과연 가능할지 걱정이 되었다. 그러자 도연이 다시 말했다.

"그러니까 우선 내 돈으로……."

"싫다고 했잖아! 내가 지금 네 도움 받자고 이러는 걸로 보여?"

소리가 날카롭게 도연의 말을 끊었다. 그러자 도연 역시 발끈해서 소리를 향해 화를 냈다.

"좀 받으면 어때서? 내가 너한테 그 정도도 하면 안 돼? 사귀고 있잖아! 내가 네 남자친구라고! 도움 그거 받으면 뭐가 달라져? 왜 사람을 등신으로 만들어? 잘나가는 정이준, 그 여자친구는 길거리에서 인형이나 팔고 있다고, 그렇게 사람 바보로 만들면 편해? 지

여자친구 하나 제대로 호강시켜 주지도 못하면서, 남들 앞에서는
화려하게 치장하는 거 보면 네 속이 편해? 응?"

도연은 화를 이기지 못하고 그 자리에서 일어났다. 그리고 오리
와 소리를 쳐다보고는 주먹을 꽉 쥐며 외쳤다.

"적어도 내가 너희 가족이라면 무조건 이렇게 거부하지는 않았
겠지!"

"야, 정도연!"

"도연……!"

도연은 오리와 소리가 부르는 것을 들은 척도 하지 않고 그대로
방 밖으로 나가 버렸다. 오리가 급히 나가려다가 비틀거리며 벽을
짚는 순간, 현관문이 열렸다가 닫히는 소리가 들렸다.

"아, 미치겠네."

오리가 머리를 헝클어뜨리며 다시 자리에 주저앉았다. 소리는
놀란 얼굴로 멍하니 도연이 나간 쪽을 쳐다보기만 했다.

※

"사입 업체 같은 곳은 알아보지 않아도 되는 거야?"

"응. 어차피 지금까지 내가 동대문에 가서 직접 보고 골라 샀으
니까, 그냥 하던 대로 하는 게 나을 것 같아. 다른 사람한테 맡길
부분은 아니란 생각도 들고."

소리는 하얀 곰돌이 인형의 꼬리를 포슬포슬하게 매만져서 마무
리를 하고는 내려놓으며 오리의 물음에 대답했다. 오리는 노트에
하나씩 체크를 해 나가면서 고개를 끄덕였다.

"그럼, 세무서에 가서 사업자 등록증 발급받으면 되고……. 아,

통신판매 신고도 해야 된다고 했지. 일단 그것부터 하고……. 누나, 도메인은 등록한 거지? PG 가입은?"

"필요한 서류들 다 팩스로 넣었고 입금도 했어. 에스크로도 설치했고."

소리는 오리에게 대꾸하고는 가만히 창밖을 보았다. 그리고 얼굴을 찡그렸다. 오리 역시 소리의 표정을 보고 창밖을 보다가 혀를 찼다.

"창문 바로 앞에 주차하지 말라니까, 진짜.. 윗집 아저씨네 트럭 맞지?"

"그런 것 같아."

소리는 어깨를 축 늘어뜨리며 다시 고개를 돌렸다. 그리고 무릎을 끌어안고는 그 위에 고개를 묻어 버렸다. 아무 의욕도 없어 보이는 모습이었다.

다른 때 같으면 윗집에 가서 뭐라고 따지기라도 했을 텐데, 그럴 마음이 들지 않는 듯했다. 오리는 그런 소리를 물끄러미 보다가 입을 열었다.

"도연이한테는 그 뒤로 연락 없었어?"

"……응."

"……속 좁기는."

"걔 잘못 아니야. 도연이는 우리한테 섭섭했을 거야."

소리가 고개를 묻은 채 웅얼거리듯 말했다. 오리 역시 그 말을 부정할 마음은 없는지 조금은 불편한 얼굴로 멍하니 천장을 올려다보았다.

도연이 그렇게 화를 내고 밤늦게 가 버린 뒤 여러 날이 지났지만 지금까지도 도연의 연락은 없었다.

오리가 몇 번 전화를 걸어 봤지만 휴대폰 전원이 꺼져 있었고, 상호에게 전화를 걸어서 도연과 통화가 가능한지 물었을 때에도 상호가 난처한 기색으로 곤란하다고 했을 뿐이었다. 그러니 도연이 의도적으로 통화를 피하고 있다고 볼 수도 있는 상황이었다.

"그렇다고 이렇게 연락을 끊어 버리냐. 우리가 겨우 그 정도로 끊을 사이였냐고."

오리는 허탈한 어조로 중얼거렸다. 서운한 마음이 컸다고 해도 이건 아니다 싶었다. 어쨌든 서로 얼굴을 보면서 대화를 해야 할 게 아닌가.

오리가 콧등을 찡그리고는 잠시 생각에 빠져 있다가 휴대폰을 들었다. 그리고 누군가에게 문자를 보내는 듯하더니 답장이 왔는지 알람이 울렸다. 오리가 눈을 휴대폰 화면에 고정한 채 가만히 입을 열었다.

"누나."

"……왜."

"우리, 도연이 녀석 촬영하는 곳에 쳐들어갈까?"

"뭐?"

소리가 오리의 말에 기겁해서 고개를 들고 그를 보았다. 그러자 오리가 들고 있던 휴대폰 화면을 가리켰다.

화면에는 상호가 보낸 문자 메시지가 떠 있었다.

그리고 그 문자의 내용은 도연이 현재 찍고 있다던 미니시리즈의 촬영장 주소였다.

✻

"내가 잘한 게 맞겠지? 누구든 나한테 잘했다고 말해 줘어어!"

박상호는 덩치나 외모에 어울리지 않게 손톱 끝을 잘근잘근 씹으며 중얼거리다가 초조하게 주변을 둘러보았다. 아직 소리와 오리의 모습은 보이지 않았다.

'도착할 때가 되기는 한 것 같은데 말이지.'

상호는 초조한 마음을 달랠 겸 담배를 하나 꺼내 물려다가 찰싹, 하는 소리와 함께 등에서 느껴진 통증에 비명을 질렀다.

"으악! 누구야!"

"누구긴요. 어휴, 누가 노총각 아니랄까 봐 담배 냄새까지 폴폴 피우고 다니는 거예요, 박 매니저님?"

상호는 자신의 등을 매섭게 내려친 사람이 ○○일보의 문은정 기자라는 사실에 눈을 부릅떴다. 아니, 이 여자가 왜 여기에 나타난 거야!

"뭐, 뭡니까? 무, 문 기자님이 여기는 왜, 왜 왔어요?"

"무슨 저승사자라도 온 것처럼 보시네. 그냥 취재 때문에 나왔다가 들어가는 길인데, 이쪽에서 정이준 씨 촬영 있다고 하기에 뭐, 구경이나 할까 해서 왔어요."

문은정이 피식 웃으며 한창 촬영이 진행되고 있는 현장으로 시선을 던졌다. 상호는 안절부절못하는 자세로 엉거주춤 서 있다가 슬금슬금 뒤로 물러서며 말했다.

"그, 그럼 구경 잘 하고 가요. 나는 이만……."

"아는 사람도 없이 나 혼자 심심해서 어쩌라고요. 남자가 매너라고는 눈곱만큼도 없어."

"으헉! 아니, 내가 문 기자님이 키우는 애완견이라도 됩니까! 왜 남의 뒷목을 잡아요, 잡기를!"

상호는 은정에게 뒷덜미를 잡힌 개 꼴로 으르렁거렸다. 그러다가 억울하다는 듯 목청을 높였다.

"게다가 문 기자님이 왜 아는 사람이 없습니까? 네? 저기, 저 감독님부터 시작해서 배우들까지 전부 아는 사람들이구만!"

"흐흥. 그랬나……. 에휴, 요즘 건망증 때문에 기억력이 떨어져서요."

은정은 천연덕스럽게 상호의 항의를 받아쳤다. 상호는 대놓고 손가락질을 하며 은정을 향해 뭐라고 말을 하려다가, 문득 그녀의 뒤쪽을 보고는 얼굴이 하얗게 되어서 손짓을 했다.

'가! 그냥 돌아서서 가! 가란 말이야!'

바로 소리와 오리, 그들 남매가 촬영장에 도착한 것이었다. 그런데 그들은 그냥 돌아서서 가라고 손짓을 한 것을 반대로 알아들었는지 더욱 발걸음을 빨리해서 다가왔다.

'맙소사. 난 몰라.'

그나마 다행인 것은 다른 기자가 아닌 문은정에게 들켰다는 점일까. 상호는 한숨을 푹 내쉬었다. 그리고 은정이 뒤에서 다가오는 기척을 느끼고 돌아섰을 때, 마침 가까이 다가온 오리와 소리가 꾸벅 인사를 했다.

"안녕하세요, 오빠."

"형, 고마워요. 알려 줘서."

"어, 어어, 그래."

고맙냐. ……오리 너라도 고마우면 그걸로 됐지, 뭐. 상호는 눈물이 나올 것 같은 눈을 마구 깜빡거리며 허허, 하고 웃었다.

며칠 전부터 '정이준'으로서의 도연이 제 이미지는 생각도 하지 않고 날카로운 분위기를 팍팍 풍기고 다니기에 슬쩍 떠보았더니, 아무래도 소리와 다툰 것 같았다.

그래서 어떻게 해야 하나 하고 고민하던 중에 오리에게서 연락이 왔고, 상호는 차라리 중간에서 화해를 주선하는 편이 낫겠다 싶어서 촬영장 주소를 문자로 보내 주었던 것이다. 소리와 오리가 도착할 무렵이면 촬영도 어느 정도 마무리될 것 같아서 문제가 될 게 없다고 생각했는데.

그랬는데!

문은정 기자가 딱 하고 나타난 것이다. 상호는 금세 호기심에 눈을 빛내며 소리와 오리를 번갈아 쳐다보는 은정을 보고 한숨을 거듭 내쉬었다. 사장님이 알면 날 죽이려고 할 거야. 매니저가 직접 스캔들을 내려고 하다니. 으헝.

"누구인지…… 소개시켜 주지 않을 거예요, 박 매니저님?"

"아, 예. 그러니까……."

상호는 짧은 순간이지만 정말 심각하게 고민했다. 어떻게 하지? 뭐라고 소개하는 게 좋을까? 상호는 갑자기 떠오른 생각을 그대로 입 밖으로 뱉었다.

"A랑 B입니다."

"예?"

은정이 황당하다는 눈으로 상호를 쳐다보았다. 그리고 소리와 오리 역시 어리둥절한 눈으로 상호를 쳐다보았다. 상호는 세 사람의 시선을 한꺼번에 받고는 으하하, 하고 웃으며 생각했다.

'옳거니! 역시 나는 센스쟁이라니까!'

상호는 다시 어깨를 쫙 펴고 오리를 가리키며 말했다.

"그러니까 이쪽이 A."

그리고 소리를 가리키며 말을 이었다.

"여기는 B라고요."

"……"

"……아, 아니던가? A랑 B가 바뀌었나? 아닌데? 맞는 거 같은데? 맞죠? 그렇죠, 문 기자님?"

"내가 그걸 어떻게 알아요? 게다가 뜬금없이 A랑 B라니, 그게 무슨…… 어머나."

은정은 상호를 타박하다가 문득 떠오른 기억에, 고개를 돌려서 소리와 오리를 다시 쳐다보았다. 그리고 은정의 입꼬리가 올라갔다.

"아하, 그러니까 A랑 B라는 거군요."

기억났다. 은정은 지난번, 정이준의 스캔들 때문에 인터뷰를 하러 갔던 일을 떠올리며 싱긋 웃었다. 그리고 곧바로 소리의 얼굴 가까이 자신의 얼굴을 들이댔다. 소리가 깜짝 놀라 뒤로 물러서려는 것에 아랑곳하지 않고 은정은 질문을 던졌다.

"귀여운 아가씨네요. 이름이 뭔지 물어봐도 돼요?"

"예?"

"이름."

"소, 소리인데요. 한소리……"

"이름도 예쁘네."

마치 취조라도 하듯 이름을 묻는 바람에, 소리는 얼떨결에 이름을 말하고 말았다. 그러자 오리가 소리의 뒤에서 나타나 그녀의 앞을 가로막으며 경계하는 시선으로 은정을 향해 물었다.

"그런데 실례합니다만, 누구세요?"

"아, 참! 내 정신 좀 봐. ○○일보에서 근무하는 문은정이라고 해요. 여기, 내 명함."

은정은 오리의 경계심 섞인 시선에도 전혀 불쾌하지 않다는 듯 환하게 웃으며 가방에서 명함을 한 장 꺼냈다. 오리는 은정의 명함을 받아 들고는 앞뒷면을 꼼꼼하게 살피더니 다시 신중한 어조로 말을 이었다.

"기자님이 왜 저희한테 관심을 보이시는 건지……."

"아아, 그냥…… 정이준 씨가 좋아하는 친구들 얘기를 한 기억이 났거든요. 그런데 두 분이 아무래도 그때 정이준 씨가 말했던 분들인 것 같아서 말이죠."

오리는 슬쩍 시선을 돌려 상호를 쳐다보았다. 상호가 안심하라는 듯 손을 아래로 내리면서 손짓을 하고는, 헛기침을 한 뒤에 은정에게 말했다.

"제가 불렀어요, 여기 이 두 친구."

"그래요?"

"예, 이준이 친구들이기도 하지만 제게도 동생 같은 애들이라서요. 촬영장 구경도 시켜 줄 겸 끝나고 밥이라도 같이 먹을까 해서 불렀거든요. 그러니까 괜히 오해하시면 안 됩니다? 예?"

"흠……."

은정은 잠시 짓궂은 얼굴로 상호를 쳐다보다가 다시 휴대폰을 꺼내서 시간을 확인하고는 고개를 들었다. 그리고 언제 그랬냐는 듯 새침한 얼굴로 말을 이었다.

"저도 뭐, 오해하는 건 없어요. 그렇지 않아도 다시 회사로 들어가 봐야 해서요. 그만 가 봐야겠네요. 정이준 씨 얼굴 좀 보고 갈까 했는데. 대신 안부나 전해 줘요."

"가시게요? 하하. 예, 전해 줄게요. 바쁘신데 얼른 가시죠."

"……박 매니저님, 너무 좋아하시니까 또 심술을 부리고 싶어지는데요."

"어허! 문 기자님, 그러시면 안 되죠! 프로라면 프로답게! 갈 때는 화끈하게 뒤도 돌아보지 않고 가는 겁니다!"

상호가 너스레를 떨며 은정의 등을 떠밀다시피 하며 차들이 주차되어 있는 길 쪽으로 걸음을 옮겼다. 그 바람에 은정은 상호에게 떠밀려 가면서 소리와 오리에게 손을 흔들고 인사했다.

"어쨌든 만나서 반가웠어요! 다음에 기회가 되면 또 봐요! 소리씨, 그리고 이름 모를 A 씨도요!"

그리고 소리와 오리는 어리둥절한 얼굴로 은정이 상호에게 떠밀려 멀어지는 모습을 잠시 보다가 서로 마주 보았다. 오리는 고개를 마구 흔들고는 지친 것처럼 어깨를 늘어뜨리며 말했다.

"뭐, 저런 사람이 다 있냐. 정신이 하나도 없네."

"……그래도 좋은 분인 것 같던데."

그렇게 둘이 대화를 나누던 도중이었다. 촬영장 쪽에서 촬영이 거의 끝났는지 갑자기 소란스러워졌다. 그리고 도연이 감독과 뭔가 대화를 나누고는 피곤한 듯 눈가를 손으로 누르면서 이쪽으로 고개를 돌렸다.

"……."

소리는 숨을 멈췄다. 도연과 시선이 마주쳤다. 오리 역시 도연이 자신들 쪽을 본 것을 알아차리고는 입을 열었다.

"도연이가 우리 본 것 같은데? 맞지, 누나?"

"……어."

소리는 간신히 오리의 물음에 대답했다. 긴장을 한 것인지 손끝이 더욱 차가워졌다. 덜컥 겁이 났다. 왜 여기까지 왔냐고 냉정하게 대할까 봐 무서웠다. 사람들의 시선을 생각하지 않고 무작정 찾아와서 난처하게 만들었다고 뭐라고 할까 봐 두려웠다. 그래서 소리는 도연이 가까이 다가올 때까지 입을 꾹 다문 채 꼼짝도 하지 못했다.

"뭘 그렇게 얼어 있냐?"

그러나 그 순간 긴장이 한꺼번에 풀리고 말았다. 도연이 소리의 앞에 서자마자 손으로 장난스럽게 그녀의 머리를 쓰다듬었다. 소리는 자신도 모르게 다리가 휘청거려서 도연의 겉옷 앞자락을 쥐었다. 그리고 그와 동시에 도연이 소리의 허리를 다른 손으로 감아 안았다.

"괜찮아? 어지러운 거야?"

"……."

"소리야, 왜 그래? 야, 한오리, 네 누나 왜 이러냐?"

다행이야. 소리는 생각했다. 화가 많이 났을 거라고 생각했는데, 여전히 도연은 그냥 도연이었다.

그래서일까. 그를 끌어안고 싶었다. 소리는 충동적으로 도연의 허리를 끌어안고 싶은 마음을 꾹 참으며 그에게서 몸을 떼어 냈다. 콩닥콩닥, 가슴이 뛰었다.

"아우우…… 진짜 문 기자는 무슨 하이에나 같다니까. 죽자고 달려들면 진짜 무서울 거 같…… 으응? 이준아, 촬영 끝났냐?"

상호가 은정을 보내 놓고는 고개를 설레설레 저으며 다시 돌아오다가 도연을 보고 입을 열었다. 도연은 상호를 보고는 고개를 끄덕이며 물었다.

"응. 그런데 어떻게 된 거야?"

"어엉? 그, 그냥…… 내가 오리랑 소리 보고 싶어서 불렀다.

왜? 그러면 안 되냐?"

도연은 상호가 슬그머니 제 눈치를 살피는 걸 보고 픽 웃어 버렸다. 하여간 덩치에 어울리지도 않는 짓을 종종 한다니까, 저 형은.

도연은 어깨를 으쓱이며 다시 오리를 돌아보았다. 뭔가 서먹서먹할 거라고 생각했는데 막상 얼굴을 보니 아무렇지 않았다.

"밥 먹었어?"

"아니. 아직."

"잘됐다. 그럼 우리 밥부터 먹자. 촬영하는 내내 밥 생각이 나서 미치는 줄 알았다니까."

도연이 실실 웃으며 말하자 분위기가 더욱 풀어졌다. 오리는 도연의 너스레에 피식 웃고는 고개를 끄덕이며 대꾸했다.

"그러니까 상호 형이 너한테 식충이라고 하지."

"웃기네. 한오리, 너한테도 그랬었거든?"

오리와 도연이 서로 티격태격하면서 대화를 나누었다. 그러다가 도연이 다시 자신이 입고 있던 커다란 야상 패딩을 벗어서 소리의 위에 덮어씌웠다. 그런데 야상 패딩에 달린 후드가 앞으로 넘어오는 바람에 소리의 얼굴이 폭 가려지고 말았다.

"아, 뭐야? 안 보여!"

소리가 갑자기 후드에 얼굴이 가려져 허둥대며 손으로 후드를 벗으려고 했다. 그러자 도연이 웃음을 참으며 소리의 얼굴을 전부 가려 버린 후드를 꾹 눌러 잡아당겼다.

"됐어. 그냥 나만 믿고 따라와. 여기서 얼굴 팔려 봤자 좋을 거 없어."

"……너!"

"왜? 나랑 스캔들 한 번 더 나고 싶어? 나는 좋은데."

"아, 됐어!"

소리가 퉁명스럽게 외치고는 커다란 야상 패딩에 감싸인 채 도연이 이끄는 대로 걸음을 옮기기 시작했다. 오리는 상호와 함께 그들의 뒷모습을 보다가 하하, 하고 웃었다.

"갑자기 그 말이 생각났어요, 형."

"응? 무슨 말?"

"부부 싸움은 칼로 물 베기."

오리가 못 말린다는 듯 고개를 저으며 웃었다. 그리고 상호와 함께 그들의 뒤를 따라가기 시작했다.

어쨌든 화해는 이렇게 어이없이 이루어졌다.

'다행이지, 뭐.'

오리의 눈이 둥글게 휘어졌다. 도연이 많이 상처를 받지는 않았나 싶어서 은근히 걱정이 되었는데 말이다. 그래도 막상 이렇게 얼굴을 보니까 특별히 뭔가를 서로 따지고 할 필요도 없이 그냥 풀어지는 걸 보니, 뭐랄까……

이런 게 가족이 아닐까, 하는 생각이 들었다.

문득, 오리는 그날 도연이 화를 내면서 했던 말이 떠올랐다.

'적어도 내가 너희 가족이라면 무조건 이렇게 거부하지는 않았겠지!'

'그건 아니야, 도연아……'

어쩌면 가족이라서, 그래서 네 도움을 받기가 더 어려운 것인지도 몰라. 가족이니까…… 소중한 가족이니까. 내가 누나의 도움을 받고만 있는 게 힘들었던 것만큼, 그래서 네 도움을 받고 싶지 않았던 건지도 몰라.

'아마 누나도 그런 마음이었을 테고⋯⋯.'

"오늘 이준이 녀석, 완전히 벗겨 먹자, 오리야. 응?"

"하하. 그럴까요?"

"그래. 저놈 돈도 많은데, 완전히 다 벗겨 먹자고. 제일 비싼 걸로 먹자고 해. 알았지?"

상호가 유쾌하게 웃으며 오리에게 말했다.

8.
초라함과 당당함의 틈새

〈대박! 이준 오빠, 그 '병원 친구'로 보이는 여자랑 고기 먹으러 감!〉

인터넷에 난리가 났다. 누군가가 몰래 찍어 올린 사진 한 장이 인터넷을 한바탕 뒤집어 놓았다. 바로 정이준의 사진이었다. 더 정확히 말하자면, 정이준이 '누군가'와 함께 있는 사진이라고 해야 했다.

정이준의 '병원 친구'는 이미 그의 팬클럽이나 온라인상에서는 정체불명의 유명 인사였다. 스캔들은 고사하고 흔히 '연예인 직찍'이라고 부르는 사진조차 거의 공개된 적이 없을 정도로 정이준은 사생활에 있어서는 철저히 감춰져 있는 인물이었다.

종종 그와 같은 학교를 다녔다거나 하는 식의 이야기들이 올라오기도 하고 초등학교나 중학교 졸업앨범이라며 사진이 올라오기도 했지만, 그런 것으로 현재의 정이준을 아는 건 불가능했다. 그런데 그런 정이준의 사적인 모습이 올라온 것이다. 게다가 연속해서 같은 인물과 함께.

처음에 병원에서 찍힌 사진이 공개되었을 때만 해도 정이준의 말대로 그냥 친구라고 여겼던 이들도 이제는 슬슬 의심을 하던 중이었다. 그런 와중에 또 사진이 올라왔으니, 그들의 의심에 불을 지핀 것이나 다름없었다.

둘이 사귀는 거 아니냐. 친구라고 보기에는 둘 사이가 묘하다. 왜 하필이면 매번 사진이 찍힐 때마다 '병원 친구'가 같이 있는 거냐. 정이준이 친구가 그렇게 없었냐. 진짜 정이준의 애인인 거 아니냐. 혹시 데뷔를 앞두고 있는 신인이 일부러 친구인 척하고 저러는 거 아니냐. 노이즈 마케팅이다. 그러고 보니 정이준의 소속사 쪽에서 데뷔 예정인 신인이 하나 있다고 들었는데, 쟤 아니냐. 친구도 아닌데 소속사랑 짜고 정이준을 이용하는 것일 수도 있다. 정이준이 이런 식으로 이용될 급이냐. 스폰서라도 빵빵하게 붙은 건지도 모른다…….

사람들의 말은 끊임없이 왜곡되었고, 부풀려졌다. 더 이상 정이준의 해명만으로 해결될 상황이 아니었다.

"……야, 이준아."

"나 지금 말하기 싫어."

상호가 슬그머니 뒷좌석에 앉아 있는 도연을 돌아보며 어렵게 그의 이름을 불러 보았지만, 도연의 냉랭한 대구에 그대로 막히고 말았다. 상호는 끄응, 하는 신음과 함께 운전을 하고 있던 진섭에게 괜히 잔소리를 했다. 일종의 화풀이였다.

차 안에는 네 사람이 있었지만, 모두 말이 없었다. 로드 매니저

진섭도, 상호도, 그리고 바쁘게 휴대폰을 터치하며 울상을 짓고 있
는 스타일리스트 엄지희도, 그리고 누구보다도 차가운 표정으로
창밖만 하염없이 쳐다보고 있는 도연도, 모두 입을 굳게 다문 상태
였다. 상호는 다시 뒤를 슬쩍 돌아보다가 지희를 향해 입을 열었
다.

"상황이 어떻게 돌아가냐? 이준이 팬클럽은 어때?"

"오빠 팬클럽은 대체로 차분해요. 오빠 사생활인데 지나치게 간
섭하면 안 된다, 함부로 우리가 추측하고 앞서 나가서는 안 된다,
소속사의 공식 입장을 듣고 판단하자, 오빠의 입으로 직접 듣지 않
는 이상 아무것도 믿지 않을 거다, 뭐, 그런 식으로. 그런데 일부
에서 좀……. 뭐, 악플 같은 것도 달리고, 그 '병원 친구' 분에 대
해서 성적인 농담 같은 것도…… 앗! 오빠!"

"내놔."

도연은 관심 없다는 듯 흘려듣다가 '병원 친구'에 대한 말에 인
상을 쓰며 지희의 휴대폰을 강제로 빼앗다시피 가져갔다. 그러고
는 어금니를 악문 채 휴대폰 화면을 몇 번 터치하면서 보다가 그
대로 앞좌석 등받이를 향해 휴대폰을 던져 버렸다. 상호가 기겁해
서 외쳤다.

"야, 이준아! 야, 인마! 그거 지희 휴대폰이야! 네 거 아니라고!"

"……사 주면 되잖아."

도연이 짐승이 으르렁거리듯 낮게 불쾌감을 드러내며 대꾸했다.

지희는 눈치를 보면서 바들바들 떨리는 손으로 바닥에 떨어진
휴대폰을 집어 들었다. 할부가 아직 다 끝나지도 않았는데! 지희는
처음에 정이준의 스타일리스트가 되었을 때 자신이 왜 그토록 환
호했었는지 진심으로 후회했다.

정이준은 실제로도 매너 있고 상냥한 남자였다. 그래서 다른 스타일리스트들의 부러움을 받으며 뿌듯함을 느꼈던 적도 있었다. 그러나 시간이 흐르면서 조금 더 그를 겪게 된 뒤 그녀는 그의 본모습을 조금이나마 알아차릴 수 있게 되었다. 그가 특별히 악랄하게 군다거나 불성실하다거나 그런 게 아니었다. 단지 그의 눈빛에서 따스함을 느낄 수 없을 뿐이었다.

정이준은 기본적으로 사람에 대해 정을 느끼지 못하는 듯했다. 그리고 그가 겉으로 내보이는 매너 좋은 모습은 다른 사람들과 적당히 적절하게 지내기 위해, 오로지 그 자신을 위해 꾸며 놓은 모습이라는 생각을 하게 되었다. 물론, 이런 그녀의 생각을 누군가가 듣는다면 말도 안 되는 망상이라고 치부했겠지만 말이다.

'……그래도 이렇게 화를 내다니, 신기하네.'

지희는 힐끔 정이준을 훔쳐보며 생각했다. 그가 이렇게 화를 내고 흥분하는 모습을 본 적은 없었다. 그만큼 그 '병원 친구'라는 존재가 그에게 커다란 의미를 갖는다는 걸까. 지희는 슬그머니 호기심이 일어서 입술을 달싹였다. 그러다가 우연히 앞좌석의 상호와 눈이 마주쳤다.

묻지 마! 호기심도 갖지 마! 아무것도 궁금해하지 마! 라고 하듯이 눈을 부라리며 두 손을 휘젓는 상호로 인해, 지희는 입술을 삐죽 내밀고는 포기했다. 그리고 상호 쪽으로 살짝 몸을 기울이고는 입을 열었다.

"그런데 매니저 오빠. 저, 휴대폰은……."

"사 줄게. 회사 카드가 안 되면, 이준이 녀석 카드를 훔쳐서라도 사 줄 테니까……."

'입 다물어라, 응?' 하고 상호가 낮게 대꾸했다. 그것으로 충분했다. 엄지희는 금세 신나서 머릿속으로 요즘 새로 나온 휴대폰 최신 모델을 고르기 시작했다.

✳

"이준아, 오늘은 그냥 일단 아무 생각 하지 말고 푹 자라. 응? 알았지?"

"······가 봐, 형. 오늘도 수고했어."

도연은 소파에 늘어지듯 기대어 앉으며 눈을 감았다. 상호는 불안한 시선으로 도연을 쳐다보다가 어쩔 수 없다는 듯 체념한 표정으로 돌아섰다. 그리고 상호가 막 현관에서 신발을 신고 나가려는 순간, 도연의 목소리가 들렸다.

"······상호 형."

"응?"

"형은 내 편이지?"

"뭐, 뭐냐. 어째 불길하게 들리는데."

상호가 다시 신발을 벗으려고 하자 도연이 고개를 흔들며 소파에서 일어났다. 머리가 헝클어지고 피곤한 기색이 역력한데도 불구하고 도연의 외모는 여전히 흠을 잡을 곳이 없었다.

왜 이런 순간에도 저놈은 잘생겨 보이는 걸까? 상호는 괜히 부러운 마음에 쩝, 하고 입맛을 다시다가 문득 그런 자신의 모습이 변태 같다고 느껴져 화들짝 놀랐다.

아무리 내가 노총각이어도 그렇지! 같은 거 달린 놈한테, 게다가 하필이면 저놈한테 왜 입맛을 다시는 거야! 이런 미친놈! 상호는 제 머리를 쥐어뜯다가 가까스로 정신을 차리고 도연에게 물었다.

"너 무슨 사고 치려고 그러냐? 불안하게시리."

"누가 들으면 내가 꽤 말썽 부리고 다녔다고 오해하겠네."

"네가 소리의 일에 대해서는 금방이라도 눈 뒤집혀서 뭐든지 저지를 것 같으니까 그렇지!"

"……그래?"

도연이 상호의 말에 가만히 있다가 사르르 눈웃음을 치며 미소를 지었다. 상호는 그런 도연의 모습에 몸을 부르르 떨며 다시 말했다. 아니, 간절히 애원했다.

"야, 뭐야. 뭐냐고. 뭔지 말해 줘야 내가 대책이라도 세울 거 아니냐, 응?"

"……흠. 별것 아닌데."

"그 별것 아닌 게 뭐냐고!"

상호는 자신의 밥줄이 끊어질 듯 말 듯 아슬아슬한 기분에 버럭화를 냈다. 그러자 도연이 턱을 매만지며 느릿느릿 대꾸했다.

"그냥, 솔직히 말하려고."

"뭐?"

"걔, 내 여자친구 맞고, 내가 좋아하는 애 맞으니까."

도연의 눈이 가늘어졌다. 지금 상황에 짜증이 잔뜩 난 표정이었다.

"그러니까 그 주둥이들 좀 닥치라고."

"야, 이준아."

"형 가고 나면 인터넷 어디 게시판이든지 사람 많이 모이는 곳에는 전부 들어가서 올릴 작정이었어. 못 믿겠다고 하면 인증도 해줄 생각이었고."

"……."

"말릴 생각은 하지 마, 형. 이건 '통보'야. 형한테 허락받자고 꺼낸 얘기가 아니야."

"인마, 이준아. 아무리 그래도……."

"형은 내가 책임질 테니까, 걱정 말고."

"야, 누가 그게 걱정이라……."

상호는 버럭 화를 내다가 말끝을 흐리고는 머리를 긁었다. 아, 서러운 월급쟁이 신세야.

"걱정이 아니라고는 못하겠구나. 하여간!"

상호는 다시 신발을 벗고 거실로 들어왔다. 센서등이 상호의 움직임에 따라 환하게 켜졌다가 다시 꺼졌다. 상호는 불안한 듯 두 손바닥을 비비며 고민하다가 한숨을 내쉬고 다시 입을 열었다.

"좋아. 그럼, 일단 네가 올릴 글부터 써서 나한테 먼저 보여 줘."

"뭐야? 형은 그냥 가라니까, 왜 간섭을……."

"그냥 놔뒀다가 네가 주둥이 운운하는 글 올리면 그때는 진짜 끝장이니까! 이 생각 없는 놈아!"

상호의 목소리에 도연이 귀가 따갑다는 듯 미간을 찡그렸다. 그리고 상호가 지금껏 참고 있었다는 듯 잔소리를 퍼붓기 시작했다.

"아까도 그래! 지희한테 그렇게 행동하면 어떻게 하나? 너, '정이준'으로서의 이미지 관리는 아예 다 접을 생각이냐? 응? 한 방에 다 말아먹을 생각이냐고, 인마! 아무리 네가 소리 때문에 눈 돌아갔다고 하지만, 그걸 소리가 알면 좋아하겠냐? 고맙다고 너한테 절이라도 할 것 같아? 물론, 네 마음은 이해해. 나도 소리한테 막 말하고 악플 다는 것들 보니까 속이 뒤집어지던데 너는 오죽 그렇겠냐. 그래도 네가 이렇게 생각 없이 행동하면 가뜩이나 소리도 지금 상황에 많이 놀라고 그랬을 텐데……."

"아직 소리는 몰라."

"뭐?"

"아까 방송국 나오면서 통화했는데, 소리는 모르는 눈치더라고. 그래서 오리한테 다시 전화해서 물어봤더니 소리는 아직 모른대. 쇼핑몰 준비하느라고 정신 차릴 틈도 없어서 인터넷이든 텔레비전이든 아무것도 접하지 못했나 봐."

"그건 다행이네."

상호가 한시름 덜었다는 듯 말하고는 손으로 이마를 문질렀다. 그리고 갑자기 생각난 듯 다시 도연에게 물었다.

"오리랑 소리, 둘 다 그냥 저대로 내버려 둬도 되는 거야? 지난번처럼 어디 다른 데에 데려다 놓지 않아도……."

"음……, 아, 그건 그렇겠구나. 그냥 다 터뜨려 버리면 된다고만 생각했네. 개떼들이 몰려가서 걔네들한테 귀찮게 굴 수도 있으니까. 부탁 좀 해야겠다, 형."

"개떼들은 또 뭐냐……, 하여간 저 말본새하고는. 하여간, 그건 그렇고……. 어디, 그때 그 레지던스?"

상호는 도연의 말에 얼굴을 찡그리며 혀를 차다가 다시 물었다. 그러자 도연이 고개를 끄덕이며 되묻듯 대꾸했다.

"거기가 낫겠지?"

도연의 물음에 상호는 고개를 끄덕이며 다시 돌아서서 나가려다가 자신이 왜 들어왔었는지 떠올리고는 황급히 도연을 쳐다보면서 당부했다.

"야. 이준이 너, 글 올리기 전에 적어도 세 번은 생각해 보고 올려라. 응?"

"알았어."

"진짜야. 그리고 주둥이 어쩌고 하는 말은 하지도 말고."

"알았다니까."

상호는 걱정스러운 얼굴로 도연을 보다가 자신의 머리를 마구 쥐어뜯으며 울상을 지었다.

"진짜 회사에서 이 사실을 알면, 나는 끝이야!"

"나랑 종신계약 하면 돼."

"야! 지금 그런 농담이 나오냐!"

"농담 아닌데?"

도연이 고개를 갸웃거리며 대꾸했다. 그러고는 불쾌하다는 듯 얼굴을 찡그리며 말을 이었다.

"뭐야, 기껏 몇 번이나 종신계약 하자고 했더니, 그걸 농담으로 알아듣고 있었어? 아예 계약서까지 만들어서 형 눈앞에 대령해 놓을까?"

"어이쿠, 됐습니다, 됐어요. 농담이라고 해 주십쇼."

상호는 고개를 절레절레 흔들었다. 내가 미쳤냐? 너랑 종신계약을 했다가는 내 간이 남아나지 않을 것 같은데. 상호가 구시렁대며 다시 현관에 가서 신발을 신었다. 꺼졌던 센서등이 다시 켜졌다. 도연은 상호를 물끄러미 쳐다보았다.

"일단 소리한테는 대충 둘러댈게."

"응."

"간다. 제발 이준아…… 형이 무슨 말을 하고 싶은 건지 알지?"

"알았어. 기자들 눈에 띄기 전에 빨리 가기나 해."

도연이 빨리 나가라고 손짓을 했다.

"내가 죄인이지, 내가 죄인이야. 누구를 탓하겠냐……."

상호는 계단을 내려가며 혼잣말처럼 계속 중얼거렸다. 애초에 소리와 오리를 촬영장으로 부르지 않았더라면 이런 일이 없었을 테니 모든 게 자신이 원인이었다.

'그러니까 혹시 내 밥줄이 끊기더라도 내 탓인 거야.'

상호는 갑자기 코끝이 시큰거려서 손등으로 코끝을 마구 문지른 뒤에 크흠, 하고 헛기침을 하며 심호흡을 했다. 그리고 다시 입꼬리를 억지로 올려 웃는 시늉을 하면서 초인종을 눌렀다. 밤늦은 시간이라 자고 있으려나 하고 상호가 생각한 순간, 기다렸다는 듯이 현관문이 열렸다.

"어라? 안 잤어, 오리야?"

"아무래도 형이 올 것 같아서요."

하하, 아무래도 한 번 겪어 봐서 그런가 봐요……. 오리가 웃으면서 대꾸하고는 옆으로 비켜섰다. 상호는 신발을 벗고 들어가며 다시 오리에게 물었다.

"소리는?"

"인형 만들다가 조금 전에 잠들었어요."

오리의 대답에 상호는 난감한 얼굴을 했다. 이제 막 잠든 사람을 깨워야 하나 고민이 되었다. 하지만 그에게 선택의 여지는 없었다. 상호는 굳은 얼굴로 잠시 망설이다가 오리를 향해 말했다.

"오리야, 가서 소리 좀 깨워. 그리고 지금 당장 옮겨야 하니까 간단히 입을 옷이랑 뭐, 그런 것들 좀 챙기고."

"예."

오리가 고개를 끄덕이며 대답하고는 방으로 들어갔다. 상호는 양손으로 얼굴을 문질렀다. 어떻게 소리에게 말해야 할지 그게 문제였다. 그리고 상호가 그 답을 찾기도 전에 소리가 오리와 함께 방에서 나왔다.

"상호 오빠…… 이 시간에 무슨 일로……."

"소리야."

상호는 무작정 소리에게 다가가 그녀의 손을 꽉 잡았다. 그리고 두 눈을 질끈 감고 말을 이었다.

"내가 거짓말을 할 말주변도 없고, 그래서, 그러니까…… 그냥 무조건 아무것도 묻지 말고, 내가 하자는 대로 해 주라! 응?"

"오빠?"

"일단 지난번에 갔던 그 레지던스 알지? 거기로 옮기자."

"대체 무슨……."

"묻지 말고. 응? 나중에, 이준이가 아마 설명해 줄 거야."

소리는 어리둥절한 표정으로 상호를 쳐다보다가 오리를 돌아보았다. 오리가 가만히 웃으며 눈을 찡긋거렸다. 뭐지? 뭔가 있는 것 같은데……. 소리는 고개를 갸웃거리다가 어쩔 수 없이 대답했다. 그러자 상호가 반색을 하며 빨리 가자고 서둘렀다.

'무슨 일이 생긴 건가?'

소리는 상호와 오리에게 떠밀리듯 현관 밖으로 나가면서 고민했다.

✳

소리가 한창 고민하던 무렵, 도연은 가만히 모니터만 쳐다보고 있었다. 기자들한테 먼저 알리는 편이 좋을까, 직접 게시판을 찾아다니며 글을 올리는 편이 좋을까 고민하다가 결국 후자를 택했다. 그래서 도연은 우선, 자신의 팬카페에 들어가 게시판에 글을 남겼다.

소속사에서 정이준인 척 게시물을 정기적으로 올리는 것은 알았지만, 직접 이렇게 게시판에 들어가 본 것은 처음이었다. 하지만 이번만큼은 자신이 직접 올려야 했다. 어쨌든 정이준이 찍은 영화와 드라마를 좋아해 주고, 정이준을 좋아해 주는 사람들이니까.

부모조차도 싫다며 외면했던 정도연이었다. 그런 그를 '정이준'의 모습으로 살아가게 해 준 사람들이었다. 그러니까 적어도 이런 소식은 직접 알리는 게 옳다고, 도연은 생각했다.

도연은 게시판에 미친 듯이 올라오는 반응들을 살피며 피식 웃었다. 밤늦은 시간이라 별로 사람들이 볼 것이라고는 예상하지 않았는데 의외였다.

"다들 잠도 안 자나……."

하기야 문제가 된 그 사진도 자정 넘어서 올라왔는데 순식간에 퍼졌으니까. 도연은 마우스를 움직여서 여전히 논란이 되고 있는 그 사진을 다시 클릭했다.

그의 입가에 엷은 미소가 번졌다. 상호가 보았더라면 '지금 그 사진을 보고 웃음이 나오냐!' 하고 펄펄 뛸 수도 있을 정도로 흐뭇한 감정이 듬뿍 묻어나는 미소였다. 도연은 턱을 괸 채 비스듬히 고개를 기울이고 모니터에 뜬 사진을 사랑스럽다는 시선으로 바라보았다.

예쁘다, 내 다람쥐.

도연은 조용히 중얼거리며 사진 속의 소리를 쳐다보았다. 난처한 얼굴로 자신이 내민 쌈을 받아먹으려고 입을 작게 벌린 모습이었다. 쿡, 도연은 턱을 괴고 있다가 그대로 책상에 엎드려 웃었다. 갑자기 그때의 기억이 떠올랐기 때문이다.

'드시어요, 자, 아, 하시고.'

'하지 마, 야아!'

'어서요. 소녀, 팔 떨어지옵니다.'

도연이 바들바들 팔을 떠는 시늉을 하며 상추쌈을 받으라고 소리의 입 앞에서 흔들어 대자, 소리가 어쩔 수 없다는 듯 입을 벌려 받아먹었다. 그리고 곧바로 콜록거리며 기침을 하고는 물컵을 잡았다.

'야! 너, 여기에 마늘을 얼마나 집어넣은 거야!'

도연은 기억을 더듬듯 눈을 가늘게 뜬 채 미소를 짓다가 중얼거렸다.

"음…… 한 다섯 개 정도 넣었던가."

그때 털어놓지 않았던 마늘의 비밀을 혼잣말로 중얼거리며 도연은 다시 모니터를 쳐다보았다.

그때 누군가가 사진을 찍고 있었으리라고는 생각하지 못했다. 가게 안에는 사람이 별로 없었고, 자신에 대해 관심을 보이는 사람도 없었던 탓에 방심을 한 부분도 있었다. 게다가 그전에 그렇게 다투고 난 뒤에 만난 것이라 다른 데에 신경을 쓸 여유가 없었던 것도 큰 이유였다.

'……나도, 나도 너처럼 멋있는 모습으로 네 앞에 당당하게 서고 싶어. 네 도움만 기다리고 그러는 게 아니라. 너만큼 반짝반짝 빛나지는 못하더라도…… 적어도 초라해 보이고 싶지는 않아. 그래서…… 그래서 그랬어.'

오리가 먼저 집에 들어가고 난 뒤에 소리는 주저하다가 도연에게 그렇게 속마음을 털어놓았다. 초라해 보이고 싶지 않다는 그 마음을 도연은 거부할 수 없었다. 자신 또한 그랬으니까. 도연은 쓰게 웃었다.

웃기지, 소리야.

왜 우리는 서로의 앞에서 자꾸 초라해지는 걸까.

사랑하면 원래 그런 거야?

"뭐…… 그딴 게 다 있냐……."

도연은 중얼거리다가 휴대폰이 진동하는 것을 확인했다. 상호의 전화였다.

"어, 형."

— 둘 다 레지던스에 데려다 놨어.

"고마워."

— 그런데 나 지금 네 팬카페 게시판 들어가 보려고 하는데 말이지……. 아, 진짜 너무 떨려서 못 들어가겠어.

상호가 덩치에 어울리지 않게 징징댔다. 도연은 피식 웃었다.

"괜찮아. 들어가서 구경해 봐. 재미있어."

— 재미있다고? 야, 인마! 일 저지른 네놈은 재미있을지 몰라도, 나는 아주 똥줄이 탄다고!

상호가 운전 중이었는지 빠앙— 하고 경적이 울리는 게 휴대폰 너머에서 들렸다. 도연은 마우스를 움직이며 새로 올라온 게시물과 댓글들을 살피면서 물었다.

"운전 중이야?"

— 응. 하도 심란해서 잠시 도로 옆쪽에 세워 두고 깜빡이 켰는데, 저 성질머리 하고는. 꼭 너 닮은 놈이 경적 울려 대면서 방금 옆으로 지나갔다.

상호는 다소 음울한 투로 대꾸하다가 갑자기 웃음을 터뜨리고는 말을 이었다.

— 그런데, 내가 지금 옆 창문 내려서 얼굴 한번 쓰윽 보여 줬더니, 뭐라고 한마디 하려다가 그대로 입을 다물고 휙 내빼 버렸다? 진짜 웃기지 않냐? 내 얼굴이 최첨단 무기라도 되는지…….아, 얘기하다 보니까 되게 서럽네. 어쨌든! 일단, 나는 게시판 안볼래. 우선 너희 집으로 갈 테니까, 그러고 나서 상황 돌아가는 것좀 보자고.

"그래, 그럼."

— 기자들 전화가 빗발칠 텐데, 그건 어떻게 할까?

"따로 말할 게 있는 것도 아닌데, 뭘. 그냥 내가 올린 게시물 그대로 받아들이라고 해. 더도 덜도, 할 말 없다고."

— 그래도 그건 아니지. 내일 오전에 기자들한테 따로 얘기는하지 그러냐? 그게 좋아, 인마. 너 괜히 기자들한테 찍혔다가 소리한테 피해라도 가면 어쩌려고 그래?

"알았어. 그럼 형이 알아서 해."

도연이 퉁명스럽게 대꾸하자 상호가 으하하, 하고 웃었다.

— 말도 지지리 안 듣던 똥강아지가 제대로 임자 만났구만! 소리 얘기만 나오면 무조건 통하네? 오호.

"형, 그만해라. 응?"

도연이 금방이라도 폭발할 것처럼 목소리를 낮추며 말하자 상호가 알았다면서 전화를 끊었다. 도연은 뒷목을 주무르며 노트북 전원을 껐다.

소리한테 문자라도 보내 볼까……. 도연은 휴대폰을 들었다가다시 고개를 저으며 내려놓았다. 잠들었을지도 모르는데 깨울 수는 없었다. 게다가 지금 소리가 무슨 일이냐고 물어도 딱히 대답할 수 있는 것도 아니고.

그 순간, 휴대폰이 마구 진동음을 울려 대기 시작했다. 저장되어 있지는 않지만, 조금은 낯익은 번호였다. 그리고 진동음이 잠시 끊겼다가 다시 울린 순간 뜬 번호 역시 낯익은 번호였다. 전부 다 자신이 올린 게시물을 본 것이 틀림없는 기자들의 전화번호였다.

✳

"뭐 하려고?"

"응? 어어…… 아니, 인터넷 좀……. 무슨 일이라도 생긴 건가 해서."

소리가 가만히 소파에 앉아서 휴대폰을 만지작거리며 대꾸하자 오리가 짐을 정리하다가 급히 일어나 소리에게 다가와 그녀의 휴대폰을 빼앗았다.

"어? 야, 그걸 왜 가지고 가? 이리 줘."

"우리 벌써 잘 시간을 한참 넘겼거든? 좀 주무시죠, 어르신. 지금이 몇 시인 줄 아십니까?"

오리가 장난치듯 휴대폰을 뒤로 감추며 턱짓으로 벽에 걸린 시계를 가리켰다. 소리는 오리에게서 휴대폰을 빼앗으려고 손을 내밀다가 얼떨결에 고개를 돌려 시계를 보았다. 새벽 2시가 넘은 시각이었다.

"잘 거니까 이리 줘. 도연이 기사 좀 찾아보고."

"그냥 자. 일단 잠부터 자라고."

"……이상하다?"

"뭐가?"

"나한테 뭐 숨기는 거 있어? 내가 모르는 게 있는 거야?"

"……."

"오리야, 무슨 일인데 그래? 갑자기 여기로 옮기라고 상호 오빠가 찾아온 것도 이상하잖아. 아무것도 묻지 말라고 해서 안 물어봤지만, 너한테도 물어보면 안 되는 거야? 응?"

"……나는 아무것도 대답 못 해, 누나."

"오리야!"

"도연이랑 누나, 둘이 알아서 할 문제라서 그래. 내가 끼어들 일이 아니라. 도연이한테 직접 물어봐. 아니면, 걔가 직접 얘기해 줄 때까지 믿고 기다려 보든지."

소리는 오리의 말에 아무 대꾸도 하지 않고 있다가 일어났다. 그리고 터벅터벅 걸어서 방으로 들어갔다.

"……삐쳤구나. 삐친 게 분명해."

아, 모르겠다. 도연이가 알아서 하겠지. 오리는 뒷머리를 긁으며 인상을 쓰다가 한숨을 내쉬었다.

소리는 방에 들어와서 침대 위에 올라가 앉았다. 그리고 이불을 끌어당겨 덮고는 가만히 몸을 웅크렸다. 뭔가 서운한 감정이 들었다. 뚜렷하게 무엇 때문이라고 표현하기 힘든, 그런 감정이었다.

왜 혼자 모든 걸 다 해결하려고 하는데.

왜 나한테는 아무것도 얘기해 주지 않는데.

내가 부족해서?

내가 아무런 도움이 되지 않으니까?

"……그럴 거면, 왜 사귀는 건데."

274

소리는 혼잣말처럼 중얼거리다가 입술을 깨물었다. 서운한 감정을 조금 엿본 기분이 들었다. 그 서운함이 어디에서 비롯되었는지 알 것 같았다. 자신이 도연에게 전혀 의지도 되지 않고, 도움도 되지 않는다는 것. 그래서 이렇게 그가 자신에게 이야기를 해 주기 전까지는 아무것도 할 수 없다는 것. 그저 시키는 대로 기다리고 있을 수밖에 없다는 것.

물론 도연은 자신을 위한다는 생각에 그랬을 수 있다. 아니, 그랬을 것이다. 오리나 상호 역시 그래서 자신에게 아무 말도 해 주지 않았을 것이다. 그렇지만 소리는 그런 것이 서운했다.

6년, 아니, 이제 해가 바뀌었으니 7년이라고 해야 할까. 어쨌든 그 세월 동안 소리는 홀로 모든 것을 해냈다. 비록 부족한 점이 많았고, 감당하기에 버거울 때도 많았지만 그래도 누군가에게 기댄다거나 도움을 바란 적은 없었다.

그것은 소리가 가지고 있었던 단 하나의 자부심이기도 했다. 그런데 그것이 부서지는 것 같다. 그리고 자신이 보냈던 지난 시간들을 부정하는 것만 같아서, 그게 속상하다.

너는 나약해.

너는 가진 게 없어.

그러니까 너는 아무것도 하지 못해.

가만히 있어.

내가 다 알아서 해 줄게.

소리에게 누군가가 그렇게 말하면서 강요하는 것만 같았다. 소리는 다시 벌떡 일어나 방 밖으로 나갔다. 오리도 잠을 자러 들어갔는지 거실은 컴컴했다. 소리는 어둠 속에서 더듬거리듯 걸음을 옮겼다. 소파 앞의 테이블에 휴대폰이 놓여 있었다. 소리는 다시 휴대폰을 들고 방으로 돌아갔다.

전화를 걸어 볼까.

소리는 침대 밑에 주저앉은 채 잠시 망설이다가 이내 용기를 내서 도연에게 전화를 걸었다. 하지만 신호음이 계속 가는데도 불구하고 도연은 전화를 받지 않았다. 그래서 소리가 전화를 끊으려는 순간, 휴대폰 너머에서 누군가가 전화를 받았다. 도연이었다.

— 응, 소리야.

"……."

딱히 뭔가 하고 싶은 말이 있어서 전화를 건 것이 아니었다. 그래서 소리는 잠시 아무 말도 하지 못하고 휴대폰만 귀에 댄 채 몸을 웅크리고 있었다. 그러자 도연의 의아해하는 듯한 목소리가 다시 들렸다.

— 소리야? 네가 건 거 아니야?

"……나, 너한테 무슨 의미야?"

소리는 몸을 펴고는 침대 다리에 등을 기댄 채 맞은편 벽을 쳐다보며 물었다. 어깨가 무거웠다. 아무래도 인형을 만든다고 같은 자세로 너무 오랫동안 있어서 근육이 뭉친 것 같았다.

— 그게 무슨 말이야, 갑자기? 참! 거기 별일 없지? 상호 형 외에는 아예 문 열어 주지 마. 인터폰도 받지 말고.

"무슨 일인지 물어 봐도 돼?"

— …….

소리가 도연의 말을 끊고 묻자, 도연은 침묵했다. 휴대폰 너머로 이어지는 침묵이 길어질수록 소리는 가슴이 답답해졌다.

— 뭐, 별것 아니야. 그냥, 내가 일 해결되고 나면 말해 줄 테니까…….

"내가 바보니? 내가 바보야?"

소리는 결국 참지 못하고 화를 냈다. 눈물이 가득 고였다가 그대로 툭 하고 떨어졌다. 하지만 소리는 눈물을 닦지도 못한 채 계속 말을 이었다.

"아무도 내게 설명조차 해 주지 않아! 무조건 네 말만 들으면 된대! 묻지도 말고, 그냥 있으라고? 내가 집에서 키우는 애완견이니? 내가 너 없으면 아무것도 하지 못하는 바보냐고!"

— 소리야. 그런 게 아니라…….

"네가 날 위해서 그런다는 거 아는데. ……알아도, 그래도, 내 마음은 못 받아들이겠어."

소리는 울먹이며 말했다. 자신이 속 좁게 구는 것만 같았다. 하지만 더 이상 참을 수 없었다.

"내가 너무 부족해서, 네가…… 그래서 나한테 조금도 의지하려고 하지 않는 것 같아서."

— 휴우……. 미안. 내가 생각이 짧았어.

도연의 목소리가 들려왔다. 달래려는 듯한 그의 목소리에 소리는 뒤늦게 뺨에 흘러내린 눈물을 닦으며 고개를 저었다.

"네 사과 받자고 그런 거 아니야. 그냥……."

— 너희 촬영장에 왔던 날.

도연이 소리의 말을 끊었다. 소리는 도연의 말에 입을 다물었다.

— 그날 밥 먹던 자리에서 누군가가 사진을 찍어서 인터넷에 올렸나 봐.

"……또?"

오리가 깨어났던 날, 그리고 언젠가 오리를 병원에 데려다줬던 날, 그것으로도 부족해서 또 찍혔다고? 소리는 금세 창백해져서 휴대폰을 쥔 손에 힘을 주었다. 처음에는 사귀기 전이었으니 그렇다 쳐도 이제는 상황이 달라졌다. 정말 사귀고 있으니까. 그러니까…… 자꾸 이런 일이 거듭되면 도연에게 피해가 갈지도 모른다.

"그, 그래서 어떻게 됐어?"

— ……한 가지만 약속해.

"무슨 약속?"

— 절대 화내지 않는다고.

"……그게 무슨 뜻이야? 내가 왜 화를 내?"

— 빨리 약속해. 안 그러면 말 안 해.

"아, 알았어. 약속할게. 약속! 됐지?"

뭔가 불길했다. 화를 내지 않는다고 약속을 받는 도연의 행동이 의심스러웠다. 그러나 소리는 급한 마음에 일단 약속부터 해야 했다.

— 내가 너랑 사귄다고 인터넷에 아예 글 올려 버렸어. 내가 정말 좋아하는, 내 여자친구라고.

"……뭐?"

— 그러니까 우리 사랑에 간섭하지 마쇼, 하고 올렸지, 뭐.

도연의 목소리에 웃음이 섞여 있었다. 하지만 소리는 그를 따라 웃을 기분이 전혀 아니었다.

"정말이야?"

— 응. 그래서 기자들이 너 찾아갈까 봐 형한테 부탁했어. 레지던스는 아무도 모르는 곳이니까 괜찮기는 하겠지만, 그래도 당분간 밖에 나가지 말고, 누가 와도 문 열어 주지 마. 내가 나중에 기자들이나 팬들 시선 따돌리고 갈 테니까…….

"야, 정도연!"

소리는 도연의 말이 끝나기를 기다리지 못하고, 버럭 화를 냈다. 정말, 얼굴이 뜨거워지고 머릿속이 익는 느낌이었다.

"넌 어떻게, 나한테 아예 사전에 얘기조차 안 하고 네 마음대로 행동해? 그리고 그렇게 대책 없이 말해 버리면 너한테 피해가 갈 수도 있다는 건 생각도 안 해? 아니, 도대체 너는 생각을 하고 사는 거야? 어떻게……."

─ 약속했잖아. 화내지 않기로.

"화내는 거 아니야!"

─ 화내는 거 맞구만, 우기기는…….

"아니라니까!"

─ 그럼 뭔데?

"……좋아서 그런다, 왜!"

하하, 호호, 아주 좋아 죽겠다, 왜! 소리는 자신이 무슨 말을 하는지도 모르는 채 목청을 높였다. 그와 동시에 오리가 잠이 깼는지 문을 살짝 열고는 고개를 들이밀었다. 소리는 오리를 향해 짜증을 냈다.

"오리, 너도 그래! 뻔히 알면서 나한테 얘기도 안 해 주고! 상호 오빠도 매니저라면서 도연이를 말리기는커녕 같이 동조를 해? 다들 어쩜 이렇게 생각을 안 하는 거야?"

"와아, 누나…… 너 이렇게 화내는 거 무진장 오랜만인데."

그 와중에 오리는 분위기 파악도 못 하고 오랜만에 보는 모습에 좋다면서 웃었다. 소리는 그런 오리의 모습에 어이가 없어서, 저절로 머리가 식는 것을 느꼈다.

이게 뭐야. 바보처럼.

소리는 이마를 손으로 짚은 채 다시 휴대폰 너머의 도연에게 말했다.

"일단, 끊어."

— 화 많이 났어?

"안 났어. 그러니까……. 휴우. 너한테 피해가 조금이라도 생기면……. 도연아."

— …….

소리가 다시 차분해진 목소리로 말을 이었다.

"나…… 진짜 너랑 더 이어 나가지 못해. 차라리 너를 안 보고 살 거야."

— ……소리야.

"그러니까 피해 안 생기게 잘 하라고."

소리는 도연의 대답을 듣지 않고 그대로 전화를 끊었다. 그리고 다시 오리를 향해 입을 열었다.

"불 좀 켜 봐."

"어? 어어."

오리는 방의 불을 켜고 조심스럽게 안으로 들어왔다. 그리고 소리의 앞에 양반다리를 하고 앉으며 물었다.

"……괜찮아?"

"내가 안 괜찮을 건 뭔데. 도연이한테 문제가 생기는 거 아니야? 걔는 배우잖아. 연예인이라고. 그런 애가 이렇게 막, 여자친구 있다고 해도 되는 거야? 연예인들 보면 무조건 아니라고, 남자친구나 여자친구 없다고 다들 부정하던데."

"요즘은 딱히 그런 것 같지도 않던데? 물론, 내가 깨어난 지 얼마 안 돼서 얘기하기는 좀 그렇지만. 그래도 연예 프로그램 봐도, 사귀면 사귄다고 당당하게 밝히고 그러는 것 같은데."

"……나는 좀 그렇잖아."

"뭐가 좀 그래?"

"고등학교도 졸업 안 했고…… 전문직이라든가, 그런 것도 아니고. 능력 같은 것도 없고. 예쁜 것도 아니고."

"……누나."

"도연이에 비해서 너무 떨어지니까. 내 모든 게. 나 때문에 걔가 그런 취급을 받으면 어떻게 하지?"

오리는 말을 하지 못했다. 소리가 이렇게 자신감 없이 위축된 모습을 보일 줄은 몰랐다. 오리가 소리를 향해 손을 뻗었다. 그리고 그녀의 손을 꽉 잡았다.

"도연이가 지금 누나 네가 한 말을 들었으면 진짜 화냈을 거야. 그런데…… 나는 화를 못 내겠다."

"……"

"누나. 그런데 나한테는…… 말이야."

오리가 소리의 손을 더욱 힘주어 잡고 말을 이었다.

"나한테는 누나가 최고야."

"……"

"누나가 나를 살렸고, 지금 이 자리에 있게 해 줬어. 그건 아무도 못 했던 거야."

"아니, 누구든지 그 상황이면……. 그리고 내가 널 살린 게 아니라, 네가 버텼던 거잖아."

"아니야. 누나가 아니었으면 난 못 일어났어."

오리는 확신했다. 6년이었다. 깨어나지 못한 채 길고 긴 잠에서 벗어나지 못했던 시간이 6년이었다. 그 시간을 깨부수고 자신을 깨운 사람은 바로 자신의 쌍둥이 누나였다. 홀로 견뎠던 그 시간이 자신의 잠들어 있던 시간을 깨운 것이다.

"그러니까 누나…… 조금 더 당당해져도 돼."

소리는 가만히 자신의 손을 잡고 있는 오리의 손을 내려다보다가 천천히 고개를 들었다. 그리고 오리와 눈이 마주쳤다.

"누나, 네가 세상에서 제일 최고야."

오리가 웃으면서 한 말에 소리는 눈물을 왈칵 쏟았다.

9.
반지

「이번에 털어놓은 열애, 정말 인터넷과 방송을 뜨겁게 달구어 놓았었죠?」

「하하. 그랬나요?」

「그럼요! 그 바람에 정이준 씨를 사랑하던 모든 여성분들이 밤잠을 설치며 아쉬움에 눈물을 쏟았다는 얘기가 도는걸요. 대체 정이준 씨를 사로잡은 그분은 어떤 분이신가요?」

리포터의 말에 도연이 부드럽게 미소를 짓더니 말을 이었다.

「음…… 일단, 정말 무서워요. 화를 한번 내면 꼼짝도 못 할 만큼요.」

「어머, 정말이에요?」

「예. 이번에 이렇게 털어놓고 난 뒤에 진짜 많이 혼났어요. 나중에는 무릎 꿇고 싹싹 빌었거든요.」

「정이준 씨가 무릎을 꿇고 빌다니! 이러다가 여자친구분이 모든

여성분들에게 공공의 적이 될지도 모르는데, 이렇게 막 얘기하셔
도 되는 거예요? 게다가 혹시 또 혼나면 어쩌시려고.」

「하하. 괜찮아요. 사실은요…… 그 애가 화를 내는 모습이 귀여
워서 일부러 화를 내게 만들기도 하거든요.」

도연이 눈을 찡긋거리며 짓궂게 개구쟁이처럼 웃었다. 그 모습
에 리포터의 뺨이 붉어졌다. 정이준과 인터뷰를 한 리포터들 중에
그에게 반하지 않았던 이가 없으니 당연한 반응이었다.

「정이준 씨, 생각보다 짓궂으신 면이 있네요. 그래도 부럽습니
다! 그분이 정말 부러워요! 화를 내도 귀엽다는 그분! 엄청난 미인
이실 것 같은데…… 어떤 스타일이에요?」

「다람쥐요.」

「다람쥐……라고요?」

리포터가 당황한 얼굴로 묻자, 도연이 고개를 끄덕였다.

「예, 다람쥐요. 다람쥐랑 똑같이 생겼거든요. 아, 이렇게 생겼어
요.」

도연이 대꾸하다가 생각났다는 듯 코트 주머니에서 휴대폰을 꺼
냈다.

"아, 저 멍청이가……."

소리는 텔레비전 속의 도연을 쳐다보다가 두 손으로 얼굴을 감
싸고 말았다. 내가 다 부끄러워! 내가 다 민망해! 소리는 얼굴을
감싼 채 고개를 절레절레 흔들었다. 옆에서 오리가 키득거리며 웃
더니 소리에게 물었다.

"저거, 누나가 만든 인형이지? 아주 제대로 팔불출이다, 정도
연."

"아휴, 내가 정말…… 미쳐."

소리는 다시 손을 내리고 고개를 들어 텔레비전 화면을 보았다. 도연이 휴대폰에 매달린 다람쥐 인형을 리포터 앞에 흔들어 보이며 한창 자랑하고 있는 중이었다.

"그나저나 우리, 저 인형 만들면 대박 나겠다. 그렇지, 누나?"

"응?"

"우리 쇼핑몰에서 저 다람쥐 인형 팔면 대박이겠다고. 지상파로 저렇게 광고가 나갔으니……."

그것도 요즘 제일 잘나가는 배우를 광고 모델로 쓴 셈이니. 오리가 중얼거리는 것을 듣던 소리가 고개를 저었다.

"저건 만들지 않을 거야."

"왜?"

"……그냥."

소리가 어깨를 으쓱이며 괜히 멋쩍은 마음에 양쪽 볼에 바람을 넣었다. 그 모습을 본 오리가 '복어다, 복어!' 하면서 놀려 대다가 다시 피식 웃으며 대답했다.

"도연이 녀석, 이걸 알면 더 좋아 죽겠네. 저 인형이야말로 초특급 한정판이잖아. 딱 하나. 세상에 딱 하나인 거니까."

소리는 오리의 말에 그냥 말없이 웃기만 했다. 기분이 이상했다. 저 인형을 만들 때만 해도 도연과 자신이 다시 이렇게 사귀게 될 거라고는 상상조차 하지 못했었다. 그런데 지금 그들은 전국의 대다수가 알고 있는 커플이 되었다. 물론, 자신의 신상에 대해서는 도연이 철저하게 함구하고 비밀로 지킨 까닭에 거의 알려져 있지는 않지만 말이다.

"그러고 보니 설날이 다가오네……."

소리는 문득 생각이 나서 휴대폰의 달력을 확인했다. 1월 1일을 보낸 지 얼마 안 된 것 같은데 구정이 성큼 가까이 다가와 있었다. 오리 역시 소리의 말을 듣고는 고개를 끄덕였다.

"응, 그러게."

"……이번 설에는 아빠랑 엄마한테 가자."

오리의 눈이 흔들렸다. 소리는 환하게 웃으며 다시 말했다.

"나도 지금까지 자주 가 보지 못했거든. 그런데 이번에 너랑 같이 가면 아빠랑 엄마가 무진장 반가워하시겠다. 잠꾸러기 아들 왔다고, 엄마가 구박하는 거 아니야?"

"……그러게. 진짜, 잠꾸러기였지."

오리가 하하, 웃고는 입을 다물었다. 그의 눈 안쪽 깊은 곳에 그리움이 차오르는 것을 보지 못한 척, 소리가 괜히 더 들뜬 목소리로 말을 이었다.

"음식도 잔뜩 해 가지고 가자! 지금까지는 제대로 음식도 안 했었는데. 이번에 한소리의 음식 솜씨를 발휘해 보겠어!"

"발휘하지 마. 그냥 먹을 수 있게만 해."

"뭐라고!"

이 괘씸한 오리, 오늘 저녁 메뉴는 오리찜이다! 소리가 일부러 더 과장된 목소리로 장난을 치자, 오리 역시 키득거리며 웃음을 터뜨렸다. 그러던 중 현관 밖에서 비밀번호를 누르는 소리가 들렸다.

"어?"

소리가 오리와 장난을 치다가 현관 쪽을 보았다. 현관문이 열리더니 도연과 상호가 들어왔다.

"둘이 뭐 하냐?"

도연이 거실 소파에 뒤엉켜 있는 소리와 오리를 보고는 미간을 찡그리며 말했다. 그러자 뒤따라 들어오던 상호가 으하하, 하고 웃으며 도연의 등을 찰싹 내리쳤다.

"야, 인마. 질투할 걸 해라! 좀스럽게. 누가 알겠냐, 정이준이 이렇게 쪼잔한 남자인 줄."

"누가 질투를 한다고 그래? 그냥 둘이 뭐 하는 거냐고 물어본 거지. ……그런데, 너희 둘 다 이제 성인인데, 그런 장난은 좀 자제해야 하는 거 아니야? 남자 새끼들끼리 레슬링 하는 것도 아니고."

"그러니까 그게 질투라고, 이놈아."

상호가 고개를 절레절레 저으며 신발을 벗었다. 소리는 입을 삐죽이며 오리의 몸 위에서 내려왔다. 오리 역시 헝클어진 머리를 손가락으로 대충 빗으며 일어나 상호에게 다가갔다. 장이라도 봐 온 것인지, 상호의 양손에 대형마트 로고가 선명한 비닐봉지가 들려 있었다. 소리는 그 모습을 보다가 자신에게 가까이 다가온 도연을 향해 인상을 썼다.

"너, 진짜 진상 같아."

"누가 뭐래?"

"방송에서는 왜 또 그런 모습이고?"

"내가 뭘?"

"……에휴. 됐다, 됐어."

소리는 방금 전에 봤던 연예 프로그램의 인터뷰에 대해 따질까 하다가 포기하고 말았다. 그 대신, 도연을 만나면 물어봐야겠다고 줄곧 생각하던 것을 물었다.

"그나저나 우리, 언제 집으로 돌아갈 수 있는 거야?"

"응?"

"여기에 계속 있을 수는 없잖아. 쇼핑몰 준비도 그렇고, 시장에도 가 봐야 하고."

"……."

도연은 침묵했다. 그리고 부엌 쪽에서 대화를 나누던 상호와 오리 역시 입을 다물었다. 소리는 갑작스러운 침묵에 당황해서 두리번거리다가 다시 눈을 찡그리며 물었다.

"내가 뭐 잘못 물어본 거야?"

"아니……. 그건 아닌데……."

도연이 못마땅한 기색이 역력한 얼굴로 대꾸하고는 잠시 주저하다가 다시 입을 열었다.

"여기서 계속 지내면 안 돼?"

"뭐?"

"잠깐! 오해하지 말고 들어. 내가 아무리 네가 화내는 게 귀엽다고는 했어도, 솔직히 너 화났을 때는 심장이 벌렁벌렁거리니까."

"야, 내가 뭘 어쨌다고……."

"너 지금도 내가 말하자마자 화내려고 그랬잖아. 표정만 봐도 안다고."

도연이 소리의 얼굴을 흉내 내려는 듯 자신의 눈가를 손가락으로 잡아당겨 올리면서 말했다. 그러자 소리가 미간을 찡그리고는 다시 덤덤한 표정을 지으려고 노력하며 대꾸했다.

"화 안 낼 테니까, 말해 봐."

"음…… 그러니까…… 그래! 돈을 아끼자는 거야!"

도연이 어떻게 말을 해야 하나 고민하다가 뭔가가 떠올랐는지 눈을 빛내며 말했다. 그런데 그 말이 너무 뜬금없어서 소리뿐만 아니라 오리와 상호까지 전부 어리둥절한 표정을 지었다. 하지만 도연은 아랑곳하지 않고 자신만만하게 말을 이었다.

"월세!"

"……?"

"너, 지금 사는 집, 월세 말이야."

"그게, 왜?"

"그걸 뭐하러 내고 사냐고. 여기서 살면 월세도 안 나가고, 그 돈을 대신 저축할 수도 있는데."

도연은 싱글거리며 소리를 향해 말했다. 그리고 자신의 말이 옳지 않냐는 표정으로 오리와 상호를 돌아보았다. 상호가 턱을 긁적이며 고개를 끄덕였다.

"하긴…… 그렇기는 하지. 어차피 여기는 비어 있는 집이고."

"그렇다니까! 어때, 소리야? 오리, 너도 내 말이 옳다는 생각 안 들어?"

"……어, 뭐……그렇기도 하고."

오리는 말을 얼버무리며 소리를 힐끔 보았다. 혹시 소리가 기분 상하지는 않나, 염려가 되어서였다. 하지만 소리는 그저 차분한 얼굴로 살짝 시선을 내리깐 채 바닥을 응시하고 있을 뿐이었다.

"괜히 오해하지 말았으면 좋겠어. 나는 그저……."

"그래, 좋아."

소리가 도연의 말을 끊고 말했다. 바닥을 보고 있던 시선을 들어 도연을 쳐다보며 그녀가 말을 이었다.

"신세 좀 질게. 그런데 여기 명의가 상호 오빠 앞으로 되어 있다고 하지 않았어? 오빠 허락 없어도 돼?"

"어? 하하, 나는 뭐, 이름만 빌려준 것뿐인데……. 어쨌든 괜찮아, 마음껏 써."

상호가 머리를 긁으며 어색하게 웃었다. 소리는 상호의 말을 듣고는 다시 고개를 끄덕이며 도연을 향해 말했다.

"월세는 안 내지만, 전기 요금이나 수도 요금, 그런 것들은 내가 낼게. 그런 것까지 네가 부담하겠다고 하지는 마."

"응? 아…… 뭐…… 알았어. 그렇게 해."

도연은 속마음을 들킨 사람처럼 잠시 당황해하다가 이내 어깨를 으쓱이며 대꾸했다. 그래도 의외로 소리가 순순히 자신의 제안을 받아들인 것이 다행이었다. 화를 내고 한바탕 싸울 각오까지 했는데 말이다. 도연은 슬그머니 소리의 눈치를 살피며 물었다.

"그런데 왜 오늘은 화를 안 내는 거야?"

"왜? 그게 아쉬워?"

소리가 새침한 얼굴로 되묻자 도연이 '아니, 뭐, 아쉽다기보다는……' 하면서 말을 얼버무렸다. 그 모습을 보던 소리가 픽 웃고는 대답했다.

"그냥."

그래, 그냥. 소리는 속으로 중얼거렸다. 말 그대로 그냥, 그랬다. 조금 전에 텔레비전에서 봤던 도연의 행복해하는 얼굴도 떠올랐고, 오리의 말대로 팔불출 같은 그의 행동도 떠올랐고. 그리고…… 다람쥐 인형, 그 별것 아닌 걸 신나게 자랑하던 모습도 떠올라서.

그래서 그냥, 그랬을 뿐이다.

✻

소리가 걱정했던 것과 달리 정이준의 열애는 그의 인기나 작품 활동에 영향을 미치지 않았다. 도연이 오만한 어조로 '그런 건 실력 없는 놈들한테나 해당되는 것이지, 나는 아니야.' 라고 말했던 바를 증명하듯 말이다.

소리는 잘난 척을 한다며 도연을 타박하기는 했지만, 그래도 다행스러운 마음을 감출 수는 없었다. 하지만 그렇다고 하더라도 굳이 '내가 정이준의 여자친구입니다!' 라고 드러내고 나설 필요는 없기 때문에 소리는 도연과 밖에서 만나는 일은 가급적 자제하려고 했다.

……그런데 남자친구라는 이 인간은 남의 속도 몰라주고 말이지.

"하여간 도움이 안 된다니까."

소리가 힐끔 도연을 노려보며 중얼거렸다. 그러거나 말거나 도연은 야채빵 하나를 입에 문 채 호기심 가득한 눈으로 주변을 둘러보기에 바빴다. 그나마 다행이라면, 이렇게 이른 새벽 시간에 동대문 시장을 찾는 사람들 중에는 도연에 대해 관심을 보이는 사람이 없다는 것일까.

도연이 시커먼 모자에 시커먼 점퍼 차림이라서 큰 키와 맞물려 위압감을 느꼈는지, 오히려 그의 근처에 오지 않으려는 사람들이 있을 정도였다.

"왜 도움이 안 되냐? 이렇게 충실한 짐꾼 노릇도 하고 있는데."

도연이 뒤늦게 소리의 말에 대꾸를 했다. 구경을 하느라고 자신의 말은 흘려들은 줄 알았더니 그것은 아닌 모양이었다. 짐꾼은 무슨, 아직 필요한 건 사지도 않고 네 야채빵만 사 먹였는데! 소리는 얄미운 마음에 도연의 옆구리를 꼬집었다. 그러자 도연이 하하, 하고 웃으며 놀리듯 말했다.

"옷이 두꺼워서 하나도 안 아프지롱."

"……어휴. 들키지나 마. 진짜, 이런 네 모습, 보는 내가 부끄러워."

소리는 도연을 구박하며 늘 거래하던 점포로 걸음을 옮겼다. 이제 본격적으로 쇼핑몰을 열 예정이라, 오늘은 점포 주인과 상의를 해서 거래 규모나 품목 종류 같은 것을 늘릴지 결정을 할 작정이었다. 소리는 점포에 들어가기 전, 고개를 돌려 도연을 향해 물었다.

"시간이 꽤 걸릴지도 모르는데, 같이 들어갈 거야? 아니면 어디 다른 데에 가 있을래?"

"같이 들어가. 어차피 여기 길도 모르고 또…… 너 없으면 나 더러 무슨 재미로 돌아다니라고."

도연이 아무렇지 않게 말했다. 소리는 그런 도연의 말에 괜히 가슴이 두근거려서 얼굴이 붉어질까 봐 고개를 다시 돌리고 점포로 들어갔다. 그리고 그런 소리의 뒤통수를 내려다보며 따라 들어가던 도연의 입꼬리가 씩 올라갔다.

"어서 와, 소리 씨! 이번에는 오랜만에 왔네? 거래처 바꾼 줄 알고 내가 얼마나 서운했는지 알아?"

점포에 들어서자마자 중년 여자가 소리를 보고는 반색을 했다. 소리는 웃으면서 고개를 저었다.

"제가 왜 거래처를 바꿔요, 사장님. 음…… 노점 접고 쇼핑몰을 준비하느라고요. 그래서 시간이 좀 걸렸어요."

"쇼핑몰? 아, 그거 잘됐네! 길거리에서 노점 하는 것보다 훨씬 낫지, 그럼! ……응? 그런데, 이쪽은 누구?"

중년 여자가 소리의 손을 끌어다가 잡고는 기뻐하다 말고, 그녀의 뒤편에 서 있던 도연을 발견하고는 고개를 갸웃거리며 물었다.

소리는 갑작스러운 질문에 대답을 하지 못하고 망설였다.

"아, 그러니까……."

"남자친구입니다. 안녕하세요, 사장님."

소리가 주저하는 사이에 도연이 냉큼 모자를 벗고는 허리를 숙여 인사했다. 그리고 허리를 펴면서 벗었던 모자를 다시 눌러썼다. 그 바람에 중년 여자는 도연의 얼굴을 제대로 보지 못하고 고개를 갸우뚱거리며 물었다.

"그런데…… 어디서 많이 본 총각 같은데, 혹시 우리 가게 단골이신가?"

"하하. 아니요. 그건 아닌데…… 그냥 제 얼굴이 좀 그런가 봐요. 낯익다는 분들이 많으시더라고요."

도연이 모자를 매만지면서 더욱 깊이 눌러쓰고는 넉살 좋게 대꾸했다. 소리는 기가 막혀서 입을 달싹이다가 이내 어색하게 웃으며 말했다.

"예, 맞아요. 얘가 좀…… 흔하게 생긴 얼굴이라."

정이준이 흔한 얼굴이면, 세상 대부분의 남자들은 뭘까. 소리는 남자들이 들었더라면 마구 분노했을 말을 하면서 스스로 민망한 마음에 얼굴을 붉혔다. 그런 소리의 얼굴을 보고 중년 여자가 깔깔대며 웃었다.

"어이구, 소리 씨 얼굴 빨개진 거 봐라? 지금 남자친구 때문에 빨개진 거 맞지? 호호호, 이 아가씨가 연애 한 번 안 하고 돈만 벌 작정인가 했더니. 그래도 이렇게 연애도 하고 그러네."

"어우, 사장님……."

소리는 쑥스러워서 더욱 얼굴을 빨갛게 물들인 채 고개를 숙였다.

※

쇼핑몰을 열고 본격적으로 시작한 지 어느새 한 달을 넘겼다. 그리고 한겨울의 매섭던 추위도 사라지고, 지금은 아침저녁으로만 쌀쌀할 뿐 낮에는 따뜻한 햇살 덕분에 겨울이 막바지에 다다랐음을 깨달을 수 있었다.

"이건 오리, 네 몫."

"응? 어휴, 이러지 않아도 되는데."

"무슨 그런 섭섭한 말씀을. 내가 열정 페이 운운하면서 착취하는 고용주인 줄 알아?"

"아하, 예, 예에, 사장님. 그럼요, 그렇지요. 우리 사장님은 착한 사장님이시니까."

"그러어어엄!"

에헴, 하면서 소리가 우쭐하는 표정을 짓다가 이내 까르르 웃고 말았다. 그러자 오리가 신기하다는 표정으로 소리를 보며 물었다.

"누나, 그렇게 좋아?"

"응? 뭐가?"

"돈 버니까 그렇게 좋으냐고. 누나 이 정도로 웃는 거, 진짜 처음 보는 것 같아서. 하다못해 도연이랑 연애를 하면서도 이렇게 웃지는 않았는데."

"야아!"

"내가 뭐 틀린 말이라도 했어?"

오리의 말에 소리는 민망해져서 볼펜을 던지는 시늉을 했다. 그러자 오리가 두 손으로 막는 시늉을 덩달아 하고는 하하, 하고 웃으며 다시 말을 이었다.

"어쨌든 고마워, 누나. 잘 쓸게."

"응. 나중에는 더 많이 벌어서 더 많이 줄게. 기대하라고."

이 누나만 믿어. 소리는 괜히 우쭐한 표정으로 장난스럽게 대꾸하다가 웃었다. 뿌듯한 감정이 가슴 가득 차올랐다.

소리는 손에 들고 있는 통장을 다시 보았다. 오리가 대학에 가면 등록금으로 낼 돈을 모을 수 있게 되었다. 등록금뿐일까. 대학에 들어가면 돈이 많이 들어간다던데. 요즘은 어학연수도 필수라고 하고, 이런저런 자격증 공부도 해야 한다고 하니까 부지런히 모아야 한다.

소리는 헤헤, 하고 웃으며 통장을 끌어안고 몸을 좌우로 흔들었다. 오리가 병원에 있을 때에는 길거리에서 노점상을 하면서 간신히 병원비를 대는 것도 버거웠는데, 이렇게 소액이나마 저축이란 걸 할 수 있게 되다니 꿈만 같았다. 첫 달이라 그리 많은 수입은 아니었지만 그래도 좋았다.

"그런데 누나 몫은?"

"응?"

"나한테 준 거 말고 누나 몫은 없어? 설마, 나한테 줄 거 빼고는 전부 다 통장에 넣은 거야?"

"……뭐, 내가 돈 쓸 데가 있냐."

"그럼 누구는 쓸 데가 있어?"

오리가 혀를 차며 방금 소리에게 받았던 돈의 절반 정도를 다시 내밀었다. 소리가 손을 내저으며 고개를 저었다.

"야아, 싫어. 너 쓰라고 준 거야."

"누나가 안 받으면 나도 안 받아."

"야, 오리야!"

"5:5가 부족해? 그럼 더……."

"아, 됐어! 알았어, 알았다고! 받으면 되잖아!"

오리가 자기 몫의 돈을 절반보다 더 줄이려고 하자 소리가 목청을 높이며 오리가 내민 돈을 받고 말았다. 그러자 오리가 씩 웃으며 만족스럽다는 얼굴을 했다.

"진작 받을 것이지."

"……칫."

"통장에 넣을 생각은 하지도 마. 어디에 썼는지, 영수증 내라고 한다?"

"어쭈, 누구 마음대로?"

"부사장 마음대로."

"네가 부사장이야?"

"응."

"나는 모르는 일인데?"

"내가 임명했어. 몰랐어, 누나? 내가 우리 쇼핑몰 인사, 승진 담당인 거."

오리가 싱글거리며 너스레를 떨자 소리가 픽 웃었다. 깨어난 지 얼마 되지 않았을 때에는 많이 불안해 보이고 그랬었는데, 이제는 그때보다 훨씬 밝아진 것 같아서 좋았다. 소리가 웃는 것을 가만히 쳐다보던 오리가 문득 생각났다는 듯 물었다.

"도연이한테는 따로 안 챙겨 줘?"

"응?"

"누나 따라서 동대문, 여기저기 안 다닌 데가 없잖아."

"걔가 한 게 뭐 있다고. 따라다니면서 먹거리만 찾아다니더라."

배우라는 애가 도무지 관리를 안 한다니까. 그러다가 돼지 되면 팬들이 퍽이나 좋아하겠어. 소리가 괜히 투덜대면서도 얼굴을 붉혔다. 그런 소리의 얼굴을 보던 오리가 웃었다. 그리고 다시 진지한 얼굴로 소리에게 말했다.

"그래도 도연이가 속은 깊어, 누나."

"……알아."

"사실은, 누나 빼고 도연이랑 단둘이 만난 적 있거든?"

"그래? 언제?"

"한…… 2주 전이었나? 아마 그 정도 됐겠다. 걔 뉴욕에 촬영하러 가기 전에 만났으니까. 설 지나고 만났지. 그때 만나자마자 도연이가 설에 같이 납골당에 가려고 했는데 스케줄 때문에 그러지 못했다고, 미안하다고 그랬었거든."

오리가 지난 기억을 더듬으려는 듯 실눈을 뜨고 말했다.

"하여간 그때…… 도연이랑 대화하면서 많이 배웠어."

소리는 오리를 말없이 쳐다보았다. 오리가 뭔가 자세히 얘기할 마음은 없는 듯해서 굳이 무슨 대화를 나누었는지 묻지는 않았다. 아마 자신에게는 할 수 없는 그런 이야기들이었을 것이다. 아무리 피를 나눈 혈육이라 하더라도 아니, 사실은 바로 그런 이유로 인해서 더욱 하기 힘든 이야기들이 있는 법이다. 그럴 때에는 친구가 필요할 테고.

'그래서 네가 밝아졌나 보구나, 오리야.'

소리는 도연에게 고마웠다. 어떤 대화를 나누고, 무슨 조언을 해 주었는지 모른다. 하지만 딱히 그런 뭔가를 해 준 것이 아니더라도 오리는 도연이라는 친구의 존재, 그 자체만으로 힘을 얻었을 수도 있다. 시간 날 때마다 자신을 따라서 시장을 돌아다니던 도연이 곁에 있다는 것만으로도 자신이 굉장히 많은 힘을 얻었던 것처럼.

'음⋯⋯.'

소리는 오리가 쥐여 준 돈을 내려다보았다. 도연에게 해 주고 싶은 것이 머릿속에 막 떠올랐다. 아니, 지금 막 떠오른 것은 아니었다. 줄곧 머릿속에 담아 두었던 것인데, 이제 행동으로 옮길 용기가 났다고 해야 할까. 소리는 왼손 약지에 끼고 있는 반지 두 개를 만지작거렸다.

커플링.

떠올리는 것만으로도 가슴을 뛰게 만드는 말이었다. 자신은 도연이 준 것처럼 비싼 반지는 해 줄 수 없겠지만, 그래도⋯⋯.

"나, 잠깐 나갔다 올게!"

소리가 벌떡 일어났다. 오리는 자리에 앉은 채 소리를 올려다보았다. 그리고 어디에 가냐고 묻는 대신, 그냥 눈을 휘며 웃었다. 소리가 어디에 갈 것인지 대강 짐작한 듯했다. 하기야, 오리의 앞에서 반지를 만지작거리다 일어났으니.

소리는 얼굴이 화끈거리는 것을 느끼면서도 아무렇지 않은 척 옷을 갈아입으러 방으로 향했다.

＊

"흐흥, 흐으응, 흐음~"

오리는 수학 문제집을 덮고는 기지개를 켜다가 부엌 쪽에서 종종거리며 바쁘게 움직이는 소리를 보고는 피식 웃었다. 저렇게 좋을까. 오리는 양손으로 깍지를 낀 채 그 위에 턱을 괴고 앉아서 콧노래를 부르며 한창 요리 중인 소리를 구경했다.

뭔가가 있다.

급하게 외출했다가 돌아오더니 그 뒤로 내내 들떠 있는 소리를 보며 오리는 생각했다. 아마도 자신의 예상이 틀리지 않는다면……

'도연이 녀석 손가락이 더 이상 허전할 일은 없다는 거겠지?'

또 얼마나 좋아서 자랑을 할까 싶어서 오리는 못 말린다는 얼굴로 웃고 말았다. 그래도 두 사람이 행복해할 것을 생각하니 자신 또한 행복했다. 마치 과거로 되돌아간 것처럼 말이다.

오리는 문득 밀려드는 그리움에 다시 젖은 눈으로 천장을 응시했다. 설날에 소리와 함께 처음으로 부모님의 납골당을 찾아갔었다.

자신의 기억은 그때 그 과거 속, 수학 경시대회를 마치고 부모님과 함께 돌아오던 길에서 멈췄는데 자신의 기억이 멈춘 것과 상관없이 시간은 계속 흘러갔다. 그리고 그 시간을 자신의 쌍둥이 누나는 홀로 견뎠다.

그러니까 누나는 앞으로 더 행복해져야 해.

오리는 턱을 괸 채 다시 소리를 쳐다보다가 씩, 웃으며 입을 열었다.

"아, 진짜, 못 들어주겠네. 노래나 잘하면 말을 안 해."

"너 들으라고 하는 거 아니거든?"

소리가 금세 발끈해서 뒤를 돌아보고는 오리를 향해 파르르 떨며 대꾸했다. 그러자 오리가 귀를 막는 시늉을 하며 혀를 내밀었다.

"야! 한오리! 공부나 할 것이지, 왜 참견하고 그래!"

"아, 공부를 하게 해 줘야 하지. 누나가 자꾸 노래를 불러 대는데 내가 공부가 되겠냐고."

"……."

"어라, 누나, 삐쳤어?"

오리는 소리를 놀리는 재미에 계속 놀려 대다가 소리가 입을 꾹 다물고 자신을 노려보다 그대로 휙 돌아서는 걸 보고는 깜짝 놀라 일어섰다. 그리고 성큼성큼 다가가 소리의 등 뒤에 가까이 다가갔다.

"뭘 그런 걸 가지고 삐치…… 으앗, 누나!"

"이거나 먹어."

소리는 부추 무침을 오리의 입에 집어넣으며 투덜댔다. 오리는 느닷없이 입에 들어온 부추 무침에 놀랐다가 금세 우물거리며 맛을 보고는 슬쩍 눈썹을 올리며 말했다.

"괜찮네? 하하. 역시 사랑의 힘은 위대하다. 누나가 이렇게 요리를 잘하게 되다니."

"……한오리, 자꾸 기어오를래? 내가 아까 냉장고에 뭘 갖다 넣었는지, 네가 그걸 알고도 기어오를 수 있을까?"

"응? 냉장고에 뭘 넣었는데?"

오리의 물음에 소리가 씩 웃었다. 그리고 다시 부추 무침을 가리키며 말을 이었다.

"이거랑 같이 먹으려고."

"같이 뭘 먹어?"

"오리 훈제."

소리의 대답을 들은 오리의 표정이 잠시 멍해 있다가 금세 일그러졌다.

"아, 진짜! 왜 하필이면 오리 훈제야! 차라리 삼겹살을 먹지!"

"내 마음이야. 그래서, 싫어? 싫으면 먹지 마."

"누가 안 먹는대? 그냥…… 그렇다는 거지."

어릴 때부터 오리라는 이름 때문에 놀림을 많이 받아서 그런지 오리는 꽥꽥거리며 뒤뚱뒤뚱 돌아다니는 '오리'에게 남다른 감정을 갖게 되었다. 뭐랄까. 은근한 동족 의식이라고 해야 할까. 오리 고기를 먹으면, 마치 동족을 잡아먹는 듯한 찝찝함도 들고……. 그래도 맛있기는 해서 또 그게 괜히 서글프고.

"누나, 못됐어. 연애하더니 동생은 아예 뒷전이고."

"그랬어요? 어디서 징징거려. 징그럽게."

어디서 들어 본 말 같지 않아? 응? 소리가 눈을 가늘게 뜨며 오리에게 물었다. 언젠가 오리가 자신에게 통하지도 않을 애교를 부린다며 타박했던 것에 대한 복수였다. 오리 역시 그 일을 기억했는지 입을 벌린 채 '허…….' 하며 말을 잇지 못하다가 뒤늦게 짧게 말했다.

"뒤끝여왕."

"그러니까 까불지 말고 가서 공부나 해. 아니면 그냥 쉬든지. 여기서 얼쩡대지 말고."

소리는 입을 삐죽이면서 구시렁대는 오리의 등을 떠밀어 거실로 쫓아냈다. 그리고 다시 콧노래를 흥얼거리기 시작했다.

기분이 좋았다.

아니, 그냥 기분이 좋다는 말로는 표현하기가 어려울 정도로 소리는 잔뜩 들뜬 상태였다. 그녀의 방에 있는 작은 종이 상자가 그녀를 더욱 들뜨게 만들고 있었다. 아무런 장식도 없는 반지일 뿐이지만, 그래도 소리는 좋았다.

이제야 과거 속의 죄책감으로부터 정말 벗어날 수 있을 것 같았다.

자신의 손으로 빼 버렸던 반지. 도연은 지금까지 그 반지를 가지고 있었던 것만으로도 괜찮다고, 고맙다고 그렇게 말했지만, 소리는 결코 아무렇지 않을 수 없었다. 그래서 계속 반지를 끼고 있으면서도 한편으로는 가슴이 무거운 것이 사실이었다. 그런데 이제 한결 가벼워질 것 같다.

소리는 가만히 손을 들어 보았다. 손가락에 끼워져 있는 두 개의 반지가 저마다 반짝거렸다.

"도연이랑 상호 형, 언제쯤 온대?"

"늦어도 11시 전에는 올 거래."

"흐엑. 그럼 밤 11시에 오리 훈제를 먹자고? 대애바아악."

오리가 다시 책을 펼치다가 혀를 내밀며 고개를 흔들었다. 소리는 고개를 갸우뚱거리다가 이내 걱정스러운 얼굴로 오리에게 물었다.

"메뉴가 좀…… 그런가?"

"좀 그렇기는. 많이 그렇……지는 않지. 음, 그럼! 괜찮아, 뭐 어때? 새벽에도 먹고 싶으면 고기를 구워 먹을 수도 있지. 그러니 오리 훈제 정도야 괜찮아."

오리는 말을 하다가 그대로 얼버무리고는 다시 바꿔 말했다. 소리가 괜히 실망하게 할 필요는 없을 것 같았다. 그리고 솔직히 시간 따위를 신경 쓸 사람도 없을 테고 말이다. 상호 형도 그렇고, 자신도 그렇고.

더구나 정도연이라면 더더욱.

'누나가 해 주는 거라면 자다가도 뭔지 묻지도 않고 무조건 먹

을걸?'

오리는 속으로 말을 삼키며 그저 웃었다. 그러자 소리 역시 오리의 말에 넘어간 듯 '그렇지? 괜찮지?' 하며 되물었다.

❊

"……상호 오빠?"

"부, 붙잡지 마! 소리야!"

"……?"

"하하. 내버려 둬, 누나."

상호가 집으로 들어오자마자 후다닥 화장실로 달려 들어가는 걸 보고 소리는 부엌 쪽에서 고개를 내밀었다가 어리둥절한 표정으로 눈만 깜빡였다. 그러자 오리가 현관에서 상호의 겉옷을 받아 들었던 것인지 그의 겉옷을 팔에 걸친 채 들어오다가 뒤쪽의 도연을 가리키며 웃었다.

"도연이가 하도 재촉을 하는 바람에 부산에서 여기까지 휴게소한 번 들르지도 못하고 계속 달렸대."

"뭐?"

"오늘은 로드 매니저나 코디도 없어서 형이 혼자 죽어났다던데? 하여간 그래서 형 말로는 오줌보가 터지기 직전이었다고……."

"야!"

소리는 가만히 오리의 말을 듣다가 '오줌보' 발언에 얼굴이 빨갛게 달아올랐다. 그러자 도연이 오리의 뒤쪽에서 들어오다가 키득대며 입을 열었다.

"그래도 안 터졌으면 됐지, 뭐. 안 그래, 소리야?"

"뭐가 안 그래야, 안 그래가! 이 저질 같은 것들!"

소리는 자신을 놀리는 듯한 오리와 도연의 태도에 화가 나서 일부러 발을 쿵쿵 구르며 다시 부엌으로 들어갔다. 그러자 도연이 눈을 크게 떴다가 다시 사르르 감으면서 웃고는 냉큼 소리의 뒤로 다가갔다.

"우와, 맛있는 냄새."

"저리 가, 이 저질아."

"진짜 저질 한번 보여 줘?"

"으앗!"

"······으윽!"

도연이 실눈을 뜨고는 짓궂게 웃더니 소리의 옆구리를 위에서 아래로 쓸어내렸다. 그 바람에 소리는 몸을 흠칫 떨며 반사적으로 들고 있던 국자를 휘둘렀다. 그리고 그 국자가 도연의 눈 아래를 때린 것은, 고의가 아닌 우연이었다.

"괘, 괜찮아?"

소리는 도연이 손으로 얼굴을 감싸며 허리를 숙이자 돌아서서 그를 향해 손을 뻗으며 다급히 물었다. 맙소사, 다친 거야? 배우에게 얼굴이 얼마나 중요한데! 소리는 황망한 마음에 눈물이 나오려는 것을 간신히 참으며 도연의 손을 잡았다.

"얼굴 좀 보여 줘. 어디, 많이 아파? 응?"

"······아."

소리는 결국 참지 못하고 눈물을 쏟고 말았다. 그와 동시에 국자를 잡고 있던 손에서 힘이 빠져 버렸다. 도연이 먹고 싶다고 문자를 보내서 부랴부랴 준비했던 배추 된장국이 원망스러웠다. 차라리 그냥 오리 훈제나 먹이고 말걸. 아니, '오줌보'가 뭐 어떻다고, 괜히 민망해서 화를 내는 바람에.

"웃차, 놓칠 뻔했네."

"……어어?"

그 순간, 바닥에 떨어져야 했던 국자가 도연의 손에 들려 다시 냄비 안으로 들어갔다. 소리는 눈물이 그렁그렁 고인 눈으로 도연과 국자를 번갈아 보다가 눈을 깜빡였다. 그러자 고여 있던 눈물이 뺨을 타고 흘러내렸다.

"내가 그래도 연기를 참, 잘하긴 하지?"

"……뭐, 라고?"

도연이 눈웃음을 치며 웃었다. 국자에 얻어맞았던 눈 아래에는 그 어떤 흔적도 남아 있지 않았다. 소리는 뒤늦게 그것을 깨닫고 입을 달싹였다.

"너 정말!"

그러나 소리는 더 이상 말을 이을 수 없었다. 도연이 소리의 양쪽 뺨을 자신의 손으로 감싸더니 그대로 입술을 덮쳐 왔기 때문이었다.

열이라도 나는 것처럼 도연의 입술이 뜨거웠다. 소리는 몸을 떨었다. 하지만 안심하라는 듯 도연이 입술을 떼더니 다시 가볍게 어린아이에게 하듯이 쪽, 하고 입술을 맞댔다가 떼었다.

"소리야……"

"소, 손부터 씻고 와."

소리는 도연의 말을 끊으며 몸을 돌렸다. 순간적으로 머릿속까지 하얗게 변해 버린 것만 같아서 지금 자신이 제대로 말을 한 것인지도 판단이 서지 않았다. 그러나 어쨌든 제대로 말을 하기는 한 것 같았다. 뒤에 있던 도연이 화장실 쪽으로 가려고 걸음을 옮겼으니 말이다.

"……어우, 정말."

"우와."

"크흑. 부러우면 지는 건데."

"악! 깜짝이야! 오, 오빠! 한오리!"

소리는 숨을 고르다가 갑자기 옆에서 들려온 두 사람의 목소리에 화들짝 놀라 옆을 돌아보았다. 그러자 어느새 다가온 것인지 상호와 오리가 쭈그리고 앉은 채 소리를 올려다보고 있었다. 아무래도 몰래 부엌에 들어와서 들키지 않으려고 쭈그려 앉아 있었던 것 같았다.

왜 몰래 들어왔는데?

왜 들키지 않으려고?

……맙소사.

소리는 방금 전, 자신과 도연의 모습을 떠올리고는 손으로 입을 가렸다. 그, 그러니까 지금 이들이 본 것이…….

"그런데 도연이가 참 뻔뻔하더라."

"그러게요, 형. 우리가 보는 걸 뻔히 알면서도 누나한테 키스한 거 봐요."

"일부러 그런 거야, 일부러. 우리한테 자랑하려고."

소리는 입을 가린 채 상호와 오리가 대화하는 것을 듣고 있다가 고개를 돌렸다. 목이 삐걱거리며 움직이는 것만 같았다.

그래…… 일부러라고?

소리는 다시 냄비에 있던 국자를 집었다.

"손 씻고 나왔어. 우리 밥 언제 먹어?"

그리고 해맑게 웃으며 다시 부엌으로 들어오는 도연을 향해, 소리는 국자를 휘두르며 달려들었다.

"야! 정도연, 이 저질 덩어리야!"

얄미워. 정말 얄미워.

"미안해. 진짜 미안하다니까."

"……."

"야아, 소리야."

"아, 몰라!"

소리는 퉁명스럽게 말하고는 벤치 앞에 멈춰 섰다. 자정이 넘은 시간이라 공원에는 사람이 없었다. 소리는 다시 공원을 둘러보고는 점퍼 주머니에 손을 넣은 채 그대로 벤치에 앉았다. 도연이 그 옆에 앉으려고 하자 소리가 입을 삐죽이며 발을 굴렀다.

"앉지 마. 너 얄미워."

"아, 알았어. 그냥 서 있지, 뭐."

도연은 소리의 심술에 피식 웃었다. 이런 소리의 모습이 은근히 귀여웠다. 삐친 건 아는데, 그래서 풀어 줘야 한다는 생각이 들기는 하는데 삐친 모습이 귀여워서 그냥 이대로 놔둬도 좋지 않을까 하는 몹쓸 생각이 슬슬 도연을 유혹하고 있었다. 도연은 소리의 앞에 서서 그녀를 내려다보았다.

"소리야, 좀 봐주라. 상호 형이나 오리가 아까 아주 네 눈치 보느라고 밥도 제대로 못 먹더라."

"못 먹기는. 두 사람 모두 밥을 두 그릇이나 먹는 걸 내가 봤어. 게다가 배추 된장국도 거의 바닥을 보이던데? 오리는 동족상잔의 비극이라며 오리 훈제를 못 먹는다고 난리를 치더니, 제일 많이 먹고."

"하하. 그런가……?"

다시 생각해 보니까 그런 것 같기도 하고……. 도연이 어색하게 웃었다. 솔직히 자신이나 오리, 상호까지 전부 소리에게 짓궂었던 면이 없지 않았다. 그런데 그게, 어쩔 수 없었다. 뭐랄까.

"……좋더라고."

"무슨 뜬금없는 말이야?"

소리가 벤치에 앉은 채 발로 바닥을 탁탁 차다가 도연의 목소리에 고개를 들어 그를 올려다보며 눈을 찡그렸다. 도연이 그런 소리를 내려다보며 싱긋 웃고는 그대로 바닥에 털썩, 양반다리를 하고 앉아 버렸다.

"야! 너 옷 더러워질 텐데!"

"협찬이야, 괜찮아."

"협찬 받은 거면 더 안 괜찮지!"

소리는 도연을 다시 일어나게 하려고 그의 옷을 잡아당겼지만 허사였다. 도연은 땅바닥에 주저앉은 채 소리를 쳐다보다가 다시 입을 열었다.

"이런 거 말이야."

"……대체 무슨 말을 하는 거야. 하나도 이해 안 되는 말만 하고."

"장난치다가 다 같이 야단도 맞고, 그래서 눈치도 살피고, 삐친 거 풀어 주려고 이렇게 밤중에 산책도 나오고, 옷 더러워진다고 구박도 받고."

"……."

"가족 같잖아. 진짜 가족."

소리는 입을 다물었다. 그리고 점퍼 주머니 안에서 손을 꼼지락거렸다.

"신나서 그랬어. 그래서 더 들떠서 좀 지나치게 짓궂게 군 점도 있어."

"······뭐야, 그게."

"그러게. 뭘까, 그건."

도연의 눈이 둥글게 휘어졌다. 소리는 점퍼 주머니에 넣었던 손을 계속 꼼지락거리며 망설였다. 주머니 안에는 소리가 준비한 반지가 들어 있었다. 종이 상자에 담아서 줄까, 하다가 점퍼의 주머니가 작은 탓에 반지만 빼서 가지고 나왔다.

솔직히 짓궂은 도연에게 화도 나고 그래서 반지를 나중에 줄까 보다, 하고 심술을 부리고 싶은 마음도 있었는데, 막상 도연이 이렇게 말하는 것을 들으니 마음이 약해졌다.

그러고 보면······ 나도 조금은 변한 게 아닐까.

소리는 가만히 주머니 속의 반지를 손끝으로 만지며 생각했다. 겁을 내고, 물러서려고만 했던 모습에서 조금은 변한 것도 같다. 이렇게 화도 내고, 심술도 부리고.

"······벌이야. 손 내놔 봐."

"때리려고?"

도연이 눈을 찡그리며 아픈 표정을 지으면서도 소리의 말에 순순히 손을 내밀었다. 소리는 고개를 저었다.

"오른손 말고, 왼손."

"오른손은 많이 써야 한다고 봐주는 거야?"

도연은 싱글거리며 다시 왼손을 내밀었다. 그러자 소리가 새침한 얼굴로 잠시 주저하다가 주머니에서 손을 뺐다. 반지를 꼭 쥔 채로. 그리고 도연이 내민 손바닥 위에 자신의 손을 올려놓았다.

"······."

싱글거리며 웃던 도연의 얼굴에서 순식간에 웃음기가 사라졌다. 소리는 그런 도연을 바라보며 도연의 손바닥 위에서 손을 떼었다. 반지가 그의 손바닥 위에서 반짝였다. 아무런 장식도, 아무런 무늬도 없는 그냥 14k 금반지였다.

"······야, 왜 그래."

좋아할 줄 알았는데, 아니었다. 소리는 도연이 굳은 얼굴로 반지를 뚫어지게 보다가 눈이 시뻘겋게 변해서 자신을 보는 바람에 놀라서 물었다. 그러자 도연이 표정을 일그러뜨리며 입을 열었다.

"이건 아니지, 한소리."

"뭐?"

"장난이어도, 이렇게 반지를 또 돌려주는 건······."

"잠깐! 잠깐만!"

얘가 지금 무슨 헛소리를 하는 거야. 소리는 기가 막혀서 도연의 말을 끊고는 그를 쳐다보았다. 그러나 도연은 너무나 당당하게 시뻘건 눈 가득 눈물이 고인 채 소리를 노려보기만 했다.

"그러니까 지금, 이 반지가······ 네가 줬던 반지인 줄 안 거야?"

"그럼 아니야? 맞잖아, 내가 예전에 줬던 그 반지. 그걸 또 내가 장난 좀 쳤다고 이러는 게······!"

"아우, 진짜······. 야, 이 바보 멍청아!"

소리는 목청을 높였다. 기껏 열심히 고르고 골라서 사 온 반지였다. 다른 사람이 볼 때에는 그저 흔하고 평범한, 그런 반지일지 몰라도 자신에게는 아니었다. 처음으로 자신이 도연에게 주는 반지였다. 그가 주었던 반지를 빼 버렸던, 과거의 죄책감으로부터도 벗어날 수 있는, 그런 반지였다. 그런데······.

이 바보는 분위기 파악도 못 하고.

소리는 발끈해서 다시 도연의 손바닥 위에 있던 반지를 집었다. 그리고 도연이 뭐라고 입을 열기 전에, 그의 왼손 약지에 반지를 끼웠다. 사이즈를 잘 모르는 상태에서 샀는데도 반지는 그의 손가락에 딱 맞았다.

"······으응?"

"자, 봐라. 봐. 여기 내 손에 반지 그냥 그대로 있거든?"

소리는 도연의 눈앞에 자신의 손을 들이밀었다. 도연은 멍하니 소리의 손을 보았다. 소리의 손가락에 자신이 주었던 반지 두 개가 고스란히 끼워져 있었다. 그제야 그는 자신이 얼마나 바보 같은 행동을 했는지 깨달았다.

"하, 하하. 하하하······. 그럼 이 반지가······."

도연은 자신의 손을 내려다보았다. 자신의 손가락에 끼워져 있는 반지는 자신이 소리에게 주었던 그 반지가 아니었다.

착각했다. 아니, 어떻게 착각을 한 것일까. 반지가 딱 봐도 차이가 나는데. 크기만 봐도 아는 건데, 왜 착각을 해서······. 그나저나 이 반지는, 그러니까······. 도연은 다시 고개를 들었다. 그의 눈이 반짝거렸다.

"뭐야, 그 부담스러운 눈빛은?"

"이 반지, 내 거야?"

"응?"

"나한테 주는 거야? 네가? 소리, 네가 나한테?"

"······뭐. 받고만 살면 불편하니까."

소리는 머쓱한 마음에 시선을 피하며 말끝을 흐렸다. 도연은 주저앉아 있다가 벌떡 일어나 그대로 소리를 꼭 껴안았다.

"정말 사랑해, 소리야! 정말 고마워!"

"야, 야야! 누가 보면 어쩌려고!"

"뭐, 어때? 세상 사람들 모두 내가 연애 중인 거 다 아는데."

"야! 너 정말 이럴래?"

소리가 도연의 품에 안긴 채 그의 가슴팍을 밀어냈다. 그러나 도연은 꿈쩍도 하지 않고 오히려 더욱 힘주어 소리를 끌어안았다.

"한소리, 정말 사랑한다! 세상에서 제일 사랑해!"

"아휴, 못 말려."

소리는 그를 밀어내던 것을 포기하고는 조심스럽게 도연의 허리에 팔을 감았다. 벤치에 앉아 있는 소리를 끌어안고 있는 도연은 허리를 잔뜩 구부린 채 우스꽝스러운 모습이었지만, 그런 것에 신경 쓸 여유가 없었다. 도연은 가슴이 벅찼다. 자신의 손에 끼워진 반지가 너무나 믿어지지 않아서, 그는 꿈을 꾸는 것만 같았다.

"소리야, 정말 고마워."

"……나도 마찬가지야, 뭐."

소리가 수줍은 듯 작게 도연에게 안긴 채 속삭였다.

벤치 옆 가로등 불빛이 그들을 따스하게 감싸 주고 있었다.

10.
사랑의 조건

"봄맞이 대청소라도 한번 해야 할 텐데……."

소리는 중얼거리면서도 엄두가 나지 않는다는 듯 거실을 둘러보았다. 인형을 만드느라고 어질러 놓은 거실의 모습이 참…… 뭐라고 설명하기가 힘들 정도로 지저분했다.

소리는 빨간색 비니를 쓰고 거만한 표정을 짓고 있는 고양이 인형을 내려놓고, 주변에 널려 있는 도안 용지들을 주섬주섬 모았다. 오리가 식탁에 책을 펴 놓고 공부를 하다가 소리의 모습을 보고 픽 웃었다.

"저번에 상호 형이 나한테 그러더라."

"뭐라고?"

소리는 도안 용지를 모아서 모서리 부분을 맞춰 탁, 탁, 바닥에 두드린 뒤에 소파 앞의 테이블에 내려놓고는 오리를 쳐다보며 물었다. 그러자 오리가 씩 웃으며 대꾸했다.

"부창부수(夫唱婦隨)가 바로 이거로구나, 라고 말이지."

"뭐어어? 그게 뭐야! 아무리 그래도 내가 도연이만큼 지저분하다고?"

소리는 입을 삐죽였다. 얼마 전에 처음으로 도연의 집을 갔었다. 도연이 감기에 걸렸다면서 전화를 걸어 하도 콜록거리기에, 기자들한테 사진이라도 찍히면 어쩌나 걱정을 하면서도 조심스럽게 상호를 따라서 도연의 집에 갔었다.

그런데 그렇게 아프다며 콜록대던 도연은 온데간데없고, 히죽거리며 신나서 웃는 도연만 있었다. 그리고 그 집의 내부 모습이란……

"난 그 정도는 아니거든!"

정말 사람이 살 수 있는 공간이기는 한 건가 싶을 정도였다. 소리의 눈이 '경악'에서 '험악'으로 바뀐 걸 뒤늦게 알아차린 도연이 '내가 원래 이 정도로 어질러 놓는 성격은 아닌데……. 요새 연애하느라고 바빠서.' 라고 둘러대기는 했지만, 상호의 말을 들으니 꼭 그래서만은 아닌 듯했다. 그런데 자신과 도연을 동급으로 취급하다니!

"이건 나에 대한 모욕이야. 받아들일 수 없어!"

좋아! 대청소다! 소리는 씩씩대며 소매를 걷고 일어났다. 오리가 얼떨떨한 얼굴로 소리를 보다가 물었다.

"청소하려고?"

"응."

"지금?"

"그렇다니까. 아, 너한테 같이 하자고 그러는 거 아니야. 오리 너는 공부나 해. 안 그래도 어제 주문받은 물량 전부 포장해서 택

314

배 넘기느라고 공부도 못 했잖아."

소리는 오리가 혹시 청소를 도울까 싶어서 손을 내저었다. 오리의 공부에 방해가 되려고 시작한 일이 아니었다. 그래서 오리가 쇼핑몰 일을 도울 때마다 불편한 것이 사실이었다.

요즘 입소문을 타고 고객이 늘어난 덕분에 혼자 감당하기가 어려워서 종종 오리의 손을 빌리기는 하지만, 그래도 웬만하면 오리의 도움을 받지 않고 스스로 하려고 노력하는 중이다.

오리 역시 소리의 마음을 알았는지 펜을 입에 문 채 가만히 앉아서 그녀를 쳐다보기만 했다. 그러다가 고개를 갸웃거리며 다시 물었다.

"약속 있다고 하지 않았어?"

"약속? 아, 도연이랑. 그건 이따가 저녁때 보기로 한 거라……."

"시계 좀 보고 말해, 누나. 혼자 어디 다른 시간대에서 오셨나."

오리가 못 말린다는 얼굴로 웃으면서 벽에 걸린 시계를 가리켰다. 소리는 어리둥절한 표정을 지으며 오리가 가리킨 방향으로 고개를 돌렸다. 그리고 곧바로 그녀는 눈을 커다랗게 뜨고 입을 벌렸다.

"어, 언제 시간이 저렇게 된 거야? 진작 말해 주지!"

"약속 시간이 바뀐 줄 알았지. 너무 여유롭게 계속 죽치고 앉아서 그 고양이 인형만 붙들고 있기에."

"아우, 난 몰라! 언제 준비해!"

소리는 쿵쿵거리며 욕실로 급히 뛰어갔다. 오리는 그런 소리의 뒷모습을 보다가 키득거리고 웃었다. 그래도 보기 좋았다. 아니, 어쩌면 보기 좋아서 일부러 시간을 알려 주지 않았는지도 모른다.

인형을 만드는 데에 집중하고 있던 소리는 너무나 행복해 보였다. 해가 기울어 가고 저녁 무렵이 되어 가는데도 시간이 흘러가는 것조차 깨닫지 못할 정도로 뭔가에 몰두하는 모습이 너무 신기하고 예뻐서 말이다.

"흠……. 부럽네."

오리는 펜을 입에 문 채 중얼거렸다. 공부를 하는 것을 좋아한다. 그리고 검정고시를 보고 난 뒤 수능까지 올해에 다 해결할 작정이다. 이왕이면 누나가 원하는 대로 좋은 성적을 받아서 상위권 대학에 들어갈 것이다.

하지만 그런 것 말고…….

'나는 뭘 하고 싶은 걸까.'

오리는 펜을 내려놓고는 턱을 괸 채 곰곰이 생각하기 시작했다. 그 와중에도 소리는 외출 준비를 하느라고 부산스럽게 돌아다녔다.

✽

"머리 뻗쳤다."

"어? 정말? ……아우, 제대로 말린다고 했는데."

소리의 불평 어린 말에 도연은 가만히 웃었다. 제대로 말리기는, 머리를 다 말리지도 못하고 나온 게 뻔히 보이는구만. 도연은 소리의 머리를 쓱쓱, 쓰다듬었다.

"야아! 뭐야!"

"감기 걸리면 어쩌려고 이러고 나오냐?"

"내가 뭘…… 어?"

소리는 도연의 팔을 밀어내려고 버둥대다가 머리 위에 따뜻한 뭔가가 푹 씌워져 손으로 머리 위를 만져 보았다. 굵은 털실로 짠 모자였다. 소리는 얼떨떨한 얼굴로 도연을 올려다보았다. 역시 굵은 털실로 짠 모자를 쓴 도연이 싱긋 웃었다.

소리는 굵은 뿔테 안쪽에서 도연의 눈이 웃으면서 휘어지는 걸 보다가 다시 어색한 마음에 헛기침을 하며 고개를 돌렸다.

"따뜻하지?"

"뭐…… 응."

급하게 머리를 감고 나오느라고 제대로 말리지 못했던 건 사실이었다. 그래서 머리 속이 차가웠는데, 도연이 씌워 준 모자 덕분에 따뜻해졌다. 소리는 점퍼 주머니에 양손을 넣은 채 걸음을 옮기다가 다시 고개를 돌려 도연을 쳐다보고 물었다.

"그런데 지금 우리 어디에 가는 거야?"

"아…… 이 근처에 있다는 맛집을 추천받았거든. 사람도 별로 없고 괜찮다고 그래서."

"누가?"

"아는 기자가."

"……그렇구나."

소리가 고개를 끄덕이는 걸 보면서 도연은 문은정이 추천해 준 이탈리안 레스토랑이 어디쯤 있는지 주위를 둘러보았다. 쉽게 찾을 수 있을 거라던 은정의 말대로 도연은 금세 레스토랑을 찾아낼 수 있었다.

"우와……. 여기 정말 멋지다."

소리는 안으로 들어서면서 감탄했다. 이탈리아의 농가에 온 듯한 기분이 들었다. 길게 이어져 있는 화단을 보니, 봄이나 여름에 오면 더 멋지지 않을까 하는 생각도 들었다.

"봄에 한 번 더 오자."

그리고 그런 소리의 생각을 알아차린 듯 도연이 냉큼 말했다. 소리는 말없이 도연을 쳐다보았다. 뭔가 가슴속이 간지러웠다. 말하지 않아도 전달되는 것 같다고 해야 할까.

소리는 고개를 끄덕이며 웃었다. 조금 더 걸음을 옮기자 서버가 나와서 안내를 했다.

"따뜻할 때에는 테라스에 나가서 먹어도 좋겠어."

소리는 서버의 안내를 받아 창가 자리에 앉으며 말했다. 도연 역시 자리에 앉으며 힐끔 창밖을 바라보고는 어깨를 으쓱였다.

솔직히 뭐가 더 좋은지 도연은 알지 못했다. 그냥 문은정이 여자친구가 아마 좋아할 거라면서 은근히 추천해 준 레스토랑이라 소리를 데리고 왔을 뿐이었다.

도연은 다른 대다수의 남자들이 흔히 그렇듯 그냥 삼겹살이나 곱창에 소주를 마시는 걸 오히려 선호했다. 집에서는 종종 와인을 마시기는 하지만, 그건 다음 날 스케줄에 지장을 주지 않기 위해서 가볍게 마실 수 있는 술을 택하느라고 그런 것뿐이었다.

그런 도연이기에 레스토랑의 인테리어가 어떤지, 분위기가 어떤지, 그런 것이 그에게 별다른 감흥을 줄 리 없었다.

"봄에 오면 저기 테라스에 나가서 먹으면 되겠네."

그러나 도연은 소리의 말에 맞장구를 치면서 눈을 휘고 웃었다. 어쨌든 소리가 좋아하니 도연으로서는 만족할 일이었다.

문은정에게 빚을 진 셈이다. 나중에 어떤 식으로든 갚아야겠다고 생각했다. 앞으로도 도연은 계속 배우로서 활동을 해 나갈 것이고, 그렇기 때문에 특종을 노리는 문은정에게는 언제든지 빚을 갚을 기회가 생길 것이다. 도연이 코트를 벗어서 옆에 놓고는 일어섰다. 그리고 소리가 앉은 자리로 향했다.

"너도 겉옷 벗어. 도와줄게."

"어? 어어……. 내가 벗어도 되는데."

저절로 소리의 목이 거북이처럼 쏙 들어갔다. 소리는 자신의 점퍼를 벗는 걸 도와주고는 마치 웨이터처럼 점퍼를 받아 들어서 자기 자리로 돌아가 앉는 도연을 보고는 어색함에 콧등을 찡그렸다. 그러자 소리의 점퍼를 자신의 코트와 함께 정리해서 놓은 뒤 다시 소리를 쳐다보던 도연이 잔소리를 했다.

"찡그리지 마. 그러다가 주름 생겨."

"안 생겨."

"생기거든? 내가 너보다는 전문가야. 전문가가 하는 말이면 무조건 들어."

자기가 무슨 전문가라고. 뻔히 직업이 배우인 걸 다 아는데. 피부 관리사로 언제 직업을 바꾸기라도 했대? 소리는 속으로 구시렁대면서 입술을 삐죽이고는 다시 눈을 굴렸다. 그냥 봐도 어색함이 묻어나는 모습이었다. 도연은 소리에게 물었다.

"왜? 어디 불편해?"

"응? 아니. 그냥, 이런 데는 처음이라……."

하하, 하고 어색하게 웃으면서 소리는 괜히 테이블 위에 의미 없는 손가락 낙서를 했다. 도연은 테이블 위에서 이리저리 움직이는 소리의 손가락을 쳐다보다가 대꾸했다.

"나도 이런 곳에 와서 직접 주문하는 건 처음인데."

"뭐?"

"내 돈 주고 직접 와서 먹을 일은 없었고……. 일 때문에 오게 되면 다른 사람들 주문하는 거 보고 그냥 같은 걸로 달라고 했었거든."

"……진짜?"

소리가 반색하며 묻다가 스스로 너무 티가 났나 싶어서 표정을 고쳤다. 하지만 도연은 그런 소리의 표정을 전부 놓치지 않고 보았다.

그는 피식 웃으며 고개를 끄덕였다. 그리고 쓰고 있던 검은 뿔테 안경을 벗어서 테이블 한쪽에 놓고는 주문을 받기 위해 옆에 서 있던 서버를 향해 고개를 돌려 입을 열었다.

"그래서 저희 둘 다 아무것도 모르는 초보라 말이죠. 서버분께서 추천 좀 해 주세요. 뭐가 맛있는지."

"예, 저희 쪽에서 추천해 드릴 만한 메뉴는…… 어머, 저, 정이준 씨 아니세요?"

서버가 고개를 끄덕이며 추천할 메뉴를 머릿속에 떠올리다가 안경을 벗은 도연을 무심코 보고는 곧바로 눈을 휘둥그레 떴다. 도연이 살짝 고개를 숙여 보이며 긍정하자 서버는 더욱 흥분해서 얼굴을 빨갛게 물들인 채 외쳤다.

"정말 팬이에요! 사랑해요, 정이준 씨!"

"좋겠네."

소리는 딸기 소스가 올라간 파나코타를 한입 먹으면서 작게 중얼거렸다. 도연이 페퍼민트차를 한 모금 마시다가 슬쩍 눈썹을 들어 올리며 소리를 쳐다보았다. 그리고 곧 소리가 한 말의 의미를 알아차리고는 살짝 눈웃음을 치며 입을 열었다.

"질투해?"

"질투는…… 누가 질투를 한다고."

말은 그렇게 하면서도 소리의 입이 쑥 나와 있었다. 도연은 키득거리며 소리를 쳐다보았다. 그리고 다시 소리 쪽으로 몸을 기울이며 말했다.

"그럼 너도 그렇게 해 봐."

"뭘?"

"사랑해, 정도연! 하고."

"내가 미쳤냐?"

"그게 뭐 미친 짓이야? 나는 할 수 있는데? 사랑……!"

"야! 하지 마!"

소리는 느닷없이 사랑한다고 외치려는 도연을 막기 위해 벌떡 일어나 테이블 맞은편의 도연을 향해 팔을 뻗었다. 그 순간 도연이 씩 웃으며 소리의 손을 붙잡았다.

"정말이야. 사랑해, 소리야."

"……누, 누가 그걸 몰라?"

소리는 도연에게 손이 잡힌 채 엉거주춤 서서 퉁명스럽게 대꾸했다. 사람이 별로 없는 레스토랑이라고 하지만 그래도 몇몇 사람들이 식사를 하는 중이었다. 그리고 레스토랑 주인과 서버들이 자신들을 몰래 훔쳐보고 있는 중이기도 했다. 그런데 그런 와중에 도연은 이렇게 아무렇지 않게 자신에게 사랑한다고 말한다.

……정말 이래도 괜찮을까.

소리는 문득 겁이 덜컥 났다. 자신이 도연에게 피해라도 주면 어쩌나 하는 걱정이 슬그머니 가슴속에서 밀려 나왔다. 그래서 소리가 도연에게 잡혀 있던 손을 빼려고 꼼지락거리는 순간, 누군가가 알은체를 하며 말을 걸어왔다.

"저기…… 혹시 XX고등학교 나오지 않았어요?"

소리는 화들짝 놀라 도연에게서 손을 빼 얼른 자기 자리로 돌아가 앉고는 목소리가 들린 쪽을 쳐다봤다. 도연 역시 고개를 돌려 자신에게 말을 건 사람을 보았다. 세련된 차림새의 여자가 테이블 옆에 서서 도연을 쳐다보다가 시선이 마주치자 화사하게 미소를 지었다.

"혹시 나 기억해? 주인혜인데. 고등학교 2학년 때 같은 반이었잖아."

"……."

도연은 여자를 쳐다보다가 다시 소리에게 시선을 돌렸다. 2학년 때 같은 반이었는지 그런 것에 대해서는 기억도 안 나고, 굳이 알고 싶은 마음도 없다. 그러나 소리는 기억이 났는지 여자를 쳐다보다가 아, 하면서 작게 속삭이듯 혼자 중얼거렸다.

"반장……."

"반장이었어?"

도연은 소리의 중얼거림을 듣고 물었다. 물론, 시선은 여자가 아닌 소리를 향한 상태로. 그렇지만 여자는 마치 도연이 자신에게 직접 질문한 것처럼 환하게 웃으며 말을 이었다.

"어머, 기억하는구나! 응, 내가 반장이었어."

도연은 자꾸 옆에서 시끄럽게 떠들어 대는 여자 때문에 짜증이 치밀었다. 기껏 사람도 많이 없고 소리도 마음에 들어 하는 곳을 찾았다고 생각했는데, 이런 곳에서 귀찮게 하는 자칭 고교 동창이라는 여자를 만나다니. 도연은 혀를 차며 얼굴을 찡그리고는 옆에 놓인 페퍼민트차를 다시 한 모금 마셨다.

"도연이 네가 배우가 될 거라고는 상상도 못 했는데. 아니, 사실 그때도 멋있기는 했으니까…… 그래, 너한테 딱 어울린다는 생각은 들더라."

"……"

"그런데, 음…… 내가 방해한 거야? 이쪽이…… 네 열애설의 주인공?"

여자는 계속 재잘거리며 말을 하다가 뒤늦게 소리의 존재를 알아차렸다는 듯 호들갑스럽게 소리를 돌아보았다. 소리는 어떻게 해야 하나 하는 얼굴로 주저하다가 어색하게 손을 들었다.

"아…… 안녕."

"저를 아세요? 아니, 나를 알아?"

"응? 어…… 물론이지. 같은 반이었는데."

"……그랬구나. 그러고 보니 기억이 날 것도 같은데……."

여자가 실눈을 뜨고 소리를 위아래로 훑듯이 보다가 생각났다는 듯 다시 말했다.

"너, 맞아! 걔 맞지? 중간에 학교 그만둔…… 이름이 뭐더라?"

"어, 나는 한소……."

"그만 일어나자."

소리가 이름을 말하려는 순간 도연이 그녀의 말을 자르며 일어났다. 그러고는 여자에게 시선조차 주지 않고 자신의 코트와 소리의 점퍼를 챙겼다. 소리는 도연이 일어나서 나가려고 하자 덩달아 주춤거리며 일어섰다. 하지만 여자는 그 와중에 다시 일어선 소리를 위아래로 보고 입꼬리를 올리며 말했다.

"좀 그렇다. 정이준의 여자친구가 너라는 걸 알면 다들 실망하겠어. 고등학교도 졸업을 안 했는데……. 도연아, 너는 미국에서 대학 나오지 않았니? 네 프로필에서 그렇게 본 것 같은데. 너무 차

323

이 나는 거 아니야? 웬만하면 수준 좀 맞게 사귀지 그랬어. 지금도 옷차림이 너무……."

"야."

도연이 옷을 챙겨서 돌아서려다가 인상을 찌푸리며 여자의 앞에 섰다. 그리고 굳은 얼굴로 여자를 쳐다보며 말을 이었다.

"얘가 내 여자친구지, 네 여자친구냐? 얘가 고등학교를 안 나온 게 뭐 그리 대수라고. 좋아하는데 졸업장 보고 좋아해야 되냐? 아, 진짜 짜증나게. 게다가 난 네가 누구인지 기억도 안 나는데 왜 자꾸 친한 척이야? 내가 왜 기억에도 없는 너한테 이따위 얘기를 하느라고, 내 여자친구랑 데이트를 방해받아야 되는 거냐고, 어?"

"뭐, 뭐라고? 야, 너 이렇게 함부로 하는 거 아니다? 아무리 잘 나가는 연예인이어도 그렇지, 이런 식으로 하면 금방 인터넷으로 다 퍼지거든? 그러면 너는……."

"그래서 어쩌라고? 나랑 상관도 없는 게 나타나서 내 여자친구한테 함부로 막말하는 것까지 그냥 웃으면서 봐주라고? 그게 등신이지 뭐야? 아, 마음대로 해. 연예인은 뭐, 사람도 아니냐? 어?"

도연이 피식거리며 레스토랑 내부를 둘러보았다. 어느새 사람들의 시선이 그에게 집중되어 있었다. 도연은 얼굴을 찡그리며 다시 말했다.

"마음대로 떠들고 싶으면 떠들어. 누가 뭐래?"

"야, 정도연!"

"도연아, 그만해."

여자가 부들부들 떨며 화를 내는 것과 동시에 소리가 도연의 소매를 붙잡으며 만류했다. 도연은 자신의 옷을 잡고 있는 소리의 작은 손을 잠시 내려다보다가 심호흡을 하고는 그녀의 손을 꽉 잡았다.

"가자. 기분 더러워."

도연은 소리의 손을 붙잡아 끌어당겼다. 그리고 그때까지 그를 지켜보고 있던 사람들 중에서 자신의 팬이라 했던 서버에게 눈짓을 했다. 그러자 서버가 냉큼 영수증을 들고 도연에게 다가왔다.

"나머지는 팁이에요."

"어머, 감사합니다."

서버가 현금을 받아 들고는 꾸벅 허리를 숙여 인사했다. 그러고는 도연과 소리를 쳐다보며 다시 한 번 허리를 숙였다.

"정말 죄송합니다. 즐겁게 식사를 하셨어야 하는데……"

"레스토랑 잘못이 아니니까 사과하실 이유는 없습니다. 오히려 제가 죄송하지요. 뜻하지 않게 불편한 상황을 보여 드렸네요."

도연이 매너 좋은 모습으로 웃으면서 말하고는 소리에게 점퍼를 입혀 주었다. 그리고 자신의 겉옷을 대충 걸쳐 입으며 가볍게 고개를 숙여 인사했다.

"잘 먹었습니다."

"저, 저도…… 맛있었어요."

"예! 안녕히 가세요! 저기, 그리고 여자친구분이요……."

서버는 도연과 소리의 인사를 받고 어쩔 줄 몰라 하다가 소리에게 작게 속삭였다.

"힘내세요. 정이준 씨 말씀대로 졸업장 보고 좋아하는 거 아니잖아요. 사실, 저도 대학을 안 가고 고등학교 졸업만 해서 엄청 차별받고 그랬었거든요. 그러니까…… 어쨌든 힘내시라고요."

"……예."

소리가 서버의 따뜻한 말에 울컥하려는 마음을 감추며 고개를 끄덕였다. 그리고 도연이 나가자며 끌어당기는 바람에 레스토랑 밖으로 걸음을 옮겨야 했다.

밖으로 나가는 와중에도 뒤에서는 수군거리는 목소리들이 들렸다. 정이준의 여자친구에 대해 알게 된 정보에 대해 놀라워하는 목소리들도 있었다. 말도 안 돼. 고등학교도 졸업을 안 했다고? 요즘은 개나 소나 대학에 들어가는데, 대학은 고사하고 고등학교조차 졸업을 안 해? 미쳤어. 정이준, 정신 나간 거 아니야?

"……듣지 마."

레스토랑 문을 열고 나가자마자 소리의 양쪽 귀를 큼직한 손이 감쌌다. 소리는 눈물이 고인 것을 꾹 참으며 도연을 올려다보았다. 도연이 소리의 양쪽 귀를 자신의 손으로 감싸 막은 채 그녀를 내려다보고 있었다.

"……잘 먹었어. 진짜 맛있어서 배부른 줄도 모르고 먹었어."

숨을 혹 내쉬며 눈물을 집어넣고 마음을 다스린 소리가 도연의 손을 붙잡아 끌어내리며 일부러 더 환하게 웃었다. 도연은 그런 소리를 물끄러미 쳐다보다가 그녀의 머리를 마구 헝클어뜨렸다.

"야아!"

"옷으로 잘 가려라. 배가 볼록하네."

"뭐어! 너 진짜 그럴래!"

소리는 도연의 농담에 화를 내는 척 그의 팔을 가볍게 때렸다. 그러자 도연이 소리의 손을 붙잡아 자신의 코트 주머니에 넣었다. 도연의 손에 잡힌 채 갇힌 소리의 손이 코트 주머니 안에서 꼼지락거리며 움직였다.

"이제 어디로 갈까? 사람만 없으면 그냥 이렇게 막 돌아다니고 싶은데."

도연이 싱긋 웃으며 말했다. 주머니 속에 있어서인지 그의 손이 더욱 따스했다. 소리는 자신의 손과 맞닿아 있는 온기 때문에 아무 말도 할 수 없었다. 입을 열면 눈물이 쏟아질 것만 같았다.

❋

사람의 입이라는 것이 얼마나 빠른지에 대해서는 알고 있었다. 하지만 사람의 손이 입보다도 훨씬 더 빠른 줄은 미처 생각하지 못했다.

소리는 오리가 쇼핑몰에 주문 들어온 것을 확인하느라고 켜 놓았던 컴퓨터 앞에 앉아서 무심코 포털 사이트에 들어갔다가, 그대로 황망한 얼굴로 모니터만 바라보고 있었다.

"뭐 하고 있어?"

오리가 물을 한 모금 마신 뒤 물병을 손에 들고는 고개를 움직여 좌우로 스트레칭을 하면서 다가왔다. 그러나 소리는 오리를 돌아보지도 못하고 그저 당혹스러운 얼굴로 모니터에서 시선을 떼지 못하고 있었다. 그런 소리의 얼굴이 심상치 않다는 것을 깨닫고 오리가 표정을 굳히며 다가와 앉았다.

"왜 그래, 누나? 대체 뭘 보는 건데……."

오리는 말을 채 잇지 못했다. 그리고 곧바로 그의 턱에 힘이 들어갔다. 오리는 소리가 쥐고 있던 마우스를 빼앗았다.

"뭐 이런 것들이 다 있어?"

"……."

"누나는 왜 이런 것들이 자기들 마음대로 지껄인 걸 보고 있는 건데!"

오리가 버럭 화를 냈다. 포털 사이트의 실시간 검색어에는 '정이준 여자친구', '정이준 애인 고교 중퇴', '정이준 XX고등학교', '정이준 여친 신상', '정이준 쇼핑몰' 등등이 1위부터 10위 안에 올라가 있었다. 오리는 기가 막혀서 잠시 말을 잇지 못하다가 소리의 양쪽 어깨를 잡고 흔들었다.

"누나! 정신 좀 차려 봐!"

"……내가, 어떻게 해야 돼?"

소리는 붉게 변한 눈으로 오리를 쳐다보다가 눈물을 쏟고 말았다. 쇼핑몰 운운하는 것까지 나온 것을 보면, 거의 자신에 대한 것이 전부 사람들에게 공개되었다고 봐도 좋을 것 같았다.

하지만 소리는 지금 당장 자신의 신상이 공개되고 고등학교 중퇴의 학력으로 인해 조롱을 받는 것보다도, 자신으로 인해 도연에게 나쁜 영향이 가지 않을까 싶어서 초조하고 두려웠다. 도연과 다시 사귀기 시작하면서 줄곧 걱정해 왔던 일이 실제로 벌어진 것만 같았다.

"도연이…… 도연이는 어떻게 해."

소리는 오리를 붙들고 울먹였다. 벌써부터 도연에 대해 조롱 섞인 악플들이 올라오고 있었다. 고작 그런 여자를 만나는 수준이라니 알 만하다라든지, 꽃뱀한테 잘못 걸린 게 아니냐라든지, 호구냐, 등신이냐, 하는 말들까지 전부 도연을 비웃고 조롱하는 글들이었다.

물론, 인터넷상에 올라오는 글들이 전부 악플만 있는 것은 아니었다. 하지만 소리의 눈에는 오로지 악플들만 들어왔다.

"도연이가 뭘 어떻게 해. 그 녀석 잘난 놈이니까 알아서 할 거야. 겨우 이런 걸로 걔한테 무슨 문제라도 생길까 봐? 정이준이 고작 그 정도밖에 안 될 것 같아? 걱정하지 마, 누나. 걔 걱정하는 것보다 누나부터 정신 차려."

오리는 소리의 어깨를 다독이고는 컴퓨터 전원을 꺼 버렸다. 대체 이게 무슨 일인지 모르겠다. 정이준과 사귀고 있으니 언젠가는 사람들의 눈에 들키지 않을까 생각하기는 했지만, 이건 너무 갑작스러웠다.

게다가 그저 얼굴을 들킨 정도가 아니라 개인적인 신상이 전부 드러났다는 것은 단순히 운이 나빠서는 아닐 듯했다.

"무슨 일이 있었어? 도연이 만나면서 누구를 만나기라도 한 거야? 응? 그렇지 않고서야 누나에 대해서 이렇게 자세히……."

소리는 문득 떠오른 얼굴에 말문이 막혀 오리의 말에 대답을 해줄 수가 없었다. 그저께 레스토랑에서 우연히 마주쳤던 고등학교 동창의 얼굴이 떠오른 탓이었다. 소리의 표정이 어두워지는 것을 알아차린 오리가 눈을 찡그렸다.

"왜? 누구 짐작 가는 사람이 있는 거야?"

"어? 아…… 그게……. 꼭 그런 건 아니지만……."

괜히 죄 없는 사람을 의심하는 건 아닌지, 하는 마음에 소리는 주저하다가 어렵게 얘기를 시작했다.

"그 여자 맞네. 누나 너랑 같은 학교 다녀서 졸업 못 하고 자퇴한 것도 알고. 그날 도연이 때문에 감정 상했을 테니 엿 먹어 봐라, 하는 심정으로 그런 거 아니야?"

"확실한 건 아니잖아."

"확실하지는 않지만 충분히 의심은 되는 상황이잖아."

오리는 퉁명스럽게 대꾸하고는 미간을 찌푸렸다. 생각할수록 화가 났다. 소리가 좋게 돌려서 말했다는 것을 알지만, 그럼에도 불구하고 그때의 상황이 눈앞에 선명하게 그려져서 속상했다.

그런 식으로 무시당하고 조롱당할 만큼 잘못 살지 않았다. 아니, 오히려 혼자 어떻게든 살아나가기 위해서 버둥거리며 악착같이 버텨 왔던 자랑스러운 누나였다. 자신이 이렇게 눈을 뜨고 다시 세상에 발을 내딛게 해 준 은인이었다.

누나가 자신을 포기했더라면 아마 자신은 이렇게 숨 쉬고 살아 있지도 못했을 것이다. 그런데 그런 누나를 단지 고등학교조차 졸업하지 못했다고 함부로 대하고 무시한다.

그 이야기를 퍼뜨렸을 누나의 고교 동창뿐만 아니라 많은 사람들이 그렇게 행동한다. 알지도 못하면서. 얼마나 절실한 마음으로 살아왔는지 짐작도 못 하면서.

오리는 주먹을 꽉 쥐었다가 펴는 동작을 반복했다. 화를 풀어내려는 나름대로의 노력이었다. 소리가 그런 오리의 심정을 안다는 듯 손을 뻗어서 그의 손등을 토닥였다.

"화내지 마. 속상해하지도 말고."

"……누나 너야말로."

오리는 한숨을 내쉬고는 머리를 긁었다. 열여덟의 나이에 꿈꿨던 스물넷, 아니, 스물다섯은 이런 모습이 아니었다. 적어도 이렇게 무기력한 모습은 아니었는데.

"미안해."

내가 너무 늦게 일어나서. 누나가 혼자 짊어져야 했던 짐을 나누어 가져갔어야 했는데. 그리고 아무도 누나를 무시하지 못하게 내가 더 멋지게 성장했어야 했는데, 그랬는데……. 지금의 나는 누나에게 의지하고 내 자신이 뭘 하고 싶어 하는지조차 알지 못

하고.

　"내가 너한테 미안하다고 하면 좋아?"

　"뭐?"

　"돈도 많이 벌어 놓지 못해서 미안하다고 그러면 듣는 너는 좋으냐고."

　"그럴 리가 없……!"

　"그런데 너는 왜 나한테 미안하다고 그래?"

　소리의 말에 오리는 입을 다물었다. 그리고 다시 피식 웃고는 입을 열었다.

　"이럴 때조차 배가 고파서 미안하다고. 누나, 김치볶음밥 해 먹자. 응?"

　"……식충이."

　조금만 기다려. 소리가 오리를 흘겨보는 시늉을 하며 일어났다. 그리고 아무렇지 않은 척 부엌으로 가면서 오리에게 말을 이었다.

　"계란 프라이도 올릴까?"

　"그럼 좋지."

　오리가 안쓰러운 시선으로 소리의 뒷모습을 보면서도 짐짓 유쾌한 척 대꾸했다.

＊

　"……스케줄, 전부 취소해."

　"야, 이준아."

　"나 지금 돌아 버릴 것 같으니까 취소하라고. 안 그러면 더 큰 일 날지도 몰라. 내가 막 사고 쳐도 괜찮겠어?"

331

도연이 입꼬리를 비틀며 상호에게 말했다. 상호는 그런 도연을 쳐다보다가 휴대폰을 꺼내서 스케줄을 확인하고는 어딘가에 전화를 걸면서 짧게 말했다.

"그럼 우선 진정하고 기다려. 사무실에 전화 좀 해 보고. 상황이 어떻게 돌아가는지 파악부터 할게."

"……."

도연은 상호의 말에 아무 대답도 하지 않았다. 상호는 그저 한숨을 푹 내쉬고는 신호음이 가고 있는 휴대폰을 귀에 댄 채 현관문을 열고 밖으로 나갔다.

현관문이 닫히고 자동으로 문이 잠기는 소리가 들렸다. 도연은 소파 등받이에 기댄 채 고개를 뒤로 젖히고 눈을 감았다. 머리가 지끈거리며 두통이 일었다.

지금 하고 있는 이 일에 대해서 환멸이 느껴졌다. 딱히 배우라는 직업에 대해 특별한 애착 같은 것을 가지고 있었던 것도 아닌데, 괜히 계속 배우로서의 일을 해 오다가 이렇게 되어 버린 것만 같아서 더욱 후회가 밀려들었다.

그만뒀어야 했다. 아니, 애당초 이 일을 시작한 것이 잘못이었다. 운 좋게 홍창익 감독의 영화에 출연하게 되었다고 생각했지만, 그것이 불운의 시작이었는지도 모른다. 아무 생각 없이, 그 어떤 열정이나 갈망도 없이 쉽게 이 일을 택한 것에 대한 벌인지도 모른다. 하지만 그렇다면 차라리 자신에게 벌을 내렸어야 했다.

신이 있다면 말이다.

"……왜 내 다람쥐를 건드리는 거냐고."

도연이 이를 악물며 혼잣말을 중얼거렸다. 함부로 지껄여 대는 것들의 입을 모조리 찢어 버리고 싶은 심정이었다. 소리에 대해서 제멋대로 추측하고 떠들어 대는 것들의 손을 전부 구둣발로 밟아서 짓이겨 버리고 싶은 마음이었다. 하지만 그럴 수 없다는 것을 머리로는 알고 있었다. 그래서 더욱 돌아 버릴 것 같았다.

너희들이 뭔데, 너희들이 대체 뭔데 그렇게 함부로 말하는 건데.

나조차 조심스러워서 제대로 다가가지도 못하는 애한테 너희들이 무슨 자격으로 그렇게 말을 하는 거냐고. 도연은 입술을 마구 씹듯이 깨물었다. 그 바람에 입술이 찢어졌는지 비릿한 피 맛이 혀끝에 느껴졌지만 그는 전혀 통증조차 느끼지 못하는 얼굴로 가만히 눈을 떴다.

소리와 통화하고 싶었다.

소리와 직접 얼굴을 보고 대화하고 싶었다.

도연은 성급히 휴대폰을 꺼내 들었다. 그러나 그의 손가락이 주저하며 움직이려 하지 않았다. 겁이 났다. 소리가 어떤 반응을 보일지 몰라서 그게 겁이 났다.

6년, 아니 7년 전에도 소리는 힘든 상황을 혼자 끌어안고 자신에게 헤어지자고 말했었다. 그것이 도연의 가슴속에 상처로 남았는지 세월이 흐른 지금도 이렇듯 따끔거리며 제 존재를 드러낸다. 그래서 자꾸만 겁쟁이가 되고 움츠러들게 만든다.

이번에는 아니지?

소리야, 이번에는 그러지 않을 거지?

도연은 초조한 듯 손을 바지에 문질렀다가 다시 휴대폰 화면을 몇 번 건드렸다. 그리고 신호음이 몇 번 가는 듯하더니 상대방이 전화를 받았다.

— 어, 도연아.

"……소리는?"

— 누나? 아…… 지금 잠깐 화장실에.

"괜찮아?"

— ……뭐, 솔직히 괜찮겠냐.

도연은 오리의 목소리를 들으며 미간을 찌푸렸다. 그리고 손으로 머리를 마구 헝클어뜨리며 다시 말을 이었다.

"컴퓨터 아예 못 하게 해. 인터넷 들어가지도 말라고 하고."

— 그렇게 말하기는 했는데……. 누나가 어린애도 아니고, 내가 일일이 간섭할 수는 없잖아.

"……."

— 그래도 괜찮아질 거야. 너도 알다시피 우리 누나가 사실은 한소리가 아니라 '한멘탈' 이잖아. 우리 조금 전에 김치볶음밥도 해 먹었어. 계란 프라이까지 하나씩 얹어서.

오리가 도연에게 힘을 내라는 듯 웃으면서 말했다. 도연은 그런 오리의 마음을 알기 때문에 피식 웃고는 대꾸했다.

"의리 없이 너희들끼리 먹냐? 그래서, 너희들끼리 먹으니까 맛있어? 나는 속이 뒤집어져서 밥이고 뭐고 아무것도 못 먹고 쫄쫄 굶고 있는데."

자신의 말이 웃겼는지 오리가 하하, 하고 웃었다. 그 웃음소리를 듣고 있으려니 도연은 한결 마음이 편안해지는 것을 느꼈다. 친구란 것이 바로 이런 존재인가, 하는 생각이 들었다. 이렇게 대화 몇 마디를 나누는 것만으로도 위안이 되고 의지가 되는 존재.

"고맙다, 한오리. 그리고…… 미안하고."

나는 지금껏 네게 그런 존재가 되어 주지 못했는데. 도연은 뒷말을 삼켰다. 하지만 오리는 도연이 하지 못한 말까지 전부 알아들었다는 듯 말했다.

― 아, 진짜 낯간지러워서 이런 말은 좀 그런데······.

"······?"

― 네가 여전히 정도연이라, 내가 더 고마워.

"뭐?"

― 모든 게 변했는데, 그래도 너는 변하지 않아 줘서 고맙다고. 그게 얼마나 큰 힘이 되었는지, 너는 모를 거야.

"······."

도연은 휴대폰 너머에서 조용히 웃고 있을 자신의 친구를 떠올렸다. 자신이 큰 힘이 되었다고 했다. 사실, 스스로 생각하기에는 자신은 그를 위해서 아무것도 한 것이 없는데 말이다.

어쩌면 우리는 아주 작고 사소한 것에서 큰 힘을 얻고 살아가는지도 모른다. 정작 필요한 것은 거창한 무엇이 아니라 그저 이렇게 작지만 소중한······.

"소리 화장실에서 나왔냐? 통화 좀 하고 싶은데."

― 안 그래도 지금 나왔어. 잠깐만.

누나, 전화 받아! 오리의 목소리가 휴대폰 너머에서 작게 들렸다. 그리고 도연이 미소를 짓는 동시에 소리의 차분한 목소리가 그의 귓가에 들려왔다.

― 도연아······. 너 괜찮아?

"당연하지."

우리는 닮았다. 서로에게 묻는 것조차 이렇게 비슷할 정도로. 괜찮은 게 아닌 걸 알면서도 괜찮으냐고 묻고, 그렇지 않다는 걸 상대방이 알 거라고 생각하면서도 괜찮다고 대답한다. 서로가 서로를 속이는 거짓일지도 모른다. 그러나 그것은 진심이기도 하다.

"미안해."

— ……내가 미안하지.

내가 고등학교만 제대로 나왔어도 상황이 지금보다는 나았을 텐데. 소리가 민망하다는 투로 말했다. 도연은 고개를 저으며 휴대폰을 더욱 귀에 가까이 댔다. 조금이라도 더 가까이 그녀에게 닿고 싶었다.

"나 때문에 너 이렇게 상처받는데……. 그래도 나는 너를 놓을 수 없어서, 그래서 미안하다고."

— …….

"지금도 내 머릿속에서는 딱 하나밖에 안 떠올라."

— ……뭐가 떠오르는데?

소리의 물음에, 도연의 눈이 휘어졌다. 그는 웃으면서 대답했다.

"내 다람쥐, 보고 싶다……."

— …….

"보고 싶다, 진짜. 딱, 그거 하나."

도연은 입을 다물었다가 다시 입을 열었다. 휴대폰을 쥔 손에 힘이 더욱 들어갔다.

"난 그거 하나뿐이야, 소리야. 그러니까…… 딱 그거 하나만큼은 꼭 들어주라."

— 도연아.

"그거 하나만 들어주면, 나는 진짜 괜찮아."

도연의 말에 소리는 아무 대꾸도 하지 않았다. 도연은 계속 휴대폰을 든 채 그녀의 숨소리를 듣고 있었다.

✸

왜 그 대답 한 번을 해 주는 게 그렇게 어려웠을까. 도연이 바라는 게 딱 그것 하나뿐이라는데. 그게 뭐 그렇게 어렵다고.

뭐가 그렇게 어려운 일이라고…….

소리는 도연과의 통화를 되새기며 잠시 생각에 빠졌다가 맞은편에서 들린 목소리에 정신을 차리고 앞을 보았다.

"어휴, 얼굴이 많이 상했구나, 얘. 진작 고모한테 연락도 하고 그러지. 애가 미련한 거니……. 혼자서 뭘 어떻게 하겠다고."

고모는 혀를 차면서 소리를 위아래로 훑어보았다. 소리는 그녀의 시선에 괜히 움츠러들어 눈을 돌렸다.

레지던스 앞에 있는 커피숍은 깔끔하고 조용했다. 테이블에 드문드문 다른 사람들이 앉아 있는 모습이 눈에 들어왔다. 그나마 사람이 많지 않은 곳이라 다행이었다.

소리는 맞은편에 앉아 있는 고모를 다시 쳐다보았다. 그녀는 눈을 내리깐 채 커피를 한 모금 마시고 있었다. 예전에도 고모는 커피를 마실 때마다 늘 저런 표정을 짓고는 했었다. 소리의 기억이 과거를 향해 거슬러 올라갔다.

열여덟의 어린 나이였다. 갑작스럽게 부모를 잃었고, 하나뿐인 쌍둥이 동생은 병원에서 깨어나지 못하고 있었다. 뭘 어떻게 해야 하는 것인지 알 수가 없어서 누구에게든 도움을 청하고 싶었다. 그러나 그런 그녀를 외면한 사람들은 혈육이라는 이름을 달고 있던 이들이었다.

"이제라도 고모한테 자주 연락도 하고 그래. 어떻게 지금까지 연락 한 번을 안 하고 살았니? 소리 너도 참 독하다."

독하게 살지 않으면 살 수가 없었다. 외면당한 서러움을 독한 마음으로 잊어야 했다.

소리는 자신의 앞에 앉아서 혀를 쯧쯧, 차고 있는 고모를 물끄러미 바라보기만 했다. 7년 만에 만난 혈육인데도 반갑다기보다는 오히려 가슴이 싸늘하게 식었다.

이미 잊어버린 과거인 줄 알았는데, 맞은편에 앉아 있는 고모를 보고 있으려니까 자꾸만 과거의 기억이 생생하게 떠올랐다.

고모가 자신을 외면했던 건 열여덟의 여름이었다. 납골당에 안치된 부모의 유골이 미처 식기도 전이었을 것이다. 그만큼 고모는 순식간에 태도를 바꾸어 자신을 외면했었다.

그런데 이제 와서 자신에게 독하다고 말하고, 미련하다고 말한다. 소리는 쓴웃음이 나오려는 것을 애써 감추며 시선을 내렸다.

"그런데 너…… 정말이니?"

그 순간 고모가 목소리를 낮추며 소리에게 물었다. 소리는 다시 고개를 들어 고모를 쳐다보았다. 고모의 눈이 불편하게 느껴질 정도로 소리를 집요하게 훑었다.

"정이준이랑 사귀는 게 너라면서? 그게 진짜니?"

"……누가 그래요?"

"누가 그러긴, 우정이가 그러지. 걔가 인터넷에서 봤다더라. 정이준 애인이라고 하는 사람이 너랑 이름도 같고, 다녔던 고등학교도 같고, 게다가 졸업을 못 한 것까지 같으니까……"

기우정은 소리와 동갑인 사촌이었다. 어릴 때에는 분명 친했던 것 같기도 한데, 이미 끊어진 지 오래된 인연이라 그런지 지금은 어렴풋한 기억만이 남았을 뿐이다.

어린 시절의 기억은 서글픔을 동반했다. 이미 변해 버린 인연들의 흔적을 되짚는 것만 같아서, 그게 바보 같아서 억지로라도 묻어 버리고 잊으려 했었다.

그렇게 보낸 시간이 1년이 되고, 2년이 되고……. 켜켜이 쌓이는 먼지처럼 서글픈 과거의 기억들을 시간 속에 묻어 버리려 했었다.

"하여간, 그래서 말인데……. 소리야."

고모가 다시 입을 열며 소리의 손등을 감싸 잡았다. 소리는 흠칫 놀라서 몸을 떨었다. 마치 뿌옇게 먼지를 뒤집어쓴 뭔가가 손등을 덮은 것만 같아서 순간적으로 나온 반응이었다.

소리는 미처 빼낼 틈도 없이 고모에게 손을 붙들린 채 그녀가 하는 말을 들을 수밖에 없었다.

"우리 우정이가 연예인이 꿈이잖니. 왜, 너도 기억하지? 어릴 때부터 텔레비전에 나오는 사람이 되겠다고 그래서 음악 학원에도 보내고, 연기 학원에도 보내고…… 대학도 연극영화과에 보내려고 했는데, 면접관들이 보는 눈이 없어서 떨어졌거든. 그래도 계속 지금까지 그 꿈을 포기하지 않고 여기저기 오디션도 보러 다니고, 그랬는데……."

"……."

객관적으로 볼 때, 소리는 우정에게 조금도 재능이 없다고 생각했었다. 세월이 흐른 지금은 어떻게 변했을지 모르지만, 적어도 예전의 우정에게는 재능이 없었다. 게다가 노력도 하지 않았다. 예쁘니까 사람들이 당연히 알아봐 줄 거라며 헛된 꿈을 꾸고는 했었다.

소리는 자신도 모르게 조소가 나오려는 것을 참았다. 도연의 대본을 보았을 때가 생각났다. 수십 번은 봤을 법한 대본은 너덜너덜해져 있었다. 여기저기 가득 남아 있는 메모들과 형광펜 자국들은, 마치 수험생의 공부 흔적을 보는 것 같았다.

도연은 자기 스스로 열정 같은 것이 없다고 말하기는 했지만, 소리가 볼 때 도연에게는 충분히 열정이 있었다. 본인 스스로 기대치가 높은 만큼 오히려 그것을 인정하지 못하는 것뿐이지. 그런데 우정은 과연 얼마나 노력했을까.

"운이 없어서 기회를 잡을 수가 없었어. 그런데 네가 정이준과 사귀니까⋯⋯. 정이준이랑 한번 만날 수 있게 해 주지 않을래? 정이준이 속해 있는 소속사가 아주 큰 곳이라며? 응?"

"⋯⋯그래서 저를 찾아오신 거예요?"

소리는 기가 막혀서 말이 나오지 않으려는 것을 간신히 뱉었다. 그저 듣고만 있으려고 했지만 견딜 수가 없었다.

원망한 적은 없었다. 고모뿐만 아니라 모든 이들이 전부 자신을 외면했으니까. 그리고 이해했다. 아니, 이해하려고 했다. 귀찮은 일이 생길까 봐 그러는 것은 당연한 거라고. 비록 섭섭하고 서운하기는 했지만 그것이 세상살이라고 여겼다.

⋯⋯그래도 이런 건, 아프다.

어쩌면, 그래도 은근히 기대했던 것인지도 모르겠다고, 소리는 스스로를 비웃으며 생각했다.

정이준의 여자친구라는 이유로 신상이 인터넷상에 공개되었지만, 이렇게 다시 고모가 자신을 기억하고 찾아와 주었으니 나름대로 좋은 점도 있구나 싶기도 했다.

이미 겪었으면서 자신도 모르게 또 '혈육'이라는 이름에 기대를 했었나 보다.

그냥, 그래도 반가워서 찾아온 것일지도 모른다고.

아무것도 바라는 것 없이.

"저는 아무것도 해 드릴 게 없어요."

"어머, 얘! 누가 뭘 해 달라고 그랬니? 그냥 정이준이랑 우정이, 한 번만 만날 수 있게 하라는 거지. 그게 뭐 어려운 일이라고."

"……어려운 일이든 쉬운 일이든, 제가 할 수 있는 게 아니에요."

소리는 고모의 말을 거절하며 단호하게 말했다. 그러자 소리를 보는 눈빛이 사나워지더니 고모는 거칠게 말을 쏟아 내기 시작했다.

"얘 말버릇 좀 봐? 아무리 부모 없이 살았다고 해도 너 이렇게 행동하는 거 네 아버지 욕 먹이는 짓이야. 알아? 네 아버지가 나한테 얼마나 잘했는지 아니? 하나뿐인 여동생이 조카한테 이런 대접을 받고 있는 줄 알면 네 아버지가 참 좋아하시겠구나. 응? 그리고 우정이가 잘 되는 게 그렇게 샘나는 거니? 우정이가 연예인이 되어서 성공하면 너도 좋고, 우정이도 좋고, 다 좋은 거 아니야? 내가 무슨 커다란 거라도 원했니? 너한테 뭘 해 달라고 요구를 했어? 정이준이랑 만날 수 있게 자리 한 번만 마련하라는 게 그렇게 심한 부탁이니?"

"고모……."

"이러니까 검은 머리 짐승은 거두는 게 아니라는 거야. 내가 그때 너를 얼마나 아꼈었는데, 응? 장례식 내내 이것저것 일도 다 봐 주고. 보험금 받는 것도 다 일일이 챙겨 주고. 그랬는데 은혜도 모르고……."

"궁금하셔서 따라다니셨던 거잖아요."

"뭐?"

"돈이 얼마나 나오나, 얘가 돈을 대체 얼마나 받는 건가, 보험금은 얼마나 나오는 건가 그런 게 궁금하셔서……. 그랬다가 막상 받을 수 있는 돈보다 오리 병원비로 나가는 게 더 많으니까, 그대로 관심 끊고 외면하셨……!"

짜악! 소리의 뺨에 붉게 손자국이 남았다. 소리는 고모에게 따귀를 맞아 고개가 돌아간 채 잠시 가만히 있었다. 고모가 일어서서 부들부들 떨었다.

소리는 다시 천천히 고개를 제자리로 돌리고 테이블을 내려다보았다. 고작 한 모금도 마시지 못한 커피는 이미 식어 버린 지 오래였다. 오리가 걱정할지도 모르겠다는 생각이 문득 소리의 머리를 스쳤다.

'고모가 갑자기 왜 누나를 보자는 거야?'

'오랜만에 생각나셨나 보지. 다녀올게. 근처 커피숍에서 보기로 했으니까 걱정 마.'

'그러니까 왜 갑자기 생각났냐고. 지금껏 연락 한 번 없었다면서.'

어쩌면 오리는 지금의 이런 상황을 예감했던 것이 아닐까. 소리는 화끈거리는 볼을 손으로 감싸며 생각했다.

"정말 부모 없는 티를 내는구나. 어떻게, 너는 이렇게 너밖에 모르니? 응? 이럴 때 서로 돕고 살면 얼마나 좋아? 에휴, 하기야 그러니까 네가 그런 말을 듣는 거다. 우정이가 그러더라. 인터넷에 너에 대한 말들이 정말 많다고. 차마 내 입에 담기에도 지저분한 말들까지 도는 게, 다 네가 그렇게 살아와서……."

"그만하세요!"

날카로운 남자의 목소리가 고모의 말을 끊었다. 소리는 갑자기 들려온 오리의 목소리에 고개를 돌렸다. 오리가 굳은 표정으로 다가왔다. 고모는 오리를 보고는 눈만 깜빡이다가 입을 열었다.

"오, 오리니……? 어머, 예전이랑 너무 바뀌어서 몰라보겠네.

살도 많이 빠졌……."

"예. 몰라보시는 게 당연하죠. 한 번도 찾아와 주신 적이 없으니까."

오리는 이를 악문 채 대꾸했다. 그리고 소리를 돌아보며 말을 이었다.

"일어나, 누나."

"오리야."

"이런 말까지 듣고 있을 필요 없으니까 그냥 일어나라고."

"……."

"일어나! 일어나라고! 왜 누나가 이런 말을 들으면서 이러고 있는 건데!"

오리가 버럭 화를 내며 소리의 팔을 붙잡아 일으켰다. 소리는 오리에게 팔을 잡힌 채 휘청거리며 일어서고 말았다. 고모는 그런 두 사람을 번갈아 보다가 다시 입을 열었다.

"오리야, 너 참 사람 이상하게 만든다? 내가 무슨 말을 했다고 있지 말아야 할 자리에 있다는 식으로……."

"그럼 아니에요?"

오리가 고모의 말을 자르며 되물었다. 그의 눈이 분노로 짙게 가라앉아 일렁이고 있었다.

혼자 나가게 두는 게 아니었다. 잠깐 고모를 보고 오겠다며 나가는 소리를 그렇게 혼자 나가게 하는 게 아니었다.

7년 내내 외면했던 사람이 찾아왔을 때에는 다 그런 이유가 있어서였을 것임을 알았어야 했다.

정확히 고모가 무슨 말을 했는지 모르지만 소리에게 모진 말들을 퍼부었으리라는 것은 확실했다. 자신이 들은 것만 해도 그랬다.

게다가…….

"누나가 뭘 잘못했다고 뺨을 때려요? 고모가 뭔데요? 고모가 우리한테 뭘 해 줬는데, 무슨 자격으로 따귀를 때려요?"

오리는 소리의 뺨에 붉게 남은 자국을 보니 더욱 화를 참을 수 없었다. 안 그래도 지금 힘든 상황인데 고모까지 이렇게 나타나서 고작 한다는 게 이런 짓이라니. 오리는 기가 막혔다.

소리가 얼마나 힘들게 살았는지 오리는 알지 못한다. 무책임하게 계속 잠을 자고 있었으니 알 수가 없다. 그러나 그 시간이 얼마나 외롭고, 얼마나 두렵고, 얼마나 힘들었을지 짐작할 수는 있었다.

그 시간 내내 곁에 누군가라도 있어 주었더라면 덜 외롭고, 덜 두렵고, 덜 힘들었을 텐데. 모두가 외면했었다. 휴대폰에 뜬 낯선 번호가 고모의 번호인 줄도 모르고 받은 것만으로도 충분히 알 수 있었다.

"어머, 어머머, 얘들이 정말……."

고모는 말을 잇지 못하고 계속 혀를 차다가 옆 의자에 두었던 가방을 들었다. 그리고 매서운 눈으로 소리와 오리를 쳐다보고는 입술을 깨물었다가 짓씹듯이 말을 뱉었다.

"정이준이랑 사귄다고 네가 뭐라도 되는 줄 아는 모양인데, 그것도 한순간이야! 마음이라는 게 언제나 영원할 줄 아니? 더구나 너처럼 구질구질한 애를 뭐가 좋다고. 예쁘기를 하니, 학벌이 좋기를 하니, 집에 돈이라도 많기를 하니. 뭐 하나 제대로 갖춘 것도 없으면서. 게다가 정이준 주변에 또 예쁜 애들은 오죽 많겠어? 오히려 예쁜 애들만 보다가 너를 보니까 특이하단 생각에 관심을 둔 거겠지. 그런데 자기 주제도 모르고……."

"그만하시라고요!"

오리가 다시 고모의 말을 자르며 노려보았다. 그러자 고모는 다시 혀를 차며 말을 이었다.

"오리 너도 이러는 거 아니다. 네 누나가 잘못했으면 너라도 제대로 행동해야지. 너까지 덩달아 붕 떠서 이러는 거 내가 모를 것 같니? 정이준한테서 콩고물이라도 떨어질까 봐? 착각도 정도껏 해라. 남매가 쌍으로 거지처럼 구걸하는 것도 아니고……. 너희 이 근처에서 사는 모양인데…… 이쪽 동네가 너희들이 살 만한 수준은 아니잖니? 정이준이 집도 사 주든? 아주 집안 망신은 다 시키는구나. 몸이라도 내주고 집을 얻은 거면, 그게 매춘이랑 다를 게 뭐가……."

"내가 지금, 예의를 갖춰야 하나."

갑자기 끼어든 낮게 가라앉은 목소리가 고모의 말을 방해했다. 고모는 자신의 말을 방해한 사람이 누구인지 확인하려고 눈을 찌푸리며 짜증스럽게 옆을 돌아보았다. 그러나 곧바로 그녀는 눈을 크게 뜨고 손가락질을 하고 말았다.

"저, 저, 정이준……?"

"아무리 너희 고모라고 해도, 예의를 갖추고 싶지 않은데 말이야."

도연이 양손을 코트 주머니에 찔러 넣은 채 삐딱한 자세로 서서 선글라스 너머로 고모를 쏘아보며 말했다. 그리고 그 옆에는 상호가 테이크아웃 커피 네 잔을 든 채 난처한 얼굴로 소리와 오리를 쳐다보고 있었다.

오리는 상호와 눈이 마주치자 고개를 갸웃거리다가 이내 아, 하고 중얼거리며 고개를 끄덕였다. 아마 상호가 커피를 사러 들어왔다가 자신들을 보고, 밖에 주차된 차 안에서 기다리고 있었을 도연에게 알려 준 것 같았다. 그래서 도연이 커피숍 안으로 들어와서 지금 이 상황을 전부 보게 된 것일 테고…….

"도연아."

소리는 그 와중에 도연을 쳐다보는 시선들을 깨닫고, 황급히 그를 붙잡으려고 손을 내밀다가 그대로 멈추고 말았다. 그리고 힘없이 손을 아래로 내리려는데 도연이 그녀의 손을 붙잡았다.

"……!"

소리는 도연이 자신의 손을 잡고 그대로 끌어당기는 바람에 그의 품에 안기는 꼴이 되었다. 그 바람에 너무 놀라서 그의 품에서 빠져나올 생각도 하지 못하고 그저 몸을 떨기만 했다.

그런 소리의 반응을 어떻게 생각한 것인지 도연이 그녀의 어깨를 끌어안은 채 손바닥으로 그녀의 어깨를 토닥였다.

"도, 도연아……."

"괜찮아. 괜찮아, 소리야."

도연은 소리를 토닥인 뒤 다시 그녀의 고모를 노려보았다. 그렇지 않아도 머리가 돌아 버릴 것 같았는데 고모라는 여자가 아예 자신을 폭발하게 만들 작정인가 보다. 도연은 피식거리며 고모를 향해 입을 열었다.

"몸을 내주고 집을 얻었다고요? 매춘이라고요? 거지처럼 구걸한다고요?"

"아, 아니……. 정이준 씨……. 그러니까 그게……."

"여기 살 만한 수준이 아니라고요? 콩고물이라도 떨어지나, 착각한다고요?"

"아니, 내 말은 그게 아니라……."

고모는 느닷없이 나타난 정이준으로 인해 정신을 차릴 수가 없었다. 대체 언제부터 이 상황을 보고 있었는지 알 수가 없어서 더욱 그랬다.

하나뿐인 딸의 생떼에 여기까지 찾아온 그녀는 소리와 오리가 너무 단호해서 마음이 급해지자 순간 과격한 말을 퍼부어 버렸다. 그것을 저 남자가 다 들은 것은 아닌지 초조해졌다. 고모는 억지로 입꼬리를 올려 웃는 시늉을 하며 다시 고상한 척 표정을 지었다.

"뭔가 오해를 하신 것 같은데요. 우선, 내 소개부터 할게요. 나는 여기 소리랑 오리의 고모인데……."

"그거야 제가 알 바는 아니고요."

도연은 무심한 투로 고모의 말을 끊었다. 그리고 다시 씩 웃으며 선글라스를 벗어서 자신의 품에 안긴 채 어리둥절해 있는 소리에게 씌워 주었다.

작은 얼굴이 선글라스에 폭 가려진 것이 마음에 들었는지 도연은 잠시 키득대며 웃고는 곧바로 고개를 숙여 소리의 뺨에 입술을 댔다가 뗐다.

소리는 갑자기 뺨에 닿은 감촉에 화들짝 놀라 그를 밀어내려 했지만, 도연은 꼼짝도 하지 않은 채 오히려 소리를 더욱 꽉 끌어안고 말을 이었다.

"제가 소리한테서 콩고물 떨어지지 않나, 하고 기웃거리는 중이거든요. 오리한테서도 콩고물 좀 얻어먹으려고 구질구질하게 매달리고 있고요. 몸은…… 내주기만 한다면야 정말 감사할 일이지만, 소리가 그렇게 호락호락 쉽게 내줄 애도 아니고……. 아니지, 반대로 제가 소리한테 몸을 내줄 준비는 이미 다 되어 있거든요. 소리만 받아 준다고 하면 말이죠."

"……뭐라고요?"

"그리고 여기가 무슨 얼마나 좋은 동네라고, 수준 어쩌고 할 정도인가요? 아줌마가 사는 동네 수준이 어떤지 참…… 알 만하네요."

"무슨 말을 그렇게……. 이봐요, 정이준 씨!"

"제가 지금 많이, 참고 있거든요?"

도연이 이를 갈면서 말을 한 마디 한 마디 뱉었다.

"생각 같아서는 아줌마한테 똑같이 퍼부어 주고 싶은데……. 그걸 소리가 원하지는 않을 것 같아서 간신히 참고 있는 거라고요."

"……."

"그러니까 아줌마, 그만, 입, 닥치라고요."

어머, 웬일이야. 커피숍 여기저기에서 수군대는 목소리들이 점점 커져 갔다. 하지만 도연은 아랑곳하지 않고 새파랗게 질린 고모를 향해 말을 이었다.

"소리도 오리도 둘 다 저한테는 정말 소중해요. 아줌마가 이렇게 함부로 대할 정도로 우습지 않다고요."

"……정이준 씨, 지금 이 행동들 사람들이 어떻게 볼지 생각도 안 해요?"

"알 게 뭡니까. 아니, 그리고 내 여자친구가 모욕을 당하고, 내 친한 친구가 거지 취급을 받았는데 그걸 예의 바르게 '아, 예, 그러십니까.' 하고 받아들이라고요? 그게 등신이지……. 아, 그러고 보니까 저번에도 이런 정신 나간 말을 비슷하게 지껄인 적이 있었는데……. 왜 자꾸 사람을 등신 취급을 하려는 건지……."

도연은 쓰고 있던 가면을 모조리 벗어던진 사람처럼 태연하게 비아냥거리며 말을 이었다.

그런 도연을 황망하게 쳐다보는 사람은 고모뿐만이 아니었다. 도연의 품에 안긴 채 도연의 커다란 선글라스를 쓰고 있는 소리도, 그 옆에 있는 오리도 둘 다 황망한 표정으로 멍하니 도연을 쳐다보기만 했다.

'……이번에야말로 사직서를 내야 할지도…….'

그 와중에 오직 상호만이 곧 백수가 될지도 모르는 현실을 직시하고 있었다.

11.
'우선'의 문제

"이것 봐, 박 실장. 내가 고혈압 진단받은 거 알고 이러는 거지? 응? 나 혈압 올라가서 꼴까닥하는 걸 보고 싶어서 이러는 거 맞지?"

"하하, 설마요."

상호는 이마 위에서 땀이 삐질삐질 나오는 것을 허겁지겁 손수건으로 닦아 내며 어색하게 웃어 보였다. 그러나 상호의 험상궂은 얼굴에 떠오른 웃음이란 흉악범의 그것과 다를 바가 없어서 오히려 역효과였다. 정이준의 소속사 대표인 부광근은 상호가 웃자마자 인상을 쓰더니 다시 입을 열었다.

"지금 나랑 싸우자는 거야?"

"아닙니다, 사장님."

상호는 냉큼 웃음 짓던 입을 다물고 두 손을 모았다. 소리나 오리는 자신이 웃어도 아무렇지 않게 받아 주었기에 잠시 잊고 있었다. 자신의 웃는 얼굴을 본 대부분의 사람들은 시비를 건다거나 싸움을 거는 걸로 착각한다는 것을 말이다. 게다가 지금은…… 웃을 상황도 아니고.

"정이준, 이 녀석은 대체 무슨 생각인 거야?"

"……그러게요."

상호는 허탈한 얼굴로 부광근의 말에 맞장구를 치며 고개를 끄덕였다. 광근은 비쩍 마른 얼굴을 두 손으로 마구 비비다가 다시 울화통이 터지는지 화를 내며 말했다.

"사람이 말이야 그러면 안 되잖아! 일을 좀 수습해 보려고 하는데 거기에 똥을 다시 들이부어? 응? 열심히 수습하려고 삽질하던 사람 똥독 올라서 죽으라고?"

"아니, 부 사장님……."

"내가 왜 부사장이야!"

"그게 그 뜻이 아니라……."

성(姓)이 '부' 씨니까 부 사장님이라고 부른 것뿐인데, 그게 뭐 그렇게 잘못한 일이라고! 상호는 차마 입 밖으로는 내뱉지 못하는 말들을 입안에서 마구 외쳐 대며 다시 손수건으로 이마를 닦았다.

대표의 마음을 모르는 건 아니었다. 자신 역시 그랬으니 말이다. 하필이면 레지던스 앞의 커피숍에서 소리와 오리의 고모를 만나게 될 줄이야 누가 알았겠는가. 아니 그것보다도 그 고모라는 여자가 그런 사람일 거라고 누가 상상이나 했겠는가.

솔직히 자신도 화가 마구 났는데 이 정도 소란으로 끝이 난 건 다행이라 할 수 있었다. 여자라고 해서, 혹은 연장자라고 해서 도연이 그냥 봐준 것은 아니었다. 그저 소리의 마음을 더 다치게 하고 싶지 않아서였을 것이다.

상호는 다시 생각해도 분통이 터지는 그 기억을 떠올리다가 슬 그머니 입을 열었다.

"어쨌든…… 이준이는 절대 사과도, 해명도 안 한답니다."

"그러니까 왜! 그게 뭐 그렇게 어렵다고!"

부광근은 책상을 주먹으로 팡팡 치며 외쳤다. 그런 광근을 쳐다 보던 상호가 울컥하는 얼굴로 말했다.

"솔직히 이준이가 그렇게 잘못한 건 없지 않습니까."

"뭐라고?"

"그 여자가 먼저 소리랑 오리, 그러니까 이준이 여자친구랑 그 동생한테 막말을 했다고요. 게다가 따귀도 때렸던 것 같은데……."

레지던스에 돌아간 뒤에 보았던 소리의 뺨에는 푸르스름한 멍이 남아 있었다. 상호는 그 멍 자국을 떠올리고는 더욱 입술을 삐죽이 며 말을 이었다.

"걔네들이 얼마나 예쁘고 착한 애들인데요! 그런데 그런 막말을 듣고 있어야 한다니 그건 너무 불공평하잖아요. 이준이가 잘한 겁 니다. 응, 맞아요! 잘했어요!"

"허이고……. 박 실장, 아주 정의로운 용사가 됐네. 응? 이 기 회에 사표 쓰고 지구를 구하러 출동하지 그래? 어?"

부광근은 혀를 차며 상호를 한심한 눈으로 잠시 쳐다보다가 한 숨을 내쉬고는 팔짱을 꼈다. 스캔들 한 번 없었던 정이준이라 다른 소속 연예인들은 몰라도 정이준 때문에 머리 아플 일은 없을 줄 알았는데 아주 제대로, 화끈하게, 정신 차릴 틈도 없이 계속 일을 저질러 주신다. 정이준 님께서 말이다.

광근은 책상을 검지로 톡톡 두드리며 잠시 머리를 굴리다가 다 시 입을 열었다.

"일단, 그러면 우리는 무조건 정이준이 잘했다고 밀고 나가는 거야."

"예?"

"물론, 회사 차원에서는 입 다물고 있고. 아직 상황을 파악하는 중이라고만 기자들한테 알려. 그리고 밑에서 슬슬 분위기를 그렇게 몰고 가라고."

"……아."

상호는 눈만 끔뻑이다가 뒤늦게 광근의 말을 이해하고는 입을 벌렸다. 댓글 알바 정도는 흔한 일이었다.

"참! 그리고 문은정이, ○○일보 기자가 정이준한테 꽤 호의적이지 않아?"

"……뭐, 그렇죠."

"그쪽한테만 은근슬쩍 흘려 보라고. 이니셜 정도로 기사를 내도 괜찮잖아? 누구든지 지금 이 상황 속에서 이니셜만 봐도 정이준 얘기라는 걸 알게 말이지. 내용은…… 그래! 이거 어때? 시련 속에서 꽃 피우는 사랑. 집안의 냉대를 받는 신데렐라, 그리고 그런 그녀를 감싸고 구해 주는 왕자님. 캬아, 좋구나."

부광근은 언제 화를 냈냐는 듯 스스로 자신의 아이디어에 도취되어 황홀한 표정을 지었다. 그 모습이 마치 변태처럼 보여서 상호는 침을 꼴깍 삼키며 자신도 모르게 뒤로 한 걸음 물러섰다.

"조, 좋네요. 역시 사장님이십니다. 그, 그럼 저는 말씀하신 대로 처리하러 가겠습니다."

"응, 그래. 어서 가 봐. 아, 나는 소설가가 될 걸 그랬어. 이렇게 썩기에는 끊임없이 나오는 내 아이디어들이 너무 아까운데."

광근은 눈을 가늘게 뜬 채 여전히 황홀한 얼굴로 중얼거리다가

어서 나가 보라면서 손을 흔들었다. 변덕스럽기로 유명한 부광근 대표다웠다.

은정은 앞에 놓인 커피를 한 모금 마시다가 막 카페에 들어서는 남자를 발견하고는 손을 흔들었다. 그러자 남자가 살짝 고개를 숙여 인사를 하고는 은정이 앉아 있는 테이블 쪽으로 다가왔다. 다른 테이블에서 대화를 나누던 사람들이 남자를 보고는 금세 눈이 휘둥그레 커져서 저마다 수군거리기 시작했다.

"정이준 아니야?"

"정말…… 맞는 거 같은데?"

"진짜? 진짜 정이준이야?"

"설마……. 정이준이 지금 이 상황에 저렇게 대놓고 돌아다닌다고?"

"그러게. 그냥 닮은 사람 아니야?"

사람들의 시선과 수군거림 속에서 '진짜 정이준'은 태연하게 얼굴을 내놓은 채 은정이 앉은 테이블의 맞은편 의자를 빼고 앉았다. 문은정은 그런 도연을 보고는 피식 웃었다.

"무슨 깡이에요, 정이준 씨?"

"……될 대로 돼라. 뭘 해도 상관없다. 뭐, 그런 마음이요?"

도연이 어깨를 으쓱이며 대꾸했다. 깔끔하게 고정시키지 않은 머리는 흐트러져서 이마 위를 덮고 있었다. 하지만 그 모습이 오히려 더 앳된 소년 같은 이미지를 부각시켜서 은정은 자신도 모르게 한숨을 내쉬며 말했다.

"하여간…… 본판이 중요하기는 하다니까."

"예?"

"아니, 그냥 혼잣말이에요."

은정은 생긋 웃으며 고개를 저었다. 그러자 도연은 금세 관심을 끊은 듯 무심한 얼굴로 다시 말을 이었다.

"보내 주신 기사 초고는 잘 봤어요."

"마음에 들어요?"

"제가 마음에 들고 말고 가릴 게 있나요."

제 코가 석 자인데. 도연의 말에 은정이 풋 하고 웃더니 새침한 얼굴로 말했다.

"엄살은……. 안 어울려요, 정이준 씨. 그런 사람이 이렇게 천연덕스럽게 나타나요? 뭐야, 마음고생도 전혀 안 한 것 같잖아. 오히려 얼굴에서 빛이 나는데요?"

"흠……. 그런가요?"

도연이 개구쟁이처럼 씩 웃었다. 그리고 눈웃음을 치면서 몸을 테이블 앞쪽으로 기울이더니 말을 이었다.

"사랑을 해서 그런가 봐요. 문 기자님은 모르시겠지만."

"어머? 정이준 씨, 사람이 좀……."

능글맞게 변한 거 알아요? 은정은 투덜대며 고개를 저었다. 그리고 다시 도연의 뒤쪽을 힐끔 보고는 물었다.

"그런데 왜 박 매니저님은 같이 안 왔어요? 밖에 있나?"

"왜요? 보고 싶으세요?"

"보고 싶기는……. 그냥, 그런 거 있잖아요."

은정 역시 도연 쪽으로 몸을 기울이며 눈을 둥글게 휘고 웃었다.

"안 보면 심심한 거."

장난기 가득한 은정의 말에 도연이 한쪽 눈썹을 치켜 올렸다.

"은근히 귀여워서 말이죠. 놀리는 재미가 있어요, 정이준 씨 매니저는."

은정은 다시 몸을 뒤로 물려서 등받이에 기대고는 팔짱을 끼고 말했다. 도연은 그런 은정을 보다가 하하, 하고 웃었다.

"어쨌든 기사는 초고 그대로 나갈 거예요."

"고맙습니다."

"고마울 건 없고요. 상부상조, 좋잖아요?"

은정이 눈을 찡긋거리며 대꾸했다. 도연은 그제야 고개를 돌려 케이크가 진열되어 있는 쪽으로 시선을 던졌다. 은정은 도연을 따라서 케이크 진열대를 보고는 의아하다는 얼굴로 물었다.

"케이크 좋아해요? 단것은 별로 안 좋아하는 걸로 아는데."

"아, 제가 먹을 건 아니고요. ……사다 주려고요."

"누구…… 한소리 씨?"

은정이 놀랍다는 표정으로, 그러나 사실은 뻔히 짐작했다는 얼굴로 웃었다. 사랑에 빠진 남자의 얼굴이란 감상할 만한 가치가 충분했다. 은정은 한쪽 손으로 턱을 괸 채 도연을 쳐다보다가 별것 아닌 걸 말해 준다는 투로 말했다.

"여기 디저트 케이크 중에는, 당근 케이크가 괜찮아요."

"……?"

"수제 당근잼 맛이 진짜 기막혀요. 최고라고 자부하니까 믿어봐요."

"당근 케이크요? 그게 무슨 맛이에요."

도연은 상상만으로도 이상하다는 듯 얼굴을 찡그렸다. 그러자 은정이 피식거리며 웃고는 말을 이었다.

"그리고 콩포트도 파니까 한번 사 가지고 가 봐요. 소리 씨가 좋아할 것 같은데. 사과 콩포트랑 딸기 콩포트, 그거 괜찮아요. 블루베리 콩포트도 괜찮고."

"그건 또 뭡니까?"

"잼보다 덜 달아서 몸에도 좋고, 맛도 좋아요."

"하여간…… 여자들 입맛은 좀 이상해요."

도연은 투덜대듯이 중얼거리면서도 은정의 말대로 전부 사려는 것인지 지갑을 꺼내 들고는 일어서면서 은정을 향해 다시 확인하듯 되물었다.

"당근 케이크랑 콩포트요? 딸기, 사과, 블루베리?"

"예."

은정은 고개를 끄덕이며 웃었다. 그러자 도연이 냉큼 돌아서서 진열대 쪽으로 걸음을 옮겼다. 여전히 테이블마다 수군거림은 심했지만 그렇다고 해서 직접 그에게 다가가는 이는 없었다.

"아무래도…… 이번 동영상의 영향이 제법 크기는 했나 봐."

은정은 혼잣말처럼 중얼거리며, 카운터에서 주문을 하고 있는 도연을 물끄러미 쳐다보다가 그의 주변에서 몰래 그를 힐끔거리는 사람들에게 시선을 옮겼다. 정이준이 무조건 친절한 남자가 아니라는 것을 깨달았기에, 오히려 까칠한 남자라는 것을 알았기에 사람들은 그저 수군거리며 그를 힐끔거릴 뿐이었다. 확실히 유투브에 올라간 동영상의 영향은 엄청났다.

소리의 고모라는 중년 여자와 정이준이 함께 찍힌 동영상은 아마도 그곳에 있었던 누군가가 촬영했던 것이리라. 사람들은 동영상을 처음 접하고 충격을 받았다. 예의 바르고 매너 좋던 정이준의 모습이 아니라, 자신의 부모와도 비슷한 나이일 법한 중년 여자에게 언성을 높이고 비아냥거리는 정도연의 모습을 본 탓이었다.

전부 거짓된 모습이었다고, 만들어진 이미지였다고 사람들은 금세 분노하면서 정이준을 탓했다. 그러나 그런 와중에도 정이준의 편을 드는 이들은 있었다. 게다가 그 커피숍에 있었던 다른 누군가가 올린 글 덕분에 그나마 상황은 최악으로 치닫지는 않았다.

정이준이 자신의 여자친구가 당한 모욕 때문에 화가 났다는 것은 여자들에게는 오히려 잘 먹혀 들어가는 부분이기도 했다. 다른 이들에게 모두 친절한 남자 따위는 갖다 버려라, 내게만 상냥한 남자가 최고다, 라고 부르짖는 여자들에게는 더욱.

"저거 봐. 아주 눈빛부터 갔네, 갔어."

쯧쯧, 은정은 도연에게서 주문을 받고도 정신을 못 차리고 계속 그를 쳐다보는 카페 직원을 보고는 혀를 차며 고개를 저었다. 그리고 옆에 놓아두었던 가방과 겉옷을 챙겨 들고 일어섰다.

"문 기자님. 이거 가지고 가세요."

"예? 어머, 제 것도 사 주시는 거예요?"

문은정은 도연이 내민 케이크 상자를 보고는 싱긋 웃었다. 별것 아닌 것으로도 감동을 주는 남자다. 무심한 것 같으면서도 은근히 자기 주변 사람들을 챙기고. 그냥 겉으로 보이는 매너 좋은 모습과는 살짝 다른…… 뭐랄까.

"잘 먹을게요, 정이준 씨."

은정은 기자라는 자신의 직업을 떠나서 정이준에게 충분히 호감을 느꼈다. 물론, 그것은 남녀 사이에 존재하는 호감이 아니었다. 더 정확히 말하자면 그래, 인간 대 인간으로 느끼는 호감이었다.

게다가 이렇듯 사랑에 빠져 있는, 그래서 허술한 모습이 마구 공개되는 그런 정이준에게 느끼는 호감은 점점 더 커져 갔다. 그리고 이런 호감을 느끼는 사람은 아마 자신뿐만이 아닐 것이라고 은정은 확신했다.

"걱정 마세요. 잘 해결될 테니까."

"걱정 같은 건 안 해요. 소리가 신경을 써서 그렇지."

도연은 소리에게 가져다줄 케이크 상자와 종류별로 산 콩포트 세트를 들고 유리문을 밀었다. 그리고 자연스럽게 옆으로 비켜서며 은정이 먼저 나가게끔 했다. 은정은 그런 도연의 매너에 싱긋 웃었다.

"……하여간, 죄 많은 남자."

"네?"

"아니에요. 그냥 혼잣말."

은정은 피식 웃으며 고개를 저었다. 유리문 너머로 비친 카페 직원과 테이블에 앉아 있는 여자 손님들의 표정만 봐도 누가 죄 많은 남자인지는 물어보지 않아도 뻔했지만 굳이 말할 이유는 없었다.

꽃

"아얏!"

"왜 그래? 어디 다쳤어?"

소리는 바늘에 찔려 손가락에서 막 피가 나오는 것을 그대로 입에 넣고 빨면서 고개를 저었다. 오리는 영어 문제집을 덮고 다가와서 소리의 손을 잡아당겼다.

"피가 나잖아."

"아주 살짝 난 건데, 뭘."

"그래도!"

오리는 못마땅한 얼굴로 소리의 손가락을 이리저리 살피다가 다시 입을 열었다.

"가서 손 씻고 와. 소독하고 약 바르게. 누나가 뱀파이어라도 되는 줄 알아? 피가 난 걸 왜 빨아먹어?"

"무슨 뱀파이어……. 야, 그리고 겨우 바늘에 찔린 걸 가지고 소독을 하고 약까지 바르라고? 다른 사람들이 보면 유난 떤다고 하겠어."

"그럼 멍하니 정신 놓고 있지 말고 세수라도 하고 오든지."

소리는 오리의 말에 입을 다물었다. 오리가 왜 손을 씻고 오라고 했는지 그 까닭을 짐작할 수 있을 것 같았다. 오리는 계속 말을 이었다.

"그렇게 좋아하는 인형 만드는 일을 하면서도 자꾸 실수를 하고 있잖아. 내가 본 것만 해도 벌써 몇 번째인지 알아? 그러다가 누나 손가락에 아예 구멍 나겠어."

"그건 좀 과장이 심한데……."

"어쨌든!"

오리는 소리의 말을 자르며 버럭 화를 냈다. 소리는 어깨를 축 늘어뜨린 채 가만히 고개를 숙이고 입만 삐죽였다.

"도연이는 오히려 괜찮은데 왜 누나가 이래?"

"……."

"누나도 좀 대범하게 굴어 봐. 그리고 도연이를 믿어 보라고. 걱정하지 말라고 했다며. 인터넷에도 보니까 도연이 욕하는 글들도 많지만, 반대로 도연이 두둔하는 글들도 제법 있던데? 게다가 상호 형도 걱정하지 말라고 했고. 소속사에서도 빠르게 움직이고 있으니까⋯⋯."

"그게 안 되니까 그렇지."

소리는 중얼거리듯 말했다. 할 수만 있다면 자신도 그냥 대범하게, 아무렇지 않게, 그렇게 행동하고 싶다. 하지만 이런 일이 벌어질 때마다 자꾸 움츠러들게 되는 건 어쩔 수 없다.

스스로 느끼는 열등감인지도 모른다. 자신이 도연에 비해서 너무 부족해서 자꾸 도연에게 피해만 주게 되니까⋯⋯.

"누나, 그래도⋯⋯."

딩동. 오리가 다시 안타까운 얼굴로 입을 여는 순간, 초인종이 울렸다. 오리는 소리에게 말을 하려다가 그냥 입을 다물고 일어서서 인터폰 쪽으로 다가갔다. 그리고 현관문을 열며 소리를 돌아보았다.

"도연이 왔어."

"⋯⋯응?"

소리는 오리의 말에 고개를 들었다. 도연이 현관에 들어서다가 소리를 보고는 개구쟁이처럼 웃으며 손에 든 것을 흔들어 보였다.

"간식 먹자, 다람쥐야."

"어때?"

도연이 냉장고에서 물병을 꺼내 입을 대고 마시며 소리를 돌아보고 물었다. 소리는 식탁에 앉아서 케이크를 한 입 먹다가 도연을 보고 인상을 썼다.

"입에 대고 그냥 마시면 어떻게 해?"

"뭘 어떻게 해. 간접 키스라고 생각하면 되지."

"뭐, 뭐어?"

"나 없을 때 이걸로 만족하라고. 그래서 일부러 입 대고 마시는 건데?"

"정도연, 너……!"

소리는 기가 막힌다는 표정으로 도연을 보다가 뺨이 뜨거워져서 손으로 부채질을 하며 고개를 돌렸다. 그러자 오리가 포크로 케이크를 자르다 말고 그대로 엎어져서 키득거렸다.

"아, 진짜 두 사람…… 징글징글하다. 야, 정도연. 너도 내가 알던 정도연이 아닌 것 같아. 연애한다고 그렇게 변하냐? 예전에는 이 정도까지 진상은 아니었던 것 같은데."

"그때는 어렸고."

"그럼 지금은 다 커서 그러는 거야?"

"성인의 사랑이지."

"아, 나, 진짜 웃겨서 배 아파."

오리가 흐느끼듯 웃으며 배를 잡았다. 뻔뻔하게 '성인의 사랑' 운운하는 도연의 태도에 웃지 않고는 버틸 재간이 없었다. 그렇게 한참 웃다가 오리가 다시 고개를 들었을 때 소리와 도연이 둘 다 미친 사람 보듯 그를 쳐다보고 있음을 알 수 있었다.

"뭐야, 왜 그렇게 봐?"

"……아니, 그냥."

"……나도 그냥."

오리의 물음에 소리와 도연은 둘 다 그냥, 하고 말을 얼버무렸다. 소리는 뒤늦게 다시 도연을 향해 물병에 입을 대고 마시는 문제에 따지려고 하다가 포기하고는 말을 돌렸다.

"그런데 갑자기 이건 무슨 케이크야? 오늘 바쁘다고 했잖아."

"다시 가 봐야 돼. 잠깐 이것만 갖다 주려고 들렀어. 아! 그리고 그건 콩포트라는 거래. 잼보다 달지 않으면서 맛있다더라. 사과랑 딸기랑 블루베리니까 먹고 싶은 대로 골라서 먹어."

"바쁘면 일일이 이렇게 안 와도 돼."

"내가 좋아서 오는 건데 왜 못 오게 해?"

도연은 툴툴대며 소리에게 대꾸하고는 다시 현관 쪽으로 향했다. 소리가 현관으로 따라 나가려고 하자 도연이 손을 내저었다.

"됐어. 그냥 먹던 거 마저 먹어. 이따가 스케줄 끝나면 전화할게."

"……도연아."

"응?"

"우리…… 그만할까."

소리는 자신도 모르게 나온 말에 스스로 놀라서 굳어 버리고 말았다. 그리고 도연 역시 현관에서 신발을 신다가 그대로 멈추고는 그녀를 돌아보았다. 오리도 놀랐는지 뒤쪽에서 멈칫한 기색이 느껴졌다.

"소리야, 너 지금…… 네가 무슨 말을 했는지 알아?"

"……."

"한소리!"

"……미안."

도연이 참지 못하고 화를 내자 소리는 곧바로 사과했다. 왜 자신의 입에서 이런 말이 나온 것인지 스스로도 이해할 수 없었다.

소리는 혼란스러운 눈을 감추지 못한 채 그대로 고개를 숙였다. 왜 이런 말을 한 것인지 알 수 없었다. 그러나 분명 자신의 입에서 나온 말이었다. 어쩌면 가슴속 깊은 곳에 묻어 둔 채 줄곧 억눌러

왔던 말인지도 모르겠다는 생각이 들었다. 그만하자고. 헤어지자고. 그렇게 말하고 싶었던 것인지도 모른다.

"6년, 사람이 변하기에는 충분한 시간이라고, 누군가는 생각할지도 몰라."

"······."

도연이 다시 신발을 벗고 소리에게 다가왔다. 그리고 조용히 낮은 목소리로 말했다.

"그런데······ 우리는 변한 게 없나 보다."

눈물이 뚝, 바닥에 떨어졌다. 하지만 소리는 눈물을 닦을 수조차 없었다. 가슴이 먹먹했다. 그리고 아릿한 통증이 일어서 숨조차 쉬기가 버거웠다.

하지만 이미 뱉어 버린 말을 주워 담을 수는 없었다. 그러고 싶지도 않았다. 아무렇지 않은 척 행동했지만, 그렇다고 해서 아무렇지 않은 것은 아니었다.

사실은 숨어 버리고 싶었다. 도연을 좋아하지만, 여전히 좋아하고 있지만 그래도 달아나고 싶은 마음이 마음속 어딘가에는 분명히 존재했다. 이런 자신의 모습이 비겁하고 답답했다. 그래도 어쩔 수 없었다. 도연의 말대로 여전히 변한 게 없었다. 특히 자신은 더욱 그랬다.

"그래도 나는······."

도연은 말을 하다가 그대로 입을 다물고는 신경질적으로 머리를 헝클어뜨렸다. 그리고 거칠게 다시 입을 열었다.

"그때······ 그때도 비슷한 질문을 했던 기억이 나는데."

"······."

"소리야. 내 얼굴 보면서 대답해 봐."

소리는 도연의 차분한 목소리에 고개를 천천히 들었다. 도연이 상처받은 얼굴로 소리를 쳐다보다가 시선이 마주치자 입술을 달싹였다.

"단 한 번만이라도…… 내가 제일 우선일 수는 없어?"

"그게 무슨……"

"너는 그때도 상황이 우선이었고, 네 처지가 우선이었어. 그래서 나를 버렸지."

"……"

"지금도 또 마찬가지인 상황이고."

"아니, 그게 아니야. 그게 아니라 너를 위해서야."

소리는 도연의 상처받은 얼굴에 고개를 저었다. 그러자 도연의 얼굴이 더욱 일그러졌다.

"나를 위해서라고? 착각하지 마, 한소리."

"정말이야. 내가, 내가 너한테 피해만 주니까…… 내가 너한테 아무 도움도 되지 못하고 오히려 자꾸 너를 갉아먹는 것 같아서, 그래서……"

"너 자신을 위해서잖아! 네 자존심, 네 마음, 네 스스로 상처받는 게 두려워서, 자존심에 조금이라도 금이 갈까 봐 겁이 나서, 그래서 그렇게 되기 전에 나를 버리려는 거잖아! 다를 게 없어! 똑같아! 그때나 지금이나 똑같다고!"

"도……"

소리는 그의 이름을 다 부르지 못했다. 도연이 그대로 성큼성큼 밖으로 나가 버린 탓이었다. 쾅, 요란한 소음과 함께 현관문이 닫혔다. 그리고 자동 잠금장치가 저절로 삐리릭거리며 잠겼다.

"……"

소리는 그 자리에 서서 가만히 현관만 바라보았다. 뭔가가 잘못된 것 같았다. 기분 좋게 케이크와 달콤한 콩포트를 사 가지고 왔던 도연의 얼굴이 문득 떠올랐다.

혼자 모든 것을 감당하면서 힘들었을 텐데도 내색조차 하지 않던 그의 얼굴이 눈앞에 아른거렸다. 그리고 방금 전에 잔뜩 상처 입은 채 지친 얼굴로 돌아섰던 그의 모습도 떠올랐다.

내가, 내가 지금 뭘 한 거지?

소리는 그대로 주저앉고 말았다. 바닥을 짚은 손이 경련을 일으키고 있었다.

"후우."

오리는 굳게 닫힌 방문을 쳐다보다가 한숨을 내쉬었다. 먹다 남은 당근 케이크는 그릇에 담아서 냉장고 안에 넣었다. 그리고 콩포트 역시 냉장고 문에 나란히 진열을 해 두었다. 도연이 그것들을 사 가지고 오면서 어떤 마음이었을지 알 것만 같아서 속이 쓰렸다.

솔직히 말하자면 오리로서는 소리에게 뭐라고 할 수 없었다. 소리가 답답하게 굴고 너무 움츠러드는 것에 화가 나지만, 그만큼 소리의 마음 또한 이해할 수 있기에 그녀를 나무랄 수도 없었다.

도연에게는 가장 최우선적인 것이 바로 소리, 그리고 소리와의 사랑일 것이다. 그러나 소리에게는 그것이 어렵다는 것이 문제라면 문제랄까. 오리는 소리의 방문 앞에 서서 잠시 생각했다.

도연은 이해할 수 없을 것이다. 그리고 다른 사람들 역시 이해할 수 없다고 말하는 사람들이 있을지도 모른다. 왜 그렇게 답답하게 구냐고, 화를 낼 수도 있다. 도연이 화를 내는 것은 충분히 이해한다.

그러나…… 사랑이란 것이 사치일 수밖에 없었던 상황에 처해 본 사람이라면, 소리를 이해해 줄 수 있지 않을까. 너무 가진 것이 없어서 단지 살아가는 것만이 목표였던 사람이라면 그녀의 이런 감정을 이해해 줄 수 있지 않을까.

"누나."

오리는 조심스럽게 문을 열었다. 소리가 침대 위에 무릎을 모으고 앉은 채 침대와 맞닿아 있는 벽에 멍하니 기대어 있었다. 오리는 천천히 걸음을 옮겨 침대로 다가갔다. 그가 침대 한쪽에 걸터앉자 살짝 침대가 흔들렸다. 그 흔들림에 소리가 정신을 조금 차렸는지 고개를 돌려 오리를 쳐다보았다.

"바보 같지."

"누구?"

"……나."

소리의 눈에 눈물이 차올랐다. 오리는 소리의 머리를 쓰다듬으며 그렇지 않다고 말하고 싶었다. 그러나 그는 아무 대답도 하지 않았다. 긍정도, 부정도 자신이 할 몫은 아닌 것 같았다.

"헤어지고 싶지 않아. 그런데, 헤어지고 싶기도 해."

"……."

"나도 내 마음을 모르겠어."

그냥…… 그냥…… 나는 그러니까, 그러니까……. 소리는 말을 잇지 못하고 자꾸 같은 단어들만 반복하다가 그대로 왈칵 눈물을 쏟았다.

오리는 소리의 어깨가 흐느낌과 함께 흔들리는 것을 그저 지켜보기만 했다. 도연과 다시 사귀면서 행복해하던 소리를 떠올렸다. 그리고 그만큼 불안해하고 두려워하던 소리를 떠올렸다. 오리는 손을 뻗었다. 소중한 자신의 쌍둥이 누나였다. 6년 동안 언제나 자신을 지켜 주었던 자신의 유일한 피붙이였다. 그러니 이제는⋯⋯.

"소리야."

"⋯⋯?"

"다시는 누나라고 안 부를래."

"⋯⋯뭐?"

소리는 눈물에 젖은 눈으로 오리를 쳐다보았다. 오리는 소리의 손을 끌어당겨 잡은 채 느릿느릿 말을 이었다.

"이제 됐어."

"⋯⋯."

"그러니까 이제, 네 인생을 살아."

그래. 네 인생을 살아. 오리는 자신이 해 줄 수 있는 말을 찾은 기분이 들었다. 그는 소리의 손을 더욱 힘주어 잡고 말을 이었다.

"나한테도 이 정도까지 했으면 충분해. 더 이상 그 누구를 위해서 양보도, 희생도, 그 무엇도 하지 마. 그냥 네가 원하는 대로, 네 마음이 바라는 대로 그렇게 네 인생을 살아, 소리야."

"난 지금도 그렇게 살아. 네가 착각⋯⋯."

"더 이상 마음에 짐을 얹고 있지 말라고."

"⋯⋯."

"아니야? 소리 네 마음에 아주 조금도 너 자신이 아닌 다른 사람의 짐이 실려 있지 않다고 확신해? 자신 있게 말할 수 있어?"

소리의 까만 눈이 오리를 담은 채 흔들렸다. 오리는 그런 소리가 안타까웠다. 늘 그녀가 위축되고, 언제나 움츠러드는 데에는 그런 부분도 한몫했을 것이란 생각이 들었다. 그래서 더욱 예민해졌을지도 모른다. 도연에게 피해를 주어서는 안 된다고. 그렇게 스스로 다그치면서 자기 자신을 상처 냈는지도 모른다.

"다 내려놔. 그리고 도연이만 봐."

"……오리야."

"너만 봐. 고모가 나타나도 신경 꺼 버려. 다른 누가 나타나도 관심 두지 말고 꺼지라고 해. 나는 내 사랑하는 사람, 그 사람 하나 신경 쓰는 것만으로도 충분하니까, 댁들은 내 인생에서 그만 나가라고, 그렇게 말해."

"……."

"내가 너한테 또 짐이 되면…… 그럴 일이 생기면……."

오리는 소리를 보며 단호하게 말을 이었다.

"주저하지 말고, 나도 버려."

"오리야."

"그냥 버려. 만약 너한테 또 짐이 된다면 진짜 쓸모없는 인간이니까 버려도 돼."

"무슨, 그런 말을……."

"그 정도 각오는 하고 사랑을 하라고. 이 바보야."

"……."

"도연이는 그 정도 각오를 안 하고 다시 너한테 매달렸을 것 같아? 한 번 버림받는 걸로도 충분히 끔찍했을 거야. 그런데 그렇게 끔찍했을 텐데도 다시 너한테 왔잖아, 그 녀석은. 그게 보통 각오였을 거라고 생각해?"

소리는 아무 말도 할 수 없었다. 가슴이 답답했다. 그러나 그것은 조금 전까지 가슴을 짓누르는 것 같던 답답함과는 다른 것이었다.

"도연이에 대해서 악플을 다는 사람들 분명히 있어. 그리고 그 원인에 소리 네가 있기는 할 거야. 그걸 너 스스로 받아들여. 인정 하라고. 하지만 그렇다고 자괴감을 느끼고 먼저 달아나 버릴 거 야? 또 걔한테 과거와 똑같은 짓을 반복하겠다고? 도연이가 그랬 잖아. 단 한 번이라도 자기가 제일 우선일 수는 없냐고."

"……."

"솔직히 나는 사랑 한 번 해 본 적이 없어서 잘 모르지만……."

오리의 눈이 다정하게 소리를 응시했다. 소리는 그런 오리를 그 저 가만히 쳐다보기만 했다. 어쩐지 지금껏 돌봐야 한다고 여겼던 쌍둥이 동생이 갑자기 훌쩍 커 버려서 오빠가 된 것만 같았다. 오 리에게 직접 이런 이야기를 하지는 않겠지만, 어쨌든 그랬다.

"그래도 하나는 알아."

"……."

"사랑도 공평해야 한다는 것. 이번에는 네가 각오를 하고, 도연 이한테 매달릴 차례야."

"……오리야."

"이렇게 방구석에 틀어박혀서 울기만 하면 뭐가 달라져? 내가 병원에 있는 내내 씩씩하게 길거리에서 인형 팔던 아가씨는 어디 로 가고 울보만 남은 건데?"

소리는 오리의 말에 눈물이 나오려는 걸 꾹 참으며 그저 가만히 웃었다. 그리고 입술을 꼭 깨물고 다시 오리를 쳐다보았다. 오리의 다정한 눈이 해맑게 웃었다. 그것으로 충분할 것 같았다.

용기를 내기에 충분했다.

"나 잠깐 나갔다 올게!"

그리고 소리는 언제 움츠러들었나 싶을 정도로 씩씩하게 외치며 그 자리에서 벌떡 일어났다. 그러다가 침대 스프링이 위아래로 움직이는 바람에 다시 엎어지고 말았지만 말이다. 소리는 침대에 부딪쳐 빨갛게 변한 코끝을 문지르며 급하게 침대 아래로 내려섰다. 그리고 뒤도 돌아보지 않고 방 밖으로 달려 나갔다.

"나는 다시 공부나 해야겠다."

오리는 우당탕하더니 현관문이 열렸다가 닫히는 소리가 이어지는 것을 멍하니 듣고 있다가 혼잣말을 중얼거리며 기지개를 켰다. 그의 입가에 미소가 슬그머니 번지고 있었다.

✳

"휘유, 한숨 돌리겠다. 그건 그렇고, 아직 밖은 추운데 여기는 왜 이렇게 더워. 완전히 여름이네, 여름. 미쳤어. 난방비가 얼마나 나올지 생각도 안 하고. 이러다가 여름 되면 또 냉방 잔뜩 해서 실내를 겨울로 만들고. 하여간 이놈의 회사는 난방이든 냉방이든 너무 과하게 한다니까."

차라리 그럴 돈 있으면 내 월급이나 올려 주지! 상호는 투덜거리며 들고 있던 서류로 부채질을 하면서 소파에 털썩 앉았다. 도연은 그런 상호를 쳐다보지도 않고 영화 시나리오를 보는 데에 집중하고 있었다.

상호는 소파에 앉은 채 턱을 긁적이며 도연을 유심히 살폈다. 뭔가 냉랭하고 잔뜩 날이 서 있는 듯했다. 요즘 들어 이런저런 일들이 터졌어도 여유롭던 녀석인데 이러는 걸 보면…….

'뻔하지.'

상호는 사무실 안을 둘러보았다. 혹시 누가 있나 싶어서 확인할 겸 버릇처럼 둘러본 것이다. 그리고 상호는 아무도 없음을 확인하고 난 뒤에 도연을 향해 물었다.

"또 싸웠냐?"

도연은 대답 대신 그저 들고 있던 시나리오 너머로 한 번 시선을 던질 뿐이었다. 그 시선이 매서워서 상호는 목을 쑥 집어넣고는 슬그머니 시선을 피했다. 그리고 다시 시선은 모로 돌린 채 상호는 포기하지 않고 재차 물었다.

"이번에는 또 왜 싸웠는데?"

"······다른 사람들도 다 이럴까."

"뭐가?"

"연애하는 거, 사랑하는 거."

"······."

"아니면, 나만 이렇게 힘든 건가."

상호는 입을 다문 채 도연을 쳐다보았다. 그러자 도연이 시나리오를 내려놓고는 눈이 뻑뻑했는지 눈가를 꾹꾹 누르더니 다시 말을 이었다.

"소리가 그만하자더라."

"응? 뭘?"

"또 헤어지고 싶은가 봐."

"······뭐?"

상호는 입을 딱 벌리고 눈만 끔뻑였다. 방금 자신이 무슨 말을 들었는지 쉽게 머릿속에 들어오지 않았다. 도연은 상호의 반응을 보고는 쓴웃음을 지으며 다시 말했다.

"아무래도 내가······ 걔한테는 별로인가 봐. 어떤 상황에서도 붙잡고 있을 만큼 좋아하지도 않고."

"어…… 이준아."

상호는 뭐라고 말할 수가 없어서 도연을 부르고는 그냥 입을 다물어 버렸다. 그러자 도연이 픽 웃더니 말을 이었다.

"이 일을 시작하면서 줄곧 그런 생각을 했었어."

"무슨 생각?"

상호는 도연이 다른 이야기를 꺼내는 것에 내심 다행이란 생각을 하며 냉큼 입을 열었다. 그러자 도연이 고개를 한쪽으로 비스듬히 기울이며 무심한 어조로 대꾸했다.

"어차피 정이준은 허구일 뿐이다."

"……응?"

"정이준은 그저 하나의 이미지로서 존재하는 것뿐이지, 그건 실체가 아니다."

"……"

"그러니까 적당히 정이준이라는 배우로서, 적절하게 연기를 하면서 살면 된다……. 뭐, 그렇게 말이야."

상호는 차갑게 느껴지는 도연의 말에 그저 침묵했다. 도연이 '정도연'과 '정이준'을 구분해 놓고 사는 것은 이미 알고 있는 일이니 새삼스러울 것은 없었다. 하지만 지금 왜 이런 이야기를 꺼내는 것인지 상호는 그 이유를 알 수가 없었다.

"내가 '정도연'으로, 가장 '정도연'다운 모습으로 다가가고 싶었던 애는 소리였어. 예전에도 그랬고, 지금도 그렇고."

"……"

"그런데 소리에게도 나는 '정도연'일 수가 없었던 게 아닌가…… 하는 생각이 들어. 그 애도 어떤 이미지를 꿈꾸면서 나를 바라봤던 게 아닐까? 그래서 내가 직접 다가가면 그 애는 내 본래 모습에 실망해서 멀어지고…… 시간이 흘러도 또 마찬가지일 뿐이고. 나는 그 애의 앞에서는 그 애가 꿈꾸는 이미지대로 연기만 할 수 없으니까."

내 감정은 그런 게 아니니까. 그런데 걔는 그런 걸 꿈꾸지 않고. 도연의 턱이 파르르 떨렸다. 지금 자신이 무슨 말을 하고 있는 건지 스스로도 알 수가 없었다. 하지만 무슨 말이든지 그냥 내뱉고 싶었다. 가슴속에 들어찬 감정들이 시커멓게 썩어서 악취를 풍기고 있을 것만 같았다. 그래서 견딜 수 없었다.

"왜 그러냐, 너희들."

상호는 한숨을 내쉬며 고개를 저었다. 사람들의 반응이 어느 정도는 좋은 쪽으로 다시 기울어지고 있는 중이었다. 소속사에서 분위기를 그렇게 몰고 간 것도 있고, 문은정 기자가 쓴 기사의 도움을 받은 것도 있지만, 어쨌든 도연이 보여 주었던 감정에 대해서 사람들의 시선이 그리 나쁘지 않게 흘러갔던 것이 가장 큰 이유였다.

나이 많은 여자에게 너무 함부로 한 게 아니냐는 의견보다는 그 이전에 정이준의 여자친구가 그 중년 여자에게 당했던 일들이 너무 심했다는 의견이 우세했다. 그러면서 정이준의 여자친구에 대해서 할 말이 있다면서 새롭게 올라온 글들도 한몫했다고 봐도 과언이 아니었다.

"소리도 예민해져서 그랬을지도 모르니까, 너무 깊게 생각하지 마. 인마, 너는 다른 건 신경도 안 쓰고 둔할 정도로 무심한 놈이 소리와 관련된 일에는 너무 깊이 파고들어. 알아? 그것도 꼭 좋은 것만은 아니야."

"……."

"야, 그건 그렇고, 소리에 대해서 올라온 글들 읽어 봤냐? 거기에……."

상호가 말을 막 이어 나가려는 순간 문이 열렸다. 그리고 쾌활하고 높은 목소리가 들려왔다.

"어머! 이준 오빠, 여기 계셨네요. 안녕하세요!"

얼마 전에 소속사까지 옮긴 진수이였다. 상호는 자신도 모르게 인상이 찌푸려지는 것을 간신히 테이블에 내려놓았던 서류로 가리고 일어섰다.

진수이가 정이준에게 갖는 관심이 지나치다 싶을 정도인 것은 이미 연예계 쪽 사람들에게는 비밀 아닌 비밀이나 마찬가지였다. 그래도 이제는 정이준이 열애 중이라는 것도 세상에 공개되었으니 단념할 법도 한데……. 젠장, 저 빛나는 눈을 보니 꼭 그런 것도 아닌 듯하다.

상호는 도연에게 나가자고 눈짓을 했다. 그러나 도연은 상호의 눈짓을 이해할 만한 상태가 아닌 것 같았다.

"오빠, 많이 힘드셨죠? 제가요, 얼마나 걱정이 되었는지요, 요즘 잠까지 설치고……."

"……."

"그래서 요새 피부가 많이 망가졌다고, 지금 새로 들어간 드라마 감독님이 막 뭐라고 하시더라고요. 그래도 어떻게 하겠어요. 자꾸만 오빠 걱정이 돼서 잠도 안 오고 그러는데……."

저거, 저거 봐라? 상호는 수이가 나름대로 꼬리를 흔들면서 여우 짓을 한답시고 도연의 곁에 앉아서 은근슬쩍 몸을 기대는 것을 보며 기가 막혀서 입을 벌렸다.

그러거나 말거나 도연은 잔뜩 가라앉은 얼굴로 테이블 어딘가를 응시하고 있을 뿐이었다. 이러다가 정신 나간 녀석, 괜히 말도 안 되는 스캔들까지 추가될라. 상호는 안 되겠다 싶어서 도연을 부르기 위해 다시 입을 열었다.

"야, 이준아. 우리 스케줄 때문에 가 봐야 하는데."

스케줄이 있기는 개뿔. 오늘 스케줄은 이미 마감이었다. 도연의 상태가 별로 안 좋아 보여서 남은 스케줄들을 전부 다음으로 미루거나 아예 취소를 하고 사무실로 돌아왔는데, 뭘.

그러나 때로는 선의의 거짓말도 필요한 법이었다. 상호는 무조건 가짜 스케줄을 만들어서라도 그걸 핑계로 저 여우에게서 도연을 빼내겠다는 각오를 다지면서 문 쪽으로 뒷걸음질을 치며 재차 말했다.

"이준아, 지금 안 나가면 스케줄에 늦을⋯⋯."

그때, 문이 벌컥 열렸다. 그리고 그 바람에 상호는 문에 뒤통수를 부딪치며 앞으로 고꾸라지고 말았다. 다행히 재빠르게 벽을 짚어서 바닥에 넘어지는 것은 모면할 수 있었다. 상호는 이마에 핏대가 서는 것을 느끼며 얼굴을 찡그렸다.

"노크도 할 줄 모르냐! 대체 누가⋯⋯ 어? 소리야?"

상호는 문을 열고 들어온 사람에게 화풀이를 하려다가 그 얼굴을 보고는 눈을 크게 떴다. 분명히 문을 열고 지금 막 들어온 사람은 소리였다.

소리는 문고리를 잡은 채 거기에 기대어 창백한 얼굴로 숨을 가쁘게 몰아쉬다가 상호와 시선이 마주치자 살짝 고개를 숙여 인사했다. 그리고 초조한 눈으로 상호의 뒤쪽을 바라보다가 도연을 발견하고는 입술을 달싹였다. 하지만 소리의 입에서 뭔가 말이 나오기 직전, 그녀의 입은 다물어지고 말았다. 소리의 눈에 들어온 낯선 여자 때문이었다.

"여기는 어떻게……. 아, 어쨌든, 야, 이준아. 소리가 왔는데……."

상호는 도연을 돌아보며 말을 하다가 그만 말끝을 흐릴 수밖에 없었다. 뭔가 상황이 좀 미묘하게 어긋나는 느낌이었다. 저 여우가 지금 어디에 기대고 있는 거야! 상호는 버럭 화를 내고 싶은 것을 참으며 어색하게 입꼬리를 올려 웃었다.

"저기, 진수이 씨. 이준이 손님이 오셔서……. 자리를 좀 비켜 줬으면 하는데요."

"손님이요? 여기는 외부 사람들 출입 금지된 곳 아니에요?"

수이는 도연에게 슬쩍 몸을 기댄 채 문고리를 잡고 서 있는 소리를 보며 입을 삐죽였다.

딱 보아하니 소문의 여자친구인 듯한데 말이다. 키도 작고, 몸매도 비쩍 마르기만 한 것 같고, 옷 입는 스타일은 완전히 꽝이고, 화장기 하나 없는 저 민낯은 또 어떻고. 대체 무슨 배짱으로 꾸미지도 않고 돌아다니는 거야?

수이는 도무지 이해할 수 없어서 소리를 위아래로 훑어보았다. 정이준이 왜 저런 여자와 사귀는 건지 알 수가 없었다. 주위에서 못 보던 촌스러운 스타일이라 호기심이라도 생겼던 걸까. 수이는 자신도 모르게 조소하듯이 한쪽으로 입꼬리를 올려 웃었다.

"싫어."

그 순간 소리의 입이 열렸다. 그리고 소리의 입에서 나온 말에 상호는 의아한 표정을 지으며 소리를 돌아보았다. 싫다고? 뭐가?

도연 역시 물끄러미 소리를 쳐다보기만 했다. 겉으로 보이는 도연의 표정은 차분하다 못해 냉랭하다고 느껴질 정도였다. 하지만 그의 눈 깊은 곳에서부터 감정이 끓어올라 터질 듯 일렁이고 있음을 소리는 본능적으로 느낄 수 있었다. 소리는 그 눈을 똑바로 쳐다보며 다리에 힘을 주고 도연을 향해 걸음을 옮겼다.

오리의 말을 듣고 그대로 뛰쳐나왔다. 그리고 택시를 타고 무작정 도연의 소속사로 왔다. 지금까지 택시 한 번 마음 놓고 타 본 적이 없던 소리였지만, 이번만큼은 과감하게 거스름돈조차 받지 않고 소속사 앞에 도착하자마자 택시에서 내렸다.

소속사 건물 주변에는 모 아이돌의 팬인 듯한 여학생들이 옹기종기 모여 있었다. 소리는 그들을 지나쳐서 건물 안으로 들어가려 했다. 하지만 입구에서부터 양복을 입은 남자들에게 제지당했다.

들어가게 해 달라고, 들어가야 한다고 소리는 덩치 큰 남자들에게 둘러싸인 채 고집을 부렸다. 운이 좋았던 것일까. 그런 자신을 보고 자극이라도 받았는지 주변에 있던 여학생들이 한꺼번에 1층 출입문으로 달려들었다. 그 바람에 양복을 입은 남자들이 여학생들을 막기 위해 움직였고, 소리는 그 틈을 이용해 재빨리 건물 안으로 들어올 수 있었다.

그렇지만 도연이 건물 내에 있으리란 보장은 없었다. 더구나 도연이 건물 내에 있다고 하더라도 어디에 있는지 알 수 없었다. 우연히 만난 남자의 도움이 아니었더라면, 불가능했을지도 모를 일이었다.

급히 계단을 오르다가 넘어지던 자신을 붙잡아 준 남자는 자신의 얼굴을 보고 물었다. 혹시 정이준의 여자친구가 아니냐고. 인터넷에 올라왔던 동영상 같은 걸 본 사람인 모양이었다. 아무래도 상관없었다.

소리는 남자를 붙잡고 늘어졌다. 정이준이 어디에 있는지 제발 알려 달라고 매달렸다. 남자는 곤란하다는 얼굴로 잠시 망설이다 가 그녀를 이곳까지 데리고 와 주었다. 그리고 소리는 곧바로 문고 리를 잡고 돌렸던 것이다.

미치기라도 한 것 같았다.

소리는 지금 자신의 모습이 미친 사람처럼 보이지 않을까 생각 했다. 하지만 그래도 상관없었다. 지금이 아니면 두 번 다시 용기 를 낼 수 없을 것 같았으니까. 겁 많고 소심한 자신은 지금이 아니 면 안 될 것 같으니 말이다.

"싫다고. 너, 다른 여자랑 이러고 있는 거."

"……!"

도연은 소리가 자신에게 가까이 다가오더니 자신의 옆에 앉아 있던 진수이를 밀어내는 것을 보고는 놀란 표정을 감추지 못하고 그녀를 쳐다보았다. 소리가 진수이를 두 손으로 밀어내고는 입을 열었다.

"얘는 내 남자친구예요. 일 때문에 어쩔 수 없다면 모르겠지만, 이렇게 사적인 공간에서 친하게 지내는 건 싫어요."

"뭐라고요? 어머, 무슨 이런……."

수이는 불쾌한 얼굴로 소리를 향해 입을 열려고 했다. 그러나 소리가 먼저 입을 열었다.

"나가 주세요. 도연이랑 아니, 정이준이랑 할 말 있어서 왔으니 까. 좀 비켜 주세요."

"이것 봐요. 여기 외부인은 출입 자체가 안 되는 곳이라고요! 어떻게 들어왔는지 몰라도 이렇게 경우 없이……."

"상호 형. 얘 데리고 나가."

도연이 더 이상 듣고 있기가 짜증난다는 듯 미간을 찌푸리며 상호를 부르자 상호가 기다렸다는 듯 다가왔다.

"오냐."

"이준 오빠!"

상호가 수이의 팔을 잡아끌자 수이가 신경질적으로 상호의 손을 뿌리치며 도연을 불렀다. 도연은 짜증을 참지 못하고 수이를 쳐다보며 입을 열었다.

"야, 너. 순이라고 했던가?"

"수, 순이라니요! 수이예요. 진수이!"

"어쨌든 순이, 너 말이야."

"순이가 아니라 수이……."

"좋게 말하면 못 알아듣냐? 지금까지 내가 몇 번이나 좋게 얘기했잖아, 좀 꺼지라고. 그걸 돌려서 말하니까 알아듣지 못했어?"

"그, 그게 무슨……."

"계속 이 바닥에서 볼 거라 기껏 예의 갖춰서 좋게 말했더니 알아듣지를 못하네. 그리고 네가 뭔데 얘한테 함부로 대해? 외부인 출입 금지? 웃기네. 그딴 규칙을 잘 지켜서 너는 내가 있는 걸 뻔히 알면서 무조건 문 열고 들어오냐?"

"말씀이 지나치시잖아요. 저는 엄연히 여기 소속으로 들어왔고."

"그러면 어디든지 네 마음대로 들어올 수 있다고? 그건 어디서 주워 먹은 개뼈다귀 같은 말이야. 안 그래요, 사장님?"

도연의 말을 듣고 있던 상호와 수이가 사장님이란 말에 화들짝 놀라 동시에 뒤를 돌아보았다. 그러자 그때까지 열린 문틈으로 몰래 귀만 갖다 댄 채 엿듣고 있던 부광근 대표가 허허, 하고 웃으며 문 안쪽으로 들어왔다.

"이제는 아예 막 나가기로 한 거야, 정이준 씨?"

"사장님이 소속 연예인들 관리를 이렇게 개떡같이 하니까 제가 이러는 거잖아요."

도연은 천연덕스럽게 대꾸했다. 소리는 그런 도연을 놀란 얼굴로 쳐다보다가 다시 사장님이라고 불린 남자를 쳐다보았다. 자신을 여기에 데려다준 바로 그 남자였다. 저 사람이 사장님이라고?

뭔가 상상했던 것과 다른 이미지에 소리는 다시 당혹스러운 표정으로 도연을 보았다. 그러자 도연이 소리의 시선을 느끼고는 다시 광근과 상호에게 턱짓을 하며 짜증스럽게 말했다.

"빨리 이 계집애 좀 데리고 나가라고요. 자꾸 이렇게 방해할 겁니까?"

"어, 알았어! 알았다고!"

"저, 저 성질머리……. 대체 누가 사장인지 모르겠네."

너무 기가 막혀서 말조차 잇지 못하는 진수이의 팔을 양쪽에서 각각 잡은 채 광근과 상호가 도연의 눈치를 살피면서도 각자 구시렁대며 그녀를 데리고 밖으로 나갔다. 그리고 곧바로 문이 닫혔다.

"……."

"……."

그리고 침묵만이 남았다. 소리는 갑자기 찾아든 고요함에 괜히 어색해져서 도연을 바라보던 시선을 돌려 벽을 쳐다보았다. 도연 역시 날카로웠던 기세를 누그러뜨리고는 심호흡을 했다.

"여기는 왜 왔어? 왜, 여기까지 와서 또 그런 얘기를 하려고? 그만하자고? 헤어지자고? 아직도 못 한 말이 남았어? 응?"

소리는 자신의 앞에 앉아 있는 도연을 묵묵히 내려다보았다. 지친 듯한 얼굴이 애처로웠다. 그리고 자신이 그를 이렇게 만들었다는 생각에 죄책감이 밀려들었다. 소리는 고개를 숙여 도연의 정수리를 가만히 바라보다가 입을 열었다.

"나는 겁쟁이야."

"……."

"그래서 언젠가 또 너한테 헤어지자고 말할지도 몰라."

"……그 말을 하고 싶었어? 그래서? 언제가 되든지 또 그럴 거니까 차라리 지금 헤어지자고? 응? 그래?"

"그런데, 그래도 네가 좋아!"

소리는 도연의 빈정거리는 말을 듣고 있다가 목소리를 높였다. 도연은 소리를 향해 빈정거리다가 그대로 얼어붙은 듯 입을 다물었다. 소리는 주먹을 꽉 쥐고 말을 이었다.

"나도 내가 얼마나 바보 같은지 알아. 너무 잘 아는데…… 그래서 너한테 진짜 미안해. 상처 주고 싶지 않아. 너한테 상처 줬던 건 그때로 충분해. 그런데 자꾸만 나는 너한테 상처를 주게 돼. 이런 내가 나도 참 밉고, 이러다가 어쩌면 네가 나한테 질릴지도 모른단 생각이 드는데……."

소리의 눈에 눈물이 가득 고였다가 그대로 툭, 떨어졌다. 소리는 그 자리에 무릎을 꿇고 앉았다. 도연이 급히 그녀를 일으키려 했지만, 소리는 무릎을 꿇은 채 도연을 올려다보며 계속 말했다.

"도연아. 그래도 네가 좋아. 너를 정말…… 네가 생각하는 것보다 더 많이 좋아해."

"……소리야."

"정말이야. 너는 몰라. 내가 너를 얼마나 좋아하는지, 너는 꿈도 못 꿀 거야. 상상도 못 할 거야. 나는 네가 정말 좋아서…… 지금

이 순간에도 네가 진짜 좋아서…… 숨이 막힐 것 같아."

"……."

"그래서 더 겁이 나. 더 무서워. 너를 좋아하는 만큼 겁이 나고 무서워. 겁이 나고 무서운 만큼 자꾸 바보처럼 굴게 돼. 너한테 상처 주고 싶지 않은데, 바보라서 자꾸 상처를 줘. ……나한테는 네가 너무 과분해서, 너무 버거워서……."

"뭐가 과분하고, 뭐가 버거워! 이 바보야!"

도연은 소파 아래로 내려와 소리와 마찬가지로 무릎을 꿇었다. 그리고 소리를 꽉 끌어안았다. 심장이 뛰는 것이 느껴졌다. 그러나 누구의 심장이 뛰는 것인지 구분할 수가 없었다. 도연은 소리를 끌어안은 채 그녀의 목덜미에 얼굴을 마구 비볐다. 눈시울이 뜨거워져서 견딜 수 없었다.

"내가 그만하자고 해도, 헤어지자고 해도……."

"너, 또 그런 말……."

"그래도 그 말 듣지 마. 내가 아무리 그런 말을 해도…… 네가 나 좀 잡아 줘, 도연아."

도연은 끌어안고 있던 팔을 풀고 다시 그녀의 얼굴을 바라보았다. 소리의 작은 얼굴이 눈물로 젖어서 엉망이었다. 도연은 손으로 그녀의 얼굴에 남은 눈물을 닦아 냈다. 그리고 힘겹게 입꼬리를 올렸다.

"진짜?"

"……응."

"진짜, 잡을 거다?"

"응. 그렇게 해 줘."

소리는 고개를 마구 끄덕였다. 도연은 다시 소리의 머리를 자신의 가슴팍으로 끌어당겼다. 작은 머리통이 당황한 듯 움직였지만, 도연은 힘주어 그녀의 머리를 끌어안고는 그 머리칼 위에 입술을 댔다.

"좋아."

"……."

"너한테 허락도 받았으니, 절대 안 떨어질 거야. 그만하자고 어디 마음대로 말해 봐. 전부 씹어 줄 테니까."

"……너 은근히 말이 거칠다?"

"아무렴 어때. 이게 나야. 그러니까 괜히 환상 같은 거 가지고, 나한테 실망했다고 하지 마."

"환상은 무슨……. 너 코찔찔이 시절부터 봐 왔거든?"

"야, 내가 무슨 코찔찔이였다고."

도연은 소리의 말에 항의를 하려다가 그대로 웃음을 터뜨리고 말았다. 뭔가가 굉장히 어렵다고 생각했는데, 또 이렇게 어이없이 풀려 버린 것 같아서 허탈하기까지 했다.

"우리는 연애 시험을 보면 둘 다 낙제일 거야. 아마 빵점 받을 걸?"

"……그게 뭐야."

소리가 도연의 가슴팍에 뺨을 댄 채 투덜대듯 중얼거렸다.

오리가 그랬다. 네 인생을 살라고. 하지만 소리는 그게 어떻게 사는 것인지 솔직히 알 수 없었다. 하지만 적어도 지금 이 순간만큼은 오리의 말대로 살고 있는 게 아닐까, 하는 생각이 들었다.

그러니까…… 지금 이렇게 도연과 함께 있는 순간만큼은.

13.
끝이 아닌, 시작

"뭘 보고 있어?"

"아…… 이 그림."

"네가 그린 거라며?"

"……응."

도연은 오리의 물음에 고개를 끄덕이며 대답하면서 눈으로는 계속 벽에 걸린 그림을 보았다.

언젠가 잔뜩 술에 취해서 이 그림을 그렸던 기억이 난다. 미국에 살던 고모에게 보내진 뒤, 도연은 엉망진창이라는 말이 딱 어울릴 만큼 제멋대로 살았었다. 모든 것이 허무했고, 무의미했다. 그나마 홍창익 감독의 눈에 띄어서 배우로서 일을 시작하게 되면서 적당히 남들처럼 비슷하게 사람 사는 흉내를 낼 수 있게 되었다.

그래도 가슴속 어딘가에 커다란 구멍이 남은 것 같은 공허함은 좀처럼 지워지지 않았다. 그래서였을까. 그 구멍을 캔버스에 옮기고 싶었다. ……그렇게 그려낸 그림이 바로 이것이었다.

하지만 이 그림을 자신의 집에 둘 수는 없었다. 가슴속에 뚫린 구멍을 마주하는 것 같아서 차마 집에 걸어놓을 용기가 나지 않았다. 그렇다고 그대로 버릴 수도 없었다. 지워지지 않는 공허함을 내버릴 수 없었다. 그래서 선택한 곳이 바로 여기였다. 상호의 명의로 사 놓았던 레지던스. 이곳에 그림을 걸어놓은 뒤 줄곧 외면했다.

소리와 오리가 레지던스에 아예 들어와 살게 되면서, 도연은 비로소 이 그림을 버리려고 했었다. 그러나 그것을 막은 사람은 소리였다. 소리는 고개를 저으며 도연의 팔을 붙잡았다. 그리고 말했었다.

'네가 진짜 이 그림을 버릴 수 있게 되면, 그때 버려.'

"흠……."

도연은 잠시 더 그림을 보다가 시선을 돌렸다. 그리고 오리 역시 상호를 돕겠다면서 돌아서서 걸음을 옮겼다.

'그건 그렇고…… 좀 유치하지 않나?'

도연은 거실 벽 가득 매달려 있는 온갖 다양한 색깔의 풍선들을 보며 생각했다. 게다가 저 큼지막한 생일 축하 글자라니.

"유치해."

"아, 진짜! 너 이럴 거면 나가 있으라니까! 자꾸 유치하다고 해서 솟아나려던 의욕을 팍팍 뭉개 버릴래? 대체 그건 무슨 심보야?"

소리가 부엌에서 케이크를 만들다가 도연의 말을 듣고는 얼굴을 찡그리며 말했다. 그러자 도연이 어슬렁거리며 부엌에 들어와 손가락으로 케이크 위의 생크림을 찍어 먹으면서 대꾸했다.

"내가 주인공이라며. 그러면서 왜 구박이야?"

"구박받을 짓만 골라서 하잖아! 지금도 생크림은 왜 찍어 먹어! 조금만 기다리면 먹을 수 있는데. 하여간 도연이 너는……. 생일 주인공이 이렇게 구박받는 것도 재주는 재주인가 봐. 그렇죠, 상호 오빠?"

기껏 케이크 위에 예쁘게 생크림으로 장식을 해 놓은 게 엉망이 되었다. 도연이 손가락으로 건드리는 바람에 한쪽이 푹 들어간 케이크를 보며, 소리는 도연을 타박하다가 상호를 향해 말을 걸었다.

"응. 그건 소리 말이 맞아. ……오리야, 이제 됐어?"

상호가 HAPPY BIRTHDAY 글자가 적힌 종이 카드를 하나하나, 정성스럽게 거실 등 밑에 매달며 물었다. 오리는 상호가 딛고 서 있는 의자를 붙들고는 매달아 놓은 종이 카드를 살피다가 웃으면서 고개를 끄덕였다.

"예, 형. 딱 좋아요."

"으하하. 내가 봐도 좋네. 아, 나한테 이런 재주가 있었을 줄이야."

진작 알았더라면 직업을 바꿨을 텐데. 상호는 도연을 힐끔거리며 구시렁거렸다. 도연은 콧방귀를 뀌며 입을 열었다.

"하여간 툭하면 저러지……. 이번에 밥줄 끊길까 봐 덜덜 떨던 분은 어디에 사시는 뉘시더라?"

"내가 누구 때문에 그랬는데, 인마!"

상호는 버럭 소리를 지르다가 이내 웃어 버렸다. 그래도 모든 일이 잘 풀려서 다행이었다. 정이준에 대해 실망했다는 사람들도 있었지만, 반대로 언제나 너무 완벽해서 정이 안 갔었는데 오히려 이번 일 때문에 정이준도 인간이라는 걸 알게 되어서 더 좋다는 사람들도 있었다.

　문제 한 번 일으키지 않고 모범적이었던 정이준에게 매력을 느끼지 못하던 사람들에게는 오히려 신선한 자극이었나 보다. 그런 점에서는 이득이라 할 수도 있었다.

　"여보세요? 아, 선생님⋯⋯."

　그 와중에 전화가 왔는지 소리가 급히 휴대폰을 귀에 대면서 방으로 들어갔다. 오리가 의자를 붙잡고 있던 손을 놓고는 소리가 들어간 방 쪽을 보면서 말했다.

　"병원인가 보네."

　"병원?"

　"예. 제가 입원해 있었던 병원이요. 거기 간호사 선생님들이 요즘 전화를 자주 하시더라고요."

　오리가 상호의 물음에 대답했다.

　다행인 것은 소리도 마찬가지였다. 처음에는 고등학교 중퇴라는 사실이 공개되는 바람에 조롱 섞인 악플들이 올라오기도 했었지만 얼마 전부터 그런 악플들 대신 오히려 좋은 글, 반가운 글들이 그 자리를 채우면서 올라오고 있었다.

　6년 동안 소리를 누구보다 가까이에서 지켜봐 왔던 병원의 의사나 간호사들, 그리고 길거리에서 장사를 하면서 우연히 스치고 지나갔던 손님들이나 행인들, 새벽 시장에서 마주치던 재료상들이나 거래하던 점포의 주인들, 그런 이들이 하나둘 글을 올리기 시작했고, 혹은 그 사람들의 주변인들이 소리에 대한 이야기를 듣고 대신 글을 올리기도 했다.

　'누구보다 아가씨가 열심히 산 건, 우리가 더 잘 알아.'

　얼마 전, 새벽에 동대문 시장의 거래처에서 중년 아저씨는 소리의 두 손을 붙잡고 그렇게 말했었다. 그리고 그녀의 옆에 있던 오리를 보며 '누나가 진짜 열심히 살았어. 동생은 누나한테 평생 은혜 갚아야 돼.' 하며 말하기도 했었다.

소리는 중년 아저씨의 손을 잡은 채 눈물을 뚝뚝 흘리며 울었다. 그리고 돌아오던 길, 버스의 뒷좌석에 나란히 앉은 채 오다가 소리는 오리에게 그렇게 말했다.

'내가 어떻게 살았는지…… 이렇게 대신 말해 주는 사람들이 있을 거라고는 상상도 못 했어. 나는 내가 너무 모자라다고만 생각했는데……. 이런 나를 줄곧 지켜봐 준 사람들이 있었을 줄은 정말 몰랐어.'

오리는 통화를 끝냈는지 다시 휴대폰을 쥐고 방 밖으로 나오는 소리를 보며 가만히 웃었다. 소리가 눈을 찡긋거리며 오리에게 물었다.

"뭐야? 내 얼굴에 뭐 묻었어? 왜 웃어?"

"그냥. 네가 너무 못생겨서, 그게 신기해서."

"뭐어? 야!"

소리가 볼을 부풀리며 다가오자, 오리가 더욱 환하게 하하, 하고 웃었다.

"자, 기다리던 선물 증정식!"

상호가 고깔모자를 쓴 채 일어서서 외치고는 다시 앉았다. 도연은 고개를 절레절레 흔들며 말했다.

"하여간 유치하기는. 어쨌든…… 자, 선물."

"……응?"

"엥?"

"선물을 왜 소리한테 줘?"

도연이 유치하다고 구시렁대며 작은 선물 상자를 소파의 쿠션 밑에서 꺼내어 소리에게 건네자, 소리뿐만 아니라 상호와 오리도 어리둥절한 얼굴로 도연을 쳐다보았다. 그러자 도연은 눈썹만 슬쩍 올렸다가 내리더니 입을 열었다.

"내 생일이니까, 내 마음이지."

"……어."

"허이고, 잘났다."

"하하."

상호가 투덜대며 입을 삐죽이고 오리는 그저 하하 웃었다. 그리고 소리는 얼떨결에 받은 선물 상자를 풀어 볼 생각도 하지 못한 채 멍하니 도연을 쳐다보았다. 그러자 도연이 눈짓으로 선물 상자를 가리키며 말을 이었다.

"풀어 봐. 그리고 내 생일이니까, 오늘 무조건 그걸 입어 주고."

"……뭔데, 옷이야?"

소리는 눈을 깜빡이다가 조심스럽게 선물 상자의 리본을 풀었다. 그러자 상호와 오리 역시 관심이 생겼는지 둘 다 동시에 고개를 쑥 내밀었다.

"으학!"

"하하, 아하하!"

그리고 상호와 오리는 금세 얼굴이 시뻘겋게 변해서 저마다 시선을 피하며 어색하게 웃었다. 소리 역시 귀까지 빨갛게 달아오른 채 상자를 들고 있던 손을 부들부들 떨었다. 오직 도연만이 태연한 얼굴로, 오히려 흐뭇하게 웃으며 말했다.

"이따가 입고 인증샷 찍어서 보내. 내 앞에서 입은 모습을 보여 달라고 하고 싶지만, 그건 아직 참을 테니까."

"야! 이, 이게 대체!"

소리는 도연을 향해 화를 내려다가 그대로 힘이 풀려서 입을 다물어 버렸다. 화를 낼 수도 없을 정도로…… 참, 묘한 스타일의 속옷이 위아래 세트로 상자 안에 들어 있었다.

소리는 고개를 들어 도연을 노려보았다. 도연이 개구쟁이처럼 씩 웃었다. 일부러 이런 속옷을 고른 게 분명했다. 소리는 고개를 흔들고는 옆에 놔두었던 선물을 들어 도연에게 건넸다.

"에휴……. 내가 그냥 참는다. 어쨌든 생일 축하해. 한 살 더 먹은 김에 철 좀 들어라. 이런 걸로 장난치지 좀 말고!"

"하하. 네, 그럴게요."

도연이 냉큼 장난스럽게 대꾸하며 소리의 선물을 받았다. 그리고 포장된 선물을 꾹꾹 만져 보더니 눈을 빛내며 물었다.

"뭔지 되게 폭신폭신하다. 인형이야?"

"……내가 할 줄 아는 게 그것뿐이니까."

소리는 머쓱한 표정을 지으며 코끝을 문질렀다. 도연은 그런 소리를 보고는 싱긋 웃더니 선물을 들어 보이며 다시 물었다.

"지금 풀어 봐도 되지?"

"뭐…… 응."

소리는 손가락을 맞대고 괜히 시선을 피하며 대답했다. 괜히 민망하고 부끄러웠다. 돈이 없어서라기보다는, 그냥 도연에게 자신이 직접 해 줄 수 있는 선물을 주고 싶었던 것뿐인데, 막상 선물을 주고 나니까 민망했다.

'그래도 저 속옷보다는 내 선물이 훨씬 낫잖아.'

소리는 스스로를 달래며 도연이 선물을 열어 보는 것을 가만히 지켜보았다. 도연이 포장지 속에서 인형을 꺼냈다. 그러자 상호와 오리가 동시에 '와아, 진짜 귀엽다.' 하면서 말하는 것이 들렸다. 도연은 자신의 손에 들린 다람쥐 인형을 이리저리 돌려 보다가 씩 웃었다.

"다람쥐 3호네?"

"응?"

"여기 2호. 그러니까 얘는 3호."

도연이 자신의 휴대폰에 매달려 있는 다람쥐 인형을 흔들어 보이며 말했다. 그러니까 휴대폰에 매달려 있는 게 다람쥐 2호, 그리고 지금 선물한 인형이 3호라는 건데……. 소리는 고개를 갸우뚱거리며 의아한 얼굴로 물었다.

"1호는? 난 너한테 다람쥐 인형 다른 건 준 적 없는데?"

"내 앞에 있잖아."

"뭐?"

"너 말이야. 내 날다람쥐."

도연이 기분 좋게 대꾸하는 것을 잠시 이해하지 못해서 눈만 깜빡이던 소리가 뒤늦게 말뜻을 이해하고는 얼굴을 붉게 물들이며 입술을 달싹이다가 그대로 한숨을 내쉬었다.

"어휴, 내가 진짜 너 때문에……."

"좋아서 미치겠다고?"

"아유, 됐어!"

소리는 점점 더 능글맞게 변해 가는 도연을 향해 눈을 흘기고는 벌떡 일어났다.

"어디 가?"

"잡채 해 줄 테니까 그거 먹고 입 좀 다물어!"

소리가 민망함을 이기지 못하고 자리에서 일어난 것을 모르지 않기에 도연은 키득거렸다. 그런 도연을 바라보던 상호와 오리가 서로 쳐다보다가 입을 열었다.

"나중에 연애를 해도 저렇게 변하지는 말자."

"예, 형. 진심으로, 저런 진상은 되지 말아야겠어요."

✳

"그건 이제 버려."

"뭐? 다람쥐 2호?"

"2호는 무슨……. 하여간 그 인형은 이제 버려. 꼬질꼬질해져서 더럽잖아."

소리는 베란다 난간에 기댄 채 밖을 내다보는 도연을 향해 입을 열었다. 도연이 휴대폰에 다람쥐 인형을 두 개나 매달고는 그것을 손에 쥐고 있다가 피식 웃었다.

"싫어. 내 건데 네가 무슨 상관?"

"저번에 인터넷에 떴더라. 정이준 알고 보니 되게 더럽다고. 그 인형 꼬질꼬질한 거 클로즈업까지 된 채 사진 찍혀서."

"오호, 이제 인터넷으로 나 막 찾아보고 그러는 거야? 응?"

"찾아보기는 누가 찾아봤다고. 포털 사이트 메인 화면에 떠 있어서 봤다. 왜!"

소리는 머쓱해져서 입을 삐죽였다. 그러자 도연이 뻔히 거짓말하는 거라는 걸 안다는 표정으로 웃다가 이리 오라면서 손짓을 했다. 소리는 슬리퍼를 신은 채 타박타박 도연의 옆으로 다가갔다.

"봄이 됐어도 아직 추운데……."

"그럼 이렇게 꼭 안고 있자."

도연이 소리의 등 뒤로 몸을 옮기더니 그대로 뒤에서 소리를 끌어안았다. 소리는 갑자기 다가온 도연의 체온에 흠칫 몸을 떨었다가 이내 긴장했던 몸에서 힘을 빼고는 난간에 기댔다. 어두워진 밖의 풍경이 고스란히 눈에 들어왔다. 가로등 불빛 아래로 자동차 한 대가 천천히 지나가는 것을 보던 소리가 작게 속삭이듯 말했다.

"생일 축하해."

"……"

"태어나 줘서 고마워, 도연아."

"……내 부모라는 사람들이 그래도, 그거 하나는 잘했나 보네."

도연의 목소리가 등 뒤에서 들려왔다. 무심하게 말하는 투였지만 소리는 가슴이 저릿해졌다. 아무리 자신이 그를 위해서 미역국을 끓이고 생일상을 차려 준다고 해도, 그것으로 부모의 자리를 대신할 수는 없을 것이다.

도연은 전혀 내색조차 하지 않았지만, 그래도 소리는 그런 도연이 안쓰러웠다. 특히 아까 가만히 거실 벽에 걸린 그림을 보고 있을 때에는 더욱 그랬다. 하지만 소리는 아무 말도 하지 않았다. 그렇게 잠시 입을 다물고 있던 소리가 가만히 입을 열었다.

"그러고 보면…… 신기해."

"뭐가?"

도연은 갑자기 들려온 소리의 목소리에 귀를 기울이며 물었다. 자신의 품에 안긴 채 베란다 아래를 내려다보고 있던 소리가 작게 웃었다.

"열여덟 살 때, 나는 세상이 끝난 줄 알았어. 모든 게 끝난 것 같았어. 그래서 너와 헤어질 수도 있었고."

도연은 열여덟의 자신을 떠올렸다. 나약하고 겁 많던 소년이었다. 그래서 버림받았다는 공포를 앞세워 그녀의 아픔을 돌아보지 못했던 어리석은 아이였다. 지금이라고 해서 별로 달라진 것도 없기는 하지만. 도연은 소리의 어깨에 턱을 댄 채 구부정하게 허리를 숙이고 입을 열었다.

　"나도."

　"……."

　"나도 세상이 끝난 줄 알았어."

　"……너도?"

　"응. 그래서 떠났어. 될 대로 돼라, 그런 식으로."

　소리는 도연의 품에서 몸을 움직여 돌아섰다. 그리고 베란다 난간에 기댄 채 도연과 마주 보았다. 방에 있는 상호와 오리가 웃는 소리가 작게 들려왔다. 소리는 잠시 베란다 안쪽으로 시선을 두었다가 다시 도연을 보고 웃었다.

　"다시, 시작인 걸까?"

　"아니면, 그때 멈춰 있다가 이제 다시 이어진 건지도 모르고."

　뭐, 이런들 어떠하며 저런들 어떠하리. 도연이 농담처럼 중얼거리다가 두 손으로 소리의 양 뺨을 감쌌다. 자신도, 그리고 자신의 연인도, 둘 다 여전히 겁 많고 소심하다. 그래서 똑같은 실수를 반복하게 될지도 모른다. 하지만 그렇다고 하더라도 한 가지는 확실히 배운 것 같다.

　세상이 끝난 것은 아니라는 걸.

　다시 시작할 수도 있다는 걸.

　혹은, 끝난 게 아니라 그저 멈춰 있으면서 다시 계속 이어지기를 기다리는 것일 수도 있다는 걸.

"사랑해, 소리야. 아주 많이."

"……나도."

도연의 입술이 천천히 소리의 입술 위로 내려앉았다. 그리고 조심스럽게 그녀의 뺨을 감싸고 있던 그의 손이 느릿느릿 그녀를 끌어안았다. 여전히 서툴고 부족함 많은 몸짓이었으나 그만큼 소중했다.

정도연의 생일이 그렇게 지나가고 있었다. 그리고 그들은 이제 막, 혹은 이제 다시 사랑하고 있었다.

—fin

에필로그

"냉정해."

"원래 세상은 냉정한 법이야."

"인정머리라고는 눈곱만큼도 없어."

"몰랐어? 그래서 내가 눈 하나 깜짝 안 하고 얘네들한테 바느질도 하잖아. 그런데 이 정도 세탁쯤이야."

소리는 세면대에 대고 '다람쥐 2호'를 주물럭거리며 빨아 헹궜다. 그리고 도연은 욕실 문 앞에 쭈그리고 앉아서 계속 냉정하다느니, 잔인하다느니 하면서 구시렁대는 중이었다.

누가 상상이나 할까. 정이준이 이렇게 다람쥐 인형 하나에 매달려서 난리를 치고, 다람쥐 인형을 물에 빨고 있는 자신을 마치 흉악범 보듯이 보고 있다는 사실을. 소리는 세면대 위쪽의 거울로 힐끔 도연을 보고는 피식 웃어 버렸다. 그러자 도연이 뭐가 웃기냐며 다시 투덜댔다.

"자, 다 됐다. 얼마나 더러웠는지 계속 빨고, 또 빨아도 구정물이 나오더라. 버리기 싫으면 세탁이라도 해 주지."

"2호는 목욕하는 걸 싫어해."

"아, 예. 그러신가요."

소리는 입을 삐죽이며 물을 꽉 짜내기 위해 다람쥐 인형의 몸통을 쥐고 힘을 주었다. 그러자 도연이 미간을 찌푸리며 입을 열었다.

"아, 진짜…… 기분 이상해."

"이상할 건 또 뭔데? 어차피 인형일 뿐이잖아."

다만, 에르메스 손수건을 망토처럼 두르고 있던 인형일 뿐. 소리는 쭈글쭈글해진 다람쥐 인형을 들고 돌아섰다. 도연은 참혹한 광경이라도 본 사람처럼 인상을 쓰면서 손을 내밀었다.

"이리 줘. 내가 널어놓을 거야."

너는 분명히 매정하게 빨래집게로 2호의 귀나 꼬리를 고정해서 매달아 놓을 테니까. 말만 못 할 뿐이지, 얘도 아플 게 뻔한데!

도연의 망상이 더 뻗어 나가는 걸 막기 위해 소리는 계속 구시렁대는 도연에게 다람쥐 인형을 건넸다. 그러자 도연이 냉큼 받아 들더니 베란다로 향했다. 그러더니 건조대를 펼치고는 그 위에 작은 바구니를 올려놓고, 바구니 안쪽에 조심스럽게 다람쥐 인형을 넣어 두었다.

소리는 그 모습에 웃고 말았다. 솔직히 기분이 나쁘지는 않았다. 아니, 오히려 좋았다. 가슴이 간질간질한 느낌이라고 해야 할까. 자신이 만든 인형을 저렇듯 소중히 대해 주는데 기분이 좋지 않을 수가 없었다.

"아, 날씨 좋다."

소리는 베란다 창문을 열고 중얼거렸다. 그러자 도연이 나란히 옆에 서서 심호흡을 하더니 금세 콜록거리며 기침을 했다. 소리는 그런 도연을 향해 타박을 했다.

"밤에는 아직 춥다니까 말도 안 듣고 계속 베란다에 있는 바람에 감기 걸린 거잖아."

"좋다고 같이 있어 놓고, 또 아닌 척 그러기는."

"뭐?"

"그런데 왜 너는 멀쩡하고 나만 감기에 걸린 거야?"

불공평해. 도연이 투덜거리며 입을 내밀었다. 그저께 도연의 생일날, 밤중에 베란다에서 너무 오래 있었던 탓에 도연은 감기에 걸렸다. 하지만 의외로 소리는 멀쩡했는데, 아무래도 그건 도연이 나중에 자신이 입고 있던 카디건까지 벗어서 소리에게 입혀 주었기 때문일 것이다. 소리는 괜히 투덜거리는 도연을 향해 웃으며 물었다.

"그래서? 나도 감기 걸렸으면 좋겠어?"

"누가 그렇대? ……저리 가. 감기 옮아."

도연은 금세 풀 죽은 목소리로 저리 가라고 손을 내저었다. 소리는 가만히 도연을 쳐다보다가 장난꾸러기처럼 눈을 빛내고는 도연의 목에 팔을 감고 매달렸다.

"야, 저리 가라니까!"

그리고 쪽. 소리는 도연의 입에 살짝 입을 맞춘 뒤 웃으면서 말했다.

"감기 옮겨도 돼. 안 그래도 너 모레부터 영화 촬영 들어간다며. 그때까지는 컨디션을 어느 정도 제자리로 돌려놓아야 하잖아. 차라리 나한테 옮겨 놓고 너는 빨리 감기 털어 버려."

"안 돼! 그럴 수는 없지! 내 감기 다시 내놔!"

"뭐? 야, 으읍!"

소리는 다시 자신의 입술을 덮쳐 온 도연의 입술에 그대로 허물어지듯 도연의 팔을 붙들고 매달렸다.

그런 두 사람을 지켜보고 있던 다른 두 사람은 고개를 절레절레 흔들며 대화를 나누고 있었다.

"진짜 연애를 해야지, 부러워서 못 살겠네. 나는 그렇다 치고, 오리 너는 저 꼴을 어떻게 보고 있냐. 도연이 스케줄 없으면 아예 여기 와서 저러고 있을 거 아니야?"

"하하. 뭐……. 이제 저도 공부하러 도서관에 가려고요. 운동도 할 겸 날씨도 제법 따뜻해졌으니까요. 쇼핑몰도 어느 정도 자리를 잡아서 제가 쇼핑몰 일에 매달리지 않아도 되고요."

"아, 맞다. 안 그래도 요즘 툭하면 검색어에 뜨더라. '정이준 여친 쇼핑몰' 뭐 그런 식으로."

"도연이 덕을 보는 셈이죠."

오리는 어깨를 으쓱이며 대꾸했다. 그만하자, 헤어지자, 그 난리를 치더니 이제는 언제 그랬냐 싶게 대놓고 염장질이다. 하지만 그 모습이 보기 좋은 것도 사실이라, 오리는 기분 좋게 웃으며 구경하고 있었다.

상호는 가스레인지의 불을 끄고는 냄비 뚜껑을 열었다. 맛있는 냄새가 코끝을 자극했다.

"오리야, 이리 와서 한번 먹어 봐."

"다 됐어요?"

"물론이지! 이 형님의 손맛을 한번 느껴 봐라."

으하하, 상호가 자신만만하게 웃으며 말했다. 오리는 식탁 위에 펼쳐 놓았던 문제집을 덮고 일어서서 가스레인지 쪽으로 다가갔다. 상호가 자신만만하게 내놓은 음식은 바로 황태찜이었다. 오리는 고개를 내밀어 냄비 안을 보고는 엄지를 들어 보이며 말했다.

"와, 생긴 것부터 진짜 맛있어 보여요."

"맛은 더 기가 막힐 거야. 먹어 봐."

"⋯⋯음, 우와, 진짜 최고!"

오리가 젓가락으로 황태찜을 한 입 먹더니 곧바로 눈을 휘둥그레 뜨고 감탄했다. 노총각 박상호가 혼자 살면서 얻은 게 있다면, 바로 이와 같은 요리 솜씨를 들 수 있었다. 게다가 황태찜은 그중에서도 상호가 제일 자신 있게 내놓는 요리였다.

"형, 나중에 식당 차려도 되겠어요."

"그래? 그럴까? 저 녀석 매니저 하다가 내가 십여 년은 늙었을 텐데, 이제라도 외식업 쪽으로 방향을 틀어 볼까?"

"어디 해 봐. 형이 칼 들고 있으면 손님들이 들어왔다가도 기겁해서 나가 버릴걸?"

"야! 정도연!"

어느새 들어온 도연이 부엌에 와서 냉큼 얄미운 말부터 했다. 상호는 돌아서서 도연을 노려보았다. 그러자 도연의 옆에 다가온 소리가 상호의 눈치를 살피며 도연의 옆구리를 쿡 찔렀다.

"왜? 내가 틀린 말 했어? 음식을 아무리 맛있게 하면 뭐하냐고. 형 생긴 게 저래서 안 된다니까."

"꼭 그렇지는 않을 것 같은데? 요즘은 맛만 좋으면 다른 건 별로 문제가 되지 않아서."

"에이, 그래도 상호 형은 예외야. 깡패 보스가 형님, 하고 부를 만한 얼굴인데."

어쩜 저렇게 밉살스러운 말만 골라서 할까. 상호는 도연을 흘겨보며 속으로 구시렁거렸다. 그러거나 말거나 도연은 계속 같은 얘기를 소리에게 반복해서 하다가 다시 상호를 돌아보고 말했다.

"그러니까 형은 무조건 평생 내 옆에 있어야 된다, 그거야. 알았어? 괜히 허튼 생각 하지 말고. 식당이니 뭐니 그런 건 꿈도 꾸지 마."

"내가 무슨 네 노예냐!"

"응. 몰랐어? 사장님이랑 나랑 계약했는데. 노예 양도 계약."

"야아아!"

도연이 눈웃음을 치면서 말하자 상호의 콧구멍이 벌름거리는 듯싶더니 그의 입에서 고함이 터져 나왔다.

"못 말려, 진짜. 예전의 정도연은 저런 모습이 아니었던 것 같은데. 장난을 좀 짓궂게 하기는 했어도."

"상호 형이 저렇게 반응을 보이니까 도연이 녀석이 더 신나서 그러는 것 같아. 그건 그렇고, 너도 먹어 봐. 진짜 맛있어."

도연과 상호가 싸우든지 말든지 남매는 오순도순 황태찜을 맛보기에 여념이 없었다.

❋

"아, 머리 아파."

"연애도 아주 호되게 하는구만. 벌써 며칠이 지났는데도 감기가 떨어질 생각을 안 하네. 쳇, 쌤통이다, 인마."

상호는 말은 그렇게 하면서도 내심 자신이 맡고 있는 정이준의 건강이 염려되었는지, 도연에게 따뜻한 물이 담긴 머그컵과 감기약을 건네며 얼른 먹으라고 재촉했다. 도연은 상호에게서 컵과 약을 받아 들고는 피식 웃으며 말했다.

"질투하지 말고 형도 연애나 해."

"그게 말처럼 쉬우면 내가 이러고 있겠냐!"

상호가 도연의 말에 버럭 소리를 질렀다. 그러자 도연이 지끈거리는 옆머리를 꾹 누르면서 고개를 갸웃거리고 물었다.

"문은정 기자랑 만나 보지 그래?"

"떽! 어디 그런 막말을 내게 퍼부어!"

"막말이라니. 문은정 기자 말고 형을 귀엽게 보는 사람이 어디또 있어?"

"귀, 귀엽……"

상호는 못 들을 말을 들었다는 듯 부르르 몸을 떨었다. 그렇지 않아도 어제 문은정과 둘이 만나서 술을 진탕 퍼마시고 난 뒤에 필름이 끊겼는데, 아침에 일어난 곳이 그녀의 오피스텔이었던 터라 계속 신경이 쓰이는 중이었다.

'아무 일도 없었을 거야. 그래, 분명히 아무 일도 없었어. 없었다고 말해!'

상호는 기억이 까맣게 삭제된 제 머리를 다그쳐 보았으나 돌아오는 대답은 없었다. 상호의 표정이 기묘하게 변하는 것을 유심히 지켜보던 도연은 약을 입에 넣고 물을 마시며 휴대폰을 꺼내 들었다. 소리에게서 문자 메시지가 온 것이다.

[감기는 좀 어때?]

"……짧다, 짧아. 애교도 좀 아앙, 하고 부리고, 이모티콘도 막하트 뿅뿅 날려 주고 그러면 오죽 좋아? 하여간 퉁하기는."

도연은 투덜거리면서도 싱글벙글한 얼굴로 바쁘게 답장을 보냈다.

[아직 아뽀옹. 머리도 막 지끈지끈하고오, 열도 막 나는 거 같고옹, 내 다람쥐가 뽀뽀해 주면 괜찮을 것 같은데♡ 헉헉.]

"헉헉은 뭐냐. 변태처럼."

"아, 뭐야. 저리 가."

어느새 다가와서 같이 휴대폰을 들여다보던 상호가 도연이 보내려던 문자 메시지를 보고는 낄낄대며 웃었다. 도연은 인상을 쓰며 상호를 밀어내려 했다. 그때, 밖에 있던 스태프 하나가 고개를 들이밀었다.

"정이준 씨, 24번 씬 들어갈게요! 준비해 주세요!"

"예."

도연은 언제 그랬냐는 듯 깔끔하게 상호에게서 손을 떼고는 일어섰다. 그리고 어느새 수십 번을 봐서 너덜너덜해진 대본을 쥔 채밖으로 몸을 돌렸다. 상호 역시 허겁지겁 도연의 뒤를 따라 나갔다.

＊

"안녕하세요, 사장님!"

"어서 와, 소리 씨. 그래도 요새 날씨가 많이 포근해져서 겨울보다는 낫지?"

"예. 훨씬 낫죠. 아! 그래도 감기는 조심하셔야 해요. 방심했다가 감기에 걸리기도 하더라고요."

소리가 생글거리며 대답했다. 그와 동시에 휴대폰이 진동했다.

소리는 잠시 거래처 사장에게 양해를 구하고 휴대폰을 꺼내 들었다. 생글거리며 웃던 그녀의 표정이 이상하게 변한 것은 그 직후의 일이었다.

"……이게, 뭐야."

내가 뭐 잘못 보냈나? 이거 무슨 스팸 문자, 그런 건가? 소리는 휴대폰 화면에 뜬 문자의 내용을 다시 보며 눈을 깜빡였다.

[아직 아뽀옹. 머리도 막 지끈지끈하고오, 열도 막 나는 거 같고옹, 내 다람쥐가 뽀뽀해 주면 괜찮을 것 같은데♡ 헉헉.]

"왜, 무슨 문자인데 그렇게 심각하게 보고 있어?"

"예?"

"사기꾼이 보낸 문자 같은 거면 무시해 버려. 요즘은 하도 이상한 게 많이 와서. 지난번에는 웬 미친놈이 '오빠, 어제는 즐거웠어요.' 하고 문자를 보낸 바람에, 마누라가 어떤 년이랑 바람을 피운 거냐고 잡아먹을 듯 난리를 쳐서 내가 아주 죽는 줄 알았다니까."

"하하……. 예에."

소리는 어색하게 웃으며 고개를 끄덕였다. 그러거나 말거나 사장은 다시 생각해도 분이 풀리지 않는다는 듯 주먹을 쥐고 부르르 몸을 떨었다.

소리는 그런 사장을 잠시 쳐다보다가 다시 휴대폰을 보고는 픽 웃어 버렸다. 생일 때, 그렇게 유치하다며 구시렁대던 사람이 유치한 짓은 혼자 다 한다. 그런데 그 유치한 모습이 그리 나쁘지는 않았다.

'오히려 귀엽다면 모를까…….'

소리는 문득 도연을 귀엽다고 생각한 자기 자신을 깨닫고, 민망해져서 헛기침을 하고는 다시 사장을 향해 입을 열었다.

"참! 사장님, 오늘 보여 주시기로 한 원단이요……."

"그래서 내가 결백을 밝히기 위해서 마누라 앞에서 빤쓰까지 다 뒤집어서 보여 주느라고……. 응? 뭐? 아, 아아, 맞다. 그 원단! 잠깐만 기다려 봐요. 내가 그걸 어디에 뒀더라?"

사장이 계속 분노하며 이야기를 하다가 소리의 말에 정신을 차리고는, 황급히 창고가 있는 뒤쪽으로 향했다. 소리는 그런 사장의 뒷모습을 보다가 웃고 말았다.

❊

"휴우……. 다 왔다."

소리는 경비실 앞에 멈춰 서서 양손에 들고 있던 커다란 가방을 내려놓고는 숨을 골랐다. 그때, 경비실 안쪽에서 문이 열리더니 익숙한 얼굴의 택배 기사가 밖으로 나오다가 소리를 보고는 고개를 살짝 숙여 인사하며 말을 걸었다.

"어디 다녀오나 봐요?"

"아, 안녕하세요. 예……. 동대문에 다녀오는 길이에요. 재료 좀 사느라고."

"혼자요? 대단하네. 참! 우리 애가 인형 받고 엄청 좋아하더라고요. 고마워요."

"아니에요. 오히려 좋아해 준다니, 제가 고맙죠."

소리가 손을 내저으며 민망해했다. 쇼핑몰을 하면서 계약을 맺게 된 택배 기사였다. 처음에는 주문 물량이 그다지 많지 않아서 계약을 하는 게 힘들 거라고 생각했는데, 마침 배달을 왔던 택배 기사에게 조심스럽게 얘기를 꺼냈더니 그가 자기 일처럼 적극적으로 나서서 영업소의 담당자와 연결을 시켜 주었다. 게다가 열심히 하는 모습이 보기 좋다며 소리가 얘기를 꺼내기도 전에 먼저 나서서 배송비 조정도 해 주었다.

그 덕분에 쇼핑몰을 열고 초기에 도움을 많이 받은 터였다. 그래서 늘 고마운 마음을 가지고 있었다. 그러다가 얼마 전에 아이의 생일이 다가오는데 뭘 사 줘야 할지 고민이라고 말하는 것을 듣고, 특별히 아이를 위해서 인형을 만들어 선물했었다. 아이가 인형을 마음에 들어 했던 모양이다. 다행이었다.

"들어다 줄게요."

"아니에요, 기사님. 바쁘실 텐데 그냥 가져도 돼요."

"괜찮아요. 특별 고객님인데, 이 정도는 서비스로 해 드려야지."

택배 기사가 커다란 가방을 가뿐히 들고는 익숙하게 걸음을 옮기기 시작했다. 그 바람에 소리는 빈손으로 종종거리며 택배 기사의 뒤를 따라갔다. 그러다가 문득 택배 기사의 희끗희끗한 머리를 보았다.

"……."

소리는 잠시 그 자리에 멈춰 섰다. 아마도…… 자신의 부모님 역시 지금까지 살아 계셨더라면, 저렇게 머리가 희끗희끗해졌을 것이다. 그러면 흰머리를 뽑아 드리겠다고 매달렸다가 실수로 검은 머리까지 뽑았을지도 모르고. 그러면 '이 녀석!' 하면서 껄껄 웃으셨을 것이다.

소리는 눈을 감았다가 뜨면서 다시 심호흡을 했다. 눈물이 나오려던 것을 억지로 참았다. 되돌릴 수 없는 과거에 마음 아파하고 있을 수만은 없다.

'그리고…… 아빠랑 엄마도 그런 건 바라지 않으실 테니까.'

씩씩한 모습만 보여 드릴게요. 걱정하지 마세요. 소리는 애써 웃으며 다시 택배 기사를 향해 달려갔다.

✻

"진짜 너무해."

"뭐가 또 너무해?"

"아프다고 문자 보냈는데, 답장도 없고."

"네가 보낸 거였어? 난 그게 어느 변태가 보낸 것인 줄 알았지……."

소리가 씨익 하고 웃으며 대꾸하자 도연이 북엇국에 밥을 말아서 한 입 먹다가 그녀를 흘겨보았다.

"진짜 변태가 어떤 건지 보여 줘? 자꾸 까불면 정말 변태답게 구는 수가 있다고."

"어유, 그러세요?"

"쓰읍."

"됐어. 농담이야. 아까는 동대문에 가 있었거든. 그래서 답장 보낼 틈이 없었어. 미안."

"……뭐, 아니야. 나도 어차피 곧바로 촬영 들어갔었거든."

도연은 소리가 순순히 사과하자 얌전히 받아들이며 다시 숟가락을 들었다.

"맛있다. 나 때문에 한 거야?"

"상호 오빠가 황태찜 한다고 북어 잔뜩 사다 놓았던 게 냉동실에 많이 남아서. 뭐, 겸사겸사."

"하여간 솔직하지 못하기는……."

도연은 피식 웃으며 밥을 먹었다. 감기에 걸린 자신 때문에 일부러 끓인 북엇국임을 모르는 게 아닌데, 굳이 저렇게 아니라고 말하다니. 그런 모습이 귀엽기는 하지만…….

"이거 먹고 빨리 나아."

"응."

도연은 소리를 보며 눈을 휘고 웃었다. 그러다가 불현듯 잊고 있었던 게 생각나서 다시 입을 열었다.

"아, 그건 그렇고……. 너 A/S도 되냐?"

"응?"

"인형 말이야."

"왜? 다람쥐 인형에 문제 있어? 어디 뜯어지기라도 한 거야?"

"아니. 다람쥐는 2호, 3호 둘 다 문제 없는데……."

"그런데?"

소리가 고개를 갸웃거리며 묻자, 도연이 슬그머니 시선을 피하며 다시 밥을 한 술 떠서 입에 넣었다. 그리고 우물거리며 씹다가 목구멍으로 넘기고는 물컵을 들었다. 아무래도 말을 피하려는 듯한 행동이었다.

"뭔데? 왜 얘기를 하다가 말아?"

"……화내지 않기로 약속하면."

"불길하다, 너. 대체 뭔데."

"약속부터."

"……알았어. 약속할게. 뭔데?"

소리는 잠시 망설이다가 고개를 끄덕이며 약속하고는 다시 물었다. 다람쥐 인형에 문제가 없다면 그걸로 충분했다. 자신의 기억으로는 그게 전부였으니까.

"토끼 귀가 뜯어졌어."

"응? 무슨 토끼?"

"전에 내가 샀던 거 있잖아. 처음으로 샀던 거, 토끼 인형 말이야."

"⋯⋯토끼 인형?"

"우리 다시 만나고 얼마 지나지 않았을 때⋯⋯. 지난 겨울에."

"아⋯⋯."

소리는 기억을 더듬어 보다가 희미하게 떠오른 기억에 고개를 끄덕였다. 그때 도연이 토끼 인형을 하나 샀던 기억이 났다.

날씨가 별로 좋지 않았던 날로 기억한다. 그래서 일찍 장사를 접어야 해서 기분이 좋지 않았었고⋯⋯. 그런데 갑자기 나타난 도연이 토끼 인형을 사겠다면서 자기는 사면 안 되냐고 퉁명스럽게 물어봤었다. 그 뒤에도 인형을 몇 번 샀던 것 같기는 한데⋯⋯. 소리는 눈을 동그랗게 뜨고 도연에게 물었다.

"그 인형 가지고 있었어?"

"당연하지."

"그런데 그게 왜 귀가 뜯어졌어? 튼튼하게 만들어서 웬만하면 뜯어질 리가 없는데?"

소리의 물음에 도연이 슬그머니 눈을 돌렸다. 뭔가 잘못을 저지른 아이 같은 모습이었다.

"뭐야, 너⋯⋯. 뭔데 내 시선을 피해?"

"⋯⋯말하면, 진짜 변태라고 할 것 같아서."

"왜, 무슨 말을 하려고⋯⋯ 아, 됐어. 말하지 마. 차라리 안 들을래."

"밤마다 속옷 안에 넣고 잤거든."

"아우, 야! 하지 말랬잖아!"

소리는 귀를 막으며 외쳤다. 하지만 이미 들어온 말은 귓속을 지나서 머릿속에 접수가 된 뒤였다. 소리는 양팔로 자신의 어깨를 감싸며 몸을 떨었다. 진짜, 정말 변태 같아!

"대체 왜, 그, 그…… 안에 왜, 그걸 넣고!"

"끌어안고 자면 좋겠는데, 워낙 크기가 작으니까 안을 수가 없잖아. 그래서 고민하다가 해결책을 찾았지. 속옷 안에 넣고 자니까 빠져나갈 일도 없고 좋던데?"

"못 말려! 진짜!"

소리가 얼굴이 잔뜩 빨갛게 변한 상태로 벌떡 일어나 방 쪽으로 걸어갔다. 도연은 천연덕스럽게 그런 소리의 뒤통수에 대고 다시 입을 열었다.

"그런데 어제 잠을 험하게 잤는지 귀가 뜯어졌더라고. 토끼 인형 가지고 오면 다시 꿰매 줄 거지? 응?"

"싫어! 안 해 줄 거니까 갖고 오지 마! 내 앞에 절대 가지고 오지 마!"

소리가 화를 내더니 방 안으로 들어가서 쾅, 하고 문을 닫아 버렸다. 도연은 개구쟁이처럼 짓궂게 웃으며 어깨를 떨었다.

'미치겠네. 그 말을 그렇게 순진하게 믿으면 나더러 어쩌라는 거야.'

네가 만든 인형을 내가 그렇게 막 취급할 리가 없잖아. 아무리 좋아도 말이야. ……다만, 탁자 위에 놓아둔 채 수시로 만져 보다가 닳아서 그런지 귀가 뜯어졌을 뿐.

사실은 토끼 인형뿐만 아니라 그 외에 하나씩 가져다 놓았던 다른 인형들도 조금씩 낡아서 안에 넣은 솜이 하얗게 보이려고 하는 중이었다.

하지만 그것을 소리가 전혀 알지 못하는 데에는 이유가 있었다. 도연이 자신의 집에 가져다 놓은 인형들이 그녀가 알고 있는 것보다 훨씬 많아서—그래도 공짜로 몰래 가져간 적은 없었다! 돈을 몰래 채워 넣느라고 얼마나 고생을 했는데!— 차마 소리가 집에 올 때에 대놓고 인형을 보일 수가 없었다. 그래서 그녀가 올 때마다 황급히 숨겨 놓았던 것이 바로 그 이유였다.

'걔네들도 전부 속옷 안에 넣고 잤다고 하고, 다 고쳐 달라고 할까?'

도연은 키득거리며 한참 웃다가, 뒤늦게 고개를 돌려 거실을 바라보았다. 문득 거실 벽에 걸린 그림이 눈에 들어왔다.

불현듯, 이제 저 그림을 떼어 내도 괜찮을 것 같다는 생각이 들었다.

"뭐가 좋을까……."

같이 사진 찍어서 퍼즐 액자라도 만들자고 할까? 도연은 그림 대신 걸어 놓을 것을 궁리하며, 마저 밥을 먹기 위해 다시 숟가락을 바쁘게 움직였다.

외전 1.
도서관은 연애 장소가 아니야!

— 야, 나와! 무조건 나와! 너 빠지면 안 된다고 그랬잖아. 선배들까지 전부 기다리고 있는데.

"미안."

나는 냉큼 전화를 끊어 버렸다. 그러게, 내가 안 간다고 했잖아. 안 간다고 했으면 받아들여야지, 무조건 나오라고 하면 어떻게 하냐고. 나는 청량리역에서 내가 올 때까지 기다리고 있겠노라 선포한 과 동기들과 선배들의 분노는 뒷전으로 미뤄 두고 서둘러 걸음을 옮겼다.

어느새 여름이 가까워진 탓에 조금만 걸어도 이마에 땀이 맺혔다. 아, 이러면 안 되는데. 나는 손등으로 땀을 닦아 내며 언덕 위에 있는 도서관 건물을 올려다보았다.

"나 참, 공부를 하라고 여기에 지어 놓은 거야?"

경사가 심한 비탈길을 올라가야 간신히 도서관에 도착할 수 있기 때문에, 열람실에는 저마다 엎드려서 잠을 청하는 사람들이 대다수였다.

특히 아침에 더욱 심했다. 아침 일찍 일어나서 자리를 맡아 놓으려고 도서관에 오는 것까지는 좋았다. 그러나 도서관에 오는 길이 힘든 것이 문제였다. 운동을 평소에 안 하던 사람은 호되게 근육통을 앓을 정도이니 말 다했지.

나는 도서관 앞에 도착하고 나서야 허리를 구부리고 숨을 몰아쉬었다. 그래도 좋은 점이라면, 경사진 길이 워낙 힘들어서 일단 도서관에 들어가면 쉽게 나갈 생각이 들지 않는다는 점일까.

"에고, 다리야……."

나는 허벅지를 두드리며 다시 허리를 폈다. 그리고 휴대폰을 꺼내 시간을 확인해 보았다. 늦잠을 잔 탓에 아홉 시를 넘겨 버렸다. 나는 울상을 지었다.

"안 되는데! 그분의 곁에 자리를 맡아야 하는데!"

그랬다.

내가 과 엠티마저 포기하게 만든, 그리고 요즘 학교 갈 때를 제외하고는 주말이든 공휴일이든 가리지 않고 도서관에 오게 만든, 그래서 나를 도서관 죽순이로 만들어 버린 원인은 바로 '그분'이었다. 나는 서둘러 도서관 안으로 걸음을 옮겼다. 오늘도 나를 황홀하게 만들 '그분'을 뵙기 위해서.

앗싸.

나는 방방 뛰고 싶은 것을 간신히 참고 조용히 창가 쪽 자리로 다가갔다. 그분께서는 이미 창가 옆의 자리에서 공부 중이셨다. 나는 얌전히 그분의 옆자리에 가방을 내려놓고 토익 문제집을 꺼내며 그분을 힐끔거렸다.

오늘은 영어 구문집을 보고 계시는군요!

나는 그분의 칸막이 책상을 샅샅이 뒤져 보고 싶은 마음을 억누르고, 조심스럽게 의자를 빼고 앉았다. 칸막이 너머로 살짝 보이는 그분의 팔에 다시 가슴이 설레었다.

어쩜 저렇게 멋있는 거지?

내가 꿈꾸던, 딱 내 이상형이야!

반소매 셔츠를 입고 있어서 조금만 가까이 다가가면 닿을 듯한 그분의 피부를 향해 손가락이 함부로 다가가지 못하도록 주먹을 꽉 쥐었다. 참아야 한다. 참아야 해. 손대는 즉시, 너는 치한으로 오해를 받게 되는 거야. 나는 두 눈을 질끈 감고 수행하는 마음으로 번뇌와 욕망을 털어 내기 위해 속으로 몇 번이나 참아야 한다고 중얼거렸다.

정말 멋있어. 나는 다시 슬그머니 눈을 뜨자마자 나도 모르게 눈이 옆으로 돌아가서 작게 한숨을 내쉬었다. 그리고 가져온 토익 문제집을 펼쳤다. 어쨌든 그분께서 열심히 공부를 하고 계시니, 나 또한 공부를 하는 수밖에 없었다.

✳

"……하암."

나는 무심코 하품을 하며 기지개를 켜다가 그대로 멈춰 버리고 말았다. 그분께서 휴게실에 막 들어선 탓이었다. 어머나, 이런 대박이 내게도 오는구나! 나는 주변을 둘러보았다. 항상 여기저기 사람들이 있던 휴게실인데, 지금은 그분과 나를 제외하면 아무도 없었다. 야호! 만세! 드디어 단둘이 있게 됐어!

"아직 안 먹었어. 너는?"

그분이 누군가와 통화를 하면서 내가 앉아 있는 소파의 가장자리에 앉았다. 나는 서둘러 손가락으로 대충 헝클어졌던 머리를 매만지며 맞은편 벽만 응시했다. 물론, 아주 가끔씩 그분을 몰래 훔쳐보기는 했지만.

……그나저나 누구랑 통화하는 건데, 저렇게 다정한 얼굴일까.

설마, 애인이랑? 두둥! 나는 하늘이 무너질 듯한 충격에 황급히 고개를 흔들었다. 그럴 리 없어. 솔로 인생 이십 년의 내가 예측하는데, 그분 또한 나와 같은 모태 솔로인 게 분명해! 냄새를 맡을 수 있다고! 솔로로 지낸 지 이십 년이 되면, 절대 지워지지 않는 냄새가 난다고! 그렇다니까!

나는 콩콩대며 슬그머니 옆을 돌아보았다. 그분이 편안한 얼굴로 웃으며 여전히 통화 중이었다.

"잘 챙겨 먹고 다녀. 돈 아낀다고 그냥 굶고 돌아다니지 말고. 도연이가 그러더라. 너 요즘에 살이 빠진 것 같다고. 뭐? 날씨가 더워서? 저기요, 한소리 씨. 아직 여름 아니거든요? 그리고 너 요새 밥 제대로 안 먹고 다닌 거 내가 잘 아는데……."

부럽다. 누구인지 모르지만. 나는 그분과 통화 중인 누군가를 부러워하다 못해 질투심이 폭발해서 혼자 몸부림을 치다가 우울해져서 고개를 푹 숙였다. 내가 아무리 이렇게 좋아해 봤자, 그분은 내 마음을 알지 못한다. ……도서관에 아무리 매일 꼬박꼬박 출석하면 뭐하냐고.

……얻은 것이라고는 토익 점수 몇 점 상승된 것뿐이라고 해야 할까.

"저기요."

그때였다. 그분의 목소리가 내 머리 위에서 부드럽게 내려앉은 것은. 역시 그분의 목소리는 아무리 들어도 황홀해. 나는 우울하던 마음은 금세 털어 버리고 다시 좋아서 히죽거렸다.

"어디 아프세요?"

그리고 다시 들려온 그분의 목소리에 나는 비로소 정신을 차리고 고개를 들었다. 설마…… 그러니까 설마…….

"저, 저요?"

저한테 말씀하신 건가요? 네? 나는 그분을 올려다보았다. 그분이 어색하게 웃으며 고개를 끄덕이고는 다시 입을 열었다.

"2열람실 창가 자리 쪽에 계신 분 맞으시죠? 창가 바로 옆 말고, 그 옆이요."

"아……. 예, 예! 맞아요!"

나는 멍하니 그분을 쳐다보다가 황급히 고개를 끄덕였다. 그러자 그분이 부드럽게 웃으며 말을 이었다.

"항상 아침 일찍 오시던 분인데 오늘은 좀 늦으셨길래요. 그래서 어디 아프신가 해서. 죄송해요. 제가 오지랖이 넓죠? 그냥 자주 뵙는 분이라……. 아, 저는 옆 자리에 있는 사람인데요."

"알아요! 늘 창가 옆에서 공부하고 계신 거요!"

그래서 제가 도서관에 출근 도장을 찍는걸요! 할 수만 있다면 학교도 빼먹고 도서관으로 오고 싶을 정도로요! 나는 뒷말을 삼키며 대꾸했다.

나 오늘 로또 된 거야?

그분과 이렇게 대화를 나누다니!

머릿속에서 할렐루야, 하며 웅장한 음악이 울려 퍼졌다.

※

　"아…… 검정고시랑 수능 공부를 병행하시는구나. 힘들지 않으세요?"

　"뭐, 그럭저럭 할 만해요."

　'그분'의 성함은 한오리라고 했다. 오리 씨는—어머, 이렇게 이름 부르니까 너무 부끄러워!— 점심을 다 먹자마자 물을 떠 가지고 오더니 내 앞에 놓아주었다. 이런 매너 좋은 남자 같으니! 당신, 내 남자 해라. 응? 제발? 그래라! 나는 생글생글 웃으며 입을 열었다.

　"드라마 같아요. 6년 동안 잠들어 있다가 깨어나다니."

　"……그런가요? 솔직히 저는 아무 느낌도 없었어요. 아니, 조금 낯설었다고 해야 할까요. 마치 타임머신을 타고 미래로 온 것처럼요. 그냥 눈을 떴을 뿐인데, 6년이라는 시간이 지나가 버려서."

　"하긴, 그럴 수도 있겠네요."

　나는 고개를 끄덕이며 물을 마셨다. 물도 달콤해! 설탕을 팍팍 넣어서 가지고 오신 건가요!

　내가 오리 씨와 점심을 먹게 된 건, 정말 꿈도 꾸지 못했던 행운이었다. 휴게실에서 잠깐 대화를 나눈 뒤, 오리 씨는 매점으로 가려는지 계단 쪽으로 향했다.

　지금까지 봐 왔던 대로라면 오리 씨는 점심을 대충 샌드위치로 해결할 듯했다. 그러면 안 돼요. 밥을 먹어야지요. 나는 항상 안타까웠던 마음을 이기지 못하고 오리 씨를 향해 말을 건넸다. 점심 아직 안 드셨으면, 같이 드실래요? 라고.

……역시 용기를 내야 미인을 얻는 법이다. 나는 자꾸만 올라가려는 입꼬리를 억지로 끌어 내리며 오리 씨의 식판을 보았다. 알뜰하게 싹싹 다 드셨군요. 내 남자는 먹고 난 식판마저도 깔끔하구나! 나는 다시 시선을 움직여 내 식판을 내려다보았다.

……보지 말자.

"1학년이면 한창 놀고 싶을 때 아닌가요? 만약 제가 란주 씨 입장이었으면 그랬을 것 같은데. 대단해요."

"하하. 아니요, 뭐……."

당신 때문에 제가 도서관 죽순이가 된 거예요! 나는 차마 말할 수 없는 비밀을 그냥 속으로 묻어 버리고 어색하게 웃기만 했다. 그러자 오리 씨가 다시 나를 쳐다보다가 씩 웃더니 입을 열었다.

"뭐, 하고 싶은 일이라든가, 꿈 같은 게 있어요?"

"예?"

"열심히 공부하는 모습을 보니까, 그런 것 같아서요."

쌍둥이 누나가 있는데, 란주 씨처럼 항상 열심히 살거든요. 부지런하고. 하고 싶은 일을 하면서, 꿈꾸던 일을 하면서 그렇게요. 오리 씨의 말에 나는 고개를 저으며 말을 이었다.

"아니요. 꿈이라기보다는……. 음……. 꿈이라고 할 수도 있겠고. 꼭 그런 건 아닐 수도 있고요……."

꿈이라면, 당신과 이렇게 마주 앉아서 대화하는 것이라고 해야 할까요? 하지만 결코 이루어지지 않을 꿈이라고 여겼는데. 하하. 내 말을 어떻게 이해한 것인지, 오리 씨가 고개를 모로 살짝 기울이더니 희미하게 웃으며 대꾸했다.

"어쨌든 꿈이라고 할 수 있는 게 있어서 좋겠어요, 란주 씨는. 음…… 저는 딱히 꿈이라고 할 게 없거든요. 아무리 고민해 봐도,

그런 게 없더라고요."

"……음."

"그냥, 사랑하는 사람들과 함께 행복하게 사는 것? 사랑하는 사람들을 마음껏 사랑하면서 사는 것? 뭐, 그런 것들 외에는 별로 원하는 것도 없고. 지금 이 공부도 쌍둥이 누나가 원해서 시작했거든요. 그리고…… 제가 제대로 대학을 나오고 직장을 구해야, 누나도 안심할 것 같고. 저도 누나에게 조금이라도 도움이 될 것 같고……. 뭐, 그래서."

"정말 멋진 꿈인데요!"

나는 박수를 치며 말했다. 오리 씨가 그런 내 반응에 놀랐는지 눈을 잠시 크게 떴다가 다시 하하, 하고 웃으며 그러냐고 물었다. 나는 냉큼 고개를 끄덕였다.

"당연하죠! 오리 씨의 꿈처럼 예쁜 꿈이 또 어디에 있겠어요? 정말, 정말 제 마음에 쏙 들어요."

그러니까 내 마음에 쏙 들어서 뭘 어쩔 거냐고 물으시면 할 말은 없습니다만……. 나는 오리 씨를 보며 웃었다. 막연히 몰래 훔쳐보던 '그분'도 멋있다고 느꼈었지만, 이렇게 같이 밥을 먹으며 대화를 나눠 본 '오리 씨'는 더 멋있는 남자란 생각이 들었다.

아, 정말 어떻게 하지?

이게 첫사랑이라는 건가?

나는 두근거리는 가슴을 감추며 오리 씨를 바라보았다. 오리 씨역시 가만히 나를 보다가 피식 웃더니 입을 열었다.

"신기하네요."

"뭐가요?"

"그냥…… 이렇게 얘기를 하는 것 자체가요. 원래 이런 얘기를 남한테 하는 성격이 아닌데, 왜 이렇게 수다스러워졌는지 모르겠어요."

"음…… 저 입 무거워요. 그렇지 않아 보이겠지만요. 그래도……."

나는 오리 씨가 뒤늦게 후회를 하는 건가 싶어서 서둘러 변명처럼 말을 꺼냈다. 그러자 오리 씨가 고개를 저으며 내 말을 끊었다.

"아니요. 그런 게 아니라……. 음, 그냥 좋다고요."

"예?"

"란주 씨가 참…… 사람 마음을 편하게 하는 면이 있으신가 봐요. 오늘 처음 대화를 나눠 봤는데, 제가 온갖 얘기를 다 하게 되니 말이죠."

"……어, 그래요?"

"인기 많으시겠어요. 부러운데요?"

인기가 많기는요. 지금도 제 휴대폰에는 엠티에 안 왔다고 난리를 쳐 대는 문자 메시지들이 1초마다 도착하고 있는걸요. 나는 계속 붕붕대며 진동음을 울리는 휴대폰을 무시하며 오리 씨를 향해 웃었다.

……어쩐지, 좋은 예감이 들었다.

"제 인기 비법을 알고 싶으시면, 내일도 밥 같이 먹을래요? 그럼 알려 드릴게요."

미인 아니, 오리 씨를 얻기 위해서 나는 한 번 더 용기를 내기로 했다. 그리고 내 말을 들은 오리 씨가 웃으며 입을 열었다. 나는 오리 씨의 대답을 듣기 위해 귀를 쫑긋거렸다.

외전 2.
청혼

　"어디가 좋을까?"

　"뭐가?"

　소리는 도연이 사 가지고 온 과자 봉지를 뜯으며 무심히 물었다. 그러자 도연이 여행 책자를 살피며 아무렇지 않게 대꾸했다.

　"우리 신혼여행지."

　"콜록! 뭐, 뭐라고?"

　소리는 과자를 먹다가 목에 걸려 콜록거렸다. 방금 뭔가 말도 안 되는 얘기를 들은 것 같았다. 소리는 찔끔 나온 눈물을 닦으며 도연을 쳐다보았다. 도연이 소리를 쳐다보다가 혀를 차며 말했다.

　"급하게 먹지 마. 누가 뺏어 먹기라도 하냐?"

　"너 때문이잖아! 그건 그렇고, 너…… 방금 뭐라고 한 거야?"

　"우리 신혼여행, 어디가 좋을까 하고."

　"뭐어?"

소리는 기가 막혀서 말을 잇지 못하고 눈만 깜빡였다. 그러다가 얼굴이 빨갛게 달아올랐다. 시, 신혼여행? 신혼여행이라고?

"우리가 언제 결혼한다고 했어? 무슨 신혼여행이야?"

"그럼 결혼 안 할 거야?"

도연은 오히려 이상한 말을 들었다는 듯 눈썹을 치켜 올리며 소리에게 되물었다. 그러더니 곧바로 으르렁대듯 낮은 목소리로 항의를 했다.

"소리 너는 나랑 그냥 잠깐 즐기자고 만나는 거야? 응?"

"야, 무슨 말이…… . 즐기는 건 또 뭐야. 어감이 이상하잖아!"

"그럼 그게 즐기는 거지, 아니야? 결혼은 생각도 안 했다면서!"

"청혼도 안 했으면서 무슨 결혼이야! 생각 못 하는 게 당연하지!"

소리는 어이가 없어서 목소리를 높였다. 그러자 도연이 멍한 얼굴로 잠시 소리를 쳐다보다가 머리를 긁적였다.

"……그런가?"

"아, 몰라! 이상한 말 좀 하지 마!"

소리는 민망하기도 하고 어색하기도 해서 과자만 계속 집어 먹었다. 그 모습을 물끄러미 보던 도연이 씩 웃더니 소파에서 내려와 무릎걸음으로 급히 소리에게 다가왔다. 그리고 과자를 집어서 입에 넣던 소리의 손을 끌어당겨 붙잡고는 입을 열었다.

"결혼하자."

"……뭐?"

"결혼하자, 나랑."

"…… ."

"응? 결혼하자. 우리 결혼하자."

도연은 눈을 빛내며 소리의 손을 잡고 조르듯이 흔들었다. 소리
는 잠시 도연을 쳐다보다가 불만 가득한 눈썹을 찌푸리고는 과자
봉지를 집어서 도연에게 안겨 주듯이 던지고 벌떡 일어났다.

　"소리야? 대답은 안 해 주고 어디 가!"

　도연의 목소리는 들은 척도 하지 않고 소리는 그대로 방으로 들
어갔다.

※

　"대체 왜 삐친 건지, 이해가 안 돼. 결혼하자는 게 그렇게 잘못
된 거야? 응? 나는 걔랑 평생 함께하고 싶은데, 소리는 아니었던
거야? 그럼, 오히려 내가 화를 내야 되는 거 아니야? 왜 자기가 화
를 내고……."

　"저기, 이준아."

　"왜?"

　"그러니까…… 나는 말이지, 가끔……."

　"가끔, 뭐?"

　상호는 안타까운 시선으로 도연을 쳐다보았다. 본인이 뭘 잘못
했는지도 모르니, 이걸 어디서부터 뜯어고쳐야 하나 싶어서 막막
했다. 아마도 소리가 느꼈던 막막함은 이것보다 더 심했을 것이다.

　"아, 왜 말을 하다가 말아? 가끔, 뭐? 뭐냐고?"

　"나는 네가 바보가 아닌가 싶어. 가끔은."

　"뭐? 형!"

　"시끄러워, 인마. 바보는 입 다물고 형 말이나 잘 들어."

　내가 대체 왜 이런 얘기까지 해야 하는 걸까. 상호는 두 손으로

얼굴을 문지르고는 한숨을 내쉬었다. 그래…… 업보구나, 해야지. 상호는 얼마 전에 용하다는 점집에 가서 점을 봤던 것을 떠올렸다.

'전생에 업을 많이 쌓았구만. 그걸 다 풀어내려면, 고생 좀 해야지. 어쩌겠어. 지금 만나고 있는 여자한테 잘해. 전생의 원수를 다시 이런 인연으로 만났으니, 댁이 뭘 어떻게 할 수 있겠나. 그저 나 죽었소, 하고 여자한테 순종하면서 살아.'

'그게 무슨 말씀이세요, 보살님!'

'게다가…… 쯧, 전생에 댁 때문에 굶어 죽은 개 한 마리가 있었는데, 그 개가 현생에도 또 댁 주변에 있구만. 댁이 먹이고, 키우고, 그러고 있는데……. 맞지?'

'예? 개 안 키우는데요?'

'누가 지금도 개라고 했나! 전생에 개였다고, 전생에!'

'……'

'그 개도 잘 먹이고, 잘 달래고, 그렇게 키워. 전생의 업을 씻으려면 그래야 돼.'

그 개가 설마…… 이준이 너는 아니겠지? 상호는 간절한 시선으로 도연을 쳐다보았다. 그러자 도연이 짜증을 내며 입을 열었다.

"뭐야? 왜 자꾸 말을 하다가 말아?"

"……에휴, 그래. 내 업이려니 하자."

"아, 형!"

"됐고. 이준이 너는 그렇게 생각이 없냐?"

상호는 도연을 향해 다시 말을 이었다.

"느닷없이 신혼여행을 어디로 가는 게 좋겠냐고 묻는데, 어떤 여자가 황당해하지 않겠냐고. 이 바보 녀석아."

"뭐?"

"제대로 프러포즈도 안 하고 무슨 신혼여행이야? 너무 앞서간 거 아니냐고. 너는 드라마에서도 숱하게 하고, 영화에서도 숱하게 했던 그 프러포즈를 까먹냐? 응?"

"……."

도연은 잠시 멍한 얼굴로 상호를 쳐다보다가 스스로 어이없다는 표정을 짓고는 입을 열었다.

"그렇구나……. 아, 나…… 왜 이렇게 바보 같지?"

"이제 정신이 드냐?"

"내가 진짜 정신이 나갔었나 보네."

도연은 자기 행동을 돌아보고는 허탈하게 웃었다. 소리와 사귀기 시작한 지 여러 달이 지나고, 계절도 바뀌어 어느새 가을로 접어드는 시기였다. 그녀와 다시 만나게 되었던, 바로 그 겨울도 곧 다가올 것이었다.

그래서였을까. 도연은 요즘 들어 더욱 들떠 있었고, 그러다 보니까 혼자 결혼까지 생각하는 지경에 이르렀던 것이다. 소리에게는 아무 말도 한 적 없으면서 이렇게 혼자 생각하다가 당연하다는 듯 느닷없이 말을 꺼냈으니 소리가 얼마나 당황했을까. 도연은 뒤늦게 자신의 행동을 깨닫고 민망함에 인상을 썼다.

"그런데 이준이 너 말이야. 진짜 결혼을 생각하고 있는 거야?"

"당연하지."

"정말?"

"지금도, 그리고 앞으로도 내 옆에 있을 사람은 소리 말고 다른 여자는 아예 상상도 못 하니까."

"……그러냐."

어떻게 그렇듯 확신을 담아서 말할 수 있을까. 상호는 문득 신기한 마음에 턱을 긁적이며 도연을 쳐다보았다. 자신보다 나이 어린 녀석이지만 이럴 때만큼은 오히려 더 어른스러워 보였다.

"뭐, 그건 그렇다 치고. 하여간 인생에 단 한 번뿐인 프러포즈를 그렇게 하는 사람이 어디에 있냐? 내가 소리였으면 주먹부터 나갔을 거야, 인마."

"형이 왜 소리야? 상상도 하기 싫어."

"아, 말이 그렇다는 거지!"

도연이 상호의 말에 속이 불편한 표정을 짓자, 상호가 버럭 화를 냈다. 상상해 보니 상호 역시 속이 불편해진 것은 사실이었다. 맙소사, 정이준한테 프러포즈를 받는다고? 우웩. 저 더러운 성질머리랑 평생 살라고? 차라리 문은정에게 프러포즈를 받는 편이 낫지…….

'아, 잠깐. 내가 지금 무슨 생각을 하고 있는 거야…….'

나야말로 정신이 나갔구나. 휘이. 휘이. 상호는 잡념을 털어 내려는 듯 고개를 마구 저으며 손을 휘저었다. 그리고 도연은 상호가 그러거나 말거나 아랑곳하지 않고 다시 혼자만의 생각에 빠져들었다.

'청혼도 안 했으면서 무슨 결혼이야! 생각 못 하는 게 당연하지!'

당황해하던 소리의 얼굴이 떠올랐다. 그리고 그녀의 말에 금세 마음이 조급해져서 결혼하자고 무작정 조르던 자신의 모습도 덩달아 떠올랐다. 아, 그러면 안 되는 것이었는데. 도연의 표정이 흐려졌다.

상호의 말대로 드라마나 영화에서 질릴 정도로 했던 프러포즈를 왜 그때는 생각도 하지 못했던 것인지, 스스로도 이해할 수 없었다.

하기야, 자신은 늘 소리의 앞에서는 그랬다. 다른 사람들을 대할 때와는 다르게 늘 서툴고, 언제나 감정이 앞서고, 그래서 종종 속 좁게 굴기도 하고, 못난 모습을 많이 보였다. 소리에게는 더 멋진 모습만 보이고 싶은데 바람과는 달리 오히려 반대로 행동하는 일이 많았다.

이번에도 마찬가지였다. 여유롭게, 그리고 정말 멋지게 소리에게 당당히 프러포즈를 했어야 했다. 드라마나 영화에서 했던 그 많은 프러포즈들보다 훨씬 더 환상적인 모습으로 결혼하자고 프러포즈를 했어야 했다. 그런데 현실은…….

'내가 대체 왜 그랬지?'

도연은 두 손으로 머리를 감싸고 고개를 숙였다. 민망해서 팔짝 뛰고 싶은 심정이었다. 김칫국부터 먼저 마셔 버린 꼴이었다. 신혼여행을 어디로 가는 게 좋겠냐고 묻다니. 내가 미쳤던 건가? 그러니 소리가 황당해했던 게 당연했다.

"만회해야 돼."

그 방법 외에는 달리 아무것도 없었다. 자신이 저지른 그 바보 같은 행동을 만회할 길은 정말 멋진 프러포즈뿐이었다. 도연은 단단히 각오를 다지며 다시 고개를 들었다.

✼

"소극장에서 공연 중간에 딱, 하고 프러포즈를 하는 건?"

"그게 가능할까? 정이준이 나타나는 것만으로도 난리가 날 텐데? 제대로 프러포즈나 할 수 있겠어? 관객들 중 누군가가 무대 위로 난입하지 않으면 다행이지."

도연의 말에 상호가 고개를 갸웃거리며 대답했다. 부정적인 상호의 대답에 도연도 어느 정도 수긍한 것인지 다시 고민하다가 입을 열었다.

　"그럼 레스토랑을 아예 통째로 빌릴까?"

　"그건 누나가 별로 안 좋아할 것 같은데. 괜히 쓸데없이 돈 많이 썼다고."

　이번에는 오리가 부정적인 대답을 내놓았다. 도연은 오리의 대답에도 역시 수긍할 수밖에 없어서 한숨을 내쉬었다.

　뭔가 멋지게 잊지 못할 프러포즈를 하고 싶어서 고민을 거듭하는 중이었다. 아무리 생각해도 좋은 아이디어가 떠오르지 않아서 상호와 오리에게 도움을 요청했는데도 마찬가지였다.

　"개가 된 기분이야."

　"푸학!"

　"상호 형, 더럽게 뭐야?"

　도연이 푸념처럼 던진 말에 상호가 맥주를 마시다 말고 내뿜고 말았다. 갑자기 점집에서 들었던 그…… 전생의 업보가 떠오른 탓이었다. 정말 저 녀석이 전생에 내가 굶겨 죽였던 개란 말이야? 상호의 생각을 알 리 없는 도연이 겉옷에 튄 맥주를 닦아 내며 다시 말을 이었다.

　"계속 같은 자리를 맴돌잖아. 자기 꼬리 물려고 뱅글뱅글 도는 기분이 든다고."

　"그건 그렇다. 벌써 몇 시간째 이러고 있는 거야, 우리?"

　오리가 순순히 고개를 끄덕이며 도연의 말에 동의했다. 상호 역시 턱을 타고 흘러내린 맥주를 닦아 내면서 투덜거렸다.

　"결혼하면 자기만 신나지, 내가 신나는 것도 아닌데 내가 왜 여기서 사내 녀석들이랑 남의 프러포즈 계획을 짜고 있어야 하는 거냐고. 은정 씨와 오붓하게 영화라도 한 편 볼까 했더니…… 헙!"

상호는 무심코 말을 하다가 스스로 놀라 손으로 입을 막았다. 도연이 피식거리며 말했다.

"뭘 대단한 비밀이라도 발설한 것처럼 놀라기는. 문은정 기자랑 그렇고 그런 사이인 거 모르는 것도 아닌데. 됐어. 그냥 대놓고 연애해."

"야, 누가 연애를……!"

상호는 화들짝 놀라 항변하려다가 그냥 입을 다물고 말았다. 그 모습을 지켜보던 오리가 하하, 하고 웃다가 휴대폰 벨소리가 울리자 '잠깐만.' 하며 일어났다.

"응, 란주야. 아, 오늘은 도서관에 안 갔어. 응. 친구가 보자고 해서……. 너는 어디야? 학교?"

도연은 오리가 전화를 받으며 창가 쪽으로 향하는 것을 보고는 고개를 갸웃거렸다. 그러고 보니 요즘에 오리의 표정이 훨씬 밝아진 것 같았다. 그리고 란주라는 이름도 들었던 것 같고…….

'연애라도 하는 건가?'

도연은 잠시 생각하다가 그대로 테이블 위에 엎어졌다. 상호가 화장실에 가는지 일어서는 기척이 느껴졌지만 굳이 고개를 들어 물어보지는 않았다. 어차피 다들 집 안에 있을 텐데 어디 가냐고 묻는 것도 우스웠다.

"이놈의 집구석에는 먹을 게 없어. 어떻게 된 게 예전보다 더 심해졌잖아."

아, 화장실에 간 게 아니었나 보다. 도연이 다시 몸을 일으켜 부엌 쪽으로 고개를 내밀었다. 상호가 커다란 덩치로 냉장고를 가린 채 쭈그리고 앉아 있었다.

"당연하지. 내가 집에 들어올 일도 별로 없는데."

일이 없을 때에는 무조건 레지던스로 가고는 했으니, 집에 딱히 들어올 까닭이 없었다. 오늘이야 프러포즈 계획을 짜기 위해서 소리 몰래 모여야 했기에 마땅한 장소가 집 말고는 없어서 들어왔을 뿐이었다. 그러니 먹을 것이 있을 리 없었다.

"배고픈데 뭐라도 시켜 먹고 다시 생각해 보자."

상호가 티셔츠 안으로 손을 집어넣어 배를 문지르며 다시 다가왔다. 도연이 픽 웃고는 상호에게 휴대폰을 던졌다.

✻

"뭐야…… 다들."

소리는 뭔가 이상하다는 생각을 하며 고개를 갸웃거렸다. 도연과 통화를 하는데, 그 너머에서 상호와 오리의 목소리를 들은 것 같았다. 그래서 셋이 같이 있는 거냐고 물었는데, 도연이 아니라고 너무 강하게 부정을 했다. 그게 오히려 기분을 이상하게 만들었다.

"같이 있으면 누가 뭐라고 하나……. 분명히 목소리가 맞던데, 뭘."

소리는 혼잣말을 중얼거리며 입을 삐죽거렸다. 요즘 들어서 세 사람이 자기들끼리 뭔가를 수군거리다가도 자신만 나타나면 아무 일도 없었다는 듯 행동하는 일이 종종 있었다.

처음에는 자신의 착각인가 싶었지만, 몇 번이나 똑같은 일을 겪고 나니까 착각은 아니란 생각이 들었다. 게다가 도연 역시 촬영이나 그런 일이 없을 때에는 귀찮을 정도로 항상 자신의 곁에 있으려고 했는데, 요즘에는 어디를 그렇게 바쁘게 돌아다니는 것인지 얼굴 보는 것도 힘들 정도였다.

"그런데 그렇게 바쁜 와중에도 셋이 모일 시간은 된다, 이거지?"

서운하지 않다면 거짓말일 것이다. 애써 아무렇지 않은 척하기는 했지만 솔직히 서운한 마음이 앞섰다. 그런 마음을 내색했다가 괜히 도연이 실망하거나 자신에게 질려 할까 봐, 그래서 내색하지 못할 뿐이다.

쇼핑몰 일을 할 때에는 거래처의 중년 사장님들에게도 대범하다는 말을 듣는 소리이지만, 사랑하는 사람과 관련해서는 무조건 소심해지고 겁이 많아지는 건 여전했다.

"아, 일도 손에 안 잡혀."

인형을 만들 때만큼은 다른 무엇도 생각나지 않을 만큼 행복했는데, 오늘은 그것마저도 마음에 내키지 않는다. 소리는 인형을 만들던 것을 내려놓고 다시 휴대폰을 쳐다보았다. 대체 뭘 하는 걸까…… 나만 빼놓고.

어느새 도연과 사귄 지 꽤 여러 달이 지났지만 그래도 소리는 여전히 이제 막 사귀기 시작한 것처럼 도연을 대할 때마다 두근거리고 가슴이 설레었다. 그래서 그런 마음을 들키는 게 두려워서 더 퉁명스럽게 대할 때도 있었다.

하지만 그만큼 소리는 도연이 좋았다. 도연은 소리에게 늘 자기가 더 많이 좋아하는 것 같다며 투덜거렸지만 그것은 사실이 아니었다. 마음의 크기를 직접 재서 비교해 보는 것은 불가능하겠지만 그렇다고 해도 소리의 마음이 도연의 마음보다 작지는 않을 거라고, 소리는 확신했다. 소리는 다시 휴대폰을 집어 들고는 물끄러미 휴대폰 배경화면을 쳐다보았다.

"좋아. 한 번만 다시 통화해 보는 거야."

그래. 용기를 내서 말해 보는 거야. 왜 셋이 같이 있으면서 아니라고 거짓말하는 거냐고. 한번 물어보자. 그 정도는 해도 될 거야. 해도 돼. 당연하지. 사귀는 사이인데 그 정도도 못 하는 게 오히려 이상하잖아.

소리는 계속 속으로 중얼거리다가 입술을 깨물고 도연에게 전화를 걸기 위해 휴대폰 화면을 건드렸다.

그 순간 기다렸다는 듯 전화가 왔다.

"아, 깜짝이야! ……양반은 아닌가 보네."

소리는 순간적으로 놀랐다가 금세 풀어진 얼굴로 웃었다. 도연의 이름이 휴대폰 화면에 떠 있었다. 언제 서운했던가 싶을 정도로 소리는 활짝 웃으며 전화를 받았다.

"응. 왜 다시 전화했어? 뭐, 할 말이라도 있어?"

물론, 표정과는 달리 말투는 퉁명스러웠지만 말이다.

✳

"약속 잡았어? 소리가 뭐라고 그래?"

"알았다고. 이따가 보자고 하더라."

도연은 전화를 끊고는 상호의 물음에 대꾸하며 아쉬운 표정을 지었다. 근처에 있는 공원에서 저녁때 보자고 하면, 뭔가 감이 오지 않나? 아니, 하다못해 프러포즈까지는 생각 못 하더라도 집에서 보는 게 아니라 밖에서 보자고 하면 좀 설레기도 하고 그래야 하는 거 아니야?

도연은 너무 태연하게 알았다며 대꾸했던 소리의 반응에 실망한 마음을 숨기지 못했다. 그 모습을 본 오리가 키득거리며 웃고는 입을 열었다.

"하루 이틀 본 것도 아니면서 새삼스럽게. 그 매력에 반한 거 아니야?"

"……뭐, 그건 그렇지만."

도연은 입을 삐죽이며 다시 메모해 둔 노트를 살폈다. 상호와 오리의 도움을 받아서 함께 짠 프러포즈 계획이 바로 이 노트에 적혀 있었다. 그리고 바로 오늘 저녁, 이 노트에 적혀 있는 대로 멋지게 프러포즈를 할 작정이다. 도연은 단계별로 적어 놓은 계획을 다시 한 번 눈으로 살피며 상호에게 물었다.

"형, 확실히 그 시간에 아무도 안 오는 거지?"

"응. 그렇다더라. 그 반대쪽 원형 무대 있는 데에서 오늘 무슨 공연을 한다고 하더라고. 지역 주민을 위한 무슨 쇼라고 했던 것 같은데……. 불꽃놀이도 할 거고 그래서 다들 거기 구경 간다고 모일 거래. 나 같아도 그런 거 구경하러 가지, 아무것도 없는 으슥한 공원 구석에는 안 오겠다. 걱정할 것 없어."

상호가 장담한다는 듯 가슴을 손바닥으로 치며 대꾸했다. 도연은 흡족한 얼굴로 고개를 끄덕이고는 펜을 들어 노트에 밑줄을 그으며 중얼거렸다.

"음…… 그럼 그건 됐고. 꽃다발도 이따가 주문한 거 찾기로 해 놓았고……. 오리 네가 가서 찾아온다고 했지?"

"응. 아무래도 네가 가면 난리 날 테니까 내가 가는 편이 낫겠지."

"공부도 못 하게 방해해서 미안."

"됐어. 이제 매형이 될 텐데 이 정도는 해 줘야지."

"오, 역시 처남!"

도연이 너스레를 떨며 오리에게 장난을 쳤다. 오리는 피식 웃으며 '매형, 그런 의미에서 용돈 좀…….' 하며 도연의 장난을 받아 쳤다.

스물다섯이라는 나이는 어리다면 아직 어리다고도 할 수 있다. 그러나 어리다고 해서 그 마음까지 어린 것은 아니었다. 오리는 도연의 확고한 마음에 고마웠다.

스물다섯의 배우 정이준에게 결혼은 그다지 좋은 선택이 아닐 수 있었다. 하지만 도연은 소리와의 결혼을 당연하다는 듯 말하고, 이렇듯 프러포즈를 준비하고 있었다.

"쳇! 그래, 치사한 것들! 이제 너희들끼리 가족이라 그거지?"

상호가 구시렁대며 양초를 포장하기 시작했다. 구시렁거리면서도 그의 입가에 흐뭇한 미소가 번진 것은 어쩔 수 없었다. 정이준의 매니저 입장에서 볼 때 마음에 들지 않을 수도 있을 텐데, 상호는 오히려 자신의 일인 것처럼 기뻐하며 순수하게 도와주었다. 그 마음 역시, 오리는 너무나 고마웠다.

"왜요, 형도 우리 가족이지. 아니에요?"

"왜 아니겠냐. 내가 큰형님이지. 알아서 모셔라."

상호가 오리의 말에 너스레를 떨며 대꾸하고는 껄껄 웃었다. 도연이 그런 상호와 오리를 보고 피식 웃고는 상호가 포장하던 양초를 종이 가방에 차곡차곡 집어넣었다.

조금씩 가슴이 뛰었다. 어떻게 보면 너무나 흔한 프러포즈일 뿐인데, 오히려 너무 식상하다 싶을 정도의 이벤트일 뿐인데 그래도 자신의 일이 되고 나니 긴장이 되었다. 도연은 벽에 걸린 시계를 보았다.

시간이 다가오고 있었다.

……그리고 비구름도 다가오고 있었다.

"이럴 리가 없는데."

"일기예보 확인해 봤어?"

"당연하지! 벌써 며칠 전부터 오늘 날씨만 계속 찾아봤었다고. 그런데 비가 온다는 말은 전혀 없었는데."

"……그런데 비가 올 것 같은데요. 금방이라도 쏟아질 것 같아."

울상을 짓고 있는 상호와 그 옆에서 낙담한 표정의 오리, 그리고 시린 눈으로 하늘만 올려다보고 있는 도연, 이렇게 세 남자는 공원의 한적한 장소에 모여서 대화를 나누고 있었다.

소리가 오기 전에 준비를 마쳐야 했기 때문에 세 남자는 일찌감치 모여서 프러포즈를 하는 남자라면 누구나 다 하거나 혹은 시도하는 '양초들로 하트 만들기'라든가, '하트까지 가는 길에 장미꽃 뿌리기'와 같은 작업을 한 끝에 조금 전에 마무리를 지은 상태였다.

그런데 이게 웬일일까. 일기예보에도 나오지 않았던 소나기라도 쏟아질 듯 하늘에 비구름이 가득했다.

"설마…… 비가 오겠어? 우리나라 기상청 수준이 그렇게 엉망이지는 않을 거야."

상호가 바들바들 떨며 애원하듯이 말했다. 도연은 묵묵히 하늘만 올려다보다가 시선을 내려 자신이 품에 안고 있는 꽃다발을 내려다보았다. 비만 오지 않는다면 완벽하다. 도연은 겉옷 주머니에 있는 프러포즈 반지를 떠올리며 다시 하늘을 보다가 하트 모양을 만들고 있는 양초들을 쳐다보았다.

"슬슬 불 붙일까?"

"그래야겠죠?"

상호가 말을 꺼내자 오리가 불안한 시선을 감추며 대꾸했다. 양초에 불을 붙여야 하는데…… 비가 와서 전부 꺼져 버릴까 봐 그것이 걱정스러웠다. 하지만 일단 해야 할 일은 해야 하는 법. 비가 올지 말지에 대해선 전적으로 하늘에 맡겨야 했다.

상호와 오리가 라이터를 들고 양초에 하나하나 불을 붙이느라고 쭈그리고 앉았다. 도연은 다시 꽃다발을 내려다보며 주머니에 손을 넣었다. 소리의 손가락에 끼워 줄 세 번째 반지가 그 안에 있었다.

✲

우르릉—

"어휴, 무슨 비가 이렇게 요란하게 오지? 도연이 걔는 하필이면 이럴 때 밖에서 보자고."

소리는 우산을 쓴 채 종종걸음으로 공원을 가로질러 걸음을 바삐 옮겼다. 입으로는 투덜거리면서도 소리의 눈은 설렘으로 반짝거리고 있었다. 모처럼 만나는 것이라고 생각하니, 더욱 두근거리고 설레었다.

소리는 도연과 약속한 장소로 계속 걸어가다가 문득 반대쪽 어딘가에서 들려오는 노래에 무심코 고개를 돌렸다. 사람들의 환호성이 연이어 들려왔다.

"저쪽에서 무슨 공연을 하나 보네?"

이따가 도연이랑 구경 가자고 해 볼까? 소리는 혼잣말을 중얼거리다가 다시 걸음을 옮겼다. 어쨌든 도연과 만나기로 한 시간에 아슬아슬하게 도착할 것 같았다. 비가 오는 줄 모르고 밖으로 나왔다가 다시 우산을 가지러 들어갔다 나오는 바람에 시간을 허비한 탓이었다.

"……?"

그리고 도연과 약속한 곳에 도착한 소리는 잠시 어리둥절한 얼굴로 주위를 둘러볼 수밖에 없었다. 도연이 먼저 와 있을 거라고 생각했는데 보이지 않았다. 보이는 것이라고는 비에 젖은 양초 더미뿐.

"아직 안 왔나……? 어? 도연아, 너 맞아?"

소리는 주위를 둘러보다가 왼편에 놓인 벤치 앞에 어깨를 축 늘어뜨린 채 서 있는 남자를 보고는 조심스럽게 다가가면서 물었다. 남자에게서는 대답이 없었다. 장신의 남자는 물에 빠진 생쥐처럼 젖은 채 그저 가만히 서 있었다. 소리는 더 빨라진 걸음으로 남자에게 다가갔다.

"야, 정도연! 너 여기서 뭐 해? 감기 걸리면 어쩌려고 비를 다 맞고 있어."

"……."

"너, 왜 그래? 응?"

소리는 도연에게 급히 다가가 우산을 씌워 주다가 도연이 우울한 얼굴을 하고 있는 걸 보고 걱정스러운 눈으로 쳐다보았다. 무슨 일이라도 있었던 것인지 그는 잔뜩 실망한 얼굴을 하고 있었다.

"도연아, 너 무슨 일이라도……."

그 순간, 소리는 도연의 뒤쪽에 있던 오리와 눈이 마주쳤다. 그리고 그 옆에 있던 상호와도 눈이 마주쳤다. 오리와 상호가 손짓을 하며 다급하게 뭔가를 가리키고 있었다.

웅? 뭐지? 뭘 보라고……. 소리는 고개를 갸웃거리다가 그들이 가리키는 방향으로 시선을 내렸다. 도연의 손에 꽃다발이 들려 있었다. 비를 맞은 것인지 꽃들이 여기저기 꺾인 채 축 늘어져 바닥을 향해 있었다.

"……도연아."

"진짜 잘 해 보려고 그랬는데."

"……."

"제대로 멋지게 프러포즈를 하려고. 그래서 나름대로 준비한다고 했는데……."

그제야 소리는 조금 전에 보았던 양초 더미가 무엇인지 깨달았다. 그리고 도연의 손에 들려 있는 꽃다발의 의미도 알아차렸다. 소리의 눈이 휘둥그레 커졌다.

'청혼도 안 했으면서 무슨 결혼이야! 생각 못 하는 게 당연하지!'

자신이 했던 말이 문득 떠올랐다. 아무렇지 않게 당연하다는 듯 결혼 얘기를 꺼내고, 신혼여행을 이야기하던 도연 때문에 민망하기도 하고 부끄럽기도 해서 그냥 아무렇게나 나오는 대로 내뱉었던 말이었다.

그런데 그 말을 줄곧 마음에 담아 두고 신경을 썼던 모양이다. 소리는 고개를 저으며 입을 열었다. 하지만 도연이 먼저 말을 이었다.

"네 앞에서는 늘 이런 모습이야. 멋있는 모습만 보이고 싶은데, 그게 네 앞에서는 안 돼. ……그래서 이번만큼은 그걸 만회하고 싶었는데. 날씨마저도 도와주지를 않아……."

소리는 아무 말도 하지 못했다. 방금 자신이 뭔가 말을 하려고 했던 것 같은데, 무슨 말을 하려고 했는지 도무지 기억이 나지 않았다. 그저 코끝이 찡하게 울렸다.

"그래도, 나랑 결혼해 줄래? 못난 모습만 보이지만, 그래도 네가 정말 좋은데. 너를 정말 사랑하는데. 응?"

"……."

"아, 맞다……. 반지……."

내가 이렇다니까. 또 실수를 저지를 뻔했어. 도연이 중얼거리며 겉옷 주머니에서 반지를 꺼냈다. 소리는 가만히 도연의 손을 바라보았다. 얼마나 비를 맞은 것인지 자신의 손을 붙잡은 그의 손이 얼음장처럼 차가웠다. 소리는 우산을 쥐고 있던 다른 손에 힘을 꽉 주었다.

우리는 서툴다.

우리는 소심하다.

우리는 겁이 많다.

그래도…… 우리에게는 이렇게 서로 맞잡을 수 있는 손이 있다. 무서워서 달달 떨어도, 이 손만 놓지 않으면 되지 않을까 하는 생각이 문득 들었다. 소리는 우산을 들고 있던 손에서 힘을 빼 버렸다.

쏴아아―

우산이 바닥으로 나뒹굴었다. 그리고 차가운 비가 소리의 얼굴을 적셨다. 도연이 황급히 다시 우산을 주워서 소리에게 씌워 주기 위해 허리를 구부리려는 순간, 소리가 까치발을 해 도연의 목을 끌어안았다.

"소리야……."

"응, 할래."

"……."

"결혼할래, 하고 싶어. 할 거야, 도연이 너랑."

소리는 도연의 목을 끌어안은 채 속삭이듯 말했다. 도연은 쥐고 있던 반지를 더욱 힘주어 잡은 채 소리의 등과 허리를 힘차게 끌어안았다.

비에 젖은 몸은 한기를 호소하고 있었지만, 어째서인지 소리와 맞닿아 있는 몸은 따뜻하기만 했다. 도연이 환하게 웃으며 소리에게서 몸을 잠시 떼어 내고는 그녀의 손가락에 반지를 천천히 끼웠다.

"반지를 세 개나 낀 사람은 나밖에 없을 거야."

"나중에 결혼 반지까지 하면 네 개."

"나는 너한테 반지도 못 줬는데."

"여기 준 거 있잖아."

도연이 소리에게 받았던 반지를 보여 주기 위해 손을 흔들었다. 소리는 자신의 손가락에 끼워진 반지를 가만히 다른 손으로 만져 보았다.

결혼……. 막연한 단어였다. 하지만 반지를 만지작거리고 있으려니까 뭔가 실감이 날 것도 같았다.

"평생 같이하자."

"……."

"다시는 헤어지지 말고."

"……응."

소리가 고개를 숙인 채 작게 대답했다. 조금 거리가 떨어진 곳에서 상호가 재채기를 하는 소리가 들렸다. 다들 비에 젖어서 감기를 호되게 앓을 것 같았다. 소리는 비에 젖어 온몸에서 물방울이 뚝뚝 떨어지는데도 좋아서 웃고 있는 도연을 바라보았다. 도연이 다정하게 웃으며 소리를 마주 보고 있었다.

펑, 펑, 멀리서 불꽃놀이를 하는지 폭죽음이 들렸다.

"와아, 저것도 네가 계획한 이벤트야?"

"뭐…… 그렇다고 해 두자."

도연이 머쓱한 얼굴로 웃으며 바닥에 나뒹굴던 우산을 집어 들고는 다시 소리의 어깨를 감싸며 우산을 씌워 주었다. 그리고 다시 소리와 함께 하늘을 바라보았다. 하늘에 화려하게 펼쳐지는 불꽃들이 다채로운 색깔을 뽐내며 여기저기로 마음껏 날아가고 있었다.

그들이 앞으로 함께할 미래를 축복하듯이.

작가 후기

　대학에 입학하고 얼마 지나지 않았던 어느 봄날이었어요. 문득 소설을 쓰고 싶단 꿈을 꾸었습니다. 솔직히 말하면 그 꿈은 그때 처음 꾼 것은 아니었어요. 아주 어릴 적 동화책을 읽으면서 작가가 되고 싶다는 꿈을 꿨었거든요. 아마 그게 제 첫 꿈이었을 겁니다.

　하지만 어린 날의 꿈은 나이를 먹어 가고 중학교, 고등학교를 거치면서 희미하게 잊혀졌어요. 그래서 기억조차 하지 못하고 있었는데 그 꿈이 느닷없이 스무 살의 봄날에 다시 찾아왔더라고요.

　어떻게 해야 소설을 쓸 수 있을까. 너무 막연했어요. 그래서 고민하다가 일단 도서관에 갔습니다. 그리고 도서관에서 소설작법에 관련된 책의 내용을 요약, 정리까지 하면서 마치 시험 공부하듯이 읽어 나갔죠. 그러면 뭔가 답을 얻을 것 같았는데 그게 충분조건은 아니더라고요.

그러다가 어디선가 필사를 하는 게 도움이 된다는 얘기를 들었습니다. 그래서 이번에는 좋아하던 소설책을 펼쳐 놓고 무작정 노트에 옮겨 봤어요.

그렇게 혼자 나름대로 소설을 쓰기 위한 준비를 했어요. 그러다가 처음으로 단편소설을 썼습니다. 지금 생각하면 참 서툴고 유치했던 글이지만, 그래도 처음으로 소설을 써 봤다는 감격은 지금도 생생하게 남아 있어요.

그 뒤에도 꽤 여러 해 동안 다른 사람들 모르게 혼자 소설을 쓰고는 했어요. 교내 공모전에서 가작을 받기도 했고요. 그렇게 꿈을 키워 갔습니다.

그런데 그 꿈이 제가 생각하는 것보다 더 멀리 있다는 생각을 하게 됐어요. 아무리 써도 제가 원하는 소설을 쓰지 못했고, 그러다 보니까 제 자신에게 불만이 쌓이고, 어느 순간 소설을 쓰는 것 자체에 스트레스를 받기도 했습니다.

'더 이상 소설을 쓰고 싶지 않아. 이제는 더 이상 가슴이 떨리지도, 설레지도 않잖아.'

그렇게 제 자신에게 변명을 하면서 소설을 향한 꿈을 묻어 두었습니다. 그리고 또 여러 해가 지나갔어요. 이제는 정말 소설에 대한 마음이 떠났다고, 그렇게 생각하기도 했어요. 잘한 결정이라고 스스로 생각하기도 했고요.

그런데 그렇게 묻어 두었고, 잊고 있었던 꿈이 다시 저를 찾아왔습니다. 멀리 있다고 여겼고, 제가 절대 가까이 다가갈 수 없다고 생각했던 그 꿈이 어느새 제 곁에 가까이 다가와 있더라고요.

『다시 시작하는 연인의 자세』는 그렇게 다시 다가온 제 꿈의 첫

책입니다. 로맨스 소설로도 처음이었고요. 로맨스라는 장르에 대해 잘 알지도 못하면서 쓴 글이었지만, 쓰는 내내 즐겁고 행복했어요. 그리고 이렇듯 뿔미디어와 고마운 인연이 닿아서 예쁜 첫 책으로 탄생할 수 있게 됐네요.

소리와 도연이가 6년이 지난 뒤 다시 만나서 사랑을 시작하게 된 것처럼, 저도 길고 긴 시간을 돌아서 다시 소설과 마주하게 되었습니다. 그래서 이 아이들이 더욱 애틋하고 소중하게 느껴지나 봐요. 마치 저를 보는 것 같아서, 제 꿈을 담고 있는 것 같아서요.

지금 이 글을 읽어 주시는 분들 중에도 어쩌면 저처럼 묻어 버렸던 꿈이 있는 분들이 계실지도 모르겠어요. 이렇게 다시 돌아와 첫걸음을 떼게 된 입장에서 드릴 수 있는 말씀은, '결국 어떻게든 만나게 된다'는 거예요. 소리가 도연이를 다시 만나게 된 것처럼, 제가 소설을 다시 만나게 된 것처럼 말이죠.

언젠가 가슴 떨리는 멋진 만남이 다가올지도 몰라요. 잊고 있던 소중한 꿈이 바로 옆에 다가와서 노크를 할지도 모르고요. 지금 이 글을 읽어 주시는 분들께도, 그리고 저에게도 말이에요. 그때 아주 잠시나마 소리와 도연이를 기억해 주셨으면 하는 바람을 슬그머니 담아 봅니다.

연재를 통해서 뵈었던 분들, 지금 이 책을 통해서 뵙게 된 분들, 정말 고맙습니다. 그리고 정말 많이 애써 주신 뿔미디어분들, 특히 주종숙 팀장님 고맙습니다.

언제나 변함없이 서로를 아끼고 사랑하며 진정한 '로맨스'를 보여 주고 계시는 부모님, 고맙습니다(두 분의 결혼기념일이 곧 다가오는데 이 책을 선물로 드릴 수 있을 것 같아서 정말 기뻐요). 또

한, 언제나 든든한 제 편이 되어 주는 동생, 유미에게도 고맙단 말을 전합니다. 그리고 그 외에 제가 사랑하는 모든 분들, 고맙습니다.

지금 이 마음을 늘 기억하며 꾸준히 쓰겠습니다.
고맙습니다.

2015년 5월의 햇살 가득한 날,
김영희 드림

다시 시작하는 연인의 자세

1판 1쇄 찍음 2015년 5월 12일
1판 1쇄 펴냄 2015년 5월 18일

지은이 | 김영희
펴낸이 | 정 필
펴낸곳 | **(주)뿔미디어**

편집장 | 이재권
기획 · 편집 | 이은정

출판등록 | 2002년 9월 11일 (제1081-1-132호)
주소 | 경기도 부천시 원미구 소향로 17, 303(두성프라자)
전화 | 032)651-6513 / 팩스 032)651-6094
E-mail | scarlets2012@hanmail.net
블로그 | http://blog.naver.com/dahyangs
홈페이지 | http://bbulmedia.com

값 9,000원

ISBN 979-11-315-6405-9 03810